일본근현대문학 총서 1

일본근현대문학과 연애

한국일본근대문학회 편

제이앤씨
Publishing Company

일본근현대문학 총서 1
일본근현대문학과 연애

초판인쇄 2008년 12월 15일   **초판발행** 2008년 12월 25일

저자 허호, 최재철, 손순옥 (외)
편집 한국일본근대문학회

발행처 제이앤씨
등록번호 제7-220
주소 서울시 도봉구 창동 624-1 현대홈시티 102-1206
전화 (02) 992 / 3253
팩스 (02) 991 / 1285
URL http://www.jncbook.co.kr
E-mail jncbook@hanmail.net
책임편집 김진화

ISBN 978-89-5668-659-2 93830   값 18,000원

기획도서 발간에 즈음하여

　일본근현대문학 총서(주제별 10권, 작가별 10권) 제1권으로 「일본근현대문학과 연애」를 발간합니다. 해방 이후부터 지금까지 60여 년, 한국의 일본문학 수용은 크게 나누어 3단계로 분류할 수 있을 것입니다. 우선 식민지시기에 일본어를 익힌 독자층이 주류를 이루던 1950년대와 60년대 전반을 제1기라 한다면, 1960년대 중반부터 1980년대 중반까지 일본에 관한 정보가 제한된 상황 속에서 번역이 보급되던 시기를 제2기라 할 수 있겠고, 1980년대 후반 대한민국이 저작권에 관한 국제협약에 가입한 이후부터 현재까지의 20여 년을 제3기라 하겠습니다.

　제1기는 6.25동란의 상흔이 채 가시지 않은 시기라서 출판계가 아직 제대로 갖추어지지 않은 상태였고, 제2기는 일본어나 일본문화를 잘 모르는 젊은 독자층이 등장하여 서서히 일본문학을 접하던 시기라 할 수 있습니다.

　제3기는 1990년 전후로 불기 시작한 무라카미 하루키 열풍, 그리고 오에 겐자부로의 노벨상 수상, 유미리의 아쿠타가와상 수상 등이 이어지면서 일본문학은 한국에서 젊은층을 중심으로 다수의 독자를 확보하게 됩니다. 제3기에 접어든지 20년이 지난 지금, 이제는 양적인 확대보다는 일반 독자층에 일본문학에 관한 심도있는 이해가 절실히 요구되고 있습니다.

일본근현대문학을 연구하는 전공자들의 모임인 한국일본근대문학회에서는 이와 같은 시대적 변화와 요구에 부응하기 위하여 두 종류의 시리즈물을 기획하였습니다. 하나는 작가 시리즈로서 근현대 일본문단에서 중추적 역할을 담당한 작가들로 구성된 작가별 시리즈이고, 또 하나는 문학작품의 핵심 키워드를 중심으로 하는 테마별 시리즈입니다. 즉 주요 작가 10명의 문학세계를 상세히 조명함과 동시에, 10종류의 주요 테마를 통하여 다양한 작가론 및 작품론을 다룬 알찬 기획이라 하겠습니다. 이는 한국의 일본문학 연구와 발전에 크게 기여할 획기적인 업적으로 기록될 것입니다.

지난 2년간 학회 실무진의 진력과 각 대학 연구자의 투고를 바탕으로 그 첫 번째 결실인 '일본근현대문학과 연애'가 드디어 이번에 그 열매를 맺게 되었습니다. 부디 본 기획도서를 일독하신 여러분으로부터 아낌없는 조언과 격려, 질타가 있기를 기대하는 바입니다.

본 학회에서는 총 20권으로 구성된 기획도서가 앞으로도 차질 없이 출간될 수 있도록 최선을 다할 것이며, 내용 또한 여러분의 기대에 어긋나지 않도록 충실하면서도 이해하기 쉬운 연구서가 되도록 노력할 것입니다. 기획도서 발간의 틀을 마련한 최재철 전 학회장과 이 책의 출간을 위하여 옥고를 보내주신 필자 여러분, 편집 교정을 맡은 학회 최순육 사무국장과 조주희 총무간사에게 이 자리를 빌어 감사의 말씀을 드립니다.

그리고 본 기획을 후원해준 일본국제교류기금과 본 도서를 출판한 제이엔씨에도 깊은 감사를 드리는 바입니다.

2008년 12월
편집위원 허호 최재철 손순옥

‖ 차 례 ‖

일본문학에 있어서의 근대 연애[1]

- 메이지에서 현대로 -

사에키 준코*

    일본 현대어에서는 남녀관계를 표현할 때, 일반적으로 '연애(戀愛)'나 '사랑(戀)'이라는 말이 사용되고 있다. 그러나 일본문학에 '연애'라는 말이 사용되게 된 데에는 일본 연호로 말하면 '메이지(明治)' 중기 이후, 서기로 말하면 1880년대 중반부터이고 긴 일본문학 역사상 아직 120년 정도에 지나지 않는다. 그러면 '연애'라는 말은 어떠한 이유와 경위로 일본문학에 정착하여 그것은 현대일본문학에 어떠한 형태로 계승되어 있는가. 본고에서는 일본근대문학에 있어서 '연애'라는 표현의 탄생 경위를 명확히 하고 그 현대문학과의 공통성과 상이점을 논하고 싶다.

* 佐伯順子 : 도시샤(同志社)대학 교수. 비교문학비교문화, 일본근대문학 전공.
* 역자 심종숙 : 선문대 일어일본학과 강사.

1. 'love'의 번역어로서의 '연애'

- '신성한 연애'의 이상 -

근대 이전의 일본문학에 있어서는 남녀관계를 표현할 때에 '색(色)' '연(戀)' '정(情)'이라는 말이 사용되고 있었다. 『만엽집(萬葉集)』(3세기 후반에서 759년까지의 노래 수록)에 보이는 고대가요에도, 『겐지 이야기(源氏物語)』(11세기 초에 성립)를 시작으로 하는 왕조문학에도, 근세의 가나조시(假名草紙)나 우키요조시(浮世草紙)에도 '戀'이라는 말이 보이지만 '戀愛'라는 말은 사용되고 있지 않다.[2] 그러면 왜 메이지가 되어 갑자기 '연애'라는 새로운 표현을 사용하게 되었던 것일까?

거기에는 서양화, 근대화라는 역사적인 배경이 존재하고 있다. 주지하는 바와 같이 일본의 메이지시대에는 막부말기의 개국과 메이지 신정부의 탄생에 의해 서양사회를 모범으로 한 근대화가 추진된 시기였다. 그러한 시대여서 문학작품에서의 남녀관계에도 새로운 시대에 어울리는 내용이 요구되었던 것이다.

새로운 '연애'소설의 선구라 불릴 수 있는 작품은 근대소설의 효시라고도 불리는 쓰보우치 쇼요(坪內逍遙)의 『당세서생기질(當世書生氣質)』(1885~1886)이다. 이 소설은 서생인 고마치다(小町田)와 오요시(お芳)라는 여성의 사랑을 중심으로 당시 서생의 생활 모습을 그대로 그린 것인데 오요시가 고마치다에게 기울이는 사랑을 표현하는 데 있어, '너무나도 당신을 러브하고 있어(餘ツ程君をラブ[愛]して居るぞ)'[3] 하고 영어의 '러브'라는 단어가 쓰이고 있다. 쇼요(逍遙)는 '러브'라는 영어를 사용하여 여성 주인공의 이성에 대한 호의를 표현하고 그 번역어로서 '애(愛)'라는 한자를 표기하고 있는 것이다. 현대일본어에서 '愛'라는 표현이 영어의 'love'의 번역어로서 탄생한 것은 이미 국어학자들에 의해 지적되고 있으나,[4] 영문학자이며 셰익스피어 번역에도 손을 대었던 쇼요가 영어의

'love'라는 표현을 사용한 것은 종래의 '色' '戀' '情'으로는 표현할 수 없는 메이지의 '문명개화' 시대에 어울리는 새로운 남녀관계를 그리려고 했기 때문이다.

쇼요는 『당세서생기질』속에서 '情에 관해서도 계급이 있다'라고 하여 남녀관계를 '상층의 사랑' '중층의 사랑' '하층의 사랑'이라는 세 종류로 분류하고 있다. '사랑'이나 'love'가 아니라 '色' '戀'이라는 표현을 사용하고 있는 데에 '色戀'에서 '戀愛'로 용어가 변화하는 시기의 과도기적 상황이 추측된다.5) 그리고 쇼요는 '상층의 사랑'을 '의기가 서로 맞아서 서로 사랑한다'(상대와 마음이 통하여 서로 사랑하는 것), '중층의 사랑'을 '의기가 서로 합치되는 것을 주로 하지 않고 우선 그 色을 우선시 한다'(마음이 통하는 것이 주체가 아니라 '용색 / 容色', 외견을 즐기는 것),6) '하층의 사랑'을 '육체의 쾌락을 오직 전적으로 하고 주안을 두는'(육체의 쾌락만을 쫓는) 것으로 하여 각각 명확하게 정의하고 있다. 즉 정신적인 남녀관계야말로 품위가 있는 것이고 육체관계는 품위가 없는 것이라는 주장이다. 이와 같은 논법은 쇼요에 한하지 않고 동시대 일본 지식인에게 폭넓게 공유되고 있었던 것이다.

『당세서생기질』과 정확히 동시기에 창간된 『여학잡지(女學雜誌)』(1885. 7. 창간)는 메이지의 여성 계몽을 목적으로 하는 잡지7)이지만 그 제2호 (1885. 8)의 권두 평론 「부인의 지위(婦人の地位)」(嚴本善治)에서는

> 고금의 각국 역사에 의해 인간 세상의 진보를 살펴보는데 문명개화는 해마다 진보하여 그동안에 여러 단계를 이룬 것으로 본다. 우선 그 단계를 대략 구별하면 인간 세상의 개화는 대략 세 단계로 나눌 수 있다. 그것을 각각 말하자면 제1을 야만의 시대, 제2를 반개화의 시대, 제3을 개화의 시대로 하는 것이다. (중략) 그리하여 남녀의 정에 관한 존재 방식의 진보를 나누려고 해도 또한 여러 가지 단계가 있을 것이다. 이것을 말하는데 있어서 또한 균등하게 3단계가 있는데 제1에는 색(色)의 시대, 제2에는 치(痴)의 시대, 제3에는 애(愛)의 시대가 있다는 것이다. 색이란 동물

> 의 암수가 서로 교접하는 것과 같이 오직 육체상의 정욕이며 치란 소위
> 정에서 나온 것, 애란 진정한 영혼에서 나온 것으로 알아야 한다.[8]

라고 되어 있고 인간의 문명이 '야만'에서 '반개화'를 거쳐 '개화'로 '진화'
함에 따라 남녀의 관계성도 '색'에서 '질투'를 거쳐 '사랑'에 이른다고 논
하고 있다. '색'은 '야만', '질투'는 '반개화', '사랑'은 '개화'의 시대에 각각
대응하고 '색'은 '육체상의 정욕' 즉 육체관계, '사랑'은 거기에 대해 '진정
한 영혼으로부터 나온 것' 즉 정신적인 관계로 정의되고 있다.

또 『여학잡지』에 왕성히 기고한 메이지를 대표하는 문학자의 한 사
람인 기타무라 도코쿠(北村透谷)는 에도(江戸; 근세) 문학인 '비련이야기
(悲戀物語)'의 주인공 오나쓰(お夏)를 비판하면서

> (오나쓰의: 인용자 주)정은 처음에는 육정(센슈얼)에 의해 일어났다 해도 나
> 중에 가서는 훌륭한 애정(어팩션)으로 옮겨가 마지막에는 지극히 신성한
> 연애(러브)로까지 진보되었다.(「염불송」을 읽고/「歌念仏」を讀みて 1892) [9]

라고 주장하고 있다. 즉 남녀간의 감정은 사회전체의 역사에 있어서도
한 인간의 내부에 있어 육체에서 정신으로라는 발전 과정을 밟는다는
논의가 메이지 지식인 사이에서 공유되고 있었다. 도코쿠(透谷)는 또한
'연애'는 '남녀가 서로 열정을 원하는 만큼 하는 금수적 욕정'이 아니라
'플라톤이 말하는 바와 같이, (중략) 천상에서 지하로 내려온 천사와 같
은 것'(앞의 인용과 동일)이라고도 말하고 있어 이른바 '플라토닉 러브'
즉 정신적인 연애야말로 '신성한 연애'라는 주장이 메이지기의 새로운
'연애'의 개념을 특징짓는다.

이들 논의에서는 공통적으로 남녀관계를 육체와 정신으로 분리하고
전자를 제외한 후자를 찬미하는 자세가 인정된다. 이와 같이 메이지의
지식인이 플라토닉 러브에 구애받은 것은 그들이 기독교의 영향을 강하
게 받고 있었기 때문이다. 이와모토 젠지도 기타무라 도코쿠도 모두 기

독교 신자이고 기독교의 영육분리 인간관의 영향을 받아서 육욕은 야만이지만 '영혼'은 무한한 신의 세계에 있기 때문에 고상하다고 생각했다.[10] 영어의 'love'가 '사랑'으로 번역된 것도 『성서』의 중국어역의 영향이라고 알려져 있다.[11] 기독교 중에서도 성에 관해서는 스토익한 프로테스탄티즘이 일본 메이지 지식인의 금욕적인 연애관에 큰 영향을 주었던 것이다.[12]

당시에 근대적인 여성해방운동론의 대두도 플라토닉 러브의 찬미와 큰 관련이 있다. 에도시대의 유곽은 막부에서 공인하고 에도문예도 이하라 사이카쿠(井原西鶴)의 『호색한 일대기(好色一代男)』(1682)에 전형적으로 보이는 바와 같이 유곽에 있어서 유녀(遊女)와의 '호색'을 재미있고 우스꽝스럽게 그려낸 것이었다. 그러나 1872년 메이지 정부는 '예창기 해방령'을 내려서 '창기 예기 등 연계 봉공인 모두 해방하여야 한다' 라는 유녀, 게이샤(藝者)의 '해방'을 단행하였다. '인신을 매매하는 것은 종래의 금제(禁制)' 라는 근대적 인권의식을 뒷받침하는 시책이었다.[13] 더욱이 기독교 사상에 영향을 받아서 폐창운동도 성하게 되어 도쿄부인교풍회가 메이지19년(1886) 12월에 발족하여 공창제도를 비판하는 『도쿄부인교풍잡지』도 창간(1888. 4)된다.[14] 이러한 근대적 여성해방론에 바탕을 둔 여성의 성의 상품화 부정에 의해 에도 문예의 중요한 히로인이었던 유녀나 게이샤들은 그 지위를 잃고 오히려 유녀나 게이샤가 아닌 평범한 여성들이 근대문학의 새로운 주역으로서 주목받게 된 것이다.

2. '소꿉친구(幼馴染)' 연애의 특권화

'남녀칠세부동석'이라는 유교적 도덕이 여전히 강했던 당시의 일본사회에서는 자유로운 남녀교제는 어려웠다. 그래서 작가들이 생각해낸 것

〈도판 1〉

이 '소꿉친구'라는 모티프이다. 『당세서생기질』의 오요시(お芳)와 고마
치다(小町田)는 오요시가 부모와 생이별했기 때문에 고마치다의 아버지
에게 맡겨져 어릴 적부터 누이동생과 오빠로 함께 자란다. 그리고 오누
이처럼 친해진 결과 성장해서는 남녀의 애정이 싹트는 것이다. 그 밖에
도 메이지 문학에는 '소꿉친구' 연애의 설정이 자주 눈에 띤다. 언문일치
체의 선구로 알려져 있는 후타바테이 시메이(二葉亭四迷)의 『뜬구름(浮
雲)』(1887)의 주인공 오세이(お勢)와 분조(文三)는, 분조가 아버지와 사별
하였기 때문에 사촌 여동생인 오세이의 집에 맡겨져 역시 유년기부터
오누이처럼 함께 자란다(도판 1 참조). 또한 오자키 고요(尾崎紅葉)의 출
세작 『2인비구니색참회(二人比丘尼色懺悔)』(1889)의 요시노(芳野)와 모리
자네(守實)도 사촌 누이동생과 오빠 사이로 소꿉 친구이다. 모리자네가
양친과 사별하였기 때문에 어릴 적부터 요시노의 집에 맡겨져 함께 자
라는 동안 사랑하는 마음이 생긴 것이다. 또한 시대는 좀 내려오지만
메이지의 비극적인 연애소설로서 유명한 이토 사치오(伊藤左千夫)의 『들
국화 무덤(野菊の墓)』(1906)의 다미코(民子)와 마사오(正夫)도 사촌지간으

로서 소꿉 친구. 메이지의 여성해방론의 하나에는,

> 어릴 때부터 서로 친근하여 서로 생각을 나누고 서로 동고동락한다면 남자도 여자의 심정을 알고 여자도 또한 남자의 심정을 알고 있어서 자연스럽게 동감 동정의 생각을 일으켜 서로 존경할 수 있고 사랑할 수 있는 면을 알아서 서로 접촉하므로 쌍방의 교제가 원활하게 이루어져 오늘날처럼 남자는 여자를 기계시하고 여자는 남자를 주인시하는 폐해가 없을 것이다.(河田 也, 『일본여자진화론(日本女子進化論)』 1889)15)

어릴 적부터 남녀가 친해져 있으면 서로의 정신을 이해할 수 있는 이상적인 남녀관계가 실현될 수 있다고 논하고 있다. 메이지문학에는 '소꿉친구' 연애가 눈에 띠는 것은 육욕이 싹트기 전의 유소년기라면 육체관계를 배제한 정신적 관계가 쌓아질 수 있다는 기대와 당시 남녀의 교제 범위가 그만큼 좁았다는 이유에 의거한다.

당시 남녀 교제범위의 협소함은 쇼요의 실제 인생과 소설의 주장 사이의 차이에 의해 훌륭히 증명된다. 쇼요는 『당세서생기질』에서 남녀의 육체관계를 '하층 사랑'으로 비판함과 동시에 '남자가 존경 받고 여자가 비천해지는 세상에서 공공연히 유곽을 설치하여 같은 인간인 여자를 남자의 장난감으로 제공하는 것이 세상에 공공연히 허용되는 것은 대단히 한탄해야 할 것'으로 여성의 성 상품화를 남존여비의 반영으로써 비판하고 있다. 그런데 쇼요가 실제로 결혼한 상대는 도쿄 네즈(根津)의 유녀였다. 유곽 이외의 장소에서 자유롭게 연애하고 싶다는 이상을 품으면서도 남녀교제의 장이 없었던 메이지시대의 도시 인텔리16) 남성은 결국 화류계에 가서 유녀나 게이샤와의 사랑을 할 수밖에 없었다.

이러한 여전히 뿌리 깊은 화류계의 존재를 반영하여 『당세서생기질』의 오요시는 성장 후 생활을 위해 게이샤가 된다. 더욱이 『당세서생기질』에는 요시와라(吉原)의 유녀도 등장하여, 필시 유녀가 주인공인 것처럼 삽화에는 컬러로 중앙에 크게 유녀의 그림이 그려져 있었

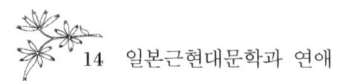

던 것이다(도판 2 참조).

　이것들은 메이지 중엽이라는 시기의 문학에 있어서 남녀관계가 아직 화류계의 '호색'의 이미지로 강하게 남아 있었던 것을 이야기한다. '러브=연애'의 이상은 자유롭게 연애한 상대와 결혼한다는 '자유결혼'17)의 이상과 결부되어 있다. 그러나 충분한 남녀교제의 장이 존재하지 않았던 당시 '연애'를 결혼에 결부시키는 데에는 종래의 '호색(色事)'의 공간인 화류계의 여성과 교제할 정도 밖에 되지 않았다. 실제 인생에서 유곽 외의 '연애'경험을 가지는 일이 어려웠던 작가들은 '소꿉친구'나 사촌지간이라는 특수한 상황의 연애밖에 그릴 수가 없었던 것이다.

〈도판 2〉

3. 근대적 연애 소설의 등장
- 여학생의 연애와 좌절 -

'소꿉친구'나 사촌지간이라는 조건이 없이 완전한 타인이 사랑에 빠지는 의미에서의 본격적인 근대적 연애소설이 등장한 것은 1900년대(메이지 30년대 중엽)의 여학생소설이다. 메이지 32년(1899) 고등학교령에 의해 여자중등교육의 길이 열려 각 지역에 여학교가 설치되자 근대교육을 받는 여성으로서 여학생이 사회적 주목을 받게 되었다.

'마침 이 과도기에 있어 일본 부인의 신이상이라는 것도 작금의 여학생으로부터 건설되어야 하고'(오구리 후요/小栗風葉, 『청춘(靑春)』1905)[18]라고 기술되어 있듯이 메이지의 여학생에게는 새로운 시대에 맞는 이상의 여성상 체현이 기대되었다. 그것은 연애나 결혼에 관해서도 동일하고 여학생은 새로운 연애소설의 히로인으로서도 주목받게 되었던 것이다. 고스기 덴가이(小杉天外)의 『마풍연풍(魔風戀風)』(1903), 『청춘』(1905)과 여학생을 주인공으로 한 연애소설이 잇따라 『요미우리신문(讀賣新聞)』에 연재된 것은 이러한 메이지 30년대의 여자교육의 발흥을 배경으로 하고 있다.

『마풍연풍』의 히로인인 오기와라 하쓰요(荻原初野)는 제국여자학원의 학생이고 급우인 나쓰모토 요시에(夏本芳江)의 오빠, 나쓰모토 도고(夏本東吾)와 사랑에 빠진다. 또한 『청춘』의 히로인 오노 시게루(小野繁)는 세이조대학(成女大学)의 학생[19]으로 친구 오빠의 친우인 세키 긴야(関金哉)와 연애관계이다. 어느 커플도 소꿉 친구도 아니고 사촌지간도 아니며 한지붕 아래에서 자란 것도 아니다. 특수한 생육환경이 아니라 청년남녀가 우연히 알게 되어 사랑에 빠지는 전개는 현대에 가까운 연애소설의 새로운 축으로서 주목된다. 다만 어느 것이나 친구를 통해서 알게 된다는 점이 여전히 교제범위의 협소함을 느끼게 한다. 그렇다고는 하나 학교의 친구를 축으로 한 인간관계의 네트워크가 연애의 계기로서도 중요하고 학교교육과 연애가 간접적이면서도 밀접한 관계를 가짐을 가리키고 있다. 또한 남성은 모두 제국대학의 학생이라는 설정인데 학생끼리의 연애라는 의미에서도 현대의 연애 풍속에 연결되는 특질을 보이고 있다.[20]

"틀림없이 사랑(러브)하고 있는 남자다", "저 사람들의 사랑(러브)을 이루기 위해서 살지는 않겠어"(『마풍연풍』) "사랑만큼은 인간의 빛이지요. 특히 사랑(러브)이라는 것이 우리들 인간에게 없었다면, 이상을 잃은 자들은 모두 자살할테지요", "사랑은 자유입니다"(『청춘』)라고 어느 소설에서도 '러브'나 '사랑'이라는 새로운 표현이 키워드가 되어 있다. 또한 '본능의 만족, 본능주의라는 것은 …… 육욕주의, 짐승주의'이고 연애는 '이상적 신(神)의 세계를 동경한다'(『청춘』)라는 주장은 육체관계를 배제하고 정신적인 관계를 찬미하는, 문명개화의 '신성한 연애'의 이상을 확실하게 계승하고 있다.

실제로 『마풍연풍』의 하쓰요와 도고는 "매리지(결혼)할 때까지는 서로 만나는 것도 삼가자"[21]라고 이상할 정도로 금욕적인 교제로 일관하고 키스만 할 뿐 육체관계는 맺지 않는다. 또한 시게루와 긴야의 교제도 "정신적이라든가 플라 뭐라든가"라고 주위에서 말하고 있듯이 '플라토닉 러브'의 이상을 지향하고 있었음을 추론할 수 있다. 긴야에게는 고향에 약혼자가 있었으나 자신의 의사를 무시하고 결정된 결혼보다도 애정에 바탕을 둔 결혼을 희망하고 있고 부모나 친척이 결정한 '협박(강압)결혼'이 아니라 '자유결혼'을 실현하고 싶다는 이상에 있어서도 메이지 30년대의 연애소설은 문명개화기의 연애관, 결혼관을 계승하고 있다. 이 시기 연애소설의 삽화는 우키요에(浮世繪)풍에서 서양화풍으로 변화하고 있고(도판 3 참조), 특히 『마풍연풍』의 자전거를 탄 여학생의 삽화는 자유로운 기풍을 상징하는 것으로 유명하다. 유녀나 게이샤 중심의 '호

색'에서 여학생의 '연애'로 라는 변화는 회화 이미지의 서양화로서도 나
타나고 있다.

그렇지만 학생들이 시도한 새로운 연애는 모두 좌절된다. 『마풍연풍』
의 도고는 양가(養家)인 나쓰모토가의 딸 요시에와 약혼한 상태여서 도
고는 일단은 요시에와의 약혼을 파기하지만 결국은 하쓰요와 헤어져
요시에와의 결혼을 선택한다. 학생인 도고는 나쓰모토가를 떠나면 생활
수단이 없고 '사랑'보다도 생활을 선택하지 않을 수 없게 된 것이다. 수
양 오빠와 여동생 사이인 도고와 요시에는 어릴 적부터 가족으로서 한
지붕 아래에서 자랐고 두 사람은 메이지 전반의 연애소설을 특징짓고
있었던 '소꿉친구' 커플 바로 그 자체이다. 완전한 자유연애가 아니라
'소꿉친구' 연애가 승리하는 결말은 당시 사회가 아직 자유연애에는 관
용적이지 않았던 것을 시사하고 있다. 또한 『청춘』의 시게루와 긴야는
육체관계를 맺고, 시게루의 임신, 낙태가 계기가 되어 두 사람의 관계는
식고 만다. 플라토닉 러브라는 규범을 파괴한 시게루와 긴야 커플에게
는 비극적인 결말이 기다리고 있는 것이다.

〈도판 3〉

　작품 내부에 있어서 자유연애의 좌절은 당시 자유연애의 현실을 반영하고 있다. 『마풍연풍』이 연재된 『요미우리신문』은 연재 개시(1903. 2. 25)에서 한 달도 지나지 않은 1903년 3월 11일 조간 4면에 '『신 마풍연풍』이라고 표제를 달아야로 시작되는 기사가 실려 있다. 야마나시(山梨) 현에 있는 어느 여학생이 상경하여 부모에게 비밀로 남자와 사귀어 그것이 부모에게 발각되어 고향으로 돌아오게 되었으나 다시 상경하여 혼고(本郷)의 여학교에 다니고 교제가 여학교에 알려져 교장으로부터 퇴학 명령을 받아 길거리를 방황한 결과 최후에는 경찰에 출두하여 보호를 요청했다는 전말이 상세하게 기록되어 있다. 이 여학생은 '타락여학생'으로 표현되고 있으나 '타락여학생'이라는 표현은 당시 남녀교제를 하는 여성을 야유하는 유행어로서 사용된 말이고 『마풍연풍』, 『청춘』에는 '타락생' '타락시키부(堕落式部)'라는 유의어도 보인다.

　'신성한 연애'의 이상이 지향된 것은 1890년대였으나 메이지 24년(1891)의 「비연애를 부정한다(非恋愛を非とす)」(巌本善治, 『여학잡지』 제276호)에서는 '교회에서도 학교에서도 남녀교제라는 것을 거의 바보스러울 정도로 주의하고 걱정하고 두려워하는 현재에 있어'라며 '남녀교제'를 비판적으로 보는 당시의 사회 상황을 우려하고 있다. 또한 '일요일 회당에 어깨를 나란히 하고 남녀 동석하는 것, 기독교주의 학교에 청춘 남녀 교제를 좌시하는 폐악을 두려운 일로 논하며'(앞의 책)라고도 기록되어 있어 메이지 사회가 얼마나 남녀교제에 엄했는지를 추론할 수 있다. 그래서 실제로 연애하는 여학생은 칭찬받기 보다는 오히려 '타락여학생'이라는 오명을 뒤집어쓰게 되는 것이다.

　이러한 '타락여학생'의 비극이 가장 전형적으로 표현되는 것이 자연주의 대표작으로서 유명한 다야마 가타이(田山花袋)의 『이불(蒲団)』(1907)이다. 여주인공 요코야마 요시코(横山芳子)는 다나카 히데오(田中秀夫)라는 남성과 연애하여 부모나 문학 스승인 도키오(時雄)의 반대에 부딪히

게 된다. 두 사람은 '신성한 사랑'이라는 점, 즉 육체관계가 없는 것으로
교제를 정당화하지만 나중에 두 사람 사이에 육체관계가 있었던 것이
판명되어 헤어지지 않을 수 없게 된다. '나는 타락여학생입니다'라고 스
스로 인정하는 요시코의 반성은 비통하다. 연애의 자유=섹슈얼리티의
자유라는 발상은 메이지의 지식인에게는 존재하지 않는다. '신성한 연애'
는 어디까지나 플라토닉한 것이고 그것을 일탈했을 경우, '연애'의 정당
성을 잃게 되고 만다. 요시코와 히데오는 둘 다 기독교주의 학교(고베여
학교/神戶女學校와 도시샤/同志社)에서 수학했기 때문에 육욕을 '죄'로 간주
하는 프로테스탄티즘적 가치관으로 스스로를 속박하게 되었던 것이다.

4. '처녀'성의 강조
- 성의 더블 스탠다드 -

이와 같이 극단적으로 플라토닉 러브를 강조한 메이지의 '연애'는 여
성에게 새로운 성의 억압을 초래했다. '타락남학생'이라는 말이 존재하
지 않았던 것으로도 알 수 있는바 육욕의 부정은 주로 남성이 아니라
여성측에 가해졌다. 이것은 명백한 성의 더블 스탠다드이다.

메이지의 형법(1880년 7월 공포, 1882년 1월 시행)은 '남편이 있는 부인이
간통한 경우는 6개월 이상 2년 이하의 중금고에 처한다. 그 상간하는
자 또한 동일하다'(형법 제353조)라고 하여 부인의 간통을 엄하게 처벌했
음에도 불구하고 남편의 간통은 간통상대가 기혼여성인 이외에는 죄를
묻지 않았다.[22] 이러한 메이지 정부에 의한 남성 중심적인 섹슈얼리티
규범은 여성 계몽을 목표로 한 당시의 여성론에도 공통으로 자리잡고
있다.

성의 더블 스탠다드를 상징하는 당시의 표현이 '정조'와 '처녀'이다.

특히 '처녀'는 문학적인 로맨티시즘과 함께 문학자에게 애호되는 유행어였다. 기타무라 도코쿠는 「처녀의 순결을 논하다(處女の純潔を論ず)」(『여학잡지』 1892, 제329호)라는 평론을 발표하여,

> 천지 애호해야 할 자 많은데 그 중에 가장 애호해야 할 것은 처녀의 순결일 것이다. 만일 황금 유리 진주를 존경한다고 하면 처녀의 순결은 인간계에 있어서 황금 유리 진주이다.[23]

라고 '처녀'를 높이 찬양하고 있다. 이러한 여성의 육체적 순결의 강조는 플라토닉 러브를 강조하는 '신성한 연애'가 가져온 것에 지나지 않는다. '집에 있는 미혼 여성' 정도의 의미 밖에 가지지 못했던 '처녀'라는 말이 성적인 순결이라는 의미와 함께 중시되게 된 것은 메이지기라고 지적되고 있듯이,[24] 플라토닉 러브의 이상은 여성의 육체적 순결 찬미를 초래했으나 남성의 성적 경험의 유무는 전혀 문제가 되지 않고, 메이지 시대의 평론에 있어서 '처녀'에 상당하는 남성의 표현이 일반화한 것은 없었다.

　이것은 메이지 문학 및 여성 해방론에 공통하는 남성시점의 한계이고 거기에 대한 비판은 메이지 말기의 『청탑(青鞜)』(1911년 창간)에 있어서 여성 언설에 이르러 비로소 등장하게 된다. 또 창작 분야에 있어서는 요사노 아키코의 가집 『헝클어진 머리(みだれ髪)』(1901년)가 여성에 의한 주체적인 성의 표현으로서 획기적인 의의를 가진다.[25] 그러나 이러한 여성의 주체적인 섹슈얼리티 표현은 남성언설에 기대어 발표할 수 없었고 역으로 전후 순결교육과 함께 여성의 정조나 〈처녀〉성의 중시는 강화되게 된다.[26] 전후 얼마 안 된 시기에 신문에 연재되어 인기를 누렸던 소설 『푸른 산맥(青い山脈)』에서 연애관이나 결혼관에 여성의 성적 순결을 중시하는 모럴은 분명하게 계승되고 있고, 그것을 타파하는 여성작가의 언설은 실은 1980년대를 기다리게 되는 것이다.[27]

5. 현대여성 작가가 그리는 〈연애〉
- 메이지의 〈연애〉에 대한 안티테제 -

　현대 일본의 여성작가들은 앞에서 서술한 바와 같이 성에 대해 스토
익한 메이지 이래의 〈연애관〉을 타파하는 경향을 현저하게 보이고 있다.
야마다 에이미(山田詠美)의 『베드 타임 아이즈(ベッドタイムアイズ)』(1985)
는 문예상을 수상한 야마다의 출세작이지만 그 적나라한 성표현은 틀림
없이 메이지의 〈신성한 연애〉의 플라토닉 러브 지상주의와 남성중심의
〈처녀〉 환상을 깨고 있는 것으로 보인다. '스푼은 나를 애무하는 것이
아주 능숙하다. 다만 나의 몸일 뿐, 마음으로는 결코 아니다.'[28]
　작품의 서두부터 '마음'보다도 '몸'을 중심으로 한 남녀관계가 제시되
고 있고 '신성한 연애'나 '처녀'의 이상화는 아주 상대화되어 있다. 주인
공인 여성 기무는 육체관계 중심의 연애를 결코 죄악시 하지 않는다.
반대로 적극적으로 그것을 즐기고 있다. 요코스카(橫須賀) 기지 클럽에
서 흑인병사인 스푼과 처음으로 만났을 때 기무는 스푼과 시선을 나누
고 그 직후에 보일러실에 들어가서 육체관계를 맺는다. '나와 스푼은
탄성만으로 이야기하고 있다. 너무 기분이 좋아서 외칠 수도 없다'라며
말이 없는 채 진행되는 성행위를 탐욕스럽게 즐기는 여자 주인공은 육
체관계를 멸시하고 정신적 관계만을 정당화하는 메이지의 〈연애〉 나아
가서는 그것을 계승한 전후 민주주의 사회의 〈순애〉에 대한 개념을 무
의식 중에 무효로 하고 있다. 또한 스푼의 성기를 보고 '좋아하는 달콤한
쵸콜렛 바(bar)라고 착각하고 입 안이 젖어오는 것을 억누를 수 없다'라
고 노골적인 성표현도 주저하지 않는다. '〈정신적〉인 것을 결하고 육체
적인 환희의 묘사로 꽉 채워져 있다'라는 〈해설〉[29]도 정신 편중의 메이
지적 〈연애〉에 대한 안티테제로서 이 작품의 의의를 명확히 지적하고
있다.

더욱이 주목해야만 할 것은 성 표현으로 가득 차 있으면서도 기무와 스푼의 관계가 '사랑'이라는 표현으로 이야기 되고 있는 것이다. "사랑해?" 우리들 사이에 가장 가볍고 의미를 가지지 않는 말. 그것을 입 밖에 쉽게 낼 수 없는 농도가 짙은 것으로 변화해 감을 알 수 있다. 육체관계를 계기로 하면서도 두 사람 사이의 감정은 충분히 '사랑'에 합당하게 되어 '나는 그를 이 수개월 간 미칠 정도로 사랑했다. ⋯ 눈 앞에 존재하는 스푼 이외는 나는 사랑할 수 없었다'라고 두 사람의 사랑이 확인되고 있다. 또 〈해설〉에서도 '아주 나이브한 사랑의 한 형태', '여기서는 흔한 하나의 '연애'가 그려지고 있다'라고 되어 있고, 문고판 커버 소개문에도 '아찔한 메이크 러브(make love)와 순수한(pure) 사랑으로 채색되었다, 그들의 만남에서 이별까지'라며 두 사람의 관계는 '순수한(pure) 사랑'으로 간주하고 있다.

메이지의 '신성한 연애'는 육체관계를 배제했으나 육체관계를 가지면서도 '순수한 사랑'이 있을 수 있다는 발상이 이 작품이 제시한 새로운 '사랑'의 형태이다. 영어의 'make love'에는 성관계를 가지다 라는 의미가 있으나 메이지의 문학자들은 그것을 무시하고 러브=플라토닉 러브로 정의했다. 그러나 1980년대의 여성작가는 영어의 'love'가 포함하는 육체관계의 요소를 정확하게 파악하고 있다. 더구나 여성의 시점에서 육체적인 love를 이야기하고 있는 점이 근대의 연애소설 역사상 획기적인 의의를 가진다. 같은 육체관계를 만일 남성작가가 그렸다고 하면 평범한 포르노그라피로 간주되었을지도 모른다. 그러나 여성에 의한 적나라한 성 경험의 표현이야말로 종래의 남성 주도의 연애소설의 스테레오타입을 타파하는 것으로 주목 받고 평가된 것이다.

여성 자신에 의한 주체적인 성 표현과 성의 쾌락의 향수는 '나'라는 여성 일인칭의 네러티브에 의해 효과적으로 표현되고 있다. 또 육체관계가 '타락'이나 '죄'가 아니라 애정표현의 한 수단으로서 위치를 차지하

는 점도 중요할 것이다. 성 표현이 풍부하다고는 하나 기무와 스푼의
관계는 결코 성적 쾌락의 추구만이 목적이 아니다. 만일 쾌락 추구만이
목적이라면 두 사람의 관계는 요코스카의 클럽 하룻밤으로 끝났어도
이상할 것 없겠지만, 기무는 스푼에게 "우리 집에 와"라고 동거를 재촉
하고 있다. 그것은 "당신은 때때로 슬퍼?"라는 질문에 "난 언제나 행복
해"라고 대답한 스푼에 대해 "거짓말 하고 있다"고 기무가 생각했기 때
문이다. "이런 멋진 몸을 가진 남자가 지나치게 허풍스런 옷을 입고 스
푼을 꽉 붙잡으면서 자신의 존재를 확인하지 않으면 안 되는 그렇게
하지 않을 수 없는 인간을 만든 신의 불공평함에 나는 좀 초조해졌다'라
고 쓰여져 있는 것처럼, 기무는 흑인병사라는 마이너리티의 입장에 있
는 스푼에게 감정 이입을 하고 있다. 기무 자신도 '불쌍한 버림받은 아이
인 나' '아무것도 가지지 않은 평범한 여자'라는 사회로부터의 소외감이
나 고독감에 떨었다. 그런 그녀에게 있어, '그가 나의 절대자다. 나는
언제나 너무나도 무지하고 해초처럼 비틀비틀 의지할 곳 없어서 지도자
를 필요로 하고 있었다' 라고 쓰여진 대로 스푼은 큰 마음의 의지처였던
것이다.

　기무와 스푼의 관계는 일견 단순한 쾌락 추구의 관계로 보이나 사실
은 정신적인 치유가 중요한 위치를 차지하고 있다. 둘의 관계는 육체와
정신이 융합한 치유를 서로 제공하는 것이고 육체/정신이라는 단순한
이분법으로 분리될 수 있는 것이 아니다. 영육분리라는 메이지기에 발
생한 이원론적인 연애관 그 자체를 『베드 타임 아이즈』는 상대화하고
있는 것이다.

　여성이 주도권을 잡고 있는 점도 이 소설의 특징일 것이다. 문예상의
심사평은 '컬러드 피플(coloured people)의 남자를 비호하는 젊은 여성의
이야기'(고노 다에코/河野多惠子), 여성주인공이 남성을 '소위 키우고 있다'
(고지마 노부오/小島信夫)30)라고 여성의 리더십에 주목하고 있다. 메이지

민법에 있어 여성의 입장은 종속적인 것이고 결혼 후 여성의 입장은 가부장적인 가족에 있어서는 열세에 있었으나, 1980년대 여성은 연애에 있어서도 동성에 있어서도 남성을 리드하는 주체성을 갖추고 있다.[31]

　한편, 이 작품은 메이지 이래 연애문학의 전통을 극히 충실하게 따르고 있는 면도 있다. 그것은 작품에 있어서 외래어가 갖는 위치의 크기이다. 작품 소개에 '메이크 러브' '퓨어(pure)'라는 외래어가 사용되고 있듯이 작품의 원문에도 '러버 보이', '메이크 러브'라는 영어가 사용되고 있다. 또한 기무는 스푼에게 "사랑해?"라고 묻지만 이것은 상대가 흑인 남성이기 때문에 실제 말을 주고 받는 것은 'Do you love me?'일 것이다. 주인공의 감정표현에 사랑이 사용되는 것은 『당세서생기질』을 비롯한 메이지문학을 방불케 한다. 연애 감정을 표현함에 있어 외래어, 특히 영어가 키워드가 되는 것은 원래 '연애', '사랑'이라는 말이 love의 번역어였던 것의 흔적이라 할 수 있겠다. 그것은 일본근대문학에 있어, '연애'는 급기야 수입품이었다는 것을 이야기한다. 기무의 상대가 흑인병사, 즉 외국인이라는 점은 수입품으로서 '사랑'의 본질을 떠올리게 한다. 일본인 남녀를 주인공으로 하여, 과연 같은 관계를 그릴 수가 있을까. '러브'를 실천하기 위해서는 결국은 외국인을 상대로 할 수밖에 없는 것일까. 작품의 제목명 그 자체가 『베드 타임 아이즈』라는 외래어인 이 소설은 일본 근대문학에 있어 수입품으로서의 '사랑'의 한계를 이야기하고 있는 것처럼 보인다.

6. 『노르웨이의 숲』의 '순애'
- 메이지문학의 모티프 계승과 변용 -

　무라카미 하루키(村上春樹)의 『노르웨이의 숲(ノルウェイの森)』(1987)이

공전의 베스트 셀러가 된 것은 힘든 처지에 있는 일본인끼리의 '순애'를 그리려고 했기 때문일지도 모른다. 작자가 '연애소설'로서 집필했다고 술회한32) 이 작품에서는 남성 주인공인 와타나베(渡辺)가 친구 기즈키 (キズキ)의 연인 나오코(直子), 대학친구 미도리(綠) 등, 복수의 여성과의 관계를 통해 자기 나름대로의 사랑을 모색하는 모습이 그려져 문고판의 띠에도 '궁극의 연애소설'(상) '100% 연애소설'이라고 못을 박고 있다.

　이 작품에는 메이지문학에 나타난 남녀관계와의 흥미 깊은 공통점이 보인다. 그것은 '소꿉친구'라는 메이지문학과 같은 모티프가 존재하는 것이다. 기즈키와 나오코는 '거의 태어났을 때부터 소꿉친구'이고 서로 다른 방식을 허락하지 않는 깊은 유대로 맺어져 있다.

　　"나와 기즈키군은 정말 특별한 관계였어. 우린 세 살 때부터 함께 놀았
　　지. 우리들은 언제나 같이 있었고 여러 가지 이야기도 하고 서로를 이해
　　하며 그렇게 자랐어."

라고 나오코가 이야기 하듯이 기즈키와 나오코와의 교제는 소꿉친구야 말로 서로를 가장 이해할 수 있는 특권적인 남녀관계라는 메이지문학이 그린 연애관과의 공통성을 보여주고 있다. 그러나 '소꿉친구'는 메이지 문학과 같이 단순한 플라토닉 러브 성립의 조건으로 되어 있지는 않다. 기즈키와 나오코는 초등학교 6학년 때에 '처음으로 키스한' 것으로 되어 있어 상당히 어린 단계에서 육체적인 접촉을 경험하고 있다. '소꿉친구'=플라토닉 러브라는 도식은 이 소설에는 존재하지 않는 것이다. 플라토닉 러브를 지상의 연애로 하는 메이지문학의 도식은 이미 과거의 것이 되었다고 할 수 있다.

　그렇다고는 하나 나오코와 기즈키 사이에는 완전한 성적관계는 최후까지 성립되지 않는다. 그것은 나오코가 육체적으로 반응하지 않기 때문이다. 역으로 기즈키의 사후 단 한 번 와타나베와 관계했을 때에는 나오코의 육체에 문제는 없었다. 기즈키와 순조로운 교제를 계속하면서

도 나오코가 기즈키에 대해서 육체적으로 반응하지 않았던 것은 왜일까? 작자는 명확하게 그 이유를 기록하고 있지 않으나 나는 그 이유를 메이지문학에 있어 '소꿉친구'=플라토닉 러브라는 발상이 잠재적으로 작용한 결과일 것으로 생각한다. 작자인 무라카미 하루키는 메이지문학의 모티프를 계승하고 있다는 자각은 없다고 생각되지만, 육체와는 다른 차원으로 맺어지기를 기대한 '소꿉친구' 연애의 특권적 성격이 두 사람 사이의 육체적 관계를 금기시한 것은 아닐까하고 생각된다.

나오코가 정신적으로 불안정하게 된 것은 애인인 기즈키가 돌연 자살한 탓도 있겠지만, 애정과 성행위와의 불일치로 괴로워했던 것도 큰 원인은 아니었을까? 애인인 기즈키와는 순조로운 성행위를 할 수 없었는데도 와타나베와의 단 한 번의 성행위만이 성공했다. 나오코는 그것으로 인해 혼란에 빠지고 애정과 성과의 관계에 관해서 계속하여 괴로워한다. 나오코에게 있어서 성이 일종의 터부로 되어 있는 것은 메이지기의 '처녀' 환상이 잠재적으로 작용하고 있었을 가능성도 있다. 1980년대의 남성작가는 노골적인 '처녀' 숭배를 그릴 수 없었으나 남성 작가 중에는 성적으로 순결한 여성을 이상화하는 심리가 뿌리 깊게 작용하고 있는 것은 아닐까.

그러나 『노르웨이의 숲』의 여성들은 결코 메이지적인 '처녀' 찬미를 단순하게 계승한 여성들은 아니다. 나오코는 성적인 불능으로 괴로워하면서도 요양처에 문병차 찾아온 와타나베 앞에 스스로 알몸을 드러내는 적극성을 나타내고 있다. 또한 와타나베와 대학에서 알게 된 미도리는 아주 짧은 미니스커트를 입기도 하고 속옷이나 생리 등의 성적인 화제를 주저하지 않고 끄집어내기도 해서, 와타나베에 대해 도발적으로 보이는 태도를 취한다. 그리고 "나는 미도리를 사랑했어. 그리고 아마 그것은 훨씬 전에 알고 있었을 거야"라고 와타나베는 그런 미도리에게 '사랑'을 느끼기에 이른다. 이상의 교제 상대='처녀'라는 도식도 이미 과거

의 것으로 되어 있고 여성들은 결혼 전에 애인을 만들거나 남성과 육체
관계를 맺기도 하는 일로 '타락'했다고 비판받을 일은 없다. 이것은 메이
지기와 비교해서 여성의 사회적 입장이 향상되어 성적 자유도 허용되게
된 사회상황을 단적으로 나타내고 있다.[33]

한편 와타나베와 같은 기숙사의 나가사와(長沢)는 특정한 애인이 있
으면서도 수많은 여성과 찰나적인 성관계를 즐기고 있다. 와타나베도
젊을 때 교제상대와 당연한 듯 육체관계를 가졌고, 또 솔직히 말하고
있다. 더욱이 나가사와와 함께 복수의 여성과 찰나적 육체관계도 경험
한다. 나가사와의 애인이 나가사와의 소위 '여자와 놀아나는 것'을 묵인
하고 있는 것이나 여성 등장인물에 관해서는 복수의 육체관계가 그려지
고 있지 않은 점을 보면 메이지적인 성의 더블 스탠다드가 실질적으로
는 잔존하고 있음을 엿볼 수 있다. 더구나 작품의 결말 부분에서 와타나
베는 나오코의 요양소 룸메이트였던 레이코와도 하룻밤의 농염한 육체
관계를 맺는다.

이와 같이 남성 주인공이 많은 여성, 더구나 특정의 교제 상대가 아닌
여성과의 성체험을 가짐에도 불구하고 비판적으로 보는 일 없이 역으로
이 작품이 '순애' 소설로서 평가되고 있는 것은 성과 애정과의 관계가
현대 사회에서는 이미 단순한 상관관계에 있지 않다는 것을 솔직히 표
현하고 있기 때문일 것이다. 와타나베가 나오코와 레이코와 가진 단 한
번의 육체관계는 애정표현이라 하기 보다는 오히려 치유와 같은 기능을
가지고 있다. 와타나베는 "나는 나오코를 사랑해왔고 지금도 역시 똑같
이 사랑하고 있습니다" 라고 나오코에 대한 '사랑'을 자각하고 있으나,
"내가 나오코에 대해 느끼는 것은 두려울 정도로 고요하고 부드럽고 투
명한 애정입니다만 미도리에 대해 나는 완전히 다른 종류의 감정을 느
끼는 것입니다. 그것은 서서 걷고 호흡하고 고동치고 있어요" 하고 현실
적인 미도리에 대한 사랑이 우위를 점해간다. 그래서 와타나베가 나오

코에게 편지를 써서 계속 신경을 써주고 나오코의 자살 후 레이코와 하룻밤을 함께한 것은 정신적으로 불안정한 그녀들을 위로하고 치유하는 일종의 부드러움(배려)의 표현이다. 극단적으로 말하면 와타나베와 나오코 및 와타나베와 레이코와의 성관계는 일종의 섹스 워크같은 성격의 것이고 연인으로서의 애정과는 다른 차원의 성관계의 가능성을 이 작품에서는 시사하고 있다. 한편 나오코에 대한 생각이 정리되어 있지 않은 단계의 와타나베는 미도리와의 성적인 접촉을 가지면서도 완전한 육체관계를 맺는 것을 분명히 거절하고 있다. 여기에는 애정과 성행위를 일치시키려고 하는 윤리적인 감각도 동시에 존재하고 있다. 현대 젊은이의 성이 가진 이렇게도 복잡하고 다원적인 양상을 훌륭하게 구별하여 묘사하고 있기 때문에 『노르웨이의 숲』은 그 어딘가 일부분을 살고 있을 젊은이들의 공감을 불렀음에 틀림없다. 즉 메이지기에 제창된 성과 사랑의 단순한 대응 관계 혹은 영육분리(靈肉分離)라는 단순한 이원론에 바탕을 둔 연애관을 상대화하는 움직임의 일부로서 『노르웨이의 숲』도 위치를 점하고 있는 것이다.

7. 『키친』과 메이지문학 특질의 부활

1980년대의 연애소설이 성과 사랑 관계의 복잡화를 반영하고 있는데 반해 1990년대 소설에는 메이지문학에의 '선조에게로 돌아가기'라고도 말할 수 있는 현상이 보인다. 그것이 요시모토 바나나(吉本ばなな)의 『키친(キッチン)』(1991)이다.

이 작품은 국내에서 베스트셀러가 되었을 뿐만 아니라 해외에서도 여러 언어로 번역되어 인기를 점했다. 젊은 여성작가에 의해 1990년대에 쓰여진 작품이기 때문에 야마다 에이미를 능가하는 래디컬한 남녀관

계가 그려지고 있을 거라고도 생각되지만 의외로 이 소설은 메이지문학
과의 공통성을 몇 군데에서 보이고 있는 것이다.

히로인인 사쿠라이 미카게(桜井みかげ)는 양친, 조부모를 어려서 잃고
조모의 단골 꽃집에서 아르바이트를 하고 있던 다나베 유이치(田辺雄一)
의 집에 맡겨진다. 미카게(みかげ)도 유이치(雄一)도 처음에는 서로를 이
성으로서 의식하지 않았으나 한 지붕 아래에서 살아가는 동안에 두 사
람 사이에는 서서히 연애에 가까운 감정이 싹터 간다.

의지처를 잃은 주인공이 자신을 거두어준 집에 있는 이성과 친하게
된다.—메이지문학 그 설정이다. 미카게와 유이치는 어릴 적 친구는 아
니지만 동거인에서 시작하는 애정관계는 메이지문학과 유사한 전개이
다. 처음에는 이성으로 의식하지 않았으므로 동거하고 있어도 두 사람
사이에 육체관계는 없다. 플라토닉한 관계를 오래 유지하는 점에서도
메이지문학이 이상으로 한 '신성한 연애'와 결과로서 일치하고 있다.

유이치의 급우인 오쿠노(奥野)는 "미카게씨는 애인이 아니라고 말하
며 아무렇지도 않게 방에 찾아오거나 머무르거나 하여 제멋대로지요.
동거하고 있는 것보다도 더 나빠"[34] 하며 미카게를 질투하지만 육체관
계를 맺지 않은 채 가족적인 친밀성을 가진 미카게와 유이치의 관계는
에로스보다도 아가페를 중시하는 가족애와 결부된 메이지의 '신성한 연
애'[35]의 실질적 재생산으로 볼 수 있다.

"왜 당신과 뭘 먹으면 이렇게 맛있을까" 라는 유이치에 대해 미카게는
"식욕과 성욕이 동시에 만족되기 때문 아니야?" 라고 놀리지만 유이치는
"크게 웃으면서" "틀림없이 가족이기 때문일 거야" 라고 대답한다. 두 사
람의 애정이 이성이라고 하기보다 '가족'이라는 것을 유이치는 인정하
고 있다. 미카게도 또한,

> 이 세상 누구보다도 가까운 거리낌 없는 친구인데 둘은 손을 잡지 않
> 는다. … 일상적인 의미에서는 둘은 남자와 여자가 아니었으나 태고적

옛날이라는 의미에서는 진짜 남녀였다.

라고 생각하고 있고, 성애가 아닌, 즉 에로스가 아니라 아가페에 가까운 근원적인 애정이 두 사람을 잇고 있다고 생각하고 있다. "미카게, 계속 여기서 살아줘" 라는 유이치의 제안에 "둘이서 산다는 건 여자로? 아니면 친구로?" 라고 하며 주저하는 미카게였으나, 이윽고 "나 유이치를 잃고 싶지 않아. 유이치만 좋다면 둘이서 좀 더 대단하고 더 밝은 곳으로 가자" 라고 유이치에 대한 애정을 자각하는 것이다.

두 사람이 플라토닉한 관계를 유지하는 것은 육체관계가 없는 '신성한 연애'를 개념적 이상으로서 내세운 결과는 아니다. 메이지문학의 연애와 같이 성적인 관계를 '죄'로서 기피한 것은 아님에도 불구하고 육체관계가 없는 남녀의 깊은 애정을 그릴 수 있었던 점이 1990년대 여성작가의 새로운 경지라고 말할 수 있다. 성의 범람에 질린 사람들은 다시 성이 없이 맺어지는 남녀의 애정을 신성한 순애보로서 향수하게 된 것이다. 메이지의 남성주도형의 플라토닉 러브 지상주의 및 그것을 계승하여 대중화한 전후 '순애보' 문학의 상대화, 여성측에서의 이의주장으로서 야마다 에이미 등 여성작가의 문학이 있었다[36]고 한다면 그것을 같은 여성 작가측에서 더욱 상대화하는 움직임이 요시모토 바나나의 『키친』이다. 한국 드라마『겨울 연가』의 대히트에서도 보여진 바 2000년대 일본의 '순애 붐'은 이러한 플라토닉 러브를 신선하게 받아들이는 감성의 연장선상에 있다.[37]

같은 동아시아 한자문화권이며 서양문명과의 접촉에 있어서 근대화를 이룬 한국과 일본의 근대문학 사이에 유사한 '연애'관의 변천이 보일 것인가, 또 기독교의 영향, 유교 도덕과의 관계에 있어서도 공통점이나 상이점이 보일 것인가, 금후의 비교문학적 견지에서 꼭 고찰해보고 싶은 과제이다.

주

1) 「일본문학에 있어서의 근대 연애」, 『일본근대문학－연구와 비평－』5, 한국일본근대문학회, 2007년 5월 초출.
2) 그러나 현행의 고전문학 해설에 있어서는 '연애'라는 용어를 사용하고 있는 경우가 있는데, 예를 들어 『일본사사전(日本史辞典)』(제2판, 高柳光寿・竹内理三, 角川書店, 1966)의 『겐지 이야기(源氏物語)』 항목에서는 '히카루 겐지의 연애를 그리고'라고 해설하고 있다. 이러한 용법은 현대인에게는 이해하기 쉬우나 정확하다고는 할 수 없다.
3) 쓰보우치 쇼요(坪内逍遥), 『당세서생기질(当世書生気質)』, 晩青堂, 1885. 인용은 동 초판본과 『쓰보우치 쇼요집(坪内逍遥集)』(『明治文学全集』16, 筑摩書房, 1969)을 함께 참고하였다.
4) 松下貞三, 『漢語 「愛」とその複合語思想から見た日本史』, あぽろん社, 1982. 柳父章, 『飜譯語成立事情』, 岩波書店, 1982.
5) 쇼요는 'love'의 번역에 대해 '정에 빠지는 것은 소위 연정〈러브〉에 헤매이는 것으로서' '그것을 그대가 러브(色)로 했는가'라고, '戀'인지 '色'인지 '愛'인지를 혼동한 흔적이 보인다. 또 'In the spring, a young man's fancy lightly turns to thoughts of love.' (인용은 모두 『당세서생기질』)과 Alfred Tennyson의 시 Locksley Hall에서 한 인용에 의해 'Love'라는 원어를 그대로 사용하고 있는 예도 있다.
6) 여기에서 사용되고 있는 '色'은 '容色'(외견)이라는 의미의 색이다.
7) 『여학잡지(女學雜誌)』는 1904년 2월까지 20년이나 걸쳐서 발행되어 연간 발행 부수가 10만부를 넘은 시기도 있고 메이지의 '부인 활동의 요체'로서의 역할을 다했다.(三鬼浩子, 「明治婦人雑誌 軌跡」, 근대여성문화사연구회 편, 『婦人雜誌』, 大空社, 1989)
8) 인용은 『여학잡지』 복간판(臨川書店, 1966)에 따르며 구두점은 보충하고 가나읽기 등의 표시를 생략했다.
9) 기타무라 도코쿠(北村透谷)의 인용은 『透谷全集』(岩波書店, 1950)에 의함. 또한 '러브'는 '愛'와 '戀愛' 두 가지로 번역되지만 초기의 이와모토 젠지(巖

本善治)는 '愛', 도코쿠는 '戀愛'를 중시하고 있다. '愛'는 아가페, '戀愛'는 에로스에 대응하지만 '愛' 중에 특히 남녀관계에 특정하는 경우, 종래의 '戀'과 합체한 '戀愛'라는 용어가 탄생하였다고 할 수 있다.

10) '인간은 실로 유한과 무한의 중간에 방황하는 것, 육체에 의해 구속되고 영에 있어서는 해방되는 자' '유한한 것은 인간의 정신(스피리트)에 있지 않고 인간의 물질이다.'(北村透谷, 「明治文學管見」, 1893)

11) 松下貞三, 앞의 책.

12) 같은 프로테스탄트 중에서도 일치파, 동포교회, 퀘이커주의, 유니테리언주의와 도코쿠 개인에 있어서도 편력이 있으나(米倉充, 『近代文學とキリスト敎 明治大正篇』, 創元社, 1983) 영육분리의 사상과 육욕을 부정적으로 간주하는 점에서는 일치하고 있다.

13) 總合女性史硏究会編, 『史料にみる日本女性のあゆみ』, 吉川弘文館, 2000. 다만, 예창기해방령은 여성정책이라기보다 청국인 苦力을 둘러싼 트러블에 의한, 외압을 계기로 한 메이지 정부의 대외적 면목 때문이라는 성격이 강하고 조문에서는 예창기를 '소나 말과 다름없다'라고 표현하는 등, 순수하게 여성해방을 위한 것이라고는 말할 수 없는 문제를 남기고 있다. 또한 '해방' 되어도 달리 수입의 수단이 없는 여성들의 대부분은 원래의 직업으로 돌아갈 수 밖에 없는 '가시자시키(貸座敷; 유곽)'라는 형태로 실질적인 매춘부는 존속했다. '매춘방지법'의 성립은 1956년(다음 해 시행, 58년 4월 전면시행)을 기다리게 된다.

14) 교풍회(矯風會)의 목적은 공창제도, 음주, 흡연의 폐지이고 특히 『東京婦人矯風雜誌』 지상에서 공창제도를 심하게 비판했다(三鬼, 前揭論文).

15) 明治文化硏究會編, 『明治文化全集 16 婦人問題篇』, 日本評論新社, 1955. 또한 '소꿉 친구' 연애를 찬미하는 발상은 『이세이야기(伊勢物語)』(平安中期)나 『춘색매화월력(春色梅兒譽美)』(天保3~4, 1832~33)의 오나가(お長)와 단지로(丹次郎) 사이에도 보이고, 고전문학의 전통도 작용하고 있으나 그것이 플라토닉 러브와 결부되어 있는 점이 메이지의 독자성이다.

16) 지역사회에 있어서는 민속학이 밝힌 바와 같이 와카모노주쿠(若物宿), 무스메주쿠(娘宿)라는 집단을 통해서 가부장권이 미치지 않는 비교적 자유로

운 남녀교제가 있었고 그것이 결혼으로 이어지고 있었으나(柳田國男,「婚姻の話」,『定本柳田國男集』, 筑摩書房, 1969), 문학작품의 모체가 된 도시부에 있어서는 무사사회(士族社會)의 모럴이었던 유교도덕의 영향이 컸다.

17) '협박(강박)결혼'과 '자유결혼'에 관해 상세한 것은 사에키 앞의 책 제4장 참조.

18)『小栗風葉集』, 春陽堂, 1928.

19) 학교명은 어느 것이나 가공의 것이지만 여자 학습원(女子學習院)이나 일본여자대학을 염두에 둔 것이다.

20) 후반에 논하는『노르웨이의 숲』에서도 대학이 남녀교제의 계기의 하나로되어 있다.

21) 고스기 덴가이(小杉天外),『魔風戀風』, 春陽黨, 1903.

22) 주 13)과 같음.

23) 주 8)과 같음.

24) 牟田和惠,「セクシュアリテイの編成と近代国家」,「処女の近代ー封印された肉体」(上野千鶴子 외 編,『セクシュアリテイの社会学』, 岩波書店, 1996)

25) 다만 요사노 아키코의 평론에 있어 '정조'관은 문명개화기의 플라토닉 러브 지상주의를 계승하는 것이고, 그 비판은 후지노 에다(藤野枝), 히라츠카 라이쵸 등『青鞜(청탑)』의 평론이 중심이다. 구체적으로는 佐伯順子,「与謝野鉄幹と晶子ー「近代恋愛」の完成」,『国文学 解釈と教材の研究』(제44권 4호), 1999. 3, 学灯社. 또한 메이지기에 있어 여성작가의 시점에서의 남성시점의 '연애'의 상대화에 관해서는 사에키, 전게서 제8장 참조.

26) 전후 성도덕의 체현으로서의 '순결교육기본요강'(1954)과 쇼와 30년대의 '순애'붐에 관해서는 藤井淑禎,「純愛の系譜」, 靑木保 외 編,『近代日本文化論11愛と苦難』, 岩波書店, 1999.

27)『青い山脈』에서 연애관, 결혼관에 관해서는 佐伯順子,「性をめぐる倫理ー近代から現代へ」,『アステイオン』第60號, 2004. 3.

28) 야마다 에이미(山田詠美),『ベッドタイムアイズ』, 河出書房新社, 1985.

29) 竹田靑嗣, 河出文庫版『ベッドタイムアイズ』解説.

30) 주 29)와 같음.

31) 메이지 민법에서 여성의 지위에 관해서는 같은 주 13). 다만, 여성의 리더십이 흑인남성이라는 마이너리티를 상대로 성립하고 있다는 점은, 젠더와 에스니시티의 문제를 남기고 있다.

32) '깔끔한 연애소설을 쓰고 싶다'고 생각한 결과, '그다지 〈가볍다〉고 말하기 어려운 소설이 되고 말았다'(후기, 『ノルウエイの森(下)』, 講談社, 1987). 문고판은 講談社文庫, 2004.

33) 1994년 조사에서는, 혼전의 성교를 부정하는 의견은 젊은이의 10%에 지나지 않고 부정 의견이 많았던 1971년과는 의식이 역전되고 있다(卜部敬康 외 編, 『常識の社会心理』, 北大路書房, 2002). 『노르웨이의 숲』의 남녀관계는 이러한 1980년대에서 90년대에 걸친, 일본 젊은이들의 성의식의 변화를 반영하고 있다고 할 수 있다.

34) 吉本ばなな, 『満月—キッチン2』, 福武文庫, 1991.

35) 메이지의 '러브'는 '홈' 즉 '가정'의 애정을 기반으로 하여 중시되었다. (앞의 졸저 참조)

36) 斎藤綾子, 『ルビーフルーツ』(1992), 松浦理恵子, 『親指Pの修行時代』(1994)와 같이 여성의 섹슈얼리티를 주체적으로 말하는 여성에 의한 문학은 90년대에도 계속 발표되었으나 그것이 『키친』과 같이 대규모적인 인기를 얻은 현상은 보이지 않는다.

37) 「恋を夢見る日本人 平成「純愛」大流行事情」(『サンデー毎日』 2004.7.11)에서는 「겨울연가(冬のソナタ)」의 주연인 배용준의 사진을 게재한 특집 기사를 만들었다.

【 참고문헌 】

〈 一次文獻 〉

坪内逍遥 『当世書生気質』 晩青堂 1885

――――『坪内逍遥集』(明治文学全集16) 筑摩書房, 1969

北村透谷 『透谷全集』 岩波書店 1950

明治文化研究會 編 『明治文化全集16 婦人問題篇』 日本評論新社 1955

尾崎紅葉 『尾崎紅葉集』(明治文學全集18) 筑摩書房 1965

『女學雜誌』(復刻版) 臨川書店 1966

小杉天外 『魔風戀風』 春陽堂 1903

小栗風葉 『小栗風葉集』 春陽堂 1928

田山花袋 『花袋全集』 第一卷 內外書籍會社 1936

二葉亭四迷 『二葉亭四迷全集』 第一卷 岩波書店 1964

伊藤左千夫 『野菊の墓』(新選名著復刻全集) 日本近代文學館 1970

靑鞜社 編 『青鞜』(復刻版) 不二出版 1983

堀場清子 編 『『青鞜』女性解放論集』 岩波書店 1991

山田詠美 『ベッドタイムアイズ』 河出書房新社 1985(河出文庫 1987)

村上春樹 『ノルウエイの森(上)(下)』 講談社 1987(講談社文庫 2004)

吉本ばなな 『キッチン』 福武書店 1988(角川文庫 1998)

――――『滿月-キッチン 2』 福武文庫 1991

齊藤綾子 『ルビーフルーツ』 雙葉社 1992(新潮文庫 1996)

松浦理惠子 『新指Pの修業時代(上)(下)』 河出書房新社 1993

〈 二次文獻 〉

高柳光寿・竹内理三 編 『日本史辞典』(第二版) 角川書店 1966

柳田国男 「婚姻の話」 『定本柳田国男集』 筑摩書房 1969

松下貞三 『漢語「愛」とその複合語 ・ 思想から見た日本史』 あぽろん社 1982

柳父章 『飜訳語成立事情』 岩波書店 1982

米倉充 『近代文学とキリスト教 明治大正篇』 創元社 1983

三鬼浩子 「明治婦人雑誌の軌跡」 近代女性文化史研究会 編 『婦人雑誌の夜明
　　け』 大空社 1989

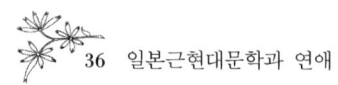

牟田和惠「セクシュアリテイの編成と近代國家」上野千鶴子 外 編『セクシュアリテイの社會學』岩波書店 1996

川村邦光「〈処女〉の近代ー封印された肉体」위의 책

佐伯順子『「色」と「戀」の 比較文化史』岩波書店 1998

─────「与謝野鉄幹と晶子ー「近代恋愛」の完成」『國文學 解釋と教材の研究』第44卷 4号 學燈社 1999.3

藤井淑禎「純愛の系譜」靑木保 外 編「近代日本文化論11愛と苦難」岩波書店 1999

總合女性史硏究會 編『史料にみる日本女性のあゆみ』吉川弘文館 2000

卜部敬康・林理 編『常識の社会心理』北大路書房 2002

佐伯順子「性をめぐる倫理ー近代から現代へ」『アステイオン』第60号 2004.3

山越峰一郎「恋を夢見る日本人 平成「純愛」大流行事情」『サンデー毎日』每日新聞社 2004.7.11

▲ 모리 오가이

▲ 『청년』광고
(「스바루」 1913년 2월)

방황하는 청춘

-『산시로』와 『청년』의 연애 비교-

최재철*

1. 나쓰메 소세키(夏目漱石)의 『산시로』의 연애[1)]

1) 소세키와 『산시로』의 세계

나쓰메 소세키(夏目漱石; 1867-1916)의 『산시로(三四郎)』(1908)는 일본근대문학이 낳은 대표적인 청춘 연애소설이자 교양소설이다.

소세키(漱石)는 도쿄(東京)에서 8남매 중 막내로 태어나 불우한 어린 시절을 보내고 도쿄대학(東京大学)영문학과를 졸업한 후 시코쿠(四国)마쓰야마(松山) 중학과 규슈(九州) 구마모토(熊本)고등학교(현재, 구마모토대학) 교사를 거쳐 국비로 영국 런던에 유학을 간다. 귀국 후 도쿄대학 등에서 영문학과 문학평론을 강의하다가 교수의 길을 그만두고, 아사히(朝日)신문사에 촉탁소설가로 입사하여 전업작가로서 문필에 전념한다. 그는 20세기 초에 등단하여 작가생활 말년까지 10여 년간 왕성한

---

* 崔在喆 : 한국외국어대학교 일본어대학 일본문학전공 교수.

작품활동을 통해, 소설·평론·정형단시 하이쿠(俳句)등, 전집 20여권 분량의 업적을 남긴 근대 일본의 대표적 국민작가이다. 이 무렵은 일본 근대문학사상 과도기적인 초창기와, 사실주의 및 낭만주의의 문예사조가 도입되는 발전기를 지나 문단에 자연주의 사조가 풍미하던 성숙기이다. 소세키는 모리 오가이(森鷗外; 1862~1922)와 함께 근대문학의 쌍벽을 이루며 당시 자연주의 문단과는 별도로 독자적인 문학세계를 구축한 지성파 작가이다.

소세키의 작품은 세태풍자와 유머로 지식인의 지적 유희와 재미를 보여주는 『나는 고양이로소이다(吾輩は猫である)』(1905)와 『도련님(坊ちゃん)』(1906)을 비롯하여, 인간의 에고이즘과 그 회한을 끝까지 추구한 근대 고백체 소설의 명작 『고코로(心)』(1914) 이후 더불어 사는 일상의 의미를 환기시키는 '칙천거사(則天去私: 나를 버리고 하늘의 뜻을 따름)'라는 만년의 사상을 대변하는 『노방초(道草)』(1915)와 유작 『명암(明暗)』(1916)에 이르기까지 작가의 다양한 사고의 폭과 여유를 유감없이 보여주고 있다.

『산시로』는 『그리고서(それから)』, 『문(門)』을 포함한 초기 3부작 중 첫번째에 해당하는 것으로 청춘 남녀의 풋풋한 연애의 첫 단계를 그린 것이다. 산시로의 이야기는 아름답고 세련된 신여성 미네코(美禰子)와의 만남과 헤어짐을 축으로하여 작가의 분신인 히로타(廣田)선생의 넓은 시야와 문명 비판이 곁들여지고, 넉살좋고 밉지 않은 친구 요지로(與次郞)와 학구파 선배 노노미야(野々宮), 순진한 처녀 요시코(よし子) 등이 등장하여 젊음의 방황과 성장을 보여주고 있다. 이러한 청춘소설의 등장인물 즉, 이성, 선생 또는 선배, 친구는 젊은 시절에 영향을 미치는 3대 요소일 것이다.

주인공 청년 산시로에게는 세 개의 세계가 있다. 제1의 세계는 어머니가 계신 고향, 제2의 세계는 도서관이 있는 학문의 세계, 제3의 세계

는 아름다운 여성과의 연애 등, 이 세 가지 세계의 조화와 융합을 생각하지만 그것이 쉽지 않다. 산시로는 독서와 사색 틈틈이 상경할 때 '기차에서 만난 여자(汽車の女)'에게서 들은 '배짱이 없는 남자'라는 말을 반추하며, 그 연장선에서 만난 미네코의 애매한 말과 당돌한 태도에 휘둘리면서 갈등을 겪게 된다. 그리고 상경한 지방 청년으로서 대도시 도쿄(東京)의 시시각각 변화하는 모습에 대한 놀라움과 서양의 신문물에 대한 충격은 근대 일본인 모두가 겪은 태풍과도 같은 것이었다.

2) 방황하는 청춘

　청춘은 방황 그 자체라고 말할 수 있을 것이다. 불완전하고 미숙하여 때로 불안하고 이리저리 헤매며 암중 모색하는 시기, 그것이 바로 방황하는 청춘일 터이다. 아침 햇살을 받는 신록과 같은 찬란함과 비오는 여름날 한밤의 우울함, 그리고 낙엽지는 가을날의 외로움이 교차하는 청춘시절을 방황 없이 보낼 수는 없다. 소세키는 『산시로』에서 방황하는 청춘을 '길 잃은 양'에 비유하고 있다.

　미네코가 산시로에게 던진 '스트레이 쉽(stray sheep 迷羊: 길 잃은 양)'이란 말은 미네코 자신과 산시로는 물론, 방황하는 젊음 그 자체를 상징하는 표현인데, 처음에 이 말의 의미를 몰랐던 산시로는 미네코와 헤어지고 나서 비로소 그 뜻을 깨닫게 되면서 청춘의 방황의 한 장을 접는 것이다.

　'꾸벅꾸벅 졸다 눈을 떠보니 여자는 어느새 옆자리 할아버지와 이야기를 하고 있다'로 시작하는 『산시로』의 첫머리는 재미와 암시, 신선함으로 당시 소설의 압권이라고 생각한다. 상경열차 안에서 졸다 깬 산시로의 시야 속에 여자가 들어오게 함으로써 독자의 호기심을 자극하고 흥미롭게 이야기가 이어져 여자의 언행을 계속 반추하게 한다. 그런 한편으로는 러일전쟁(1904~1905) 직후의 시대상과 세태를 은연 중에 보여주고 있다. 도입부의 열차 장면에서 여자가 퇴장한 다음, 중년남자(히로타선생)가 등장하여 '구마모토보다 도쿄가 넓고 도쿄보다 일본이 넓고 일본보다 머릿속이 넓다'며 '얽매이면 안 된다'고 충고한다. 그리고 그는 시대와 문명의 비평가로서 산시로의 시야를 넓혀주는 역할을 한다.

히로타선생과의 만남은 상경후 대학 구내의 연못가에 앉아 상념에 잠기는 다음과 같은 장면과 대조적이다.

> 산시로가 가만히 연못 수면을 응시하고 있으려니까 커다란 나무가 몇 그루인가 물 속에 비치고 그 속에 푸른 하늘이 보인다. 산시로는 이 때 전차보다도 도쿄보다도 일본보다도 먼 또 아득한 느낌이 들었다. 그러나 잠시 후 그 느낌 속에 옅은 구름과도 같은 외로움이 온 몸으로 퍼져 왔다.2)

이렇게 외로움을 느끼는 순간, 방황은 준비되고 전환점이 찾아와 새로운 만남이 이뤄지게 된다. 도쿄의 변화와 활력과 동요에 홀로 뒤쳐진 듯한 불안을 느끼면서, 어머니의 편지가 '어쩐지 빛바랜 먼 옛날로부터 배달된 느낌이 든다'고는 하지만 때로 위안을 받는다.

산시로가 미네코를 연못가에서 처음 만나는 장면은 아주 인상적이다. 기모노(着物: 일본 전통 옷)를 입고 부채를 든 미네코가 언덕 위에 석양을 향해 서있고 산시로가 아래쪽에서 올려다보는 구도이다. 산시로는 '그저 아름다운 색채'라는 느낌을 받는데, 이 장면은 소설의 끝부분에서 미네코의 희망에 따라 그녀가 화가 하라구치(原口)의 모델이 된 그림 '숲 속의 여인(森の女)'으로 그려져 단청회(丹靑会)의 전람회에 출품된다. 전람회에 간 산시로는 이 그림 제목이 나쁘다며 '스트레이 쉽'이라고 두 번 되뇌이면서 소설은 대단원의 막을 내리는 것이다. 미네코는 금테안경 쓴 남자와 결혼하기로 결정하면서 일단 방황을 매듭짓게 되는데, 산시로는 미네코의 결혼 결심을 안 직후 이 말의 의미를 제대로 이해하게 되는 것이다. 그리고 나서 방황하는 청춘의 첫 장을 마무리하며 성장해 간다.

두 사람의 만남이 회화적으로 그려지는 장면은 이밖에도 요시코 문병시 병원 복도에서 조우하는 장면과 히로타 선생님 댁에서의 묘사 등이 있다. 여기에 서양화의 다양한 인용과 하라구치의 회화론, 전람회 참석자들의 그림평 등을 당시 화단과 관련지으면 하가 도루(芳賀徹)가 말하는 바와같이 『산시로』에 대한 '회화소설(絵画小説)론'이 쓰여질 만하다.[3]

또, 인상적인 표현은 산시로가 본 미네코의 눈에 관한 묘사인데, 두 사람이 연못가[4]에서 처음 만났을 때 산시로가 받은 느낌은 강렬하다.

산시로는 분명히 여자의 까만 눈동자가 움직이는 찰나를 의식했다. 그 때 색채감은 말끔히 사라지고 뭐라 말할 수 없는 무엇과 마주쳤다. 그 무엇은 기차에서 만난 여자에게 '당신은 배짱이 없는 분이군요'라는 말을 들었을 때의 느낌과 어딘가 비슷하다. 산시로는 두려워졌다.

산시로는 이렇게 '기차의 여자'와 '연못의 여자(池の女)'에 대하여 공통적으로 위축감과 두려움을 갖는데, 이런 표현에 이 연애가 난항에 부딪힐지 모른다는 암시가 들어있다고 볼 수 있을 것이다. 나중에는 미네코의 눈을 육감적인 눈, 무언가를 호소하는 눈이라고 떠올린다.

그리고 미네코의 시선은 대개 높고 먼 데에 머문다. 그래서 흰구름을 보고 타조의 보아(boa: 목깃) 같다는 등 세련된 말을 종종 한다. 또 국화인형 전시회에 함께 간 미네코의 눈동자의 표정에서 '묘한 어떤 의미'를 발견하고, '영혼의 피로, 육신의 나른함, 고통에 가까운 호소가 있다'고 서술한다. 이럴 때 순진한 산시로는 여자에게 무슨 말을 하고 어떻게 반응하며 어떤 행동을 해야 하는지를 모르는 숙맥이다. 그 다음은 운동회 날 운동장에서 노노미야를 만나고 온 미네코의 눈을, '그 눈은 이때만은 아무것도 호소하고 있지 않았다. 산시로는 마음속으로 불꺼진 램프를 보는 듯한 기분이 들었다.' 라고 표현하고 있다. 이것은 미네코의 어색한 표정과 소위 '무의식의 위선(unconscious hypocrisy)', 즉 내숭 또는 복잡한 심정의 반영이거나, 산시로의 막막함과 묘한 감정 또는 질투를 나타낸다고 볼 수 있다. 그리고 미네코의 방에서는 '눈과 입에 미소를 머금고 아무말 없이 산시로를 지켜보는 모습에 남자는 오히려 달콤한 고통'을 느끼고, 단청회 전람회에서 노노미야가 나타나자 귓속말을 하는 척한 미네코를 추궁할 때 산시로는 '그 눈동자 속에서 말보다도 깊은 호소력을 감지'하는 것이다.

산시로는 이렇게 미네코의 표정과 느낌만을 충실히 감지하고 바라볼 뿐, 미숙하고 순진하여 거기에 대한 적절한 대처방식을 알지 못하며 그녀에게 다가설 용기도 적극성을 띨 배짱도 없고 미네코와는 서로 보는 방향이 어긋나 있어서 연애에 성공할 수 없게 된다. 하물며 '마치 더러운 데를 깨끗한 사진으로 찍어서 바라보고 있는 듯한 느낌이 든다'고 의심쩍어 함에랴. 한편, 자신이 빌려준 돈으로 경마권을 샀다는 산시로에게 미네코는 보다 분명한 메시지로,

> 경마권을 맞추는 것은 사람의 마음을 알아 맞추는 것보다 어렵지 않나요? 댁은 색인이 붙어 있는 사람의 마음조차 맞추어 보려고도 하시지 않는 태평한 분인데.

라고 의미심장한 말을 던지는 것이다.

산시로는 이러한 미네코의 적극적인 의사표현의 의미를 바로 파악하지 못한 채 때를 놓치고 만다. 나중에 용기를 내어, "그저 당신을 만나고 싶어서 간 겁니다"라고 말했을 때 여자는 산시로를 외면하고 한숨을 쉴 뿐이다.

미네코와 산시로의 이야기는 소설의 끝부분에서 미네코의 결혼 확정

과 함께 결말을 보게 된다. 산시로가 골라준 향수에 대한 추억을 간직하고 있는 것을 보면 미네코의 일말의 아쉬움 또한 남아있긴 하다. 두 사람이 마지막으로 만나는 교회 앞에서 그녀가 독백처럼 '대저 나는 내 죄를 아오니 내 죄가 항상 내 앞에 있나이다'라는 성서 구절을 자그마한 소리로 읊조리는 것을 보면, 산시로에 대한 미네코의 미안함과 반성의 일단이 피력되고 있다.

> 그것을 산시로는 확실히 알아들었다. 산시로와 미네코는 이렇게 헤어졌다. 하숙집에 돌아오니 어머니한테서 전보가 와 있다. 펴보니, '언제 출발하느냐'고 적혀 있다.

연애라는 제3의 세계에서 여자와 '헤어짐'이 있은 직 후, 마음만 먹으면 언제든지 돌아갈 수 있고 유사시의 현실도피처와도 같은 제1의 세계인 고향의 어머니로부터 '언제 출발하느냐'는 전보를 받는 장면은 지극히 상징적이다. 청년 산시로가 도회지에서 헤어짐의 아픔을 잊기위해 일시 귀향한다고 함은 또 다른 〈출발〉을 의미하는 것일지도 모른다.

3) 산시로의 성장과 도쿄

『산시로』가 교양소설이라는 측면은 상경의 이미지 즉, 도쿄와 서양을 향해 넓은 세계로 나아간다는 데에 이미 내장되어 있다. 그 구체적인 내용은 제2의 세계 즉, 학문의 세계에 접할 때 확인하게 된다. 학문의 세계는 헤겔론 등을 읽는 넓은 열람실과 겹겹이 쌓인 장서가 있는 도서관·강의실 풍경과, 구마모토시절 부터 소세키의 문하생이며 물리학자이자 수필가인 데라다 도라히코(寺田寅彦)가 모델이라는 선배 노노미야의 실험실 장면, 사상면의 비평가 안내자로서의 히로타 선생의 역할, 대학생활면에서의 친구 요지로의 활약 등을 통하여 알 수 있다.

소세키의 지식인 사랑방 '목요회(木曜會)'를 연상하게 하는 각 분야의 문화인 모임에서의 다양한 담론을 듣는 것도 유익하다. 근대극의 창시자 입센의 자아본위 사상에 관한 강연회라든지, 당시 자연주의, 낭만주의 등 문단 상황은 물론, 그리스 연극론과 문예협회(文藝協會)의 「햄릿」 공연 등 일본 연극계의 동향, 하라구치의 회화론, 꿈의 해석, 죽음과 운명론 등 놓치기 아까운 재담과 표현들이 점철되어 있다. 예컨대, 물리학자 노노미야가 화가 하라구치에게 그림 그릴 때의 인스피레이션(영감)론을 개진하자, 옆에 있던 어느 소설가가 '자기의 인스피레이션은 편집자의 원고 독촉뿐이라고 한 말에 좌중이 폭소를 터뜨리는' 장면은 아사히신문사 전속 소설가로서 매일매일 신문 연재소설을 집필하던 소세키 자신의 이야기인 듯하여 아주 공감이 간다.

여기서 바람과 시간, 죽음과 운명에 관한 묘사를 몇 군데 골라 보기로 한다. 골목을 나서자 '바람이 시간을 가르고 자신의 하숙집 쪽에서 불어온다.' 산시로는 이러한 바람소리를 들을 때마다 '운명'이라는 글자를 떠올린다. 바람은 대개 산시로 혼자 있을 때 분다. 계속 불어대는 바람을 확실히 '요지로 그 이상의 바람'이라며, 미네코에게 빌린 돈 30엔도 '운명의 장난'이 낳은 것이라고 생각하기도 한다. 어린아이의 장례식 행렬을 보고 조촐하나마 하얀 관과 오색바람개비가 쉴 새 없이 돌아가는 장면을 보고,

> 남의 죽음에 대해서는 아름답고 평온한 맛이 있음과 더불어, 살아있는 미네코에 대해서는 아름다운 향락의 밑바닥에 일종의 고뇌가 있다.

라고 묘사하고 있다. 이 작품 초반에 산시로가 쇼킹한 열차 자살사건을 목격하는 이야기가 삽입되어 있는데 순식간에 결말이 나는 비참한 운명을 보고 인생의 의미를 반추하는 것이다. 그리고 '운명도 요지로도 손을 쓸 수 없을 만큼 깊은 잠에 빠졌들었다가 집 뒤편 하늘을 붉게 물들이는

화재가 났을 때 그것을 응시하며, '산시로의 머리에는 운명이 역력히 붉게 비쳤다'고 토로하고 있다.

또한 영국작가 토마스 브라운이 생사관 영혼불멸론을 장중한 문체로 쓴 『하이드리오타피아(壺葬論)』에 나오는 '적막함 속에 양귀비 뿌리누나! 끊임도 없이, 타인의 유물에 대해선 영겁의 가치가 있다 없다를 묻지 말지어다'라는 구절과 소망과 죽음 영생 삶의 의미 등을 지적한 끝 구절을 인용하고 있다.

그리고 화가 하라구치가 미네코를 모델로 그림을 그리는 모습을 보면서 느끼는 다음 장면에서도 영원의 문제를 생각하게 한다.

> 제2의 미네코(그림)는 이 정적 속에 차츰 제1의 모습(본모습)으로 다가온다. 산시로에게는 이 두 사람의 미네코 사이에 시계 소리조차 닿지 않는 조용하고 긴 시간이 포함되어 있는 듯이 여겨졌다. 그 시간이 화가의 의식에조차 떠오르지 않을 만큼 얌전히 지나감에 따라 제2의 미네코가 마침내 쫓아온다. 잠시 후 쌍방이 딱 마주쳐 하나로 모아지려 하는 순간, 시간의 흐름이 갑자기 방향을 바꿔 영원 속으로 흘러들어가 버린다.

이러한 운명 · 시간 · 정적 · 영원 등의 구절에서 작가의 사유의 폭을 짐작할 수 있고, 이어지는 영혼이 깃든 그림에 관한 하라구치의 회화론에서 소세키의 회화에 대한 심미안과 문장 표현력을 확인할 수 있다.

한편, 신문의 사회면 기사는 열 중에 아홉이 비극이라서 사람들은 비극을 비극으로 맛 볼 여유가 없고, 6호 활자로 간략히 내는 사망기사 또한 '간단명료의 극치'라고 표현한다. 또 '도둑일람'이라는 기사란에 도둑 명단이 일목요연하게 정리되어 있어 아주 편리하다는 구절에서는 소세키의 블랙유머를 느낄 수 있다.

이와 같이 『산시로』에는 소세키의 문학과 미술 · 음악 · 연극 등 동서양 문화에 관한 폭넓은 관심과 독서체험은 물론, 당시 시대상에 대한 통찰, 일본의 풍물시, 서양 신문명을 즉시 받아들인 100년 전 근대 도시 동경의 풍속도 -전차, 활동사진(영화), 바이올린 연주, 전람회, 은행거래, 전보, 외래어의 다용, 서양식 복장, 향수, 서양요리, 라이스카레, 맥주, 카페- 등을 엿볼 수 있는 재미가 있다. 이상과 같은 점에서 『산시로』는 교양소설다운 면모가 뚜렷하다고 하겠다.

2. 모리 오가이(森鷗外)의 『청년』과의 비교[5]

소세키의 『산시로』발표는 모리 오가이(森鷗外)에게 자극을 주어 『청년(靑年)』(1910~1911)이라는 작품을 쓰게 하는 계기가 되었다.[6]

1) 청년들의 도쿄 지향의 의미

『청년』의 주인공 고이즈미 준이치(小泉純一)는 아직 인생을 잘 모르는 순진하고 지적인 청년이다. 작가 지망생으로 혼자 고향 Y(山口, 야마구치)현에서 도쿄로 올라와 친지도 거의 없는 대도회에서 자립 생활을 영위해 가려고 한다.

소세키의 『산시로』의 주인공인 오가와 산시로(小川三四郎)도 지방 규슈(九州)의 구마모토(熊本)에서 상경한다. 산시로(三四郎)는 대학에 입학하기 위해서이고, 준이치(純一)의 경우는 소설가가 되기 위해 상경하는 것이다. 소설가가 되기 위해서라면 지방에 있어도 가능 하지만 그가 창작 속에 묘사해 보고자 하는 대상은 현대 사회이다. 현대 사회를 알기위해서는 우선 자신이 그 속에 뛰어들어 살아보지 않으면 안 된다. 그래서 실제로 그 속에서 생활해보려는 것이다.

산시로도 도쿄 유학생의 한 사람이다. 구마모토고등학교를 졸업하고,

대학 입학을 위해 도쿄에 온 산시로는 전차, 많은 사람, 산재한 건설 현장 등을 보고 놀랄 따름이다. 이런 격동이 현실 세계라고 한다면 자신은 지금까지 현실 세계에 한 치도 접촉한 적이 없는 셈이 된다. 도쿄의 한가운데 선 산시로는 불안을 느끼게 되고, 메이지(明治) 시대의 사상은 서양 역사에서 보이는 300년간의 활동을 단 40년 만에 되풀이하려고 한다고 생각한다.[7]

　이 부분은 『청년』의 준이치가 말하는 바와 같이 자신이 그리려는 것은 현대 사회인데 그 실감이 잡히지 않는다는 장면[8]과 대비된다. 당시의 도쿄는 도시화가 진척되어 그 면모가 크게 바뀌는 중이었으므로 지방에서 상경한 이들에게는 전혀 이질적인 별세계처럼 느껴졌던 것이다. 당시 근대도시 도쿄에는 입신출세와 서양의 신문물을 찾아 몰려드는 젊은이들로 인구가 급격히 증가하여 집중화 현상이 나타났다. 각종 「도쿄유학안내서」가 출간되었고, 오가이도 안내서에 추천사를 쓰기도 하였으며 최초의 근대적 눈금지도인 「도쿄방안도(東京方眼図)」를 제작·인쇄하여 도쿄의 길안내를 도왔다.

2) 〈청년〉의 사상과 인생

　『청년(青年)』의 주인공 준이치(純一)가 1910년에 상경하여 그 시대를 호흡하고 현대 사회의 대표인 도쿄에서 생활하며 사상과 인생에서 어떠한 성장 과정을 거치는가를 살펴보기로 한다.

　먼저 사상면에서, 준이치가 성장하는 가장 중요한 계기는 입센과의 만남이라고 볼 수 있다. 그 다음이 선배격인 오무라(大村)와의 교제 중에 마테를링크의 『파랑새』와 관련한 행복론의 의미를 생각하는 것일 것이다. 오무라는 산시로의 고향 선배 노노미야와 비견되는 인물이다. 다음으로 인생 면에서, 젊은이에게 당면한 과제는 역시 어떻게 살 것이냐 하는 충실한 삶의 추구와 여성과의 만남일 것이다.

준이치는 우선 중학 동창으로 미술학교 학생이며 보헤미안이라고 지칭되는 세토(瀨戶)의 소개로 청년 클럽인 〈디다스칼리아(DIDASKALIA)〉[9] 월례회에 가보게 된다. 여기서 문제의 입센에 관한 강연을 듣는다. 연설은 소설가 중에서 가장 학문이 있음 직한 히라타 후세키(平田拊石)가 맡는다.

> 길은 자기가 가기 위하여 자기가 여는 길이다. 윤리는 자기가 존중하기 위하여 자기가 구성하는 윤리이다. 종교는 자기가 신앙하기 위하여 자기가 건립하는 종교이다. 한 마디로 말하면 자주성(Autonomie)이다.
> (중략)
> 여하튼 입센은 추구하는 사람입니다. 현대인입니다. 새 사람입니다.[10]

여기서 준이치로 대표되는 근대 일본 청년들의 사색적 생활의 한 단면을 볼 수 있을 것이다. 자기의 길을 스스로 결정하는 자주적 근대인, 그것이 입센이 추구하는 새로운 인간형이라는 주장은 새 시대의 참신한 사상이다. 등장인물 히라타 후세키는 소세키를 연상하게 하면서 『산시로』의 히로타(廣田)선생 역할을 떠올리게 하고, 준이치의 동창 세토는 산시로의 친구 요지로와 비교된다. 그들은 근대 서구 사조의 하나인 입센의 개인주의를 재빨리 받아들여 스스로 사상면의 성장을 위한 영양소로 삼으려 했음에 틀림없다. 그러나 입센이 말하고자 하는, 인간은 평등하고 각자의 개성을 서로 존중해야 하는 자주적 존재라는 본질의 일면은 이해했다고 하더라도, 그들이 지향하는 바는 결국 '일본에 들어오면 모두 작아지는', 입센으로 대표되는 근대 서구 사조를 잘 섭취하여 크게 되고 싶다, 새 시대에 알맞은 인물이 되고 싶다는 것이다. 이와 같이 메이지(明治) 시대의 일본 청년들에게 있어서 학문은 심오한 진리 탐구라는 그 자체 목적적인 의미 이외에, 오히려 입신출세와 부국강병의 국가 발전을 위한 도구로 여겨진 측면도 있다고 하는 점을 간과할 수 없다. 이는 역시 메이지라고 하는 시대의 풍조를 반영한다고 볼 수 있다.

이는 준이치 자신이 입센극『존 가브리엘 보르크만』(오가이 번역)을 보는 그 자리에서 만난 사카이(坂井)부인의 유혹에 빠져, 결국 생의 실체를 느낄 수 없었던 것과도 비슷하다. 여기서 준이치의 성장 과정 중 사상 면에서의 입센과의 만남과, 청년의 인생에서 중요한 여성(사카이 부인)과의 만남이 동시에 이루어지고 있다는 점에 유의할 필요가 있다.『청년』의 구성상 작자 오가이의 면밀함을 엿볼 수 있는 한 단면이기 때문이다. 서구 문예사조의 본격적 도입기인 1910년경의 일본 청년에게 사상과 인생, 또는 관념과 현실, 이 두 가지는 서로 부합하기도 하고 때로 상충하기도 하면서 방황과 모색, 그리고 성장의 과정을 거치게 된다.

준이치가 도쿄에서 만난 여성들은 그의 삶 속에 어떠한 의미를 갖는가? 제일 먼저 만난 오유키(お雪)는 순진무구하고 청순한 처녀이고, 여자다운 여성으로 잠깐 등장하는 오야스(お安)는 의무감이 강한 주부였으며, 게이샤(芸者) 오차라(おちゃら)는 마테를링크의『파랑새』와 동시에 등장함으로써 전통적인 일본과 서구 사조를 대조적으로 비춰주는 이중의 효과를 내는 인물이다.

준이치가 만난 여성 중에서 가장 큰 비중을 차지하는 사람은 역시 사카이(坂井) 부인이다. 사카이 부인은 미모의 젊은 미망인으로, 그녀의 매혹적이고 비밀을 간직한 듯한 눈매에 이끌려 준이치는 본능적인 첫경험을 하기에 이른다. 오스트리아의 철학자 오토 바이닝거(Otto Weininger : 1880~1903)의『성과 성격』에 관한 대목이 등장하는 것이 이 부분인데, 이는 사랑이 없는 사카이 부인과의 본능적 관계에 회의를 느끼게 되기 때문이다. 준이치는 결국 사카이 부인이 알베르 사맹의『크산티스』[11]에 나오는 단지 아름다운 여자 인형에 지나지 않는다는 것을 절감하고 환멸을 느끼는 데서 소설『청년』도 끝나게 된다.

이러한『청년』의 준이치와 사카이부인과의 사이에서 전개되는 남녀

관계는 소세키의 『산시로』와는 많이 다르다. 산시로(三四郎)와 미네코 (美禰子) 사이에서 벌어지는 것과 같은 긴장되고 충실한 연애는 당시의 도쿄에는 있을 법하지 않다는 점이다. 산시로의 경우를 현대에 옮겨놓아도 손색이 없는 청춘소설이 될 듯하고 그래서 더 읽히는지도 모른다. 오가이도 그렇게 생각했을 것이다. 그리고 이것이 준이치가 대표하는 1910년경의 일본 청년의 불행이며 그들 청춘의 불모의 근원이라고 오가이는 정색을 하고 주장하고 있는 것이 아닐까 생각한다.

그러면 준이치의 인생에서 여성은 어떤 의미가 있는가. 준이치는 자신의 인생에서 여성을 떼어놓는 것은 쓸쓸하다고 생각한다. 오가이의 초기 단편소설 「무희」(1890)의 도요타로(豊太郎)가 혼자 귀국하면서 엘리스의 사랑을 버리는 경우와는 다르지만 마음 속에 이는 허허로움은 마찬가지다. 그러나 이러한 공허감으로부터 준이치는 작품 창작의 새로운 의욕과 지금까지 느끼지 못하던 충실한 기분을 갖게 된다. 이때, 고향의 조모에게서 들은 옛 전설을 떠올린다. 근대적인 서구 문명에 접할 수 있는 도쿄 생활에서 여성에게 환멸을 느낀 준이치가 돌아갈 곳은 결국 '고향'이나 '조모', '전설'로 상징되는 일본의 전통적인 세계였던 것이다. 여기서 미네코와 헤어진 산시로의 귀향을 연상하게 된다.

이와 같은 사실은 당시의 소위 자연주의 소설의 대부분이 빈곤과 여성 문제로 고민하는 모습을 주제로 하여 성립했다는 것을 간파하고 있었던 『청년』의 작가 오가이 자신이 창작의 소재를 현대의 인생으로부터 방향 전환하여, 전설이나 역사에서 구하여 역사소설을 쓰기 시작한 것과 관련이 있다고 하겠다.

3. 맺음말

『산시로』와 『청년』은 등장인물의 구도와 교양소설 다운 점 등은 유사하면서도 연애의 대상과 전개 내용, 지향점 등에서 서로 많이 다르다는 것을 알 수 있다.

그런데 입센이즘 섭렵 등 서구 사상 편력과 청춘의 방황, 모색, 성장을 공통적으로 다루고 있다는 점에서 근대 청춘 연애 소설의 기본틀을 보여주고 있다고 하겠다. 『산시로』와 한국 근대문학과의 관련을 언급하자면, 근대 소설의 효시인 『무정』(1917)의 작가 이광수가 도쿄유학 시절을 회상한 「일기」에, '홍고자(本郷座)에서 오델로 극을 보다. 쉬는 틈에는 『산시로(三四郎)』를 읽었다'고 적고 있고,[12] 『무정』을 쓸 즈음 『산시로』를 애독한 흔적이 있음을 상기할 만하다. 산시로도 〈문예협회〉가 주최하는 연극 셰익스피어 작 「햄릿」 공연을 극장 홍고자에서 관람하는 것과 오가이 『청년』의 준이치가 자유극장 제1회 공연인 입센 작 오가이 역 「존 가브리엘 보르크만」을 관람하는 것을 보면, 괴테의 『파우스트』를 오가이(鷗外) 모리 린타로(森林太郎) 박사의 일본어역으로 읽었다는 이광수[13]는 일본의 청년들 산시로 등과 똑같이 20세기 초 도쿄의 공기를 함께 호흡하며 동시대의 신문화를 접하고 있었던 셈이다.

이상으로 나쓰메 소세키(夏目漱石)의 『산시로(三四郎)』와 모리 오가이(森鷗外)의 『청년』의 연애 대비를 통해 일본 근대문학 속의 방황하는 청춘상을 살펴보았다. 또한 두 작품에 상통하는 근대 청년의 사상 편력을 통해 교양소설적 측면을 확인하였다.

주

1) 최재철, 「작품해설-방황하는 청춘 〈산시로〉의 의미-」 참조.
    崔在喆, 「彷徨する青春 -『三四郎』を読む-」 참조.

2) 나쓰메 소세키 지음, 최재철 옮김, 『산시로』, 위의 책, 23쪽. 작품 인용은
    이 번역에 따름.

3) 하가 도루(芳賀徹), 『絵画の領分』, 朝日新聞社, 1984.

4) 이 연못은 도쿄대학(東京大学) 구내에 있는 것으로 소설 『산시로(三四郎)』
    로 유명해져, 이후 '산시로연못(三四郎池)'으로 불리워지고 있음.

5) 최재철, 「근대 일본문학 속의 청년상」, 『일본문학의 이해』, 민음사, 1995
    참조.

6) 오가이(鷗外)는 '산시로'가 너무 이상적인 청춘상으로 그려졌다고 생각했던
    지 『청년』은 『산시로』와 구도가 유사하지만 보다 당시 현실에 입각한 청년
    상을 그리고자 했다고 볼 수 있다.

7) 최재철 옮김, 앞의 책, 18쪽. 『산시로』 발표연도 1908년은 메이지(明治) 41
    년임.

8) 『青年』, 『鷗外選集』(第2巻), 岩波書店, 1978, 75쪽.

9) 그리스어로 '극작가가 연출자·배우 등에게 주는 주의서'라는 뜻.

10) 『青年』, 위의 책, 89쪽.

11) 프랑스의 신상징주의 시인 Albert Samain(1858-1900)의 「Xanthis」. 단편소
    설, 1911년 7월 오가이 번역.

12) 이광수, 「일기」1910. 1. 2 (1925.4) 『이광수전집』(제9권), 삼중당, 1978, 322쪽.

13) 이광수, 「문예잡찬」, 위의 책, 587쪽.

【 참고문헌 】

나쓰메 소세키 지음, 최재철 옮김, 『산시로』, 한국외국어대학교 출판부, 2007
　　　(1995)

崔在喆 (외), 「特集:外国人が見た夏目漱石」『国文学 解釈と鑑賞』, 至文堂, 1997. 6

芳賀徹, 『絵画の領分』, 朝日新聞社, 1984

최재철, 「근대 일본문학 속의 청년상」, 『일본문학의 이해』, 민음사, 1995

小堀桂一郎 해설, 『青年』, 『鷗外選集』(第2巻), 岩波書店, 1978

이광수, 「일기」1910. 1. 2 (1925.4) 『이광수전집』(제9권), 삼중당, 1978,

▲ 나쓰메 소세키, 45세(1912년)

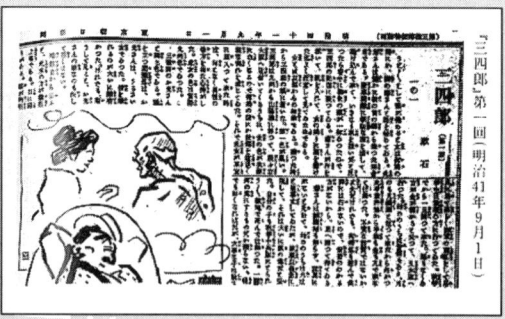

▲ 『산시로』 제1회(1908년 9월 1일)

나쓰메 소세키(夏目漱石)의 『산시로』 소고[1]

– 산시로와 미네코의 연애를 중심으로 –

유상희*

1. 머리말

　나쓰메 소세키(夏目漱石; 1867~1916)의 많은 작품 중에서도 『산시로(三四郎)』(1908)는 『마음(こころ)』(1914)과 나란히 연구자뿐만 아니라 학생이나 일반인에게도 인기가 있는 작품으로 이루 헤아릴 수 없이 많은 연구논문이 나와 있다. 그런데 이 소설은 매력적인 여주인공 미네코(美禰子)가 주로 산시로의 시점에서 묘사되어 있는데다 그녀의 언행이 대개 미사여구로 표현되어 있어 그녀의 속마음을 속 시원히 알 수 없는 대목이 많다. 하지만 그런 요소가 갖가지 해석을 가능하게 하기 때문에 오히려 묘미가 느껴지는 작품이기도 하다. 특히 히로인 미네코를 둘러싸고 누가 그녀의 진정한 연인인가 하는 문제를 시작으로 무의식적인 위선, 스트레이 쉽(stray sheep), 초상화, 돌발적인 결혼 등에 대하여는 백가쟁명(百家爭鳴)이 끊이지 않고 있다.

* 柳相熙 : 전북대학교 일어일문학과 교수.

소세키는『산시로』연재 직전의 예고문에서 '지방 고등학교를 졸업하
고 도쿄의 대학교에 들어온 산시로가 새로운 분위기'에서 '동년배며 선
배며, 젊은 여자와 만나 다양하게 활동'하는 모습을 그려보겠다는 구상
을 내비치고 있다. 이것은 산시로가 주인공으로서 젊은 여자와 접촉을
하게 될 것이라는 것을 분명히 밝힌 것이다. 여기서 우리는『산시로』라는
작품의 주인공 산시로의 활동 중심이 미네코와의 접촉에 있음을 알 수
있다. 따라서 이 소설은 산시로와 미네코의 '연애소설'로 보는 것이 자연
스럽게 여겨져 본고에서는 그 쪽에 초점을 맞추어 논해 보고자 한다.

2. 본 론

산시로가 미네코를 만나는 것은 전편을 통하여 모두 10회이다. 첫 만
남에서부터 헤어질 때까지의 기간은 3개월 남짓이며, 통성명을 하고 교
제한 일수는 40일이 채 못 된다. 만나는 장면을 하나하나 분석해 가는
방법으로 두 사람의 연애가 성립해 가는 과정과 이별하는 과정을 살펴
보기로 한다.

미네코와 산시로의 만남은 산시로가 9월 상순경 고향 선배인 과학자
노노미야(野々宮)를 연구실로 찾아가 첫인사를 나눈 후에 대학 구내의 연
못가로 나와 홀로 웅크리고 앉아 있을 때이다. 화려한 여름 기모노 차림
을 하고 부채를 든 미네코가 하얀 가운을 입은 간호사와 함께 연못가
언덕 위에 서서 맞은편의 무성한 나무숲을 바라보고 있는 모습을 산시로
가 우연히 보게 된 것이다. 그 때 산시로는 미네코의 모습을 한 폭의 그림
같이 '아름다운 색채'로 느끼며, '넋을 놓고 바라보고' 있었다. 그는 고향
에서 도쿄로 올라오는 도중에도 플랫폼에서 기차를 기다리고 있는 아름
다운 서양여자를 발견하자 '넋을 잃고' 바라본 적이 있는 것으로 미루어

보아 아름다운 여성에 대한 동경심이 매우 강한 것을 알 수 있다.

미네코는 간호사와 함께 언덕 아래로 내려와 산시로 쪽으로 걸어오면서 하얀 꽃을 코에 대고 연신 향기를 맡는다. 그녀는 산시로 가까이 다가오더니 갑자기 멈춰 서서 간호사에게 나무 이름을 묻는 등 산시로의 관심을 끌다가 그를 '흘긋' 쳐다본다. 산시로는 그녀의 까만 눈동자가 움직이는 찰나, 그 때까지 느끼고 있던 아름다운 '색채감은 완전히 사라지고 뭐라고 말할 수 없는 그 무엇과 마주친다'. '그 무엇'이란 산시로가 도쿄로 올라오던 도중 우연히 기차 안에서 만나 나고야(名古屋)의 한 여관에서 동숙하게 된 여인으로부터 이튿날 헤어질 때 "당신은 아주 배짱이 없는 분이군요"라는 말을 들었을 때의 느낌과 유사한 것으로서, 그는 갑자기 두려운 생각이 들었다.

미네코는 다시 발걸음을 옮겨 산시로 앞을 스쳐 지나가면서 코에 대고 있던 자그마한 '흰 꽃'을 떨어뜨린다.

> 산시로는 멍하니 있었다. 이윽고 작은 목소리로 "모순이다"라고 말했다. 대학의 공기와 저 여자가 모순인지, 그 색채와 그 눈매가 모순인지, 그렇지 않으면 미래에 대한 자신의 방침이 두 갈래로 모순되어 있는 것인지, 또는 매우 기쁜 일에 대하여 두려움을 느끼는 것이 모순인지―이 시골뜨기 청년에게는 이 모든 것이 이해할 수 없었다. 그저 뭔가 모순이었다.(2장)

산시로는 이렇게 '매우 기쁜 일에 대하여 두려움을 느끼는 모순'을 깨달으면서도 미네코에 대하여 강한 매력을 느끼고 있는 것이다. 그는 미네코가 떨어뜨린 꽃을 주워서 코에 대보지만 향기가 나지 않자 연못 속으로 던져 버린다. 이와 같이 산시로와 미네코는 첫 해후부터 서로 예사롭지 않은 관심과 호감을 가지기 시작한 것을 알 수 있다. 그러나 산시로가 그 꽃에서 향기를 느끼지 못하자 이내 연못에 던져 버린 행위는 이 두 남녀의 사랑이 결실을 맺지 못하리라는 것을 암시한 듯하다.

그날 산시로는 연못가에 있다가 노노미야를 다시 만난다. 그 때 노노미야가 무엇인가를 찾기 위해 호주머니에 손을 넣었다가 빼내는 순간 편지봉투 하나가 비어져 나왔는데 산시로는 그 봉투에 쓰인 글씨가 여자 글씨체라는 것을 재빨리 알아차린다. 노노미야는 그날 처음으로 자신을 찾아 온 고향 후배 산시로를 대접하기 위해 시내로 나가다가 잡화상에 들러 '매미 날개 같은 리본' 하나를 산다. 이렇게 처음부터 노노미야에게 교제하는 여자가 있음을 눈치 챘을 법하지만 산시로는 그 상대가 미네코라는 사실은 전혀 알지 못한다. 산시로는 그날 하숙집에 돌아오면서도 줄곧 대학 구내 연못가에서 처음 만난 여자의 얼굴색만 생각하였다. 그는 '그 색깔은 떡을 엷게 그을린 듯 노르스름한 색깔이었다. 그리고 살결이 고왔다'라고 회상한 후 '여자의 얼굴색은 아무래도 그래야만 한다'고 단정한다. 그 이후에도 산시로는 간혹 휴강시간을 이용하여 '혹시나 해서 연못 주위를 두 바퀴쯤 돌고'(3장) 하숙집에 돌아갈 정도로 미네코를 잊지 못한다.

산시로와 미네코가 재회하는 것은 첫 해후로부터 한 달 이상 지난 10월 중순경으로 노노미야의 동생 요시코(よし子)가 입원해 있던 병원에서이다. 산시로는 노노미야의 부탁으로 요시코에게 겹옷 한 벌을 전해주기 위해 그녀의 병실에 들렀다가 돌아오는 도중 현관 입구에 서 있는 '연못의 여자' 미네코를 보자마자 '발걸음이 흐트러질' 정도로 깜짝 놀란다. 미네코는 산시로와 마주치자 사뿐히 허리를 굽혀 인사를 하는가 하면 산시로의 얼굴을 똑바로 바라보며 병실의 위치를 묻기도 한다.

"예, 바로 저 앞쪽 모퉁이입니다."
"고마워요."

여자는 지나갔다. 산시로는 선 채로 여자의 뒷모습을 지켜보고 있었다. 여자는 모퉁이에 다가갔다. 돌아가려는 순간 뒤를 돌아보았다. 산시로는 얼굴이 빨개질 만큼 당황했다. 여자는 빙긋 웃으며 '이 모퉁이입니까?라고 말하는 시늉을 얼굴로 하였다. 산시로는 엉겁결에 고개를 끄덕 였다. 여자의 모습은 오른쪽으로 돌면서 하얀 벽 속으로 사라졌다.(3장)

산시로는 이때 처음으로 미네코와 말을 주고 받는다. 산시로는 되돌 아가서 직접 안내해 주고 싶었지만 새삼스럽게 되돌아갈 용기가 나지 않아 단념하고 만다. 그러나 산시로는 그녀의 머리에 꽂혀 있던 리본의 색상과 질감이 요전에 노노미야가 샀던 것과 똑같다는 데에 생각이 미 치자 갑자기 발걸음이 무거워진다. 산시로는 그 후 '대학의 연못가를 자주 둘러보는가' 하면, 노노미야의 지하 실험실로 찾아가 병원 '현관에 서 만났던 여자 이야기를 하고자 했지만 바쁜 것 같아 그만 둔' 일도 있다.(4장)

이 무렵 산시로는 자신이 살아갈 세 개의 세계를 상정(想定)한다. 즉, 평온하지만 잠이 덜 깨어 있어 벗어 던져버린 과거의 고향, 비록 가난할 지라도 마음이 편안한 학자의 세계, 그리고 전등, 은수저, 환성, 웃음소 리, 거품 이는 샴페인 잔이 있고, 아름다운 여성이 있는 찬란한 봄처럼 꿈틀대는 세계가 바로 그것이다. 이 세 개의 세계 중에서 어느 쪽을 택 할까 하고 생각하다가 '고향에서 어머니를 모셔오고, 아름다운 아내를 얻고, 학문에 전념하는 것보다 좋은 것은 없다'며 세 개의 세계를 모두 다 차지하고자 하는 몽상을 하기도 한다. 그리고 그의 욕망은 여기서 그치지 않고, 한걸음 더 나아가 아름다운 여성이 많은데 '아내' 한 사람 만을 아는 것으로 만족하는 것은 스스로 자신의 발달을 불완전하게 하 는 것 같아, 될 수 있는 대로 아름다운 여성을 많이 접촉하지 않으면 안 된다는 생각을 하기도 한다. 산시로의 이런 심리상태에 대하여 와타 나베 스미코(渡辺澄子)는 '이것이 이미 연못가에서 강렬한 인상을 받은 미네코와 〈접촉〉이 시작된 시점에서의 〈논리(論理)〉이다. 이와 같이 여 성에 대하여 불성실한 산시로를 미네코가 본심으로 사랑했을까?'라고 말하여 산시로에 대한 미네코의 사랑에 회의적인 견해를 보이고 있다.[1]

이는 여성의 입장에서 보면 당연한 비판이라고 할 수 있지만, 현실적으로는 많은 남성들이 산시로와 유사한 몽상을 하고 있다는 것도 부정할 수 없는 사실이다. 그러나 이것은 순수한 시골 출신 청년의 심리상태라기보다는 중년 작자 소세키의 여성관이 무의식중에 표출된 것으로 보는 것이 옳을 것 같다.

산시로가 미네코를 세 번째로 만난 것은 11월 3일 천장절(天長節)2)에 히로타(広田) 선생의 이사한 집에서이다. 뜻밖에도 '연못의 여자'가 뜰 안에 나타난 것이다. 산시로는 이 좁은 울타리 안에 서 있는 '연못의 여자'를 보자마자 '꽃은 반드시 꺾어서 병 속에 꽂아 놓고 바라보아야 하는 법'(4장)이라고 깨닫는다. 좁은 뜰 안에 서 있는 미네코가 마치 꽃병에 꽂힌 꽃처럼 아름답게 느껴진 것이다. 미네코는 산시로가 이름을 물어보자 명함을 꺼내어 건네준다. 명함을 받아 든 산시로가 "언젠가 만난 적이 있었죠?"라고 묻자, '병원'과 '연못가'에서 두 번 만난 것을 분명히 말하고, "정말 실례했습니다"라며 말끝을 흐린다. 이는 처음부터 산시로에게 지대한 관심이 있었음을 입증한다. 그리고 '실례했다'는 말은 단순한 인사의 차원을 넘어 유혹한 것을 자인한 것으로 보인다. 이날 처음 통성명한 사이인데도 미네코는 스스럼없이 어두컴컴한 2층에 올라가 산시로를 불러올리는가 하면, 산시로의 어깨를 쿡 찌르기도 하고, 에로틱한 머메이드(人魚) 그림을 펼쳐 놓고 산시로를 불러들인다.

바로 그 때 노노미야가 등장하여 미네코에게 동생 요시코를 식객으로 받아들여 줄 것을 요청하자 미네코는 오빠의 승낙 같은 것은 필요 없다는 듯 기꺼이 수락한다. 그리고 나서 미네코는 노노미야에게 국화 인형 전시회에 데려가 줄 것을 요청하여 승낙을 받아내기도 한다. 노노미야가 자리를 뜨려 하자 미네코는 "어머, 벌써 가세요? 너무 하시네요" 하면서 아쉬워하더니 노노미야가 대문 밖으로 나가자 황급히 쫓아 나가서 뭔가 속닥거린다.

　이상과 같은 미네코의 일련의 행위는 소세키가 「문학잡화(文學雜話)」[3]에서 말한 바와 같이 '거의 무의식적으로 천성의 발로대로 남자를 사로잡는' 것임에 틀림없다. 산시로는 요시코에게서 노노미야와 미네코가 원래부터 친한 사이이고, 미네코가 노노미야 집에 자주 온다는 말을 듣게 된다. 또 산시로는 미네코로부터 국화인형 전시회에 초청하는 엽서를 받는데, 그 글씨체가 두 달 전에 노노미야의 주머니에서 반쯤 비어져 나왔던 봉투의 글씨체와 비슷하다는 것을 감지한다.

　네 번째 만남은 국화인형 전시회를 관람하는 날이다. 노노미야와 미네코는 '공중비행기' 이야기를 하다가 가벼운 말다툼을 하게 된다. 두 사람이 단 둘이 대화다운 대화를 하는 장면은 전편을 통하여 이 때뿐인데 말다툼이 된다. 그것은 노노미야는 과학자답게 합리적인 데 반하여 미네코는 시적(詩的)인 데에서 오는 갈등의 표출이라고 하겠다. 논쟁 후 미네코는 이마에 손을 얹고 있다. 이때부터 미네코는 노노미야와의 사이에 장벽을 느끼고 그를 단념하기 시작해 가는 듯하다.

　국화인형 전시장에서 모두들 열심히 구경하고 있는데, 미네코만은 별로 흥미를 느끼지 못한다. 그녀가 목을 빼고 노노미야 쪽을 바라보지만 그는 히로타 선생에게 뭔가 열심히 설명하고 있다. 장내의 혼잡함도 일조를 하면서 기분이 언짢아지기만 하는 미네코는 구경꾼들에 떠밀리면서 서둘러 출구 쪽으로 향한다. 뒤에서 구경하고 있던 산시로는 급히 미네코의 뒤를 쫓아갔다. 당시의 미네코의 모습은 다음과 같이 서술되어 있다.

　　　매우 우울한 듯이 검은 눈길을 산시로의 이마 위에 쏟았다. 그 때 산시
　　로는 미네코의 쌍꺼풀에서 묘한 어떤 의미를 발견했다. 그 의미 안에는
　　영혼의 피로가 있었다. 육신의 나른함이 있었다. 고통에 가까운 호소가
　　있었다.(5장)

미네코의 이런 심상치 않은 모습은 자신에게 관심을 가져 주지 않는

노노미야와의 결혼을 단념하고자 하는 데에서 오는 고통으로 보인다.

미네코의 요청으로 두 사람은 작은 시냇가로 나와서 대화를 한다. 미네코는 자신을 가리켜 '구걸하지 않는 거지'라고 평한다. 산시로가 "히로타 선생님과 노노미야씨가 아마도 나중에 우리를 찾겠지요?"라고 하니까, 미네코는 "뭐 괜찮아요. 다 큰 미아인 걸요"라고 냉담하게 말하는가 하면, "책임을 회피하고 싶어하는 사람이니까 마침 잘 됐지요"하고 개의치 않는다. 이때 산시로는 이 여자에게는 '도저히 당할 수 없을 것 같은 느낌'과 더불어 '자기 마음속을 간파 당했다는 자각과 함께 일종의 굴욕감'을 느낀다.

여기에서 미네코는 '스트레이 쉽(stray sheep; 길 잃은 양)'이란 말을 처음으로 내뱉는가 하면 갑자기 산시로에게 "제가 그렇게 건방져 보여요?"라고 묻기도 한다. 이 말은 분명히 노노미야에 대한 감정의 표현이다. 미네코는 산시로와 같이 있는 동안 기분이 호전된다. 그러나 도랑을 건너뛸 때는 산시로의 도움을 사양하고 혼자서 뛰어 넘는다. 그녀의 자존심 강한 일면을 엿볼 수 있는 대목이다.

며칠 후 산시로는 미네코로부터 그림엽서를 받는다.(6장) 엽서에는 양 두 마리가 풀밭에 누워있고, 그 맞은편에 커다란 남자가 지팡이를 짚고 서 있는 모습이 그려져 있다. 미네코는 그 남자 그림 옆에 '데블(devil;악마)'이라고 가타카나로 쓰고, 발신인 자리에 '길 잃은 양(迷へる子)'이라고 썼다. 산시로는 그제야 미네코와 자신이 똑같이 '길 잃은 양'이라는 의미를 알아차리고 기뻐한다. '데블'은 러일전쟁 후 일본사회에 등장한 신여성의 '자유연애결혼' 지향을 서양문명의 해악으로 간주하고 혐오하는 일본의 기성세대 남성을 의미하는 것으로 보인다.

다섯 번째 만남은 운동회 날이다. 운동회장의 관중석에 앉아있던 미네코는 산시로가 어디선가 자신을 지켜보고 있으리라고 생각한 듯하다.

　미네코가 일어섰다. 노노미야가 있는 곳까지 걸어간다. 목책을 사이에 두고 이야기를 시작한 것 같다. 미네코는 갑자기 뒤를 돌아보았다. 기쁜 듯이 만면에 웃음을 띤 얼굴이다. 산시로는 멀리서 열심히 두 사람을 지켜보고 있었다.(6장)

이 장면에서 산시로는 질투심이 발동하지 않을 수 없었을 것이다. 미네코는 운동회장 밖에서 우연히 마주친 산시로에게 "소하치(宗八)씨 같은 분은 우리 생각으로는 이해할 수 없어요. 훨씬 높은 곳에 있으면서 큰일을 하고 계시니까"라고 노노미야를 극도로 칭찬한다. 산시로는 자신이 '노노미야씨 정도의 존경을 미네코로부터 받지 못하는 것은 당연'하다고 인정하면서도 '왠지 그 여자에게 바보 취급을 당한 것 같다'는 생각을 한다. 그리고 '오늘까지 자신을 대하는 미네코의 태도와 말을 하나하나 돌이켜 생각해보더니 이것저것 모두 나쁜 의미를 붙일 수 있다'는데 생각이 미치자, '거리 한복판에서 시뻘게지며 고개를 숙인다.'

이상에서 살펴본 바와 같이 미네코는 의도적으로 노노미야를 이용하여 산시로의 질투심을 자극한 것 같은데, 그것을 알아차리지 못하는 산시로는 마음에 상처를 받고 미네코를 더욱 의심한다. 그 무렵 산시로는 히로타 선생의 이야기를 통하여 노노미야가 미네코를 결혼상대로 고려하지 않고 있음을 은연 중 알게 된다. 히로타 선생은 또 산시로에게도 "아직 이르지. 벌써부터 아내를 거느리면 힘들지"(7장)라고 충고한다.

이날 산시로는 히로타 선생을 찾아 온 하라구치(原口)로부터 미네코를 모델로 하고, 그녀의 희망대로 '부채를 들고 숲을 배경으로 하여 밝은 쪽을 향하고 있는 모습을 실물 크기로 그려 보겠다'는 말을 듣게 된다. 또 미네코의 오빠가 하라구치에게 미네코의 배필감을 알아봐 줄 것을 부탁한 사실도 알게 된다. 히로타 선생은 "그 여자는 자기가 가고 싶은 데가 아니면 갈 리가 없어. 권해 봤자 소용없지. 좋아하는 사람이 생길 때까지 독신으로 놔두는 게 좋아"라고 말하여 미네코가 자아에 눈뜬 인물임을 일깨워 준다.

여섯 번째의 만남은 요지로(與次郎)의 계략으로 산시로가 돈을 차용하러 미네코의 집을 방문함으로써 이루어진다. 산시로 앞에 미네코가 그 모습을 나타낸 것은 '거울'을 통해서였으며, 다음과 같이 매우 인상적으로 묘사되어 있다.

> 산시로가 반쯤 감각을 잃은 눈을 거울 속으로 옮기자, 거울 속에 미네코가 어느새 서 있다. 하녀가 닫았다고 생각했던 문이 열려 있다. 문 뒤에 드리워져 있는 막을 한 손으로 젖힌 미네코의 가슴에서부터 위쪽이 분명히 비치고 있다. 미네코는 거울 속에서 산시로를 보고 있다. 산시로는 거울 속의 미네코를 보았다. 미네코는 빙긋 웃었다.
> "어서 오셔요."
> 여자의 목소리는 뒤에서 들렸다. 산시로는 뒤돌아보아야 했다. 여자와 남자는 똑바로 얼굴을 마주보았다.(8장)

이를 계기로 산시로와 미네코의 관계가 한층 깊어진다. 산시로는 미네코에게서 '색인이 붙어있는 사람의 마음조차 알아 맞춰 보려고도 하시지 않는 태평한 분'이란 평을 듣는다. 이 말은 산시로에 대한 자신의 애정을 알아차리지 못하고 있다는 의미로 해석된다. 그날 미네코는 산시로와 나란히 시내의 거리를 활보하였을 뿐 아니라 자신의 저금통장을 산시로에게 건네주며 필요한 만큼 인출하게 하여 30엔이나 되는 적지 않은 돈을 선뜻 빌려 준다. 미네코의 이런 태도는 산시로보다 한 단계 위에서 내려다보는 듯한 대인관계이다. 당시 미혼여성의 몸으로서 자신의 저금통장을 소유하고 있는 것만도 흔하지 않은 일이었을 텐데, 미네코의 이런 대범한 태도는 '신여성'으로서의 자신의 존재를 분명히 보여주고 있는 것이라고 할 수 있다. 그러나 산시로는 그것을 제대로 이해하지 못한다.

> 그녀는 제멋대로 자랐음에 틀림없다. 그리고 가정에서 보통 여자 이상의 자유를 누리면서 만사 마음대로 행동함에 틀림없다. 이렇게 누구의

허락도 받지 않고 나와 함께 거리를 걷는 것으로도 알 수 있다. 나이든 부모가 안 계시고, 젊은 오빠가 방임주의라서 이렇게 할 수 있는 것이겠지만, 이것이 시골이었더라면 필시 곤란한 일일 것이다. (중략) 그러자 요지로가 미네코를 입센류(流)라고 평한 것도 당연하다고 생각한다. 다만 관습에 구애받지 않는 점만 입센류(流)인지, 혹은 뱃속의 사상까지도 그런 것인지. 그 점은 알지 못한다.(8장)

요지로한테 '입센류(流)'라는 평가를 받고, 히로타 선생한테는 입센의 여자처럼 '노골'적이지는 않지만, '마음이 난폭'한 것으로 평가받은 미네코의 '새로움'은 산시로 역시 이해하지 못하고 '아리송함(迷)'을 남긴 것이다.

그날 산시로는 미네코의 권유를 받아들여 하라구치가 초청한 미술전람회에 간다. 미네코는 그곳에서 갑자기 자기를 부르는 하라구치보다는 더 멀리 있는 노노미야를 먼저 보았다.
보자마자 두 세 걸음 뒤로 돌아와서 산시로 옆으로 왔다. 남의 눈에 띄지 않을 정도로 자기 입을 산시로의 귀에 가까이 댔다. 그리고 뭐라고 속삭였다. 산시로는 무슨 말을 했는지 도통 알아듣지 못한다. 되물으려고 하는 사이에 미네코는 두 사람 쪽으로 되돌아갔다. 벌써 인사를 하고 있다. 노노미야는 산시로에게 "묘한 동행하고 왔군"하고 말했다. 산시로가 뭔가 말하려고 하는 사이에 미네코가 "어울리죠?"라고 말했다. 노노미야는 아무 말 없이 홱 뒤로 돌아섰다.(8장)

이 대목은 미네코가 자신에게 관심을 보이지 않는 노노미야에 대한 일종의 보복적인 행동이라고 할 수 있다. 하지만 미네코의 이런 행동이 노노미야와 그녀의 사이를 더욱 더 멀게 하는 결과를 가져왔을 것이다.4) 전람회장에서 나오면서 산시로는 미네코의 어깨가 자신의 어깨에 닿는 순간 다시 '기차의 여자'를 떠올린다. 두 사람은 비를 피하기 위해 커다란 삼나무 아래로 들어가 비에 젖지 않으려고 최대한 가까이 서 있으면서도 어떤 행동도 취하지 못한다. 전람회장 입구에서 자신이 취한 돌발적인 행동 때문에 산시로가 아직도 의아해하는 듯하자, 미네코는 "전 왠지 그렇게 하고 싶었던 걸요. 노노미야씨에게 실례할 생각은 아니었는데"라고 말한다. 산시로는 자신을 바라보는 미네코의 눈동자에서 '말보다도 깊은 호소력'을 감지하고, 그것은 "결국 당신을 위해서 한 일이지 않나요?"라고 호소하는 것같이 느낀다.5)

일곱 번째의 만남은 양품점에서 우연히 이루어진다. 미네코가 향수를 사려고 할 때 산시로는 아무것도 모르면서 '헬리오트로프'라고 적힌 병을 들고 "이것으로 해요" 라고 말하자, 미네코는 두 말없이 "그걸로 하겠어요" 하고 금세 정해 버린다. 이 무렵 요지로는 산시로에게 미네코한테서 차용한 돈을 빨리 갚으라고 재촉한다. 미네코의 신상에 큰 변화가 있음을 의미하는 것이다.

여덟 번째 만남은 하라구치의 아틀리에에서 이루어진다. 산시로가 미네코에게 빌린 30엔의 돈을 갚기 위해 하라구치의 아틀리에로 그녀를 찾아간 것이다. 자신이 희망했던 그림의 모델로서 그에 알맞은 포즈를 취하고 있던 미네코는 산시로를 보자마자 안색이 나빠지고 눈초리에 참기 어려운 나른함을 보인다. 그것은 산시로가 '난 이만한 영향력을 이 여자에 대해 갖고 있다' 라고 생각할 정도였다. 미네코의 표정을 알아차린 하라구치는 결국 초상화 그리기를 중단하고 만다. 산시로와 함께 아틀리에에서 나온 미네코는 그가 찾아온 목적이 차용한 돈을 갚기 위한 것으로 알고 "돈은 필요 없다"고 말한다. 산시로는 그제야 용기를 내어 "그저 당신을 만나고 싶어서 갔던 겁니다" 라고 처음으로 속마음을 드러내 보이지만, 여자의 희미한 한숨 소리만 듣게 될 뿐이다. 이미 미네코의 갈 길이 정해졌던 탓이다. 그녀는 "하라구치씨 그림을 보고 어떻게 생각하셨어요?" 라고 묻는가 하면, "너무 진행이 빨라 놀라진 않으셨나요?" 하고 묻기도 한다.

"언제부터 착수한 건가요?"

　　"본격적으로 착수한 것은 바로 얼마 전이지만, 그 전부터 조금씩 그리
고 있었어요."
　　"그 전이라면 언제부터죠?"
　　"그 차림새로 알 수 있겠죠?"
　　산시로는 갑자기 처음 연못가에서 미네코를 만난 무더웠던 옛날을 떠
올렸다.
　　"그때 말이에요, 모밀잣밤나무 아래 웅크리고 앉아 있지 않으셨어요?"
　　"댁은 부채를 들고 높은 곳에 서 있었지요."
　　"그 그림 그대로지요?"
　　"예, 그대로예요."
　　두 사람은 얼굴을 마주 보았다.(10장)

　이 장면이야말로 두 남녀가 서로 사랑을 확인하는 대목이다.6) 미네
코는 산시로와의 사랑의 발단이 된 그날의 그 모습 그대로를 영원히
남겨놓고 싶었던 것이 분명하다. 사랑하는 사람들은 처음으로 만난 때
와 장소와 정황을 매우 소중히 생각하기 때문이다. 그 순간 저편에서
인력거 한 대가 달려오더니 금테안경에 키가 훤칠한 '멋진 신사(立派な紳
士)'가 미네코를 태우고 사라진다. 그날 이후 산시로는 밤잠을 이루지
못한다. 그 무렵 산시로는 히로타 선생 댁을 방문하는데 마침 낮잠을
자고 있다가 깬 그로부터 의미심장한 꿈 이야기를 듣게 된다. 히로타
선생이 고등학교 학생시절인 20년 전에 딱 한 번밖에 본 적이 없는 12,
3세의 소녀가 꿈에 나타났는데, 조금도 변하지 않은 모습이어서 어찌
그렇게 변하지 않았느냐고 물으니, "이 얼굴을 한 해와 이 옷차림을 한
달과 이 머리를 한 날이 가장 좋아서 이렇게 있다고 말했다"(11장)는
것이다. 이는 미네코가 산시로와 처음 해후한 날의 자신의 모습을 그대
로 보존하려고 한 심정과 상통하는 것이 아닐 수 없다. 히로타 선생은
또 이런 이야기를 한다.

　　"예를 들면, 여기 한 남자가 있는데, 아버지를 일찍 여의고 어머니를

의지하여 자랐다고 하자. 그 어머니가 또 병이 들어 마침내 숨을 거두게 되는 순간에, 자신이 죽으면 아무개에게 도움을 받으라고 한다. 아이가 만난 적도 없고 알지도 못하는 사람을 지명했어. 이유를 물으니 어머니가 아무 말도 안해. 자꾸 물으니 실은 그 아무개가 네 친부라고 희미한 목소리로 말했어. 그저 이야기지만, 그런 어머니를 둔 아이가 있다고 하자, 그러면 그 아이가 결혼에 믿음을 갖지 못하게 되는 것은 물론이겠지."

"그런 사람은 좀처럼 없겠지요."

"좀처럼 없겠지만, 있기는 있지."

"하지만 선생님 경우는 그런 게 아니겠지요?"

선생님은 '하하하하' 하고 웃었다.(11장)

이 소설의 서두에 등장하는 '기차의 여자'가 이 대목의 복선인 것을 알 수 있다. 만약 산시로가 용기가 있고 부도덕한 인물이었다면 '기차의 여인'이 임신할 개연성도 없지 않기 때문이다. 히로타 선생은 첫눈에 반한 소녀를 20년이 지난 시점까지 잊지 못할 정도로 여성에 대한 동경이 지극히 강한 편이다. 그런데도 어머니의 불륜으로 인하여 여성을 몹시 '불신'한 결과 독신으로 지내고 있지 않나 하는 짐작을 하게 한다. 그러나 다른 한편으로는 그 소녀에게 느꼈던 애틋한 감정을 다른 어떤 여성에게도 느끼지 못하여 결혼을 미루어 온 것인지 모른다는 생각도 든다. 어찌되었든 히로타 선생은 여성에 대한 상념이 남다르게 많은 인물이라고 할 수 있겠다.

산시로가 아홉 번째로 미네코를 본 것은 요지로가 주관하는 연극을 보러간 극장에서이다. 그는 미네코와 나란히 앉아있는 남자를 발견하고 궁금해 하였는데, 막이 내린 후 복도에서도 미네코와 이야기하고 있는 남자의 얼굴을 다시 보게 되자 그대로 발길을 돌려버린다. 다음날부터 산시로는 몸에 열이 나서 자리에 눕는다. 문병하러 온 요지로가 미네코의 결혼 소식을 전해 주어도 산시로는 미련을 떨쳐 버리지 못한다. 요지로는 산시로에게 "바보로구나. 그런 여자를 생각하다니. 생각해 보았자

별 수 없어. 우선 너와 같은 또래잖아. 같은 나이 또래의 남자에게 반하
는 것은 옛날 얘기야"(12장)라고 충고한다. 그 말의 의미를 이해하지 못
하는 산시로에게 요지로는 다시 '5, 6년만 지나면 네가 미네코보다 훨씬
낫겠지만, 그 여자가 그 때까지 기다리지 못할 테니까, 그 여자와 결혼
하는 것은 불가능한 일'이라고 일깨워준다.

　마지막으로 열 번째의 만남은 미네코가 다니는 교회 앞에서이다. 병
석에서 일어난 산시로는 교회 앞에서 기다리고 있다가 예배를 마치고
나온 미네코에게 차용한 돈을 돌려준다. 미네코는 말없이 그 돈을 받아
품안에 넣고, 그 대신 '하얀 손수건'을 꺼내 자기 코에 댔다가 갑자기
산시로의 얼굴에 내밀며 "헬리오트로프"라고 조용히 말한다. 전에 산시
로가 골라주었던 향수의 이름이다. 그 향수의 냄새가 풍긴다.

　　　"결혼하신다지요?"
　　　미네코는 하얀 손수건을 소맷자락 속에 집어넣었다.
　　　"아세요?"하고, 쌍꺼풀진 눈을 가늘게 뜨고 남자의 얼굴을 보았다. (중
　　략) 여자는 잠시 동안 산시로를 바라본 후 잘 들리지 않을 정도로 살며시
　　한숨을 쉬었다. 마침내 가냘픈 손을 눈썹 위에 대고 말했다.
　　　"나는 내 죄를 아노니 내 죄가 항상 내 앞에 있나이다."
　　　알아들을 수 없을 만큼 작은 목소리였다.(12장)

　이 대목은 미네코가 산시로를 사랑하고 있으면서도 스스로 결별하지
않을 수 없는 데 대한 고통과 산시로의 마음에 상처를 준 데 대한 사죄
의 표현이라고 생각하지 않을 수 없다.[7]

　미네코가 배필로 선택한 남자는 자신의 오빠의 친구이자 노노미야의
친구인데다가 노노미야가 자신의 동생 요시코에게 배필감으로 적극 추
천할 정도의 인물인 점을 감안하면 현실적으로는 오히려 적합한 배필이
아닌가 한다.[8] 그러나 미네코는 『그 후(それから)』의 미치요(三千代)와 같
은 딜레마에 빠질 개연성도 없지 않다는 생각이 든다.[9]

　　단청회(丹青會) 주최의 미술전람회에 하라구치가 그린 미네코의 초상
화 '숲의 여자(森の女)'가 전시되었다. 미네코도 남편과 함께 그 초상화
앞에 나타났다. 남편의 칭찬을 듣고 미네코도 만족해 한 듯이 묘사되어
있지만 속마음은 착잡했을 것 같다. 산시로도 그 후에 히로타 선생, 노
노미야, 요지로와 함께 그 초상화 앞에 섰다. 노노미야는 그 자리에서
시일이 경과한 미네코의 결혼피로연 초대장을 찢어 마룻바닥에 던져
버린다. 이는 분명히 미네코에 대한 서운함의 발로이다.
　　요지로가 산시로의 곁으로 와서 '숲의 여자'가 어떠냐고 묻자, '숲의
여자'란 제목이 좋지 않다고 말한다. 이는 그림 자체는 좋다는 의미로
받아들일 수 있다. 요지로가 "그럼, 뭐라고 했으면 좋겠니?"라고 재차
물으니까, 산시로는 대답 대신 입 속으로 "스트레이 쉽, 스트레이 쉽"
하고 되풀이한다. 산시로가 생각한 초상화의 제목은 역시 '연못의 여자
(池の女)'가 아닐까 싶다.

3. 맺음말

　　이상에서 살펴본 바와 같이 산시로(三四郎)와 미네코(美禰子)는 만난
기간도 그리 오래 되지 않고, 또 만난 횟수도 많지 않지만, 그들의 사랑
은 결코 가벼운 것이 아니었음을 알 수 있다.
　　노노미야(野々宮)와 미네코의 사이는 산시로가 등장하기 훨씬 이전부터
상당히 가까웠던 것을 알 수 있다. 산시로가 노노미야와 미네코를 처음 만
난 날 미네코의 글씨체와 비슷한 편지봉투가 노노미야의 호주머니에서 비
어져 나온 것을 보았고, 같은 날 노노미야가 산 리본이 한 달 이상 지난
후에 미네코의 머리에 꽂혀 있는 것을 산시로가 목격한 것 등이 이를 입증
한다.

　　그러나 산시로가 등장한 이후에는 노노미야와 미네코의 사이에 사랑을 입증할만한 단서를 거의 찾을 수 없다. 단 한 차례 '공중비행기' 문제를 가지고 대화를 나누는 대목이 있기는 하지만 두 사람의 생각이 크게 달라 가벼운 말다툼이 되고 만다. 그 때부터 미네코는 노노미야와의 결혼을 단념하기 시작하였고, 그로 인한 그녀의 허전한 마음이 산시로 쪽으로 급속히 기울어 간 것으로 보인다.

　　미네코는 자신에게 깊은 관심을 보이지 않는 노노미야에게 일종의 보복을 하기 위해 산시로를 이용한 경우도 있고, 산시로의 소극적인 태도가 불만스러워 노노미야를 이용하여 질투심을 불러일으키기도 하는 등, 의식적으로 혹은 거의 무의식적으로 도발적인 연기를 한다. 천성이 지나치게 소심한데다가 여성과의 교제 경험이 거의 없는 산시로는 미네코의 이런 예기치 못한 도발적 언행 때문에 어리둥절해 하면서도 강한 매력을 느끼지만, 한편으로는 자신도 모르게 '기차의 여자'를 연상하고 시종 공포심과 의문을 가지는 '모순'을 보인다. 그 때문에 미네코를 대할 때 주저주저하다가 때를 놓쳐 실연의 아픔을 맛본 것이다. 그러나 산시로와 미네코의 사랑은 그렇게 매듭지어진 편이 오히려 나은 것 같다. 왜냐하면 요지로의 말대로 미네코는 산시로의 배필로는 너무 버거워서 원만한 가정을 꾸리기 어렵다고 보기 때문이다.

　　그런데 미네코는 최고 엘리트 그룹인 동경제국대학 남자들과의 대화가 막힘없이 잘 통할 정도로 교양과 지식이 풍부한 신여성임에도 오직 결혼에만 집착할 뿐 직업을 가지고 독립해 보려는 생각은 아예 하지 못한다. 또 당시 여성의 결혼 적령이 20세 전후인데 24세를 목전에 두고 있는 미네코가 쫓기듯이 결혼할 수밖에 없었던 이유는 오빠의 결혼이 결정되자 더 이상 버티기 힘들어진 때문이다. 이와 같이 신여성 미네코도 다른 여성들과 별로 다를 바 없이 사회통념에 순응해버리는 모습을 보이고 있다. 이는 작자 소세키의 여성관 내지 결혼관의 한계라고 할 수 있겠다.

▎주 ▎

1) 1908(明治41). 9.1~12.29. 『朝日新聞』(東京・大阪)에 연재됨.

1) 渡邊澄子,「國文學 解釋と感想」別冊「『三四郎』論－美禰子像を視座として－」至文堂, 1995.1, 245쪽 참조.

2) 메이지천황의 생일.

3) 소세키는 1908년 10월 1일『산시로(三四郎)』집필 중『와세다문학(早稲田文学)』에 실린 잡화(雜話)에 독일의 소설가 주더만의 희곡『Es war: 英語題名 Undying Past(사라지지 않는 과거)』의 여주인공 페리시타스의 성격에 강한 관심을 표하고, '교언영색(巧言令色)이 일부러 하는 것이 아니고' '물론 선(善)이라든가 악(惡)이라든가 하는 도덕적 관념도 없이' '거의 무의식적으로 천성의 발로대로 남자를 포로로 한다'라고 말하고, 그녀를 '무의식적인 위선가(unconscious hypocrite)'라고 평하고 있다. 그리고 히라쓰카 하루코(平塚明子)와의 정사 미수사건 후 소세키 집에 기거하면서 〈신여성〉 하루코를 히로인으로 한『매연(煤煙)』을 쓰기 시작하고 있던 문하생 모리타 소헤이(森田草平)에게 소세키가 '그러면 내가 그 〈무의식적인 위선가〉를 묘사해 보겠다고 농담 반으로 말했다'고 말하고 있다.
   (『漱石全集』第十六卷 別卷, 岩波書店, 1979)

4) 구마자카 아쓰코(熊坂敦子)씨도 노노미야가 미네코에게 "그렇게까지 불신감을 품기에 이른 것은 역시 미네코에게 책임이 있다고 말하지 않을 수 없다. '무의식적인 위선가'로서 고의로 도발하고, 연기력으로 유혹하는 듯한 획책은 노노미야로서는 더욱더 피하고 싶었을 것으로 생각한다"라고 주장하고 있다. (熊坂敦子,「『三四郎』－三四郎・美禰子・野野宮－」,『國文學解釋と鑑賞』, 至文堂, 1990.9, 88쪽)

5) 미네코는 자신의 이런 속성을 위선으로서 자각할 수 있는 근대여성이기도 하다. 그리고 이 자각으로부터 나온 죄악감에서 그녀는 고의로 위선이라는 것을 상대에게 알게 하려는 언동을 하게 된다. 이를 두고 작중에서는 히로타 선생이 '우미(優美)한 노악가(露惡家)'라고 평하고 있다. 미네코는 결국 '무의식적인 위선가'인 동시에 '우미한 노악가'인 셈이다.

6) 시미즈 다다히라(淸水忠平)씨는 '태생도 계층도 다른 미네코와 산시로가
   왜 서로 사랑을 하게 되었을까? 그것은 이치로는 알 수 없다. '靑春'이라는
   말만이 설득력을 가질 것이다'라고 말하고 있다.
   (淸水忠平, 『漱石に見る愛のゆくえ』, グララ社, 1993, 83쪽 참조)

7) 미네코가 산시로에게 상처준 것의 대부분은 무의식적인 위선(僞善)이 아니
   라 우미(優美)한 노악(露惡)이었다고 할 수 있다.

8) 미네코와 결혼하는 남자는 노노미야의 동생 요시코와도 혼담이 있었는데,
   요시코가 '알지도 못하는 사람'이라며 거절한 인물이다. 이에 대하여 미네
   코의 타산이나 좌절을 상정할 수는 있겠다. 그러나 그 남자는 미네코의 오
   빠 친구이기 때문에 미네코는 요시코와 달리 이미 알고 있는 인물일 것이
   다. 많은 연구자들이 이 점을 간과하고 어리둥절해 하는 경우가 있다. 소설
   의 맥락에 따르는 한 미네코는 자신이 가고 싶은 곳으로 시집갔고, 남편으
   로서 존경할 수 있는 사람을 선택했을 것이다. 역으로 말하면 노노미야도
   산시로도 미네코가 존경할만한 인물이 아니었다고 할 수 있을 것이다.
   (三好行雄, 「『三四郎』論－美禰子像を視座として－」, 『國文學 解釋と鑑
   賞』 別冊, 至文堂, 1995.1 참조)

9) 오빠의 친구라서 인물 됨됨이를 알고 있다 해도 소설의 맥락에 따르면 애정
   이 있는 상대는 아니다. 따라서 『그 후』의 히로인 미치요가 마음에 두고
   있던 다이스케 대신 애정을 느끼지 못하고 있던 히라오카(平岡)와 결혼함
   으로써 비극을 초래한 것과 같은 상황에 처할 가능성도 있는 것이다.

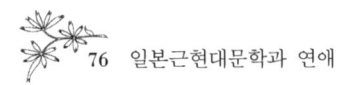

【참고문헌】

夏目漱石『漱石全集』岩波書店 1979

海老井英次『開化・恋愛・東京 漱石・龍之介』おうふう 2001

千種キムラ・スティーブン『「三四郎」の世界－漱石を読む－』翰林書房 1995

飛ケ谷美穂子『漱石の源泉－創造への階梯』慶應義塾大學出版會 2002

內田道雄・久保田芳太郎『作品論 夏目漱石』双文社出版 1976

『三好行雄著作集 作品論の試み』(第五巻) 筑摩書房 1993

三好行雄 「『三四郎論』－美禰子像を視座として－」『國文學 解釋と鑑賞』(別冊) 至文堂 1995.1

淸水忠平『漱石に見る愛のゆくえ』グララ社 1993

熊坂敦子「『三四郎』－三四郎・美禰子・野々宮－」『國文學 解釋と鑑賞』至文堂 1990.9

越智治雄「『三四郎』の青春」『漱石私論』角川書店 1991

上田正行「『三四郎』〈夏目漱石〉」『國文學 解釋と鑑賞』至文堂 1999.6

崔在喆「彷徨する青春－『三四郎』を読む－」『國文學 解釋と鑑賞』(特集) 至文堂 1997.6

▲ 다야마 가타이(1927년)

▲ 이다 요네

▲ 소박한 다야마 가타이의 묘

만년의 가타이(花袋)가 다다른 애욕의 실체[1]

- 『백야』를 중심으로 -

마경옥*

1. 들어가며

　『백야(白夜)』는 1927년 2월 21일부터 7월 16일까지 35회에 걸쳐 「후쿠오카일일신문」(「福岡日日新聞」)에 연재된 작품이다. 그때 다야마 가타이(田山花袋)의 나이는 57세였고 다음 해인 1928년에는 그의 영원한 연인이었던 이다 요네(飯田代子)의 집에서 뇌출혈로 쓰러진다. 1929년에는 후두암 진단을 받아 이듬해인 1930년 서거한다. 향년 60세였다. 『백야』가 단행본으로서 출판된 것은 가타이가 사망한 지 5년 후(1935년 4월 3일 『中央公論社』)였다. 말 그대로 가타이의 가장 만년의 작품이라 해도 좋을 것이다.

　1907년 37살의 가타이와 무코지마의 17살의 게이샤인 이다 요네는 손님과 게이샤 관계로 만난 이후, 후반생을 거의 같이했다고 해도 과언이 아니었다. 그녀는 가타이 인생과 문학의 근원이 된 여인이었다. 사랑

* 馬京玉 : 극동대학교 일본어학과 교수.

의 환영과 같은 그들의 역사를 소설로 쓰게 된 것은 그녀 안의 '진주와 같은 사랑'을 좇아 20여 년의 세월을 보낸 가타이가 어떻게 해서든지 완수해야만 하는 작업이었기 때문이다. 그것은 소설가 가타이 자신의 삶의 증거이고, 여자를 좇아 방황한 날들의 긍정이었다.

『백야』에서는 실질적으로는 관동대지진 직후부터 시마다(島田)가 교외로 오긴(お銀)을 위해 집을 신축하기까지의 약 1년 6개월간의 사건이 서술되어 있는데, 이들 주인공은 요네와 가타이 자신의 자전적 이야기라고 하는 것은 이미 정설로 되어 있다.

『백야』는 시마다가 오긴을 위해 집을 신축한다는 단순한 이야기지만, 그 사이에 다양한 형태로 두 사람의 회상이 담겨져 있으며, 시간적으로 '현재'와 '과거'를 동시에 그리는 극히 자유롭고 유연한 서술형식으로 되어 있다. 이 작품의 최대 특색은 사건 즉 줄거리보다 주인공의 심리를 중심으로 한 '심리소설'이며, 단 두 사람의 주요 인물, 즉 오긴과 시마다라고 하는 두 사람의 만남에서부터 작중의 현재까지, 20년 가까운 세월이 회상에 의해서 부각되는 연애소설이라는 것이다. 특히 주인공 시마다의 사고방식과 그의 연애관이 무엇보다도 잘 묘사되어 있다는 점에서 다야마 가타이의 그것을 읽어낼 수가 있는 귀중한 자료이기도 하다.

그리고, 지진 이후부터 시작되어서 오긴의 병으로 끝나는 구성은 가타이가 말하는 지진이라는 자연 현상의 '폐허'에서 인간의 '폐허'가 상징적으로 묘사되어 있다고 말할 수 있다.

가타이에게 있어서 '폐허'와 연애라는 것은 도대체 어떠한 것일까?

가타이 특유의 '폐허'라고 하는 모티브에서 『백야』의 세계로 들어가 보고 싶다. 우선 '폐허'의 의미를 검토하는 것에서 가타이의 연애관을 시작하려고 한다. 또 『백야』는 연애라고 하는 '비일상'과 연애를 위협하는 '일상'과의 대립과 극복의 구조로 되어 있는 작품이기도 하다. 그 '일상'과 '비일상'의 내부구조와 『백야』에서 묘사된 시마다와 오긴의 연애의 실체와 상징성을 명확하게 규명해 보려한다. 이러한 시점에서 출발하는 것만이 『백야』에서 표현하고 있는 다야마 가타이라는 작가가 만년에 다다른 그의 애욕의 실체를 분명하게 알 수 있는 한 방법이라고 생각하기 때문이다.

2. 사랑의 재생으로서 '폐허'

『백야』의 세계는 관동대지진이라는 미증유의 사건을 배경으로 하고 있다.

가타이는 대지진이 일어났을 당시 작자로서는 유일하게 단행본 견문기인 『동경진재기(東京震災記)』(1924년 4월, 博文館)를 남겼다. 그 내용은 단순히 미증유의 자연현상을 더듬는 것만은 아니었다. 가타이의 태도는 보다 유심적이고, '폐허'라는 독자적인 우주관을 잘 전하고 있다.

> '폐허'란, 거대한 자연의 리듬이 아닐까? 어떠한 것이라도 언젠가 한번은 다가오는 것이 아닐까? 인간의 '자연사'도 또한, '폐허'의 일종은 아닐까? 인간의 마음속에서 끊이지 않고 '폐허'가 반복되고 있는 것은 아닐까? 음탕. 권태. 사치. 피로 그러한 것에서 '폐허'가 항상 잠재되어 있는 것은 아닐까? 그리고 '폐허'속에서 다시 새로운 싹이 움트는 것이다. 새로운 사랑이 탄생하는 것이다.
> 《그것을 생각하면 이 지진도 결코 무의미하게 일어난 것은 아니라고 말할 수 있다. 역시 이것도 거대한 자연의 리듬이다.》[2]

가타이의 눈은 지진을 '거대한 자연의 리듬'으로 집약시켜 거기에서 '폐허'라고 하는 특유의 우주관을 받아들이고 있다. '폐허'는 눈앞에서 펼쳐진 불덩어리의 땅만을 의미하는 것이 아니고 '자연 속에 있는 인간'과 '인간 속에 있는 자연'이라고 하는 자연과 인간과의 완전한 일원화로 정의된 우주의 본질이라고도 할 수 있다. 이어서 『동경진재기』에서 가타이는 이러한 '비참한 광경도, 자연에서는 아무 것도 아닌 것이다. 다만 탈 것이 있었기 때문에 탔을 뿐이다' 라고 하는 것이다. 오로지 자연 속에서 인간을 매몰시키려고 하는 철저한 모티브로 일관하고 있다.

다음은 글자 그대로 '폐허'로 변한 동경의 모습과, 또 한편으로는 요네와의 관계를 묘사한 곳에서 살짝 엿보이는 인간의 '폐허'가 이중 묘사된 부분이다.

> 동경이라는 거대한 '폐허'도 물론이거니와 나는 그 속에서 다시 작은 나의 '폐허'를 본 듯한 기분이 들었다.[3]

요컨대 가타이는 지진의 현실을 있는 그대로 본 것 이상으로, 지진의 의미를 자기 자신에게 입각하여 이야기하는 것에 더 많은 심혈을 기울이고 있다.

지진에 대해서도 가타이는 너무나 낙천적이어서 「아무 것도 비관할 필요는 없다」(1924년 11월 『中央公論』)라는 문장을 발표할 정도였다. 천재(天災)를 개인적인 범위에서만 '묘사'하고, 사회적 사건으로서 구조적으로 생각할 수 없는 가타이의 한계는 분명하고, 폐허에서 일어선 민중의 모습에서 동정과 희망은 가지고 있지만, 새로운 희망에 대해서는 뭔가 구체적인 비전을 부여하지는 못하는 것이다. 탄식과 추상적인 논의만이 반복되어 결국에는 진재의 참사는 소외되고 가타이 개인의 심정으로 흘러간다.

> 그 때, 나는 여러 가지를 상상했다. 이 쇠퇴한 마을의 소용돌이 속에 몸을 묻어버린다면 어떻게 될까? 그러면 아무도 나를 발견하지 못하겠지? 굳이 나를 거기에 묻은 이유를 묻는다면, 그것은 거기에 숨겨 있는 아름다운 한 여인을 위해서라든가 한다면…. 한편의 로맨틱한 소설은 쓰여지겠지.[4]

여기에서 읽을 수 있는 것은, 오로지 가타이의 주체할 수 없는 소아병적 낭만주의와 현실을 외면한 개인적인 심정뿐이다. 그리고 이 공상 속의 한 여인을 현실화하는 것이 『백야』의 오긴이며 가타이의 영원한 마돈나인 이다 요네(飯田代子)를 향한다는 것은 두말 할 나위도 없다.

> 인간의 심리 속에 있는 폐허와 자연 속에 남겨져 있는 폐허, 후자는 2천년이 지나도 3천년이 지나도 그것이 폐허라는 것을 알아차릴 수 있지만, 전자는 완전히 흔적도 형태도 없이 사라져버린다. 정말 사라져버리는 것일까? 아니, 아니, 역시 그것은 영원히 인간의 마음속에서 폐허로 계속 남겨질 것임에 틀림없다.[5]

이미 가타이는 『작은 폐허(小さな廢墟)』(1915년 7월 「中央公論」)에서 사랑이라는 것은 '완전한 폐허이다. 문제에 문제가 일어나고, 번뇌에 번뇌가 거듭되고, 환락에 환락이 쌓인 자취이다'라는 감격이 있었다. 이러한 감격을 가타이는 지금까지의 테마와 함께, 초로의 몸이 된 자신의 인간적인 진실을 담은 결어로서 제출하고 있는 것이다.

3. '일상'과 '비일상'의 구조

1) '비일상'적 허구 공간으로서 사랑

그러면 『백야』에서 진재는 시공간적인 구별에 어떠한 의미를 부여할 수 있을까? 다음은 진재 전의 그들의 방에 관한 묘사이다.

> 원시적인 아름다움이 가장 뛰어나다고는 말하지만, 인공적이고 회화적이며 또 장식적인 색채 속에서 사랑하는 여인의 하얀 피부와 정을 품은 듯한 눈, 그리고 아름답게 빗은 머릿결에서 물이 뚝뚝 떨어질 듯한 머리카락을 본다는 것은 남성에게 있어서 뭐라 표현할 수 없는 희열중의 하나였다. 시마다는 그 방을, 오랫동안 자신들의 것으로 해 온 방을, 그곳에는 여러 가지 사정도 있었을 것이고, 괴로움도 있었겠지만, 여하튼 그

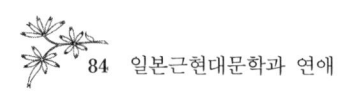

러한 것도 모두 그 방의 색채 속에서 부드럽게 녹여져서 하나의 회화처럼 장식되어 두 사람의 마음과 기분을 혼합시켰는데 - 거기까지 오는 데는 이만저만한 노력이 아니었는데, 하루아침에 그것이 엄청난 불 속에서 잿더미가 되어 없어져버렸다는 것이 시마다에게는 뛰어난 예술품이 타버린 것보다 더 견딜 수 없는 슬픔이었다.6)

가타이는 주인공 시마다를 통해서 자주 진재 직후의 나날을 회상한다. 그리고 회상 속에서 '아름다운 공간'이었던 그들의 방에서의 '비일상', 그 때를 양손으로 꽉 잡고 싶어진다. 몸도 마음도 그 시간으로 돌아가서 그 시간을 다시 살아 보고 싶어진다. 시마다와 오긴의 사랑은 '비일상'을 근원으로 하는 허구 공간이었다.

시마다는 두 사람의 '연애'를 연출하기 위해 다양한 장식을 한다. '인공적이고 회화적이며 또 장식적인 색채'안에 오긴을 두는 것에 기쁨을 느끼고 있다. 인공적인 색채로 물들여진 방은, 두 사람의 연애감정을 더욱 짙게 하였다. 의혹이나 번뇌, 그리고 열광과 도취라고 하는 시마다의 감정을 반영하는 '하나의 회화'이기도 하였다. 두 사람이 만든 '비일상'의 허구 공간은 관동대지진에 의해 일순간에 사라져버린 것이다. 그리고 재건해 가는 동경은 예전의 동경이 아니고, 주위의 풍경도 어지럽게 달라져가고 있다.

도시가 순식간에 붕괴했다는 충격은 두 사람의 '연애'에도 영향을 끼쳤다. 지금까지는 한 사람의 손님과 게이샤의 관계로 놀이의 세계였지만, 진재에 의해서 두 사람은 좋았던 이전의 관계는 무너지고, 새로운 단계로 들어간다.

지진 후, 오긴은 임시로 '승려학교' 옆의 가건물에 살게 된다. 시마다는 '승려학교의 담을 따라 항상 그 좁은 길'을 지나갔다. 승려학교의 학생들에게 있어서 오긴은 평범한 일상의 보통여성은 아니었다.

　　『정말 버릇없어요.

저기저기! 끝내주는 여자가 나오지. 저 여자도 게이샤다! 라고 수군대
는 소리가 들리지 않겠어요.』[7]

오긴은 손수 빨래도 하고, 양녀인 시마코(志摩子)의 어머니로서 보통
주부의 일상생활을 시작하고 있지만, 주의의 시선은 그녀를 아직 게이
샤로 보고 있는 것이다.

그는 그 대신에 휑한 싸구려 벽지의 누런 빛을 보았다. 그림 하나 걸려
있지 않는 도코노마를 보았다. 새로 만든 문지방을 장식한 나무결의 울
퉁불퉁한 대패 자국에도 견딜 수 없이 쓸쓸해지는데, 너무 밝은 석양이
살풍경스럽게 쨍하니 쏟아져 들어오는 것을 보았다.[8]

그들의 방이 휑한 살풍경으로 묘사되는 것은 두 사람 관계의 균열을
상징하고 있다. 대진재 후 극적인 재회로 확인되었던 두 사람의 관계였
지만, 그들의 심상 풍경은 서툰 대패자국과 같은 것이었다.

시마다는 두 사람의 관계가 거의 20년이나 되어가고, 진재 후 이제는
보통 부부의 모습과 같은 '일상'의 생활을 하게 되자, 두 사람의 관계에
위기를 느끼기 시작한다. 평범한 일상으로 인해 신선한 자극도 낭만적
인 꿈도 침식당하고 있다고 생각했을지도 모른다. 비밀을 향락하고, 신
비에 자극받는 시마다는 진정되어가는 감정에 초조해진다.

그럴 리가 없다. 그럴 수가 없다고. 이것은 우리들의 사랑의 의지다.
진재조차도 깰 수 없었던 우리의 사랑의 의지였다. 그따위 것에 어떻게
될 리가 없지.....
아직 우리들의 사랑의 불은 다 타지 않았어. 지금부터 더 탈거야! 타
야 한다![9]

시마다는 공허한 외침을 하고 있다. 허구의 공간을 만들어 잠시라도
현실을 잊고 열광과 도취에 몸을 맡기려 해보지만, 그들의 마음은 싸늘
하게 멀어져만 간다. 붕괴된 '폐허', 동경에서 두 사람은 새로운 관계를
구축해야만 했다.

『백야』는 줄거리보다도 그때 그때마다 시마다의 심리와, 현실과 과거를 동시에 따라가는 방법을 사용하고 있어서 지루한 느낌이 들기도 한다. 그러나 그들의 '사랑의 전당'인 비밀 은거지를 건축함으로서 소설도 드디어 갈등구조를 보인다. 소설의 내용도 은거지의 완성으로 최대 정점을 이루고 있다.

오긴의 여동생인 오이토의 결혼 10년을 기념한 자리에 두 사람은 교외의 작은 집으로 초대된다. 오긴의 말처럼 오이토는 시마다의 돈으로 성장하고 결혼한 여동생이다. 오긴은 여동생의 집 근처에 집을 갖자고 시마다에게 제안한다. 일찍이 시마다는 여자의 마음을 끌기 위해 5년 안에 집을 지어주겠다고 약속했지만, 이미 10년이 지났다. 어느 겨울날, 새 집은 완성되고 오긴 가족은 이사한다. 시마다는 마음껏 방을 꾸미고, 작지만 명실공히 두 사람의 사랑의 전당을 다시 만들어 본다.

그렇지만 두 사람의 사랑의 전당을 유지하는 데는 너무나 빈약한 토대였다. 자연의 대재해와 함께 남자는 늙어가고, 죽음의 그림자는 가까이 다가오고 있다. 여자는 무일푼에 용모는 점점 퇴색되어 가는 나이 들고 지친 게이샤일 뿐이다. 이러한 마이너스 요인을 토대로 오로지 남자의 사랑에 대한 성실한 의지와, 20년 간의 사랑의 추억으로만 '사랑의 전당'이 쌓아올려졌다.

그들의 '사랑의 전당'은 중학교 옆에 지어졌다. 시마다는 '교외의 작은 정류장에서 내려서, 어느 중학교의 담을 따라서' 걸어다녔다. 이전의 '승려 학교'에서 '중학교' 옆이라는 공간의 이동은, 그들이 일상 생활권으로 더 가까이 진입하고 있음을 의미한다. 완성된 오긴의 방은 진재 전처럼 화려하게 꾸몄지만 두 사람의 마음은 '석양에 가까운 희미한' 그림자처럼 잿빛으로 물들어 간다.

　새로운 사랑의 전당도, 훌륭하게 장식된 그들의 방도 전처럼 즐거움을 주지 못하였다. 사랑의 심연 속에 가로놓인, 알 수 없는 차가움이 언제나

느껴졌다.[10]

이러한 마음의 '차가움'은 어디에서 오는 것일까?

폐허 속에서 사랑의 재생을 노래한 가타이였지만, 『백야』에서는 재생의 싱그러움은 찾아볼 수 없다. 20년을 이어온 두 사람 관계가 본질적으로는 무엇 하나 변한 것은 없었다. 남자에게는 가정이 있고, 지금은 아내보다도 성장한 자녀들에게 두 사람은 두려움을 느끼고 있다. 교외에 집을 갖는다는 것은, 게이샤가 한 사람의 정부가 되어 내연의 생활에 들어간 것에 불과하다.

그들의 관계가 언제나 일방적이고 시마다 중심의 수동적인 까닭에 여자는 불만이 크다. 갑자기 침묵하기도 하고 끝없이 가라앉기도 한다. 오긴은 시마다의 사후를 생각하며 끝없는 불안과 쓸쓸함에 휩싸이기도 한다. '아무리 하찮은 남편이라도 딱 한 사람 정해져 있다면 얼마나 행복할까'하며 중얼거린다. 오긴은 정부가 아닌 한 가정의 아내가 되고 싶은 것이다.

대진재라는 자연 현상의 '폐허'에서 그들 연애의 '폐허'가 시작되고 있는 것이다.

도대체 시마다가 생각하는 '연애'는 어떠한 것이었을까?

2) 연애를 위협하는 보편적 가치의 '일상'

『백야』에서는 시마다의 연애철학이라고 할 수 있는 독백이 여러 곳에 삽입되어 있다. 시마다는 요네와의 과거를 회상하는 것만이 아니고, 스스로의 연애관을 피력하고 사색하는 남성이기도 했다.

그렇게 말하면 너무 지나친 치정일지도 모르겠지만, 그가 지나온 50년 생활 속에서는 그것 이외에 중요한 것은 없었다. 돈을 버는 일, 자신의 이름을 세상에 알리는 일, 다른 반대의 세력과 다투는 일, 생활 상태를

한걸음 한걸음 좋게 하는 일, 그러한 일도 세상을 살아가는데 무관심할
수 없는 것임에는 틀림없었지만, 그것도 한편으로 그녀가 있기 때문이고,
만일 그녀가 그의 삶에 나타나지 않았더라면 그의 생활력도 결코 그렇게
강하게 움직이지 않았을 것이다.11)

명예와 이익을 추구하는 마음조차 '연애'라는 욕망을 달성시키기 위
해 생겨났다는 것이다. 오긴의 존재는 그의 문학의 원천이다. 즉 그의
예술의 실행을 위해 오긴과의 '연애'는 존재하는 것이다. 시마다의 '연애'
라는 욕망은 모든 욕망에 우선하는 소위 연애지상주의자라고 말할 수
있다.

'도덕'도 '사회'도 '사업'도, 그러한 '전'(「全」)적인 것은 모두 '연애'라는
'개'(「個」)로 둘러싸여져 있고, '연애'라는 본질을 해명하는 어떤 기능도
없다고 보는 것이다. 오긴과의 은밀한 집을 만들어서 가타이의 지론인
모든 '전'적인 것, '사회'적인 것을 부정하고, '개'의 생활 즉 남과 여의
궁극의 세계인 사랑의 전당을 구축하려고 한 것이다.

시마다는 오긴이 화류계 출신의 여성이기 때문에 마음이 끌렸던 것
이다. 그는 여성의 애정이나 질투를 통해서 자신의 존재를 확인하였다.

"하지만, 남자는 여자가 노리갯감이 아니면 도무지 재미없어하지요."
"그럴지도 모르겠네."
"그러니까, 이 세상 재미있는 거죠. 나는 지금 그것을 잘 알고 있어요.
진지하면 남자가 재미없어하지요. 여자에게 다른 남자가 있거나, 남자에
게 다른 여자가 있는 쪽이 흥미있어요. 남자는 여자에게 질투하는 것이
특기죠.....그렇지요?"12)

오긴은 시마다가 생각하는 연애의 실체를 예리하게 파악하고 있다.
'비일상의 사람'이며, '화류계 여성'인 오긴과 같은 여성에 의해, 사랑
의 '진실'이 표면으로 나올 가능성이 있다는 것을 강조하고 있다. 그것과
함께 역시 한편에서는 그러한 여성이기 때문에, 가정이라는 것이 교묘

하게 유지되고 있다고 생각한다. 때문에 오긴은 어디까지나 '비일상'의
존재가 아니면 안 되었다.

시마다가 오긴을 만나러 가려고 하는 날은 반드시 비가 내린다. 전날
이 아무리 맑았어도, 또는 가려는 날을 변경해 보아도 전혀 소용이 없
다.

> 게다가 모처럼의 마음을 그만둘 수가 없었다. 너무 그렇게 규칙적이지
> 않아도 된다. 비가 내리면 내일 하면 된다. 너무 자제심이 없다. 항상 그
> 렇게 생각하면서 내리 쏟아지는 비를 지그시 바라보며 마음을 안정시키
> 고 책상 앞에 앉아 보기도 하지만 역시 침착할 수 가 없었다. 그 기간에
> 배양된 그녀에게로 향하는 공기가 이미 너무나도 농후하게 그를 둘러쌌
> 다. 또 멈추려 해도 멈출 수 없이 그를 끌어 당겼다.[13]

이것은 시마다 자신도 이상하게 생각하는 '공기의 리듬'이고, '강우
주기라는 자연 리듬과 시마다 자신의 신체가 감응'하고 있기 때문에 그
의 연애는 자연의 리듬과 일치한다고 하는 것이다.

오긴과의 연애는 이를테면 '비일상'이라는 공상의 소산인데, 이것에
대해서 시마다의 가정이라는 일상의 세계는,

> 서로 굳게 묶을 필요가 있을 때는 묶여 왔지만 그것을 잇는 끈이 느슨
> 해짐에 따라 모두 뿔뿔이 흩어졌다. 그리고 그 건너편에는 무엇이 있었
> 던가? 공허와 죽음만이 있지 않는가.[14]

라고 묘사하고 있다. 즉 가정은 그의 공상을 이룰 수 없었기 때문에 기
피되었다. 그러나 시마다의 공상의 현실화인 내연의 처인 오긴의 집의
완성은 단지 제2의 가정의 성립이라고도 할 수 있다.

다나베 고지로(田辺剛城)는 두 사람의 '사랑의 금옥(金屋)'이라는 사랑
의 전당의 건축 의미를 다음과 같이 설명하였다.

> 시마다와 오긴과의 '사랑의 금옥' 건축은 결코 그들 사랑의 '승리'도
> 진실의 '재생'도 의미하지 않는다. 그들 두 사람의 연애는 완전히 닫혀

진 것이기 때문에 외부의 힘에 의한 '파괴'도 새로운 '재생'도 당초부터 있을 수 없는 것이다. 단 두 사람만의 세계의 내부에서 영원히 끝나지 않는 부식이 진행되어 갈 뿐이다. 결론적으로 말하면, 소설 『백야』에서는 외부세계로부터 완전히 차단된 곳에서 내부의 붕괴가 계속되는 한 쌍의 남녀의 모습을 묘사하고 있다고 하겠다.[15]

그러나 시마다는 출발 시점에서부터 모든 '전'적인 사회성이나 윤리성을 스스로 부정하고 '개'의 핵심에 의거한 사랑의 전당을 구축하려고 하였다. 따라서 '사랑의 금옥'에서 스스로 감금된 이유는 자신이 포기하려 했던 가정을 스스로 재생산하는 자기모순에서 온 것이라고 생각한다.

가타이 자신은 1915년 5월 「신조(新潮)」에 「나는 가정에서 폭군이다」를 쓰고 있다. 가타이는 거기에서 '내가 바라는 자유를 끝까지 속박하는 것이 있다면' 그때 자신은 과감히 가정을 파괴할 것이라고 분명히 말하고 있다. 아내, 자식, 그리고, 가정이라는 것을 중심으로 한 사고방식, 즉 가정의 보호와 유지를 위한 가장의 권한과 그 의식의 상실과 포기이기도 하며 부정이라고도 말할 수 있다. 자식은 자식, 부모는 부모로서, 각각 개인적이며 구속되지 않는 삶의 방법을 가타이는 명시하고 있다.

실제로 시마다는 오긴과의 애욕을 최상의 것으로서 관철하려고 하면서도, 또 다른 한편에서는 상식적인 가장으로서의 일면을 완전히 버리지 못하고 있다. 그래서 그 사이에 끼여 꼼짝없이 막다른 곳까지 몰리게 되는 남성이며, 거기에 그의 현실에 대한 저미가 있는 것이다.

남녀의 관계는 결국 일부일처제이다. 거기까지 가지 않으면 아무 것도 아닌 것이다. 반드시 거기에 도달해야 한다. 시마다는 그것을 절실히 통감하고 있었지만, 또 한편에서는 거기까지 가면 마음과 마음이 지나치게 평이하게 되고, 신체와 신체가 지나치게 밋밋하게 되어, 더 이상 연애의 여신은 살지 않게 된다. 연애라는 여신은 이제 이것으로 역할이 끝났기 때문에 내가 있을 곳이 아니라고 생각하면서 재빨리 달아나 버리는 것이다.[16]

시마다의 모순에 찬 연애관이지만 너무나 솔직한 심경이 토로되어 있는 부분이다. 그는 일부일처제가 남녀 본래의 이상적인 모습이라고 생각한다. 하지만 가정에서 '남편'과 '아내'라는 입장이 되면 '연애의 여신'은 달아나 버린다. 게다가 여성은 아내가 되면 남편이 바라는 아름다움을 잃고 연애정서를 느낄 수도 없게 된다는 것이다.

시마다가 가정을 파괴하려 하지 않았던 것은 '집'을 자신의 존재의 근원이라고 생각했기 때문은 아닐까. 시마다는 '아내'를 살아있는, 육체를 갖고 있는 여성으로 보기보다는 자신이 돌아가야 할 '일상'의 그 자체로 보고 있었던 것은 아닐까. 때문에 일부일처제라는 관념은 항상 그를 답답하게 했고, 시마다는 현 상태의 개혁을 생각하지 않을 수 없었다.

> 그러할 때면 항상 떠오르는 생각은 자신의 가정을 개조해야 한다는 것이지만, 그러한 용기가 없었기 때문에 멈칫거리며 타오르지도 못한 채 요령도 없이 계속해서 이어져 온 것이다. 가정을 개조해서 얻는 것은 별로 대단한 것은 없다는 것을 그는 잘 알고 있다. 가정이라는 것이 얼마나 여성을 평범하게 하는지, 또 밖에서는 아름다웠던 여성이 가정으로 들어오면 얼마나 시시하게 되어 버리는지. 스스로 완전히 소유한다는 것이 얼마나 그것을 무의미하게 해 버리는지에 대해서 그는 잘 알고 있다. 거기에 인간의 함정이 있다.[17]

처와 또 다른 내연의 처, 양면으로 분열되어 가는 가정의 '개조'를 말하면서, 그것을 실행으로 옮길 용기가 시마다에게 왜 없는 것일까?

그것은 오긴이 아내가 된다면, 그는 또 다른 새로운 오긴과 연애할 것이라는 것을 누구보다도 더 잘 알고 있기 때문이다. 시마다에게 있어서 사랑은 그에게 저항을 느끼게 하는 비일상적인 것이어야만 한다. 이것은 오가타 아키코(尾形明子)가 「다야마 가타이의 『백야』의 단상」에서 설명한 가타이의 연애관과 일치하는 면이다.

> 요네와 가정과의 사이를, 20년에 걸쳐서 동요하면서 작품화하는 과정

은 가타이의 삶 그것이었다. 가정이 있기 때문에 요네에게로의 집착은 점점 심해지고, 그 마음을 자신의 것으로 하기 위해서 고뇌하고 방황하여, 결국은 종교에까지 마음의 구원을 찾아간다. 그것들은 가정을 파괴하고 요네를 아내로 맞이한다면 해결될 일이었다. 이중생활을 해온 에너지와 소비한 시간, 고뇌, 금전을 생각하면 그것은 매우 간단한 해결법이었다. 그러나 그렇게 되면 가타이는 또 다시 다른 사랑을 찾고 고뇌할 것임에 틀림없다.[18]

게이샤를 그만두고 양친과 시마코와의 평온한 생활을 바라는 오긴은 스스로 세탁 등의 가사일을 하며 어머니로서 일상생활을 준비하기 시작한다. 시마다와의 관계를 '죄'라고 생각하는 오긴은 일부일처의 평범한 일상을 꿈꾸고 있다. 거기에 반해 시마다는 '일상'과 '비일상'과의 위험한 균형 속에서 살아가고 있다. 그는 오긴과의 '연애'를 '비일상'으로만 몰아넣으려고 한다. '일상'을 살아가기 시작한 오긴과 '비일상'의 장소를 필요로 하는 시마다 두 사람의 균열은 점점 커져만 간다.

오긴의 집을 드나들 때면 시마다는 몇 번이고 뒤를 돌아본다. 장남에게 뒤를 밟히는 것이 두려워 요네의 집 주변에 대학생 모자가 보이면 당황해서 일어나기도 한다.

자식에게 발각되는 것은 역시 부모로서의 위엄이 떨어지는 일이지만, 그것 이상으로 자식을 위해서는 절대 안 된다는 것이 그 이유의 80%를 차지하고 있는 듯하였다.[19]

그리고 거기에 부모로서의 사랑이 있다고 믿는 시마다는 서재를 정리하고, 자신의 저작을 자식의 눈에서 감추거나, 일기나 수첩 등을 정리해 보지만, 23살인 장남에게 그것은 우스꽝스러운 짓이었다. 말끝마다 돈 이야기를 하고, 아버지가 전부 나쁘다고 대들며 난폭한 행동을 하는 장남 때문에 시마다의 마음은 혼란에 빠진다. 성장한 자식이 지금은 아내를 대신해서 시마다와 오긴을 위협한다. 그것은 아내처럼 달랠 수도,

이해 받을 수도, 혹은 응석부릴 수도 없는 존재였다.

시마다의 혼란은 당연히 오긴에게 전해진다. 오긴도 역시 양녀로 삼은 여동생의 딸 시마코의 반항에 자주 괴로워한다. 게다가 7,8년 전부터 염려하던 몸속의 혹이 갑자기 커진 것을 느끼게 된다.

이처럼 일상의 가정과 그들의 자식들은 시마다의 사랑을 위협하는 존재가 되었다

3) 사랑의 귀착점으로서의 '죽음'

진재 후, 새삼 두 사람의 관계가 변한 것은 없었다. 그렇지만 두 사람은 '연애'의 귀착점을 '죽음'이라고 생각하고 있다. 사랑의 환락을 끝까지 느끼면 느낄수록, 두 사람의 몸과 마음이 일치하면 할수록, '죽음'의 심연까지 돌진할 수밖에 없다. 시마다는 오긴과 삐걱거리면서 고독은 깊어지지만, 그들의 마음이 하나가 되는 순간이 없었던 것은 아니다.

> 그들의 마음은 말없이 서로 융합되어 침전되어 갔다. 그것은 특별한 것이 아니다. 이 석양의 고요함 속에서 깊게 가라앉을 것 같은 기분이었다. 물론 그것은 젊었을 때의 긴장된 사랑의 감격도 아니고, 중년의 멈추려 해도 멈출 수 없는 사랑의 넘침도 아닌, 그렇다고 서로를 포옹하려는 기분도 아니다. — 경험하지 않고는 알 수 없는 갖가지 어렵고 힘든 과정을 지나서, 아니 그러한 경지에 도달했다기보다는 다시 그 때로 되돌아가도 — 더 이상 사랑하는 마음이 타오르리라고는 꿈에서도 생각하지 않았던 지금, 이러한 하나의 조용한 융합이 이 두 사람에게 펼쳐지고 있다. 도저히 상상도 할 수 없었던 조용한 즐거움을 느끼고 있는 것이다.[20]

오긴과 시마다의 고독한 마음이 교차되어 자연 속에서 하나로 용해되어 가고 있다. 도시의 소란에서 벗어난 두 사람의 마음은 세상에서 해방되어, 석양의 희미한 불빛 속에서 '하나의 조용한 융합'을 가져왔던 것이다.

이것은 가타이의 자연주의가 쇠퇴한 후인 소위 '인생의 전기' 이후의 상징적 타이틀인 '자타융합(自他融合)'과 '금강불괴(金剛不壞)'의 현실이다. 거의 '금강불괴'를 근간으로 한 사고방식을 기술하고 있는 『골짜기의 푸른 하늘(谷合の碧い空)』(1917년 8월 『文章世界』)에서 다음과 같은 표현이 있다.

> 조용히 금강불괴를 생각한다. 이미 금강불괴이다. 삶과 죽음이 없고, 더위와 추위가 없으며 번뇌가 없다. 그러나 그것이 삶과 죽음, 더위와 추위, 번뇌가 없음을 말하는 것이 아니다. 또 삶도 좋고, 죽음도 좋고, 덥고 추움, 번뇌도 좋다는 것을 말하는 것도 아니다. 삶의 기쁨, 죽음의 괴로움은 충분히 받아들이는 것이 필요하다. 또 더위와 추위도 남보다 배로 민감하게 느껴야 한다. 다만 생각해야만 하는 것은, 생사한서번뇌 (生死寒暑煩惱)라는 것은 생사를 둘러싼 법칙이어서 그것이 우리 인간의 전부는 아니라는 것이다. 생명의 중추는 금강불괴의 힘으로써 항상 무궁히 움직이고 있는 것이 아닐까?21)

'생사한서번뇌'라는 것은 '생명의 법칙'이지만 그것이 전부는 아니다. 그 중추에는 항상 '금강불괴'의 힘이 작용하고 있으며, 그것을 '현상'과 '본질'의 관계로 생각하고 있는 듯하다. '현상'은 변화하지만 '본질'은 변하지 않는다.

'금강'이라는 것이 주체이고, 여래의 지혜가 견고해서 모든 번뇌를 통찰한다고 한다. 인간의 '욕망'이라는 것도 그 결과 필연적으로 생겨나는 '현상'이다. 이런 '금강불괴'는 『백야』에서도 계승되었다.

그러나 이것도 '비일상'의 체험이라고 할 수 있다. 이 장면에서 두 사람의 어긋난 틈은 쉽게 극복되지만, 그것은 희미한 빛 속에서만 실체화되는 '사랑의 전당'이다.

시마다는 그들이 사랑이 이미 귀착점에 다다른 것을 생각하지 않을 수 없었다.22)

시마다는 '사랑'과 '죽음'이 하나가 되는 세계를 상상한다. 결국은 오긴도 따라서 '연애'의 이상향을 상상하게 된다.

아무리 끝까지 가도 여기가 끝이라고는 생각하지 않았다. 그곳에서는 그곳 나름의 새로운 세계가 열려 있어도 몸과 마음은 어디까지 가야 할지 몰랐다.
죽음! 결국은 거기에 있는 것 같다. 거기까지 가지 않으면 아무 것도 되지 않을 것 같다. 그들은 때때로 거기까지 이야기하였다. 두 사람의 마음과 몸이 딱 일치한다는 것은 쉬운 일이 아니다. 도저히 할 수 있는 일은 아니다. 죽음! 그 깊은 곳에서 그들은 그 신비한 경지를 엿보았다......
A와 H의 정사도 그것이다! 라는 식으로 그들은 이야기하였다. 물론 몸의 일치다! 그 기분은 그때 거기에 들어가지 않으면 실제로 알 수 없겠지만, 그러나 그들의 기분과 느낌 등은 대충은 추측할 수 있을 것이다. A와 H도 그 때에는 이미 목숨이 아깝지 않았을 것이다. 세계는 두 사람만의 세계가 되어서, 두 사람 안으로 모든 것이 들어가 버렸을 것이다.[23]

그들의 연애를 죽음으로 해결해야 한다고 예언하는 듯하다. 즉 두 사람은 '연애'의 귀착점을 '죽음'이라고 생각하였다. 사랑의 환락을 끝까지 느끼고, 두 사람의 몸과 마음을 일치시키려고 한다면, '죽음'의 심연까지 돌파할 수밖에 없다.
'A와 H의 정사'는 1923년 6월에 일어난 아리시마 다케오(有島武郎)와 하타노 아키코(波多野秋子)와의 정사를 말하는 것이다. 일상의 위협을 넘어서 완전히 하나로 묶여지는 몸과 마음. 현세에서의 현실을 포기한 가타이에게, 시무라 호게쓰(島村抱月)와 마쓰이 스마코(松井須磨子)의 최후가, 혹은 아리시마와 하타노의 정사가 떠오른다. 가타이에게 있어서 그것들은 보기 드문 사랑의 완성이었다. 두 사람의 '연애'에 있어서 갖가지 마이너스 요소를 '죽음'으로 해소하려고 생각했다.
이러한 두 사람의 심정이 다음과 같이 묘사되어 있다.

> 그들은 서로를 가련하게 여기는 마음이 서서히 생겨나는 것을 느꼈다. 그것은 쓸쓸함도 아니지만 즐거운 마음의 상태도 아니었다. 어둡지는 않지만, 환하게 밝은 것도 아니었다. 저녁놀에 가까운 희미한 그림자와 비슷하다.24)

그들의 마음이 하나로 용해된 것도 황혼이 질 무렵이었다. 그들의 마음이 가라앉아 감에 따라 쓸쓸함, 적적함이 따라왔다. 슬픔도 괴로움도 없지만 즐거움도 없다. '희미'함은 희로애락을 초월한 세계라기보다 운명에 전부를 맡기는 경지, 가타이 식으로 하면 자연의 리듬과 일치하는 경지일 것이다. 즉 자연과 사랑의 합체를 생각하고 있다.

> 혼자서 그 사랑의 말로를 상상하고 이러한 미증유의 사랑의 환락을 한가롭게 즐긴 이상, 당연히 그것에 대한 대가를 치러야 한다는 것을 스스로 결정하는 그 자신의 모습을 보았다.25)

시마다가 상상하는 것처럼 그들은 이승에서 사랑을 충실하게 추구하는 것이 얼마나 어려운지를 알고 있다. 세상의 속박을 벗어나 개인적인 삶의 방식을 선택한 결과, 그들이 도달하는 것은 죽음이라고 할 수 있다. 철저히 '개'적인 입장을 재촉하는 형태로, '죽음'이라는 형태를 취하고 있는 가타이는 1925년 9월 「여성」의 『정사잡화(心中雜話)』에서 지카마쓰(近松)의 자살미학을 부정하면서도,

> 실행의지가 생겨서 만일 실행을 한다면, 거기에는 실제 현세에서는 쉽게 이해할 수 없는 깊고 깊은 심리적 은선(銀線)의 파동을 볼 수 있을 것이다. 그것은 현세에서 저승으로 불가사의 속으로 이어져 사라져버리는 섬광적인 파동이다.26)

라며, 역시 '정사가 갖고 있는 신비성을 문제로 하고 있는 것이다. 가타이는 인간의 고독과 사랑-고독-죽음이라는 관련성을 생각하고 있다.

122, 123장에서 시마다는 오긴의 수술 장면을 상상하는데, 그는 오긴

의 죽음을 예상하며 불길한 생각에 사로잡힌다. '죽음'의 그림자가 농후하게 됐을 때, 그들의 마음은 하나가 되어 조용하게 걷기 시작한다. 그것은 죽음으로 향하는 길이었을지도 모른다.

> 그들은 그래도 서로에게 힘을 얻은 듯이 — 죽을 때까지는 무슨 일이 있어도 서로의 곁을 떠나지 않을 듯이, 그대로 나란히 서서히 그 긴 복도를 걸어갔다.[27]

『백야』의 마지막 장면이다. 복도를 걸어서 사라지는 두 사람의 마지막 모습은 사랑의 승리인 개선의 행진일까? 아니면 현실의 패배에 의한 도피의 모습일까? 또는 운명적 사랑에 순직하는 형태로 두 사람은 '죽음'으로 돌파하는 것일까?

그 답이 무엇이든지 간에 '죽음'은 실로 현실에서 '사랑의 전당'의 지속이 얼마나 어려운지를 웅변하고 있다. 그것은 일종의 유토피아이지만 인간의 '폐허'이며 연애의 '폐허'는 아니었을까?

『백야』의 세계가 정말로 현세에서는 모래 위의 누각이었다는 것을 누구보다도 잘 알기에 번뇌에 한없이 몸부림치면서 가타이는 만년의 문학적인 표현으로서 『백야』의 시간을 재현한 것이다. 완벽한 사랑의 세계는 환상에 지나지 않는다는 것을 자각하면서 인생에서 예술도 역시 허무하다는 인식을 깊게 하기 위한 작업이었다고 생각한다.

4. 나오며

진재 이후 잿더미 속에서 시작되어 죽음을 암시하는 오긴의 병으로 끝나는 『백야』는 오긴과 시마다라는 두 사람의 연애의 역사이다. 오긴과의 만남부터 작중의 현재까지, 20년 가까운 세월이 두 사람의 회상과 이야기로 이루어져 있는 『백야』의 줄거리는 그대로 다야마 가타이와

이다 요네의 자전적 이야기와 일치한다.

보편적 가치의 형상으로서 상징된 '일상'과 '비일상'이라는 외부 세계와는 단절된 곳에서 성립된 두 사람의 '사랑의 전당'과의 대립은, 영원히 끝나지 않는 내부붕괴를 계속해온 결과, 죽음에 의해 해결되고 있는 것 같은 묘사로 끝나고 있다.

『백야』는 이 세상의 현실 실상을 전부 '폐허'로 보는 가타이 독자의 모티브가 확인되는 작품인데, 모든 '전'적인 사회적인 것을 부정하고, '개'의 핵심에 의거한 '사랑의 전당'을 구축함으로써 자연 속에 융합된 사랑이라는 가타이의 이상적인 애정관의 실행을 묘사한 작품이라고 생각된다.

여행을 동경하고 평생 여행을 계속해 온 가타이는 단순하지만 그만의 독특한 자연관을 가지고 있다. 여행이라는 세계는 '비일상'의 세계이다. 사랑하는 여성과 지내는 즐거움, 둘이서 자연의 아름다움에 환성을 지를 때, 모든 시간은 정지되고, 의문도 질투도 고뇌도 사라진다. 남자는 여자에게 따라다니는 의혹의 그림자를 잊고, 여자는 단지 남성에게 완전히 의지한다. 가타이의 작품을 채색하는 세계이다.

그 의미에서 진재 때의 '사랑의 전당'도, 자연 속에서 잠깐 동안의 휴식이 아니었을까. 『백야』의 세계 전체가 '비일상'의 여행이었다고 말할 수 있다. 대자연의 위력을 배경으로, 세상에서 격리된 '비일상'의 세계가 『백야』이었다. 여행이라면 당연히 끝이 있다. 여행의 끝을 죽음으로 맺는 것이다. 죽음으로 대자연과의 일체화를 꿈꾸며 그의 '사랑의 전당'을 완성시키려 했던 것이다.

‖ 주 ‖

1) 「다야마 가타이(田山花袋)의 『백야(百夜)』론－만년의 가타이가 다다른 귀
   착점으로서의 애욕의 실체－」『일본문화연구』 제7집, 동아시아일본학회,
   2002년 10월 초출.
2) 『동경진재기』『定本花袋全集』제25권, 431~432쪽.
   이하 가타이 작품의 모든 인용문은 『定本花袋全集』(臨川書店 1994)에 의
   한다.
3) 위의 책, 419쪽.
4) 위의 책, 559쪽.
5) 『작은 폐허』, 『定本花袋全集』 제22권, 725쪽.
6) 『百夜』, 『定本花袋全集』 제23권 4장, 11쪽.
7) 위의 책 31장, 84쪽.
8) 위의 책 4장, 11쪽.
9) 위의 책 7장, 20쪽.
10) 위의 책 131장, 335쪽.
11) 위의 책 46장, 121쪽.
12) 위의 책 25장, 67쪽.
13) 위의 책 52장, 135쪽.
14) 위의 책 98장, 235쪽.
15) 紅野敏郎 編, 「『백야』론－남녀의 우화 탄생－」『論考 田山花袋』, 櫻楓社
   1986. 2.
16) 『百夜』, 『定本花袋全集』 제23권 33장, 88쪽.
17) 위의 책 34장, 90쪽.
18) 尾形明子, 「다야마 가타이의 『백야』의 단상」『東京女學館短期大學紀要』
   1980. 1.
19) 『百夜』, 『定本花袋全集』 제23권 71장, 182쪽.
20) 위의 책 88장, 228쪽.
21) 『골짜기의 푸른 하늘』, 『定本花袋全集』제24권, 177쪽.
22) 『百夜』, 『定本花袋全集』 제23권 129장, 331쪽.

23) 위의 책 114장, 294쪽.

24) 위의 책 115장, 295쪽.

25) 위의 책 130장, 335쪽.

26) 『정사잡화』, 『定本花袋全集』 제23권, 386쪽.

27) 『百夜』, 『定本花袋全集』 제23권 135장, 349쪽.

【 참고문헌 】

『百夜』『定本花袋全集』第十三巻　臨川書店　1994

『東京震災記』『定本花袋全集』第十五巻　臨川書店　1994

『インキ壷』「男と女」『定本花袋全集』第十五巻　臨川書店　1994

『小さな廃墟』『定本花袋全集』第二十二巻　臨川書店　1994

『花袋随筆』「地震の時」「心中雑談」『定本花袋全集』第二十三巻　臨川書店　1994

『谷合の碧い空』『定本花袋全集』第二十四巻　臨川書店　1994

『恋愛小論』『定本花袋全集』第二十四巻　臨川書店　1994

『男女の心の問題』『定本花袋全集』第二十四巻　臨川書店　1994

『自他の融合』『定本花袋全集』第二十四巻　臨川書店　1994

『夜坐』「心の階段」『定本花袋全集』第二十四巻　臨川書店　1994

岩永胖『田山花袋研究』桜楓社　1938

岩永胖『自然主義文学における虚構の可能性』桜楓社　1968

尾形明子『田山花袋というカオス』沖積舎　2000. 2

岸　規子「田山花袋『百夜』論」『花袋研究学会々誌』第十八号　2001. 3

花袋研究会編『愛と苦悩の人・田山花袋』教育出版センター　1980

小林一郎『田山花袋研究』「歴史小説時代より晩年」桜楓社　1984

小林一郎編『日本文学の心情と理念』明治書院　1989

坂本浩「転換期における田山花袋」『近代作家と深層心理』明治書院　1981

竹松良明「滅亡する帝都」栗原幸夫編『廃墟の可能性』イザラ書房　1998. 3

田辺剛城「『百夜』論 ―男女の寓話の誕生―」紅野敏郎編『論考 田山花袋』桜
　　楓社　1976

正宗白鳥「田山花袋論」「中央公論」1932

吉田精一『日本主義研究』下　東京堂　1958

吉田精一『自然主義文学以後』毎日新聞社　1961

▲ 시마자키 도손

▲ 『봄』
(1908년 10월)

시마자키 도손(島崎藤村)의 『봄』에 대한 고찰[1]

임태균*

1. 머리말

일본 근세의 남녀관계는 '호색'(好色)이나 '이키'(粹)라는 말로 대표되 듯이 유곽을 중심으로 전개되었다. 그에 비해서 근대의 '연애'는 정신적 이고 평등한 남녀관계에 근거한 것으로 전시대의 그것과는 대조적인 것이라 알려져 있다. 이미 선행연구를 통해서 자주 지적되어 온 바와 같이 메이지유신으로부터 메이지 40년대까지의 일본인의 '연애'나 '성' 에 대한 사고는 기독교의 영향 등으로 크게 변화되게 된다.

주지하는 바와 같이 시마자키 도손의 『봄(春)』(1908)의 작품 전반을 지 배하는 주선율은 '연애'이다. 이 작품에 등장하는 청년들의 내면에는 서 양근대의 연애관이나 일본의 근세적 연애관이 교착되어 나타나고 있다. 특히 주인공인 기시모토(岸本)는 제자이며 약혼자가 있는 가쓰코(勝子) 에게 연애감정을 품게 되어 그 고뇌로부터 벗어나기 위해 교직을 버리 고 방랑의 길에 오르게 되는데, 결국은 그들의 연애는 파탄에 이르고

* 任菩均 : 성결대학교 일어일문학과 부교수.

이상주의적인 연애관을 관철해 온 기시모토의 선배 아오키(青木) 역시 결혼 후 생활고 속에서 이상과 현실의 괴리 속에 고뇌하다 자살하고 만다.

　기시모토와 가쓰코 두 사람의 관계와 연애관의 추이, 그리고 아오키의 연애관을 규명하는 것은 『봄』이라는 하나의 텍스트 분석을 뛰어넘어 일본근대문학에 있어서 연애관의 한 단면을 발견할 수 있는 의미 있는 일이라 사료된다. 따라서 본 논문을 통해 『봄』에 나타난 연애관에 초점을 맞춰 등장인물들의 내면세계를 분석함으로써 전통과 근대의 길항구조를 고찰하고자 한다.

2. '이키'(粋)와 '연애'(戀愛) 사이

　메이지기 이후 남녀관계는 '풍류'로서의 '이키'(粋)라는 관념에서 '신성'한 '연애'(恋愛)라는 관념으로의 이행이 근대 도시 지식인들을 통해 확산되었다. 일본에도 불교적 허무사상에서 연애의 영원화를 도모하기 위해 육체적인 성 접촉을 단념하는 이른바 '이키'의 미풍이 에도시대 유곽을 통해 싹트고 서민들 사이에도 유포되고 있었다. '이키'는 연애의 대상을 소유하지 않고, 동경과 열정을 아낌없이 바치는 것에 그 미학의 완성이 있다. 이처럼 남녀관계에 있어서 전인격을 상대방에게 내맡기는 일 없이 항상 '평행선'을 유지하며 상대와의 일정한 거리를 둔 긴장감을 즐기는 근세의 화류계의 미학[2]은 상대방과의 완벽한 일체화를 도모하는 근대적인 '연애'와는 그 성질을 달리한다고 볼 수 있다. 일찍이 기타무라 도코쿠(北村透谷)는 '상사상애'(相思相愛)가 아닌 이러한 '이키'와 같은 '의사연애'(擬似恋愛)는 근대적 개념인 연애와는 본질적으로 다르며, '이키'를 근대문학에 도입하는 것을 시대착오적인 발상이라고 비판한 바 있다.

　한편, 일본인에게 있어서 연애의 본질적 의미는 '반하는(惚れる)' 것이
며, '자신을 잃고 빠지는' 것이다. 따라서 상대방의 모습과 마음을 객관
적으로 보게 되고 스스로를 회복하게 되었을 때 사랑은 비로소 도취상
태에서 눈을 뜨는 것이다. 『봄』의 기시모토는 가쓰코뿐만 아니라 많은
여인에게 '반하는' 감정을 갖는 인물로 묘사되고 있다. 8장에서 사제지
간이며 약혼자가 있는 가쓰코에 대한 애정으로 인한 고뇌로 모든 것을
버리고 방랑의 길에 올랐던 기시모토는 친구인 이치카와(市川)와의 대
화 속에서 '실제로 그의 어리석은 성품은 여행길을 떠나서 몇 명의 여자
에게 반했는지 모른다'고 하며 과거의 자신의 모습을 상기하게 된다.
이처럼 여러 여인을 사모하는 인물로 묘사되고 있는 것인데, 여기서 '반
했는지'라는 부분을 가타카나로 표기하고 있다는 점에서 그 속에 특별
한 의미를 부여하고자 한 작가의 의도를 엿볼 수 있다. 이어서 기시모토
자신은 '스스로 자신의 성품을 부끄러워했다'고 되어 있듯이 그러한 자
신의 모습을 '수치'로 여기고 있는데, 이처럼 '상사상애'의 연애의 단계에
이르지 못하고 방황하는 자신의 모습에 고뇌하는 것 역시 근대적 인간
상의 한 단면이다.
　자신의 마음을 가쓰코에게 알리지 못한 채 간사이(関西)로 방랑의 길
을 떠난 기시모토는 때마침 오카미(岡見)의 배려로 그의 여동생인 료코
(涼子)를 통해 그것을 가쓰코에게 전할 기회를 얻게 된다. 여기서 여자를
먼저 사랑하고 고뇌하게 되는 남자의 마음을 그리고 있다는 점은 이
소설이 근대적인 소설의 형식을 취하고 있음을 증명해 주는 부분이라고
할 수 있다. 일본의 근세문학에서는 여성이 연애에 있어서 주도권을 잡
으며 남성은 사모하기 보다는 사모함을 받는 존재로 묘사된다. 남녀관
계에 있어서 주체적이고 적극적으로 움직이는 것은 여자 쪽이며, 남성
은 여성의 사랑을 확인한 후 움직인다는 것이다.[3] 이처럼 여인들에게
사모함을 받는 것이 근세적인 미학인데 반해 전반부에 나타난 기시모토

는 여성을 사모하는 남성으로 그려지고 있는 것이다. 소설의 전반부에 나타나는 바와 같이 사랑하는 여인에게 자신의 감정을 직접 전하지 못하는 여린 남성상은 후타바테이 시메이(二葉亭四迷)의 『뜬 구름(浮雲)』에 나오는 우쓰미 분조(內海文三)의 경우와 유사하다고 할 수 있다.[4]

그러나 기시모토가 미네코(峰子)의 신세를 지고 있을 당시 그녀로부터 자신의 어머니의 유품인 단도(懷劍)를 받았을 때, 혹은 기시모토의 마음을 받아들여 차츰 기시모토에 대한 사랑의 감정이 싹트게 된 가쓰코가 그와의 관계를 약혼자에게 알리고 온 몸과 마음을 바쳐 기시모토에게 희망을 걸고 그의 곁을 찾아왔을 때 기시모토는 처음의 모습과는 달리 뒤로 물러서고 만다. 이에 대해 오타 마사키(大田正紀)는 '이키'를 자처하는 기시모토의 이로오토코(色男)적인 태도[5]'라는 견해를 보이고 있는데, 과연 그렇게 단언할 수 있는 것일까. 여기에는 오히려 기시모토가 기본적으로 지니고 있는 '연애'에 대한 두려움의 감정이 작용한 것으로 해석하는 편이 타당하다고 여겨진다. 이에 대해서는 다음 장에서 구체적으로 언급하기로 하겠다.

15장에서 기시모토가 가쓰코에게 처음 편지를 쓰면서 '그의 울적한 성품은 어떤 일이건 생각하는 바를 표현할 수 없었다. 그는 방랑하거나 통곡하거나 하며 마음의 고통을 잊으려 했던 것이다.' 라며 그의 심경을 드러내고 있다. 미네코와의 이별 이후 가쓰코와의 만남을 갖기 위해 편지를 보냈던 것인데, '미친사람 같은 고통'을 맛보게 된다. 그에게 연애는 광기처럼 찾아온 것이다.

3. 동정(童貞)의 고뇌

『봄』은 기시모토가 간사이 여행을 마치고 돌아오는 장면에서 시작되는데, 기시모토의 고뇌에 찬 방랑은 가쓰코에 대한 사랑에 기인한 것이다. 기시모토는 가쓰코와의 만남을 통해 '극심한 정신적 동요'를 느끼고 '홍수가 넘쳐 오듯이 떠밀려간 것도 사실이다'라고 하며 '갑자기 일어난 '신생'의 광경'(52쪽)을 목격하게 된다. 사사키 마사노부(佐々木雅発)는 청춘의 실태를 자기몰입, 즉 '열광과 도취'에 있다고 논하였는데6), 바로 이러한 기시모토의 모습 속에서 '자연'의 '힘'에 이끌리는 청년의 연애의 한 단면을 확인할 수 있는 것이다.7) 기시모토는 자신의 건장한 육체를 발견하게 되고 왕성한 생명력을 감지하게 된다. 아오키는 그러한 기시모토를 보며 '자네는 몸이 좋으니까'(42쪽)라고 감탄하는데, 상대적으로 아오키의 육체는 '무언가 쓰고자 하면 머리가 아프다'거나 '몸 속의 피로와 쇠약을 느끼는 일도 한층 심해졌다'(43쪽)라는 문장에 엿보이듯이 연약한 모습을 드러내고 있어, 기시모토의 건장한 육체가 아오키의 선망의 대상이 되고 있음을 알 수 있다. 이러한 기시모토의 건장한 육체는 '죽음'의 유혹으로부터 '생'으로 견인하는 힘을 갖고 있는데 이것이 아오키의 경우와는 다른 결말을 가져오게 되는 원동력이 된 것이다. 이처럼 건장한 육신을 가진 청년 기시모토에게 있어서 이성에 대한 관심과 더불어 성적인 욕망은 어떻게 묘사되고 있을까.

기시모토는 그에게 육적인 욕망을 갖고 접근하는 여성들을 극도로 피한다. 간사이 지방을 유랑하던 중, 두 달 반 정도 머물렀던 다실의 여주인은 남편이 집을 비웠을 때 기시모토를 유혹해 왔다.

어느 날 밤 남편이 오쓰로 가고 부재중에 종이로 된 모기장 밖으로 "기시모토 씨, 기시모토 씨"하며 부르는 소리가 들린다. 기시모토는 잠자코 떨고 있었지만 갑자기 두려워져서 때마침 다행히 친구로부터 환어음

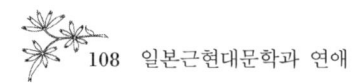

이 와서 도망치듯 고슈의 숙소를 떠났다.8)(3쪽)

이 문장에는 동정상실에 대한 강한 저항과 두려움을 갖고 있는 기시모토의 심리가 잘 드러나고 있다. 한편 가쓰코와의 해후가 이루어진 19장에서는 '자유로운 대화'를 나누지 못한 그들이지만, 우연히도 '무심코 두 사람의 손이 닿았다'. 이러한 신체적 접촉으로 인해 그녀가 떠난 후 기시모토는 '사실대로 말하자면 가쓰코라는 여자를 갖고 싶어졌다'고 그 심경을 토로하여, 갈수록 격해지는 기시모토의 성욕을 엿볼 수 있는데, 여기서 바로 동정의 고뇌를 발견할 수 있는 것이다.

그런데 전근대 일본문학에서 동정이나 동정상실의 심리를 그린 경우는 거의 없었다. 말하자면 '동정'이라는 것이 문학적인 소재로서 주목받게 된 것은 근대 이후의 일이라 해도 과언이 아닐 것이다. 뒤에서 언급하겠지만, '동정'이란 말 자체가 근대 이후에 성립된 점이 바로 그러한 사실을 뒷받침하는 증거이다.

그러나 의외로 이처럼 근대 이후에 등장한 '동정'에 주목한 연구는 찾아보기 힘든 것이 사실이다.9) 상대적으로 '처녀성'과 관련하여 다양한 용어가 존재하고 활발한 연구가 이루어지고 있는 점과 비교하면 대조적인 현실이라 할 수 있다. 여성의 순결을 강조하는 것은 새로운 문화적 발상이 아닌 것에 비해 남성의 순결은 근대적인 발상이라 할 수 있는 것이다.10)

그런데 여기서 홍미로운 사실은 근대사회에서 사용되었던 '동정'이라는 어휘가 갖는 의미가 일반적으로 현대인들이 쓰고 있는 '성교를 아직 경험하지 않은 남성' 내지는 '남성이 성교를 아직 경험하지 않은 상태'라는 의미와 반드시 일치하지는 않는다는 점이다. 또한 그 당시 '동정'이란 남성에게만 국한되어 사용되었던 개념도 아니었다는 것이다. 근대에 들어서서 성립된 '동정'이라는 단어는 모든 어휘가 그러하듯이 사회 통념

상으로 하나의 개념으로 정립되는 시기를 필요로 했다. 사전에 있어서
의 정의의 변천을 보더라도 '동정'이라는 단어는 1910년대 이전의 일본
의 사전에 게재되어 있지 않다. 일본어 사전에 '동정'이라는 단어가 등장
하게 된 것은 1921년에 간행된 『言泉』 이후의 일로 1920년대가 되어서
비로소 용어로서 정착하게 되었다고 볼 수 있다.[11] 이 사전에 의하면
'동정'이란 '아직 이성과 접촉하지 않은 것, 또는 그러한 자[12]'를 지칭하
는 말로 남녀의 구별이 없음을 알 수 있다. 즉, '동정'이라는 말이 '처녀'
'정조'라는 말로 호환 가능했음을 유추해 볼 수 있는 것이다. 실제로 '동
정'이라는 단어의 가장 오래된 용례는 1870년대부터 가톨릭교에서 수녀
를 지칭하는 의미[13]로 여겨지고 있으며 우리말에서와 마찬가지로 '성모
마리아'를 가리키는 용법도 존재해 왔다.

  주지하는 바와 같이 일본의 윤리와 미의식 속에서 '성'을 죄로 여기는
의식은 거의 희박하며, 그 대신 '감상'(感傷)을 '수치'로 여기는 의식이 도
쿠가와(德川) 후기 이후의 남성성의 미학 속에 뿌리 깊게 박혀 있었다.[14]
그런 가운데 대략 메이지 40년대를 전후해서 소설 속에 동정 혹은 동정
상실의 심리를 다룬 소설이 갑자기 많이 등장하게 된다는 매우 흥미로
운 현상을 발견할 수 있다.[15] 기본적으로 바로 그러한 문학적 현상 속에
메이지 41년(1908) 도손은 『봄』을 발표하고 있다는 점은 주목할 만한 사
실이라고 본다. 이는 메이지 40년에 발표된 다야마 가타이(田山花袋)의
『이불(蒲団)』이후 자연주의문학에 의해 제시된 고백의 형식과도 어느
정도 관련이 있다고 할 수 있다. 여성에게 감상적으로 집착하는 것은
당시의 사회적 통념에서 볼 때 '수치'라 할 수 있으며 그것은 '남자의
사랑'을 '고백'하는 형식을 취하고 있다는 점에서 근대적이라 할 수 있다.

  전시대적인 사회문화적 일상 속에서는 남성의 '사랑' '감상'등을 묘사
하는 것은 '수치'로 여겨졌던 것으로 이를 마치 '성욕'에 문제가 있다는
식으로 묘사하게 되었던 것이다.[16] 즉, '사랑' '감상'등의 문제가 '성욕'의

문제로 탈바꿈하게 된 것이다. '동정'을 그리게 된 것 역시 그러한 맥락
에서 이해가 가능하다고 본다.

『봄』의 기시모토의 경우는 어떠한가. '성욕'에 대해 고뇌가 표면적으
로 문제가 되고 있다고 볼 수 있는데, 거기에는 '감상'을 수치로 여기는
근세적인 감수성이 발견된다고 하겠다. 앞에서 언급했듯이 그의 '성품'
으로 인해 '몇 명의 여자에게 반했는지 모른다'는 구절이나 자신의 '성품'
을 '부끄러워했다'는 구절에서 확인할 수 있듯이, 뭇 여성들에게 '반하는'
성품을 '수치'로 여기고 있다는 사실이다.[17] 또한 그는 가쓰코에게 자신
의 마음을 고백하는 것도 두려워하며 '동정'에 고뇌한다.

여기서 주목하고자 하는 것은 성욕에 대한 죄악감에 중점둔 듯 보이
면서 실상은 자신의 '감상'을 수치로 여긴다는 점이다. 물론 기시모토가
육적인 욕망을 끊고 동정을 유지하고자 했고 정신적으로 가쓰코와의
사랑을 유지하고자 한 점 등에서 기시모토가 근대적이고 또한 기독교적
인 정신세계를 소유한 인물이라고 할 수 있다는 데에는 동감하지만,[18]
본질적으로 여인에게 집착해 버리는 자신의 성품을 '고백'한다는 의미
에서 이 소설이 지니고 있는 근대적 면모를 해석하고자 하는 것이다.
본 논문에서는 그러한 의미에서 새롭게 소설공간에 등장하게 된 '동정'
이라는 현상의 근대성을 인정할 수 있다고 본다.

하치노헤(八戸)에서 일주일을 채 못 머무르고 철수하게 된 기시모토
는 31장에서 앞뒤를 돌아보지 않고, 친구의 손도 빌리지 않고 가쓰코
집에 직접 편지를 보내는 무모한 짓을 하게 된다. 그런데 기시모토는
'가슴이 터질 것만 같아 생각하는 바를 충분히 말할 수 없는'데 반해 가
쓰코가 보내온 답장은 자유롭게 적혀 있었을 뿐 아니라 '그대(君)'라는
말까지 쓰며 '사제지간임을 잊어버리고 순전하고 솔직하며 가련한 마음
을 열어 보였던' 것이다. '육'으로서의 자신을 자각하게 된 기시모토는
이러한 가쓰코의 모습을 통해 '견디기 힘든 동정의 고뇌'를 다시금 느끼

게 된다.

　　사진도 왔다. 가쓰코는 다소 너무 살이 찌고 이상하게 이마 부위가
빛나서 왠지 실물과는 다른 사람처럼 찍혀 있었다. 눈도 그다지 닮지 않
았다. 입술은 만지면 화상이라도 입을 것 같다. 기분 나쁜 사진이다. 기시
모토는 어쩐지 무서운 느낌이 들었다. 단 그 사진을 통해 지금이 처녀로
서 한창때인 것만은 확실히 느낄 수 있었다. 가쓰코도 역시 기시모토와
마찬가지로 견디기 힘든 동정의 고뇌를 느끼고 있는 것 같았다.(31쪽)

　앞서 언급했던 것처럼 ‘처녀’와 ‘동정’이 호환 가능함을 여기서도 발견
할 수 있다. 이 문장은 가쓰코 자신이 실제로 ‘견디기 힘든 동정의 고뇌’
라고 느끼고 있다고도 볼 수 있으나, 가쓰코의 모습 속에 기시모토가
자신의 모습을 투영시킨 것으로 주관적인 판단이 엿보인다고 여겨진다.
그런데 여기서 가쓰코의 외모에 대해서 부정적인 인식이 이루어지고
있는 것은 왜일까. 그것은 아마도 그녀의 내면을 엿본 것 같은 느낌이
들었기 때문일 것이며, 또한 사회적인 제약이 엄존하고 있는 현실을 말
하고자 하는 작가의 의도도 있다고 본다.

　이윽고 가쓰코가 죽을지도 모른다는 불안에 떨며 동시에 ‘이상한 전
율’(35쪽)에 휩싸이게 된다. 거의 스스로 자신을 제어할 수 없는 상태에
이르게 된 기시모토는 갑작스럽게 자신의 소맷자락에 있던 가쓰코의
편지와 사진을 꺼내어 찢어버리고, 본능에 이끌려 충동적으로 유곽을
찾게 된다.

　　이 밤낮을 바꿔놓은 듯한 장소를 떠나 시나가와의 정류장 부근에서
아침을 먹을 무렵, 기시모토는 다소 제 정신을 찾았다. 처음 그가 만났다
는 나이가 27, 8세 정도 되는 색 바랜 광대뼈 따위가 두드러지게 솟아난
여자로,(중략) 이제 상대하는 손님도 없어지게 되었다는 듯한 쓸쓸하게
타락한 여자의 모습이 그의 눈앞에 떠오른다. 그 때 그는 하룻밤의 어리
석은 행위를 돌이켜 보며 억지로 태연한 척 하려고 했으나, 스스로 자신
의 신세를 비웃지 않을 수 없었다. 그는 자신도 또한 부끄러운 인간의

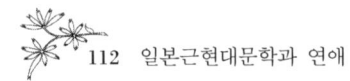

한 사람임을 깨달았다.(37쪽)

그는 거의 '제정신'을 잃다시피 하며 자신의 성욕을 충족시키고 만 것이다. 그 상대는 '담배를 권하는 여자'(36쪽)로 그녀의 직업과 이름이 명시되어 있지 않은 점에서 기시모토의 은밀하고 수치스러운 행위를 부각시키고 있다.

전통적인 동정상실의 장이 된 유곽에서 기시모토가 동정을 상실하는 장면에서 이러한 완곡한 표현과 익명성을 빌리고 있다는 점은 의미심장하다고 본다. 연애를 동경하여 가쓰코를 사모하면서도 그것을 이룰 수 없는 까닭에 결국 매춘이라는 수단에 의존하여 여성을 알게 된다는 점에서 기시모토의 '수치'심이 더욱 강조되는 부분이라고 본다. 즉, 가쓰코에 대한 신의를 저버린 자신의 모습을 발견하고 자신의 '수성'(獸性)에 고뇌하는 것이다.[19] 이러한 자괴감 끝에 삭발을 하고 다시금 방랑 길에 나선 기시모토는 고즈(国府津)에 가까운 사가미나다(相模灘) 해안에서 '이제 다 끝났다'(41쪽)는 절망감 속에 충동적으로 투신자살을 시도하고자 하나 죽음의 고비를 넘기고 아오키의 도움을 받아 재기하기에 이르게 된다.

69장에서 7, 8편의 일기 혹은 편지 비슷한 것을 스게를 통해서 기시모토에게 보낸 가쓰코는 약혼자에게 일체의 사실을 '고백'(82쪽)하기에 이르고, 이에 약혼자 아소(麻生)는 가쓰코 부모에게 이 사실을 알리고 가쓰코 아버지는 그녀를 고향에 데려오게 된다. 이러한 가쓰코의 '고백'에 기시모토는 '가슴 설레는' 모습을 드러내는데, 여기서 그의 감정은 이해하기 힘든 부분이라 아니할 수 없다. 결론부터 말하자면 가쓰코의 '고백'이 기시모토에게 있어서 '연애'의 성취에 버금가는 의미를 지니고 있는 까닭이다. 사회적 제약을 깨고 사제관계와 약혼자가 있는 가쓰코와의 연애를 지속할 용기가 없었던 기시모토로서 그녀의 '고백'은 그들의 플라토닉 러브를 성취케 해 준 행위라 할 수 있는 것이다. 더군다나 동정을 상실한 그로서는 정신적인 사랑을 유지해 온 그녀에게 다가갈 명분을 상실한 상태이다. 이제 기시모토는 객관적으로 사태를 파악하고 자기상대화에 이르게 된다.

아직 말로 사랑을 고백하지 못한 기시모토는 비로소 '자신의 마음에 가까운'(83쪽) 편지를 쓴다. 자신은 진심으로 그녀를 사랑했지만 그것은 과거의 일이며 이제 이 연애는 그만두고 약혼자의 품으로 그녀를 보내고 부모도 안심시키자는 메시지의 글이다. 그녀의 대담한 태도에 오히려 그는 '도취상태'에서 깨어나게 되어 현실을 직시하여 연애를 포기하기에 이른다. 가쓰코는 온 몸과 마음을 바쳐 기시모토에게 희망을 걸었지만, 기시모토는 처음의 모습과는 달리 뒤로 물러서고 말았다. 그러나 기시모토로서는 가쓰코의 '고백'으로 인해 최소한의 연애의 결실을 맺은 셈이다.

동정의 고뇌란 무엇인가. 바로 근대일본 지식인들에게 볼 수 있는 플라토닉 러브에 의한 일종의 결벽증이라 여겨진다. 이러한 정신적인 사랑, 플라토닉 러브를 이상으로 보는 주인공 기시모토에게 있어서 성적인 관계의 상상과 연애를 성취할 수 없는 데서 비롯되는 좌절감, 그리고 결국에 유곽을 통해 해소하는 자신의 전근대적 행동은 바로 견딜 수 없는 자괴감에 빠지게 하는 요인이 되고 있다. 가쓰코와의 결별은 이러한 정신적인 사랑을 성취할 수 없다는 자의식의 결과가 아닐까. 즉, 유곽에서의 동정상실을 통해 볼 수 있는 육적인 자신의 발견임과 동시에 불완전한 연애의 포기의 선언인 셈이다.

4. 연애의 이상과 결혼의 현실

도손은 『봄』에서 「염세시인과 여성(厭世詩家と女性)」을 포함한 도코쿠 (透谷)의 본문을 직접 인용하고 있다. 작중에 아오키의 모델이 되고 있는 도코쿠는 남성의 입장에서 자신에 대해 관심이 없는 여자에게 집착한다는 감정을 수치로서 인식했다. 또한 무사도적인 입장에서 '연애'를 둘러싼 일본의 전통적 시각에 대한 잘못된 이해와 역사인식으로 그의 그릇된 연애관을 고착화시켰다. 남성이 주체가 되는 여성숭배의 입장이 근세에만 결여되어 있을 뿐인데, 그는 근세문예를 육적인 것에 치우쳐 있다고 판단하였다.[20] 이는 영육 이분법을 취하는 기독교적 관점이 반영된 것이며, 무사도적인 견해의 반영이기도 하다. 즉 서구적 연애를 영육 대립 선상에서만 이해하여 결국 무사도적인 정조관념을 초닌(町人)적인 그것에 대한 안티테제로서 부활시킨 것이다.[21] 남자가 여자에게 바치는 사랑이라는 서구사상의 유입도 실패하고, 육체·정신의 추상적 이원론을 도입하며, 서구적 연애를 영·육 대립의 관점에서밖에 보지 못하는 맹점을 노정하고 있는 것이다. 바로 이러한 점이 아오키의 인물조형에도 드러나고 있다.

바로 7장에서 보는 바와 같이 '연애는 인간 세상의 비밀을 여는 열쇠이다'라고 하는 연애관과 아내를 '추잡한 속계의 통변'이라 일컫는 결혼관 사이에는 큰 낙차가 존재한다. '이상하게도 연애가 쉽사리 그의 눈을 속였듯이, 결혼도 또한 쉽사리 그의 마음을 실망시켰다' 는 것이다. 결혼에 의해 연애의 이상이 허물어진 셈이다. 연애를 최고의 가치로 보던 아오키는 생활고로 인하여 결혼이라는 제도 속에서 가혹한 현실을 발견하게 된다.

실제로 두 사람의 결혼은 세상에서 흔히 볼 수 있는 그러한 것이 아니었다. 사랑하고 사랑받아 모든 것을 희생으로 한 끝에 겨우 하나가 된

사이이다. (중략) 고난은 빨리 찾아왔다.(22쪽)

　젊은 부부는 참담한 마음으로 서로를 대하는 나날을 보냈다. 이러한 괴로운 경험은 꿈만 같던 연애시절에는 상상도 못 했던 일이다. 한편으로는 고난과 싸워야 하고, 한편으로는 쓰루코를 키워야 한다. 둘은 묵묵히 생각하며 얼굴도 마주보지 않고 밥을 먹는 일도 있었다.(24쪽)

'연애'의 감정은 '결혼'이라는 제도와 현실 속에서 이미 지나가 버린 과거의 일로만 여겨지고 만 것이다. 아오키는 '연애'와 '결혼'의 단절을 맛보게 되는 것이다. 연애에 열광하는 친구들의 모습을 바라보며 아오키가 '과거의 자신을 보는 듯한 느낌이 들었다'(7쪽)고 인식하는 것은 바로 이러한 연애와 결혼의 낙차를 경험하고 있었기 때문이다. 사사키 마사노부(佐々木雅発)의 '한쪽에 열광과 도취의 세계가 있고, 한쪽에 그것으로부터의 무참한 각성의 세계가 있다'22)는 견해는 그러한 의미에서 수긍할 만하다고 본다.

때로는 종교로 때로는 술로 살아갈 힘을 회복하고자 하기도 한 아오키는 집을 뛰쳐나와, 61장에서 '어리고 정조가 없는 흰 팔 안에 전율하는 자신을 발견하기도 했다'고 하는 문장에서 볼 수 있듯이 유곽출입을 하기도 한다. '이곳에 오고 나서 칼부림소동이 있기 전에 며칠 밤인가 시나가와에 드나들었던 일이 있었습니다—그것만은 저로서는 도저히 이해할 수 없습니다'(93쪽)라는 문장에서 나타나듯이 그의 이러한 유곽출입은 반복되고 있는 것이다. 이러한 행동은 근대적인 이상주의적 '연애'를 추구하던 그의 모순된 사고에 의한 행동이라 할 수 있다.23)

이는 이상을 관철시킬 수 없었던 것의 반동으로서의 돌출행동 내지는 결혼의 현실에 대한 실망으로 택한 고뇌에 찬 행동이라 해석할 수 있다. 아오키의 모습은 결혼 전의 연애와 결혼한 후의 애정을 동일한 것으로 인식하고 있었던 메이지시대 지식인들의 모습을 대표하고 있으나 이러한 신념은 연애와 결혼이 일치하지 않는다는 현실인식으로 인해

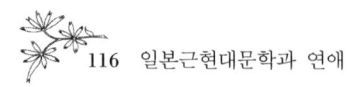

붕괴되고 고뇌로 변모하게 된다.

아오키나 기시모토는 모두 '이키'와 '연애'의 경계를 넘나드는 존재라 할 수 있다. 가쓰코와의 연애를 이루지 못한 채 성적인 욕망을 유녀를 통해 해소하는 기시모토나 이상적인 연애와 결혼생활의 불일치로 유곽을 찾는 아오키는 연애에 있어서 근대적인 이상을 이루지 못하고 현실적으로 '이로'의 세계를 표류하는 근대와 전근대를 넘나드는 경계인인 셈이다.

가족들로부터 '감시'받는 '고독'한 처지에 처하고 만 아오키는 결국 종교와 연애와 사회개혁에 대한 이상과 현실의 괴리를 극복하지 못하고 자결하고야 만다. 『봄』에서 아오키의 '광기'의 원인은 그 실체가 모호하고 구체성이 결여된 채, 생에 대한 부정적인 인식만 강조되어 고뇌하는 인간상만이 강조되고 있을 뿐이다. 정신적인 핍박에 고뇌하는 아오키는 결국 이상만을 추구한 생의 '패배자'로 생을 마감하게 되는 것이다. 또한 결혼 후 입덧과 그에 따른 심장병으로 숨지게 된 가쓰코 역시 연애의 이상을 실현하지 못하고 자기해방을 이루지 못한 메이지 여성의 비극을 대변하고 있다.

5. 맺음말

이상과 같이 본 논문을 통해서 『봄(春)』에 나타난 연애관의 특징을 일본의 전통적인 연애관과 근대적인 연애관의 비교를 통해 고찰해 봤다. 기시모토(岸本)와 가쓰코(勝子) 두 사람의 관계와 연애관의 추이, 그리고 아오키(青木)의 연애관의 규명을 통해 일본근대문학에 있어서의 연애관의 한 단면을 발견하고자 했다.

근대소설에 새롭게 등장한 '동정' 혹은 '동정상실'의 심리를 통해 기시모토를 중심으로 한 등장인물들의 내면세계를 파악하였다. 기독교적인 영과 육의 이분법적 사고에 기초한 플라토닉 러브 지상주의는 정신적인 관계를 중시한 나머지 육체관계에 의한 남녀교제를 죄악시하는 경향이 생겨나 청춘남녀의 교제에 억압의 요소로 작용하게 되었다. 즉, '동정' 또는 '정조'를 근대적인 남녀교제에 있어서 필수불가결한 조건으로 인식하게 되었으며 그로 인해 동정이라는 것에 구애되고 또한 고뇌하게 될 수밖에 없게 된 것이다. 이는 남녀 모두에게 동일하게 적용되었다고 볼 수 있는데, 그 모습을 기시모토와 가쓰코 두 인물에게서 발견할 수 있는 것이다. 기독교적인 처녀성의 존중이 유교적인 정조관념과 맞물려 여성에 대한 성적 억압이 한층 심해졌다. 즉 '이로(色)'에 대한 안티테제로서 '사랑(愛)'이 성교섭을 포함한 남녀교제를 허용하지 않는다는 점에서 성의 억압을 여성에게 보다 더 부과했다는 논리는 어느 정도 수긍할 만하다.

자신의 육신적인 욕망을 억제하고 정신적인 연애를 관철하고자 한 기시모토는 결국 자신의 육체를 발견하고 사회적인 제약을 인정하여 현실에 적응하며 살 길을 찾아 가게 된다. 결과적으로 연애의 이상을 추구하고 연애에 몰입했던 두 사람, 가쓰코와 아오키는 죽음에 이르고 마는데 반해, 연애의 도취상태로부터 스스로 눈을 뜬 기시모토는 집의 몰락과 더불어 사업에 실패한 큰형의 투옥, 파산, 누나의 병, 폐인이나 다름없는 셋째형, 이러한 경제상의 하중으로 인한 현실생활의 압박 가운데서도 죽음의 유혹을 이겨내고 자기긍정의 길을 걸어가게 된 것이다. 기시모토는 고통 속에서도 실낱 같은 희망을 품고 '자신과 같은 자도 어떻게든 살고 싶다'(132쪽)라는 집요한 생에 대한 회구 속에 센다이의 학교에 교사로 부임하여 떠나게 된다.

『봄』은 그 시기의 많은 소설들이 그러했던 것처럼 남녀 간의 교제 속에서 '이로'와 '사랑'의 가운데서 표류하는 메이지의 젊은이의 현실을 형상화하고 있는 것이다.

▌주 ▌

1) 「시마자키 도손의 『봄(春)』론－'연애'라는 광기의 이야기－」『일본언어문화』
   제8집, 한국일본언어문화학회, 2006년 4월 초출.

2) 久鬼周造, 『「いき」の構造』, 岩波書店, 1971. 참조.

3) 小谷野敦, 『〈男の恋〉の文学史』, 朝日選書, 1997, 114~138쪽 참조.

4) 사에키 준코(佐伯順子)는 『金色夜叉』『不如帰』『浮雲』『平凡』 등의 작품
   을 예로 들며 '일본에서는 남녀간의 교제의 문법이 확립되어 있었던 것은
   오히려 유곽 쪽이었으며 유곽 밖에서는 메이지남성은 여성을 어떻게 〈에스
   코트〉하고 리드해야 할지 몰랐을 것이다. 도시에 있어서 근대적 〈남녀관
   계〉의 문법은 아직 확립되지 않았던 것이다'라고 지적하고 있다.

5) 「相手がその気になって身を委ねようという気配を察知するや、未練もみ
   せず去って行く。〈粋〉を気取る岸本の色男ぶりである」大田正紀, 『高貴
   なる人間の姿形-近代文学と《神》』, 彼方社, 1995, 15쪽.

6) 佐々木雅発, 『島崎藤村－『春』前後－』, 審美社, 1997, 107쪽.

7) 이는 스게의 경우도 마찬가지라 할 수 있다. 그는 도노사와(塔の沢)의 오키
   미(お君)라는 여인을 사모하게 되어 '정신의 내부(精神の内部)'에 '이상한
   변화(不思議な変化)'가 일어난 것을 느끼고 고뇌하게 된다.

8) 본 논문에서의 『봄(春)』의 인용은 『藤村全集 第三巻』(筑摩書房, 1967)에
   의거했다.

9) 일본문학 속에 나타난 '동정'에 대한 연구는 小谷野敦 『もてない男－恋愛論
   を超えて』(筑摩書房, 1999)와 押野武志 『童貞としての宮沢賢治』(筑摩書
   房, 2003) 정도가 고작이다.

10) 종교가이자 교육가로 도손이나 도코쿠 등에게 큰 영향을 준 이와모토 요
    시하루(巖本善治)는 종합잡지 『太陽』(1896)에 발표한 「남자의 정조(男子
    の貞操)」라는 글에서 남자에게도 정절을 지킬 것을 강조했다. 「도사일기는
    남자가 하는 것을 여자가 흉내낸 것인데, 남자의 정절이라 하면 이것도 여
    자가 해야 할 것을 남자가 흉내낸 것이라 일소할 자도 있을 것이다. 실로
    정조라 하면 여자에게만 있는 품행처럼 여겨져 이를 남자가 지켜야 할 덕

목이라 논하면 곧 이상하게 느낄 자가 많기는 하나 실은 이상한 것이다」(嚴本善治「男子の貞操」p.219 渋谷知美, 『日本の童貞』, 文春新書, 2003, 53~54쪽에서 재인용) 라고 하여 당시의 정절에 대한 사회적 인식을 대변해 주고 있다고 할 수 있다.

11) '동정'언설에 관한 역사사회학적인 연구인 시부야 도모미(渋谷知美)의 위의 저서는 일본사회에 있어서 '동정관'의 변천을 페미니즘적 시각에서 분석한 노작이다. 그녀는 이 저서에서 『言海』(1889), 『大日本国語辞典』(1915)은 물론 그 이전의 『波留麻和解』(1796), 『和蘭字彙』(1855-8), 『仏語明要』(1864), 『附音挿図英和字彙』(1873), 『英和掌中字典』(1873) 등 막부 말기부터 메이지초기에 걸친 각종 사전에도 '동정'이라는 항목 자체를 발견할 수 없다고 언급하고 있다.

12) 위의 책, 238쪽.

13) 新村出, 『広辞苑 第5版』, 岩波書店, 1998.

14) 小谷野敦, 『〈男の恋〉の文学史』, 앞의 책, 178쪽 참조.

15) 이 시기에 '동정' 혹은 '동정상실'의 심리를 다룬 대표적인 소설로는 小栗風葉 『青春』(1905~1906年), 二葉亭四迷 『平凡』(1907年), 田山花袋 『田舎教師』(1909年), 森鷗外 『青年』(1910~1911年) 등이 있다.

16) 고야노 아쓰시(小谷野敦)는 이로 인해 일본문화사상에 '성의 억압'의 이야기가 탄생했다고 보고 있다.(小谷野敦, 『〈男の恋〉の文学史』, 앞의 책, 184쪽 참조)

17) 이치카와의 연인 료코(涼子)의 경우도 81장에서 기시모토와 마찬가지로 여러 이성에게 끌리는 모습을 발견할 수 있다.

18) 오타 마사키(大田正紀)는 이에 대해 '성의 순결을 가르친 교회의 윤리와 기시모토의 내부에 잠재된 '성에 대한 공포'가 여전히 기시모토를 결박시키고 있는 것이다'(앞의 책, 13쪽)라고 지적했다.

19) 앞서 언급한 이와모토 요시하루(嚴本善治)의 「남자의 정조(男子の貞操)」라는 글에서는 남녀의 정조관에는 차이가 있다고 역설하면서, 여자가 정조를 지키는 것은 '사랑하는 남성에 대해서 미안하니까'라는 이유가 있음에 대해서 남성이 정조를 지키는 것은 '자중심(自重心)'에서 비롯된 것이라고

하였다. 즉 자신의 육체를 가치 없는 부인과 접촉해서는 안 된다는 생각이다. 『春』의 기시모토가 동정을 잃는 장면에서 자괴감을 느끼게 되는 배경에는 이러한 이와모토의 영향이 어느 정도 인정된다고 본다. 그런데 여기서는 여성에 대한 이분법적인 사고를 엿볼 수 있다. 즉, '창부와 성모의 이분법'이다. 이러한 정조의 젠더화는 남녀차를 공고히 하고 양성에게 정조를 요구함으로써 남녀평등화를 지향하고자 한다는 점에서 페미니즘적인 시각에서 볼 때 모순을 내포하고 있다고 여겨지나 당시에 이러한 남성의 정조를 호소하는 주장만으로도 매우 진보적인 성향을 발견할 수 있다.

20) 小谷野敦, 『〈男の恋〉の文学史』, 앞의 책, 114~138쪽 참조.

21) 위의 책, 147쪽 참조.

22) 佐々木雅発, 앞의 책, 108쪽.

23) 아오키의 모델인 도코쿠는 「処女の純潔を論ず」(1892.10)라는 글을 통해 여자의 순결을 칭송하고 있으나, 남자의 순결에 대해서는 전혀 문제삼지 않았다는 점에서 문제점을 안고 있다.

【 참고문헌 】

伊東一夫　編『島崎藤村事典』明治書院 1976

大田正紀『高貴なる人間の姿形－近代文学と《神》』彼方社 1995

押野武志『童貞としての宮沢賢治』筑摩書房 2003

小谷野敦『〈男の恋〉の文学史』朝日選書 1997

────『もてない男-恋愛論を超えて』筑摩書房 1999

佐々木雅発『島崎藤村－『春』前後－』審美社 1997

渋谷知美『日本の童貞』文春新書 2003

島崎藤村『藤村全集 第三巻』筑摩書房 1967

下山嬢子　編『島崎藤村』若草書房 1999

渡辺廣士『島崎藤村を読み直す』創樹社 1994

▲ 아리시마 다케오(1923년 봄)

▲ 하타노 아키코

◀ 아리시마 다케오의
사망을 보도하는
「아사히 신문」
(1923년 7월 8일)

아리시마 다케오(有島武郞)의 연애관

- 그 이상과 현실 -

오쿠무라 유지*

1. 머리말

　아리시마 다케오(有島武郞 ; 1878~1923)는 유복한 가정의 장남으로 태어나 상류층 자제들과 함께 고등교육을 받았다. 순수하고 진지하며 타협을 모르는 이상주의자로 좋은 의미로든 나쁜 의미로든 소위 '도련님'이었다. 이 순수한 근대지식인이 잘 알려져 있듯이 동반자살(情死)로 자신의 인생에 종지부를 찍었다. 당시 이 자살사건은 센세이션을 불러 일으켰고, 전 국민의 주목을 끌어 자살의 동기·이유가 국민적 관심사가 되었다.[1] 이 비극은 그의 연애에 대한 '이상과 현실'의 차이가 하나의 요인이 아닐까 생각된다. 이 글에서는 이러한 극적인 인생을 살다간 근대지식인의 연애관을, 그에게 영향을 준 일들과 그리고 그의 대표작『어떤 여자(或る女)』를 통해 검증해 보기로 한다.

---

* 奧村裕次 : 한국외국어대학교 통번역대학 일본어통번역학과 조교수.

2. 연애관의 변화·형성

1) 기독교의 영향

아리시마(有島)는 대학시절, 친구인 모리모토 고키치(森本厚吉)의 권유로 기독교를 믿게 된다. 그리고 그 교의[2]에 따라서 육욕(성욕)을 철저히 부정하려고 노력한다. 그러나 성욕을 억제하는 것은 어려웠고 오히려 그로 인해 견딜 수 없는 내적 갈등을 느끼게 되었다. 정신에 편안함을 주어야 하는 종교가 아리시마의 경우에는 역으로 정신을 심각한 내란 상태로 말려 들게 한 것이다. 아리시마의 자아는 영육 이원으로 찢어져서 항상 죄의식에 시달렸다. 아리시마가 진실한 신앙을 가졌는지에 대해서는 이견이 있지만 기독교에서 많은 영향을 받은 것은 틀림없다.

2) 미국 유학시기

1903년 8월, 미국 유학을 갔던 아리시마는 그 곳에서 릴리, 파니라고 하는 두 명의 소녀를 좋아하게 된다. 이것은 아리시마의 일방적 짝사랑으로 동경의 감정에 가까운 것이었다. 아리시마는 성욕을 부정하고 있었기 때문에 성숙한 여인이 아닌, 성욕을 자극하지 않는 순수한 소녀를 좋아하게 된 것이라 생각된다.[3] 그 순수한 사랑은 아리시마가 애독했던 앙드레 지드의 『좁은 문(狹き門)』과 통하는 것이다.

미국 땅에서 아리시마는 기독교 신앙을 열심히 하려고 했지만 오히려 그 신앙에 동요되기 시작했다. 속죄관(贖罪觀)에 대한 의문, 미국의 '기독교인 답지 않은' 전쟁(러일전쟁)에의 대응, '나는 정말 신앙적인 변화를 경험한 것일까' 라는 반문 등이 요인이 되어 신앙이 흔들린 것이다. 또 1905년에는 워싱턴시 국립도서관에서 북유럽 문학[4]에 푹 빠져 거기서 기독교 사상에 없는 자유로운 발상, 근대 자아의 각성을 경험했다.

게다가 휘트먼(Walt Whitman)의 시와 만나 죄의식에서 해방된 기쁨을 맛보았다. 그리고 자유인(lorfer)의 삶의 방식에 지금까지 고민했던 영육을 통일하는 길을 찾아냈다.[5] 아리시마는 분명히 기독교의 신앙과 다른 길을 걷기 시작했다. 또 기독교에 대한 회의는 기독교적인 국가개념에 대한 의문으로 이어져 그 대안이라고 할 수 있는 사회주의, 무정부주의 사상에 점점 가까워졌던 것이다.

3) 가미오 야스코와의 약혼

아리시마는 1909년 3월에 가미오 야스코(神尾安子)와 결혼했다. 약혼 기간 중, 그는 미래의 아내에 대해 충분히 순수함을 유지할 수 있었다. 거칠어진 성욕으로부터 해방되어 결혼을 통해 지금까지의 내적 갈등에서도 벗어날 수 있을지도 모른다는 희망을 가졌다. 그러나 실제로 결혼 생활은 그 기대에 어긋났다.

> 그러나 결혼의 현실은 모든 것을 완전히 파괴해 버렸다. 우리는 결국, 떳떳이 육체의 즐거움을 찾기 위해 당연 그것이 실현되어 마땅한 어느 기간을, 먹이를 앞에 놓고 허락할 때까지 먹지 않는 개처럼 인내심 강하게 얌전했던 것을 알지 않으면 안 되었다. <u>우리는 아이를 갖기 위해서 제단에 제물을 바치는 마음으로 부부관계를 했던 것일까. 나는 딱 잘라 아니라고 말하지 않을 수 없다.</u>[6]

이러한 내용은 아리시마의 생각이 너무나 관념적이고 현실과 동떨어진 것을 여실히 보여 주고 있다. 마지막 희망을 걸고 결혼 생활에 들어갔지만 이상과 현실 사이에는 큰 차이가 있었던 것을 실감하지 않을 수 없었다. 이러한 것에서도 그의 이상주의자로서의 일면을 알 수가 있다.

4) 기독교 배교 · 독자적 사상

교의(敎義)에 등지고 있음에도 불구하고 그대로 교회에 머물러 있는

것은 교회에 대한 기만이라고 느끼고, 그 자책감에 견딜 수 없어진 아리
시마는 1910년 5월 결국 교회를 떠났다. 그리고 '한쪽의 자극(磁極)에 가
까워져서 그 극의 힘으로 포화된 철 조각이 갑자기 그 극에 반발하여
다른 자극으로 옮겨간다'는 것처럼 기독교 이념과 반대되는 사상으로
향하게 되었다. 그것은 성욕을 인간 본연의 성질로 긍정하고 생명주의
에 준한 본능주의의 사상이었다. 그리고 '사랑은 주는 것이 아니라 쟁취
하는 것이다'라는 자기의 지론을 『아낌없이 사랑은 빼앗는다(惜みなく愛
は奪ふ)』에 발표했다. 그가 말하는 사랑은 지식이나 기성의 도덕이나 인
습 등에 얽매이지 않는 내발적인 에너지를 가리킨다. 그리고 인간 생활
에 제일의 이상을 '본능적 생활'이라고 하고 최고의 순수한 형으로 나타
나는 것이 '서로의 사랑, 건전한 애인 사이에 결실된 포용'이라고 했다.
아리시마는 남녀의 사랑에 의한 영과 육의 일치를 이상으로 한 것이고
이 사랑의 사상을 혈육화 한 여성이 『어떤 여자(或る女)』[7]의 사쓰키 요
코였다. 『어떤 여자』는 '본능' 그대로 살아가는 여성 요코(葉子)를 열기와
절박감을 가지고 썼던 아리시마의 대표작이 되었다.

3. 『어떤 여자』의 요코와 구라치의 사랑의 양상

『어떤 여자(或る女)』는 1911년 1월에서 1913년 3월까지 『시라카바(白樺)
』에 발표된 『어떤 여자의 환상(或る女のグリンプス)』을 개고(改稿)해서 전편
(前篇)으로 하고 거기에 후편(後篇)을 첨가해서 완성한 작품이다. 주인공
인 요코는 자유분방하고 시대를 앞서 가는 여성이다. 그녀는 기베(木部)
와의 사랑에 빠지게 되고 어머니의 반대를 무릅쓰고 결혼한다. 그러나
결혼생활은 오래가지 않고 얼마 안 가서 기베와 헤어지게 된다. 그런 요
코를 짝사랑하는 사람은 기무라(木村)였다. 기무라는 요코와의 결혼을 원

했고 요코는 기무라를 만나기 위해 미국행 배를 탔다. 그러나 요코는 그 배에서 야성적인 남자 구라치(倉地)와 운명적인 만남을 한다. 그리고 본능대로 구라치와의 사랑을 택하게 된다. 상식을 무시하고 자기 욕망대로 애인 관계가 된 요코이지만 그 사랑을 지속하지는 못했다. 후편의 요코는 올라갔던 언덕에서 굴러 떨어지듯이 파멸의 길을 걸어간다.

　　그 때 갑자기 요코 앞에 나타난 사람은 구라치 사무장이었다. 요코하마의 부두에 묶여 있는 에지마마루(絵島丸)의 갑판 위에서 처음으로 맹수 같은 이 남자를 보았을 때부터 번개와 같이 요코는 이 남자의 우월을 감수했다. (중략) 이 남자가 나를 마음껏 사로잡아 주면 자기의 생명은 처음으로 활활 불타오를 것이다. 이런 불가사의한, 요코에게는 있을 수 없는 욕망마저 조금도 거리낌 없이 받아들일 수 있었던 것이다.[8]

요코가 처음으로 구라치를 만나는 장면이다. 남자를 마음대로 다루던 요코였지만 구라치와의 만남은 특별했다. 그것은 요코에게는 지금까지 없었던 경험이었고 또한 충격이었다. '지금까지 몰랐던, 포로가 받는 꿀보다 달콤한 굴욕'을 느낀 요코는 '구라치를 혼자 독점할 수만 있다면……' 하는 강한 욕망을 갖는다. 그리고 두 사람은 밀애를 하게 된다.

　　처음으로 사랑을 알게 된 소년 소녀가 세상도 의리도 잊어버리고 생명조차 무시하고 육체를 파괴해서라도 영혼을 녹여 하나가 된 것과 같이 정열을 바치며 서로가 즐겼다.

요코와 구라치는 이렇게 해서 두 사람의 사랑을 확인했다. 이 사랑의 경지는 아리시마가 제언했던 영육이 일치한 일원적 경지라고 할 수 있다. 그리고 요코는 미국에 상륙하지 않고 구라치와 함께 일본에 돌아가 버린다. 후편은 두 사람이 일본에 귀국한 것에서부터 시작한다. 귀국 후 두 사람은 행복이 충만한 생활을 보낸다.

　　이러한 꿈같은 즐거움이 종잡을 수 없이 일주일 동안 어떤 문제도 일으키지 않고 계속되었다. 환락에 빠지기 쉬운, 그래서 언제까지라도 현재를 제일 즐겁게 보내는 것을 태어나면서부터 본능으로 안 요코는 최고의 환경에서 한 발자국이라도 나가는 것을 극도로 싫어했다. (252쪽)

두 사람은 이런 행복한 생활을 지키기 위해 사람의 눈을 피해서 '교통이 차단된 고독한 섬이나 높은 장벽에 둘러싸인 아름다운 감옥' 같은 '은신처'에서의 생활을 시작한다.

구라치는 이 집에 오고 나서 신문도 배달시키지 않았다. 우편물만은 이전 통지를 해 두었기 때문에 구라치한테 배달되어 왔지만, 구라치는 겉봉투조차 눈을 주려고 하지 않았다. 매일 오는 우편물은 쓰야(つや)에 의해 묶음으로 분류되었고, 요코가 자신의 방으로 지정한 현관 쪽 다다미 6장 방의 선반에 덧없이 쌓여졌다. 요코에게는 여동생에게서 온 것 이외에 단 한 장의 엽서도 오지 않았다. 그렇게 세상으로부터 자신들이 세상과 멀어져 있는 것을 두 사람 모두 고통이라고 생각하지 않았다. 고통은 커녕, 그것이 행복이고 자랑이었다. 문에는 '기무라'라고 쓴 작은 문패가 걸려 있었다. 기무라라고 하는 평범한 성은 두 사람의 즐거운 보금자리를 세상에 들키게 할 일은 없을 것이라고 구라치가 말했다. (253쪽)

요코와 구라치는 사회와의 교류를 일절 차단하고 둘만의 세계에서 밀애를 즐겼다. 그리고 요코는 '이 행복의 절정이 지금이라고 누군가 가르쳐 주는 사람이 있다면 나는 그 순간 기꺼이 죽겠어'라고 사랑의 절정에서의 죽음을 말한다. '은신처'에서 생활하는 동안 요코와 구라치는 서로에게만 충실한 사랑의 나날들을 보낼 수가 있었다. 이 때 두 사람 사이에서 본능적 생활(영·육이 일체된 사랑)은 실현되었다고 말할 수 있다. 그러나 이것은 거꾸로 말하면 요코와 구라치의 사랑은 인간관계나 사회와의 연결을 일체 무시한 '은신처'에서 밖에 유지할 수 없었다는 것을 보여주고 있다. 또 '사랑의 절정에서의 죽음'을 동경한 것은 그 사랑이 영원성을 갖지 못한다는 것을 알고 있었기 때문이라고 말할 수 있겠다. 사실 이 관계는 두 사람이 사회와의 교섭을 가짐으로써 무너져 갔다.

　이것은 아리시마가 제언했던 영육일체의 일원적 경지는 한정된 시간, 공간 안에서만 실현되는 극히 비현실적인 사랑이라는 것을 시사하고 있다. 따라서 '은신처'의 설정은 영혼과 육체의 일원적 경지가 영원성을 가질 수 없다는 것을 느끼고 있던 아리시마의 의식(의식적이든 무의식적이든)의 표현이라고 볼 수 있겠다.

　그러면 두 사람의 관계의 변화는 무엇에 기인하고 있는 것인가. 그것은 요코가 구라치의 처자식을 생각한 것에서부터 시작한다. 넘치는 사랑으로 가득 차 있던 요코였지만 시간이 흐르면서 구라치의 마음이 변해 버리는 것은 아닐까 하고 항상 불안해하고 있었다. 그리고 그 불안이 요코를 괴롭혔다. 요코에게 있어 이것은 처음 겪는 일이었다. 구라치를 알고 난 이후로 요코는 어떤 남자에게도 자신의 마음을 주려고 하지 않았다. 그리고 냉정히 연애의 뒤편에 있는 남성의 에고이즘을 살피고 있었던 것이다. 그러나 구라치를 알고 사랑에 빠지고 난 후부터는 자신의 모든 것을 구라치에게 바치고 말았다. 그리하여 요코는 구라치에게 철저히 집착하고 그 사랑을 잃지 않으려고 필사적이 되어갔다. 그 집착이 구라치의 아내에 대한 질투의 형태로 변해갔던 것이다.

> 　그 아내가 몸가짐이 바르고 아름다운 여자라는 것을 생각하면 생각할수록 그녀가 두 사람 사이에 있다는 것이 저주스러웠다. 버림받는 한이 있더라도 한 번은 구라치의 마음을 그녀에게서 뿌리뽑아내지 않고서는 견딜 수 없을 것 같은 절실하고 광폭한 욕구가 가슴 속에서 터질 듯이 끓어오르기를 반복했다. (244쪽)

　구라치의 아내에 대한 질투는 결국 살의와 비슷한 감정으로까지 발전했다. 이 질투의 문제는『돌에 짓눌린 잡초(石にひしがれた雑草)』이후의 중요한 테마9)였지만 그것은 그대로『어떤 여자』에도 이어져 있는 것을 알 수 있다. 요코의 남성에 대한 불신, 거기에서 생기는 불안, 그리고 구라치의 아내에 대한 질투, 이렇게 이어지는 것이 요코의 자멸구도라고 말할 수 있다.

　구라치와의 사랑을 잃고 싶지 않았던 요코는 어떻게든 구라치를 자신에게 붙잡아 두기 위해 여성의 성(性)을 무기로 이용했다. 그것이 '지쿠시칸(竹柴館)에서의 하룻밤'이었다.

> 　사랑을 시작한 자의 열등감, 요코는 지금까지 자신이 구라치를 사랑하는 만큼 구라치가 자신을 사랑하고 있지는 않다고 생각했다. 그것이 언제나 요코의 마음을 불안하게 하고, 자기자신의 입지까지 불안하게 했다. (중략) 지쿠시칸(竹柴館)의 하룻밤에 요코는 구라치에게 자신의 것이라는 낙인을 찍었다. 외부로부터 완전히 단절된 것으로 구라치가 자기 손 안으로 들어온다고 생각했던 요코는 그것을 알고 기뻐서 어쩔 줄 몰랐다. 그리고 구라치가 참아야 할 굴욕을 메우기 위해 요코는 구라치가 원하는 격렬한 정욕을 제공하려고 했던 것이다. (304~305쪽)

　요코는 '구라치가 원할 법한 격렬한 정욕을 제공하려고' 했다. 그러나 여기에 요코의 잘못이 있다. 아리시마는 이시사카 요헤이(石坂養平)에게 보낸 편지에서 『어떤 여자』의 모티브에 대해 이렇게 기술하고 있다.

> 　모든 것을 남성에게 빼앗긴 여성은 자신의 존재를 인정받기 위해서 여성의 유일한 보물인 정조를 내놓지 않으면 안 되었습니다. 생식에 필요한 것 이상의 음욕으로 유인해 남성을 자신에게 묶어놓지 않으면 안 되었습니다. 그러나 이 부자연스러운 타협은 여성의 본능 속에 남성에 대한 증오를 빚게 하였습니다. 남녀의 갈등은 여기에서 시작됩니다. 하지만 그와 동시에 여성은 아직 여성 본래의 본능을 버릴 수는 없습니다. 즉 남성에 대한 순진한 애착입니다. 이 두 가지의 모순된 본능이 상충하고 있는 것이 현재 여성들의 슬픈 운명입니다. 나는 그것을 보면 마음 아픕니다. 「어떤 여자(或女)」는 그리하여 태어났습니다.[10]

　아리시마는 여성의 '남성에 대한 순진한 애착'은 긍정하고 있다. 그러나 여성이 '생식에 필요한 것 이상의 음욕'으로 유인해 남성을 자신에게 묶어 놓았고, 이 '부자연스러운 타협'이 남녀관계의 어긋남의 원인이라고 하고 있다. '지쿠시칸에서의 하룻밤'을 계기로 요코와 구라치는 '남녀 관계의 어긋남'을 초래했던 것이다.

이 시점에서 두 사람은 사랑의 순수성을 잃어버렸다고 생각된다. 여기에 '남녀관계의 어긋남'이 발생하였고, '지쿠시칸에서의 하룻밤'은 그것을 결정지은 하룻밤이었다고 볼 수 있겠다. 그 결과 요코는 '본능의 주류에서 떨어져 나와 자멸의 길을 쏜살같이 달리는' 격이 되어 버렸다. 그리고 이러한 어긋남을 회복시키지 못한 상태로 요코 자신, 그 어긋남이 어떻게 비롯된 것인지 이해 못한 채로 구라치와의 관계는 회복불가능의 상태로 점점 빠져 들어갔다.

> 요코도 자신의 건강이 점점 나빠지는 것을 의식하지 않을 수 없게 되었다. 구라치의 마음이 황폐해지면 황폐해질수록 요코에 대해 요구하는 것은 타는 듯한 정열적 육체였지만, 요코도 또한 자기도 모르는 사이에 그것에 적응하여, 한편으로 자신이 구라치로부터 똑같이 광폭한 애무를 받고 싶다는 욕망으로부터 앞뒤 생각지 않고 죽을 힘을 다해 구라치의 요구에 응해 갔다. 뇌도 심장도 뒤흔들고, 두드리고, 한순간에 뜨거운 불에 구워낼 듯한 격정, 혼만 남은 듯한 육체만 남은 듯한 극단적인 신경의 혼란, 그리고 그 후에 이어지는 사멸과 같은 모습의 권태로움과 피로감. 인간이 갖는 생명력을 밑바닥에서부터 시험해 보는 그러한 학대가 하루에 두 번이고 세 번이고 되풀이되었다. 그리고 그 다음에는 구라치의 마음은 짐승처럼 더욱 더 황폐해졌다. 요코는 불쾌감이 극에 달하는 병적 우울증에 시달렸다. (319쪽)

이러한 음탕한 남녀관계를 계속해 가는 동안 요코의 육체는 병들어 가고, 정신적 허탈함에 시달리게 되었다. 그리고 그 허탈함을 메우기 위해 성욕을 탐하고 그로 인해 더 황폐해져 갔다. 이렇게 해서 두 사람은 끝을 모르는 어딘가를 향해 손을 잡고 헤매며 갔다.

> 절정의 쾌락 뒤에 덮쳐 오는 쓸쓸함, 서글픔, 과감하고 형용할 수 없는 그 공허함은 무엇보다도 요코에게 괴로운 것이었다. 설령 그 순간 목숨

을 끊는다 하더라도 그 공허함은 영원히 요코를 덮쳐올 것처럼 생각되었
다. 단지 이것으로부터 달아날 유일한 방법은 자포자기가 되어 일시적인
것이라고는 알면서, 그리고 그 후에는 더욱더 괴로운 공허함이 닥쳐올
것을 알고 있어도 다음의 쾌락을 쫓을 수밖에 없었다. (320쪽)

요코는 정신과 육체의 균형을 완전히 잃고, 거칠어진 성욕중심의 생
활이 되었다. 그곳에는 '환락도 그 자체의 환락을 잃어버리고', '쾌락은
반드시 병리적 고통을 수반하게 마련'으로 되어 있었다. 그리고 격한
질투와 병적인 요인(자궁후출증, 자궁내막염)에 의해, 결국 히스테리증상을
보이기 시작했다. 요코는 정신적으로도 육체적으로도 너덜너덜한 상태
가 되어 불치의 병에 걸려 결국은 고독한 죽음을 맞이하게 되었다.

그러면 요코의 죽음으로 '본능적 생활'은 부정되었던 것인가. 요코의
자멸이 아리시마의 사상의 붕괴라고 파악하는 측면도 있지만 꼭 그렇지
만은 않다. 요코는 구라치(남성)의 '사랑의 불변'을 믿지 못하고 질투에
시달린 끝에 '생식에 필요한 것 이상의 음욕으로 유인해 남성을 자신에
게 묶어놓아' 성욕을 잘못된 방향으로 사용했다. 그 대가로서 요코는
자멸의 길을 걸어갔다. 그 자멸의 근본 원인을 아리시마는 '본능적 생활'
에 있는 것이 아니라 '남녀관계의 어긋남'에 있다고 보고 있는 것에 주목
할 필요가 있다.

요코는 구라치와의 사이에서 '본능적 생활'의 순수한 표현인 사랑의
경지를 제시할 수 있었지만(은신처에서의 생활), 동시에 영원성을 가질 수
없다고 하는 한계도 보고 말았다. 아리시마는 요코를 완전한 '본능적
생활자'로서는 그리지 않았다. '시대를 앞서간 구심적인 여자' 요코는 가
능성과 한계를 동시에 가지고 있는 존재인 것이다.

아리시마가 「나에 대한 공개장의 답(予に対する公開状の答)」에서 말하
는 '그러나 내 작품 속에는 나의 일원관을 절대 긍정적으로 표현한 것은
아직 없습니다. 또 실제로 있을 수 없는 것입니다'[11]라는 말은 시사적이

다. 아리시마가 추구한 '본능적 생활자'는 현실 세계에서는 존재하지 않
는 소설에서도 그리지 못한 하나의 이상형이라고 밖에 할 수 없었다.
아리시마는 결국 파국만을 그린 것이다.

4. 하타노 아키코와의 정사

아리시마는 『어떤 여자』 발표 이후 갑자기 창작부진에 시달린다. 창
작부진은 여러 요소가 서로 관련되어 있다. 지금까지의 창작 방법에 대
한 회의, 프롤레타리아 문학의 대두, 부르주아 계급으로 태어나 자란
자는 쇠퇴해 갈 수밖에 없다고 하는 인식,12) 그로 인한 허무감, 어느
하나 해결되지 않았다. 이러한 빛이 보이지 않는 상황 속에서 아리시마
의 눈 앞에 미모의 여인 하타노 아키코(波多野秋子)가 나타났다. 아키코
(秋子)에게는 하타노 하루오(波多野春房)라는 남편이 있었기 때문에 처음
에는 거리를 두었지만 점차 그 매력에 빠져들게 되었다.13) 하루오에 대
한 가책으로 한 번은 그 관계를 청산하려고 했지만14) 그것은 그렇게
쉬운 것은 아니었다. 오히려 두 사람 사이에 기름을 부은 격이 되어 결
국 선을 넘어 버린 것이다.15) 그 사실을 남편 하루오에게 들켜, 아리시
마는 그 남자에게 돈을 요구 당하는 상황에 이른다. 그러나 '자신이 목숨
을 걸고 사랑하고 있는 여자를 돈으로 환산한다는 것을 나는 견딜 수
없다'고 말하고, 아키코와 둘이서 자살의 길을 택한 것이다. 그리고 1923
년 6월 9일 두 사람은 가루이자와(軽井沢)에 있는 아리시마의 별장에서
목을 매고, 1개월 후인 7월 7일 의문의 사체로 발견되었다.

동반자살 하기 전에 아리시마는 우시고메 요코데라쵸(牛込横寺町)에
자그마한 '은신처'16)를 갖고, 그 곳에서 아키코와 비밀스런 만남을 가졌
다. 아키코는 『부인공론』의 기자로서가 아니고 애인으로서 아리시마의

집을 드나들었던 것이다. 아키코가 자살 찬미자였던 것은 널리 알려져 있지만 창작의 고통으로 괴로워하고 있는 작가와 자살 찬미자와의 교제가 자살이라는 하나의 결론에 이른 것은 어쩌면 당연한 일일 것이다. 아스케 소이치(足助素一)의 회상에 의하면 아리시마는 죽기 전에 '이렇게 말하는 것도 이상하지만 실은 우리들은 죽음을 목적으로 이 사랑에 들어갔다'라고 말했다고 한다. 또 '사랑으로 인해 죽은 사람의 심리에 이러한 세계가 하나 있다는 것을 알아주게. 외부의 압력에 할 수 없이 죽음을 재촉하는 것은 별로 특별할 바 없지만, 처음부터 치밀히 계획하여 사랑이 가득 차 있을 때에 죽는다는 경지를, 죽음을 즐긴다는 경지를. 우리 둘은 지금 점차 이 심경에 이르고 있는 것이다'[17]라고 말했다. 두 사람의 죽음은 어느 정도 계획적이었던 것이다.

6월 8일 오후 3시 신주쿠(新宿)역 사쿠라가미(桜上)의 도요켄(東洋軒)이라는 레스토랑에서 두 사람은 만났다. 그리고 4시 증기기관차로 가루이자와로 향하고 11시경 비가 쏟아지는 가운데 별장에 도착했다고 생각된다.

> 산장의 밤은 1시를 넘었다. 비가 심하게 내리고 있다. 우리들은 먼 길을 걸어 왔기 때문에 젖은 채 마지막 행위를 하고 있다. 삼엄함이라든가 비장함이라고 말할 수 있는 광경이지만 실제 우리들은 시시덕거리는 아이와 같다. 사랑 앞에 죽음이 이토록 무력하다는 것을 이 순간까지 생각지도 못했다.[18]

죽음을 눈앞에 두고 그 때까지의 갈등이 없어지고 마치 하나의 깨달음을 얻은 경지에 이른 것 같은 두 사람이었다. 그것은 현실과 이상이 일치된 지점이라고도 할 수 있다. 이전에 아리시마는 『아낌없이 사랑은 빼앗는다』 중에서 '사랑의 절정에서 죽는다. 즉 개성이 그 확충성을 이룰 때 육체를 파괴한다. 이것을 운명적인 죽음이 아니면 어디에 올바른 운명이 있는 것일까. 사랑하는 사람의 죽음만큼 편안한 죽음이 없다. 그 외의 죽음은 모두가 고통이다'라고 말했다. 이것은 소위 '정사긍정론'

이라고 말할 수 있다. 그리고 '나의 이상은 서로 사랑함의 극치, 건전한 애인 사이의 포옹에서 찾아낼 수 있다고 생각한다. 그들이 잠자리에 들어가기 전에는 도덕 지식의 세계는 자취를 감춘다. 두 사람의 남녀는 완전히 사랑의 본능의 화신이 된다'고 쓰고 있는데 죽음을 눈앞에 둔 아리시마와 아키코는 마치 사랑의 절정을 이룬 듯하다. 그리고 자기의 사상에 도취하는 것처럼 죽음을 맞이하였던 것이다. 아리시마는 자기의 생명을 대상으로 자기의 이상을 현실로 이어갔다고 볼 수 있다.

5. 맺음말

정사(情死)가 긍정적인 행위는 물론 아니다. 그러나 아리시마(有鳥)의 정사는 사람들에게 충격을 줌과 동시에 죽음에 대한 어떤 환상을 주었던 것도 사실이다. 아리시마의 죽음에 대해서 많은 사람들이 추도했다. 대부분 동정적이고 드문 재능인을 잃은 것을 한탄하고, 고결한 생전의 인격을 강조하는 사람들이 많았다. 사랑의 사상을 외치던 작가의 죽음은 쉽게 비판, 판단할 수 있는 것은 아니었다.

본고에서는 아리시마의 연애관을 그 사상과 작품을 통해서 살펴보았다. 아리시마가 이상으로 했던 본능적 생활(영육이 일치된 남녀의 사랑)은 분명히 현실 생활 중에서 실현하는 것은 어렵다고 말하지 않을 수 없다. 그것은 예를 들어 『어떤 여자(或女)』의 요코(葉子)와 구라치(倉地)와 같이 '은신처'라는 한정된 시간과 공간 안에서 한 순간 밖에 나타나지 않는 환상 같은 것이라고 말할 수 있다.

아리시마는 인생의 마지막에 자기의 이상을 자기의 죽음을 가지고 실현하려고 했다고도 볼 수 있다. 죽음 앞에서 아리시마와 아키코는 분명히 순수한 사랑을 서로 나누어 가졌다. 비록 그것이 그들의 망상이라고 해도 그들은 그것으로 충분히 만족했다. 영과 육이 일치한 사랑이 현실 세계에서는 단지 '이상'일 뿐이고 영원성을 갖지 못한다는 것을 아리시마 자신이 느끼고 있었을 것이다. 때문에 그는 '영육일치의 사랑의 절정과 그 영원화'라는 테제를 걸고 또 자기의 사상에 책임을 진다는 것으로 죽음에 이르렀던 것이라고 생각할 수 있다.

▎주 ▎

1) 당시의 신문미디어는 이 사건을 대대적으로 보도하고, 『부인공론(婦人公論)』 『여성개조(女性改造)』 『샘(泉)』(아리시마 다케오의 개인잡지) 등의 잡지미디어도 추도특집을 편성했다.

2) '육체를 쫓는 자는 육욕만을 생각하고, 내적인 영을 쫓는 사람은 영적인 것을 생각한다. 육의 생각은 죽음이고 영의 생각은 생명이다. 평안이다. 육의 생각은 신을 배반하고, 그것은 신의 율법에 복종하지 않는다'라는 성구(聖句)에서 보이듯이 성욕을 부정한 금욕주의이다.

3) 파니가 어느 날 숲 속에서 오펠리아의 노래를 부르면서 들꽃을 꺾어서 아리시마에게 주었다. 교태를 느낀 아리시마는 파니에 대한 마음이 갑자기 식어 버렸다. 이러한 사실은 아리시마의 성성동경(聖性憧憬)을 나타내고 있다.

4) 주요 작가로서 입센(Henrik Ibsen), 톨스토이(Толстой), 투르게네프(Иван Сергеевич Тургенев), 고리키(Максим Горький), 도스토예프스키(Фёдор Михайлович Достоевский), 브랑데스(Georg Morris Cohen Brandes), 게르하르트 하우프트만(Gerhart Hauptmann) 등을 들 수 있다.

5) 아리시마는 휘트먼의 시와의 만남을, '갑자기 그 큰 거친 손으로 장난꾸러기답게 나의 어깨를 놀라울 정도로 쳤다'고 표현하고 있다.(有島武郎, 「ホイットマンの一断面」, 『有島武郎全集』第七卷, 45쪽)

6) 有島武郎, 「第四版 序言『リビングストン傳』序」, 『有島武郎全集』第七卷,

378쪽. 이하 본문의 밑줄은 필자에 의한 것임.

7) 아리시마 사상의 집대성이고 1920년 6월(叢文閣刊, 『有島武郎著作集』第
十一輯) 발표되었다. 『아낌없이 사랑은 빼앗는다(惜みなく愛は奪ふ)』에서
의 아리시마의 연애관은 다음과 같다.

- 육체관계까지 가도 후회와 미움을 일으키지 않는 사랑이야말로 진짜
사랑이다.
- 사랑은 사람에게 나타난 순수한 본능의 작용이다.
- 사랑은 주는 본능이 아니라 빼앗는 본능이고 방사하는 에너지가 아니라
흡수하는 에너지이다.
- 개성이 강하면 강할수록 사랑의 활동도 눈부시다. 만약 내가 사랑하는
것을 모두 빼앗아 오고 사랑받는 쪽도 나를 빼앗게 되면 그 때 두 사람은
하나가 된다. (중략) 그러므로 그 경우에 그가 죽는 것은 내가 죽는 것이
다. 순사(殉死)라든가 정사(情死)라는 것은 극히 자연스러운 것이다.
- 그 세계가 가지고 있는 질리지 않는 확충성(拡充性)이 이 때까지의 나의
습성을 파괴하고 생활을 바꾸고 급기야 나의 육체를 파괴하는 것이다.
파멸해 버리는 것이다. 그것은 개성의 망실(亡失)이 아니다. 육체의 파멸
을 동반하면서 까지 성장하고 자유롭게 된 개성의 확장을 향하고 있는
것이다. 사랑이 완전히 일치될 때 죽는다. 즉 개성이 그 확장성을 완성하
고 넘칠 때 육체를 파멸시킨다. 사랑하는 자의 죽음만큼 편안하고 결백한
죽음은 없다.

8) 有島武郎, 「或る女」, 『有島武郎全集』第四卷, 筑摩書房, 1979, 132쪽. 이후
『어떤 여자(或る女)』의 인용은 본문 중에 쪽수만 기입한다.

9) 『돌에 짓눌린 잡초(石にひしがれた雑草)』는 약혼자에 배신당한 남자가 질
투심에서 여자에게 복수를 하고, 드디어 광란상태까지 간 이야기이다.

10) 有島武郎, 「書簡」(石原養平宛 1919年 10月 19日), 『有島武郎全集』第十四
卷, 118쪽.

11) 有島武郎, 「予に対する公開状の答」, 『有島武郎全集』第七卷, 244쪽.

12) 아리시마는 '나는 신흥계급에는 아무런 인연이 없는 사람이다. 다시 태어나
지 않는 한 제4계급에 힘을 쏟을 수는 없다. 게다가 내가 손을 쓸 수 있는

것은 제3계급이지만 제3계급은 곧 멸망할 것이다. 나의 힘은 그 붕괴를 그 내부에서 도와줄 뿐이다. 붕괴를 위해 손을 쓰는 자에게는 사멸만 남게 되는 것이다'고 허무와 절망을 심정적으로 말하고 있다.

13) 아스케 소이치(足助素一), 「淋しい事実」, 『有島武郎全集』別卷, 筑摩書房, 1983, 700~717쪽. 정사(情死)에 이르는 경위는 친구인 아스케(足助)가 쓴 「슬픈 사실(淋しき事実)」에 자세히 쓰여 있다.

14) 아리시마는 3월 17일 아키코에게 절교를 선언한 편지를 썼다. '애인으로서 당신과 사귀는 것을 나는 단념하기로 결심했기 때문입니다. 당신을 만나면 그 결심이 흔들리는 것이 두려워서 오늘은 가지 않았던 것입니다. 나는 편지가 아니라 만나 뵙고 하타노씨에게 지금까지 있었던 일을 말하고 사과를 드리고 싶었습니다. 당신이 나를 사랑하고 내가 당신을 사랑하는 그 마음을 깰 수 없었습니다.'(「書簡」第十四巻, 630쪽)

15) 나가하타 미치코(永畑通子), 『夢の架け橋 ―晶子と武郎有情―』, 新評社, 1988.(「슬픈 사실(淋しい事実)」)에 의하면 두 사람이 일선을 넘었던 것은 두 사람이 자살한 6월 8일보다 4일 전인 6월 4일로 되어 있다. 그러나 나가하타 미치코에 의하면 실제는 그 보다 2개월 정도 전인 4월 초순이었다고 한다.)

16) 에구치 간(江口渙)은 「아리시마 다케오는 왜 동반 자살을 했는가(有島武郎は何故心中したか)」중에서 우시고메 요코데라쵸(牛込横寺町)의 집을 두 사람의 은신처(隠れ家)라고 표현하고 있다.(江口渙, 『わが文学半生記』, 日本図書センター, 1989, 231쪽) 요코와 구라치가 은신처에서 두 사람만의 밀애를 즐겼던 것처럼 두 사람은 이 은신처에서 두 사람만의 시간을 가졌다.

17) 에구치 간, 위의 책, 708쪽.

18) 有島武郎, 「書簡」, 『有島武郎全集』第十四巻, 筑摩書房, 1985, 668쪽.

【 참고문헌 】

有島武郎『有島武郎全集』筑摩書房 1980~1988

内田 満「有島武郎の逝った日」『有島武郎 虚構と実像』有精堂出版 1996

江口 渙『わが文学半生記』日本図書センター 1989

栗田廣美『亡命・有島武郎のアメリカ』右文書院 1998

高橋春雄「終末のエロス」『第六集 有島武郎 愛/セクシュアリティ』右文書院
　　1995

永畑通子『夢の架け橋ー晶子と武郎有情ー』新評社 1988

西垣 勤「有島武郎のダブルスィーサイド(double-suicide)」『近代文学の風景』續
　　文堂出版 2004

山田昭夫『有島武郎・姿勢と軌道』右文書院 1979

渡辺凱一「生の焼点としての死」『晩年の有島武郎』渡辺出版 1978

李承信 「『文化現象」としての有島武郎の＜死＞ーメディア報道の様相及び女
　　性読者層との関連を中心にー」『有島武郎研究』第6号 2003. 3

◀ 요코미츠 리이치

▲ 이가우에노성에 있는
    요코미츠 리이치 청춘비

▲ 우사(宇佐)에 있는 요코미츠 리이치 문학비

요코미쓰 리이치(橫光利一)의 문학과 연애[1)]

- 기미와 오카쓰의 사랑을 중심으로 -

이금재*

1. 고지마 기미와 미야타 오카쓰

　요코미쓰 리이치(橫光利一; 1898~1947)는 1923년 5월에 「파리(蠅)」와 『태양(日輪)』을 발표함으로써 문단에 등장했다. 이 해 9월에 일어난 관동대지진(関東大震災)으로 인하여 새로운 문학이 요구되었다. 이에 요코미쓰(橫光)는 1924년 10월 가와바타 야스나리(川端康成) 등과 『문예시대(文芸時代)』를 창간해서 「머리 및 배(頭ならびに腹)」를 발표한다. 「머리 및 배」는 신감각파 문학(新感覚派文学)의 탄생을 가져왔고, 요코미쓰는 신감각파 문학을 대표하는 작가가 되었다.

　1928년 4월의 '상해여행'을 바탕으로 쓴 『상해(上海)』는 1932년 7월 단행본으로 출간되었다. 상해 여행 이후, 요코미쓰의 문학세계는 신심리주의 문학(新心理主義文学)으로 변화해 가며 대표적인 작품 「기계(機械)」를 발표하기에 이른다. 이후, 『침원(寝園)』을 비롯한 장편소설들을 발표

*李錦宰 : 남서울대학교 일본어과 교수.

했다. 아키야마 슌(秋山駿)은 『침원』을 '일본에도 이렇게 일찍이 긴밀하고 멋있는 연애심리의 연옥도를 그린 소설이 있었는가'라고 하면서 '오오카 쇼헤이(大岡昇平)의 『무사시노 부인(武蔵野婦人)』과 미시마 유키오(三島由紀夫)의 모든 작품의 선구이다'[2]라고 평가하고 있다. 이토 게이이치(伊藤敬一)는 미완성 작품으로 불리는 『여수(旅愁)』를 『세계에서 가장 아름다운 연애소설』[3]이라는 제목을 붙이고 있다.

『침원』과 『여수』에 앞서 신감각파 시기에 쓴 작품으로 『봄은 마차를 타고(春は馬車に乗って)』와 『화원의 사상(花園の思想)』이 있다. 두 작품은 요코미쓰 자신의 아내였던 기미를 소재로 한 작품이다. 기미는 1926년 6월 24일에 폐결핵으로 세상을 떠나게 된다. 요코미쓰는 기미가 세상을 떠난 후에 바로 『봄은 마차를 타고』와 『화원의 사상』을 발표했다.

『봄은 마차를 타고』에서 자주 인용되는 부분을 보자.

> 그는 아내를 얻기까지 4, 5년에 걸친 그녀의 가정과의 긴 투쟁을 생각했다. 그로부터 아내와 결혼하고 나서, 어머니와 아내와의 사이에 긴 2년간의 고통스러운 시간을 생각했다. 그는 어머니가 돌아가시고 둘이 되자, 갑자기 아내가 가슴의 병으로 누워버린 일 년간의 간난(艱難)을 생각해 내었다.[4]

이 인용 부분은 요코미쓰가 기미와의 교제, 결혼, 기미의 병상 생활까지를 축약적으로 표현한 것으로, '아내를 얻기까지 4, 5년에 걸친 그녀의 가정과의 긴 투쟁'은 기미와의 교제로부터 결혼하기까지의 과정을 말한 것이라고 할 수 있다. 결혼하기까지 '4, 5년에 걸친 그녀 가정과의 긴 투쟁'은 실제로 요코미쓰와 기미와의 연애가 결혼에 이르기까지 얼마나 치열했는지를 단적으로 표현해 주는 대목이다. 기미와의 연애, 그리고 결혼에 이르는 과정은 신감각파 시기의 요코미쓰 문학의 기조를 이루고 있다고 해도 과언이 아닐 정도로 커다란 영향을 끼쳤다고 생각한다.

또한, 요코미쓰는 1945년 12월에 이르러서야 첫사랑에 관한 이야기

후편을 써서 『해빙(雪解)』으로 발표했다. 이때는 일본이 패전하고 전쟁 책임자의 한 사람으로 지탄받았던 요코미쓰가 자신의 생애 중에서 가장 힘든 시기를 보내고 있던 때였다. 요코미쓰는 미야타 오카쓰(宮田おかつ) 와의 첫사랑 이야기를 쓰고 얼마 지나지 않은 1947년 12월 30일에 세상 을 떠난다. 따라서, 본 논문에서는 요코미쓰의 문학에 커다란 영향을 주었다고 생각하는 고지마 기미(小島キミ)와 미야타 오카쓰를 중심으로 그의 문학에 나타난 연애에 대해서 살펴보고자 한다.

2. 기미와의 만남과 사랑

요코미쓰 리이치가 고지마 기미를 알게 된 것은 와세다대학에 복학 하고 나서였다. 요코미쓰는 1916년에 와세다대학 영문과에 입학했으나 신경쇠약으로 학교를 가지 않게 되었고, 그로 인한 장기결석으로 1917 년 1월에 제적당하게 된다. 그 이듬해인 1918년에 1학년으로 다시 편입 하게 되었는데, 그 동급생 중에 고지마 쓰토무(小島勗)5)가 있었다. 기미 는 고지마 쓰토무의 여동생이었다. 기미를 알게 된 것은 1919년경으로 요코미쓰가 고지마(小島)6)의 집을 드나들면서부터였다.

요코미쓰의 『서간(書翰)』에 기미의 이름이 등장하기 시작한 것은 1920년 5월부터이다. 5월 22일자에는 '내일은 토요일이어서 기미를 보 러 갈 수 있네. 귀여운 소녀야. 기미짱을 생각하면 이상하게 정욕은 사 라져 버린다네. 묘한 일이지. 나를 소중하게 생각해 준다네' 라고 사토 이치에이(佐藤一英)에게 쓰고 있다. 5월 24일자에는 '편지는 사람들이 다 잠들고 조용해진 후에 쓴 것으로 알고 있지만, 지금은 오후 2시라네. 어제는 기미의 집에 다녀왔다네. 그 소녀는 뛰어나네. 뛰어나다는 것은 현명하다는 의미에 조금 기교를 넣어 표현한 것이라네. 현명함이 대단히 뛰어나다네' 라고 역시 사토(佐藤)에게 쓰고 있다. 요코미쓰가 기미를 만나러 가기 전에도, 기미를 만나고 와서 바로 또 편지를 쓴 것을 보면, 요코미쓰의 들떠 있는 마음을 충분히 짐작할 수 있다.

6월 9일자에는 '가끔 고지마의 어머니가 학교에 나가라고 말씀하신 다'라고 쓰고 있는 것도 볼 수 있다. 7월 16일자에는 '시간이 많이 있음에도 불구하고 편지를 쓸 시간은 모기와 더위와 기미에게 점령당해 버린 것 같으니 용서해 주게'라고 쓰고 있다. 여기에 인용된 네 통의 편지7)는 요코미쓰가 기미와 교제한 지 얼마 되지 않은 시기의 것으로 기미를 생각할 때 느끼는 요코미쓰의 행복감이 전해져 온다. 그러나 두 사람의 교제가 순탄한 것만은 아니었다. 1922년 4월 13일자에 '기미는 나와 싸움만 하면서 팔딱팔딱거린다'고 쓴 것을 보면, 기미와의 갈등이 엿보이며, 또한 이때에 기미의 오빠인 고지마의 반대도 있었다.

요코미쓰는 고지마와 문학적 활동을 같이 한 사이이다. 1918년에 고지마 쓰토무, 사토 이치에이와 함께 만든 것으로 추정되는 시집『시월(十月)』에 필명 '사마(左馬)'로 작품을 발표한다. 1922년 5월에 요코미쓰는 고지마 쓰토무, 도미노 린타로(富の麟太郎), 나카야마 기슈(中山義秀) 등과 함께 동인잡지『탑(塔)』을 발간한다. 이 동인지에 요코미쓰는『얼굴(面)』을 고지마는『물 속(水の中)』을 발표했다. 이처럼 고지마는 요코미쓰와 동인지를 만드는 사이이기도 했지만, 기미가 요코미쓰와 교제하는 것을 달갑게 생각하지 않았던 것 같다.

고지마가 두 사람의 교제를 달갑지 않게 생각한 이유에는 여러가지가 있었겠지만, 문학적 사상이 맞지 않은 것이 가장 커다란 이유였다고 사료된다. 고지마는 사회개혁을 지향하고 와세다대학 졸업 후에 프롤레타리아 문예연맹이 결성됨과 동시에 거기에 참가했다. 그러므로 문학적 입장이 요코미쓰와는 정반대였던 것이다. 1924년에 요코미쓰 등이 만든「문예시대」와 고지마가 참여한「문예전선(文芸戰線)」은 서로 대립하는 입장에 있었다.

이처럼 고지마가 두 사람의 교제를 반대한 것에는 문학적 입장이 서로 다르다는 것도 있었고, 요코미쓰가 아직 문단에도 등단하지 못한 작가로 가난하다는 이유도 있었다. 요코미쓰는 1921년 12월에 장기결석과 학비미납으로 와세다대학을 다시 제적(除籍)당하게 되었다. 더구나 요코미쓰의 아버지가 1922년 8월 29일에 뇌출혈로 갑자기 세상을 떠나게 되어 경제적인 문제는 더욱 심각해졌다. 요코미쓰의 아버지 우메지로(梅次郎)씨는 철도 토목공사로 조선(한국)의 경성(서울)에 있었다.[8] 그런데 갑자기 아버지가 먼 이국땅에서 세상을 떠나버린 것이다. 요코미쓰와 요코미쓰의 어머니는 아버지의 장례를 치르기 위하여 한국에 간다. 이것이 요코미쓰가 한국을 처음 방문한 것이 된다. 요코미쓰는 아버지의 죽음을 소재로『파란 대위(青い大尉)』(1927. 1)와『파란 돌을 줍고 나서(青い石を拾つてから)』(1925. 3)를 쓴다.

> 아버지가 갑자기 죽고 말았다. 나는 해협을 건너자, 바나나를 4일간 계속 먹기 시작해서 아직 모르는 거리까지 나왔다. (중략)
> 남겨두고 온 연인 앞으로 편지를 썼다.
> "이제 당신과 결혼은 할 수 없습니다. 아버지에게 돈이 없다는 것을 알았습니다. 물론 나도 없습니다. 귀국할 뱃삯까지도 지금부터 받아야 하는 것입니다. 당신은 나를 좋아한다고 말해서는 안됩니다. 나는 당신과 나를 갈라놓은 돈을 갖고 싶어서 견딜 수가 없습니다."[9]
> 아버지의 재산은 아무 것도 없었다. 나는 조선에서 K코 앞으로 편지를 썼다.
> "돈이 전혀 없는 것을 알았기 때문에 이제는 결혼을 할 수 없다"라고 하는 의미이다.[10]

주인공 나는 아버지 장례를 치르려고 어머니와 함께 한국에 건너간다. 한국에 가보니 아버지는 돈을 이웃에게 몽땅 빌려주어 버려서 돈이 없었고, 나는 그 돈을 받으려는 채귀(채권자)가 된다. 나는 '남겨두고 온 연인' 즉 '조선에서 K코 앞으로 편지'를 쓴다. 이 연인은 나에게 아버지의 재산도, '귀국할 뱃삯'마저도 없다는 것을 알았으니, 결혼 자금은 더더욱 상상할 수도 없었을 것이다.

'이제 당신과 결혼은 할 수 없습니다. 아버지에게 돈이 없다는 것을 알았습니다' '나는 당신과 나를 갈라놓은 돈을 갖고 싶어서 견딜 수가 없습니다' 라고 쓰고 있는 것은, 그 당시의 요코미쓰 자신의 심정을 기미에게 토로한 것으로 보아도 과언이 아닐 것이다. 요코미쓰는 경제적인 것을 아버지에게 의존하고 있었기 때문에 아버지의 갑작스런 죽음은 기미와의 교제를 더욱 어렵게 했던 것은 자명한 일이다.

이러한 경제적 환경과 고지마와의 갈등은 기미에 대한 초조감을 더하게 했다. 요코미쓰는 이러한 기미에 대한 초조감을 고지마에게 보낸 세 통의 편지에 여실히 표출하고 있었던 것이다.

3. 질투가 낳은 문학

요코미쓰 리이치의 서간 중에서 고지마 쓰토무 앞으로 보낸 1922년 9월로 추정이 되는 세 통의 편지는 요코미쓰의 자신이 처한 상황과 기미에 대한 마음을 고지마에게 토로한 격정적인 편지라고 할 수 있다. 이 세 통의 편지를 1922년 9월에 쓴 것으로 추정한대로 본다면, 요코미쓰가 1922년 8월에 아버지 장례를 치르고 귀국하고 난 9월에 고지마에게 보낸 것으로 볼 수 있다. 『파란 대위』와 『파란 돌을 줍고 나서』에 나타난 바와 같이, 요코미쓰는 아버지의 장례 이후에 기미에 대한 초조감이 극도에 달했을 것으로 추측된다.

이 세 통의 편지는 여기에 모두 소개하고 싶을 정도로 요코미쓰의 기미에 대한 생각이 절절히 배어있으며, 이보다 더한 기미에 대한 사랑의 표현은 있을 수 없다고 생각된다. 이 중에 두 통의 편지는 그 양만으로도 400자 원고지로 11매와 12매에 달하는 장문의 편지이다. 그럼에도 요코미쓰는 자신의 심정을 모두 다 쓴다면 '1000매 정도의 장편이 될 것'이라고 고지마에게 쓰고 있으니 그 복잡한 심정이 충분히 짐작되고도 남음이 있다.

> 그러나 정직하게 말하자면, 나는 자네가 집을 비울 때 뿐 만이 아니고 모든 사람이 집에 없는 동안에 가고 싶은 마음으로 가득하네. 자네는 '나를 무시하고 있다'고 생각하고 있음에 틀림없지만, 그렇게 생각하고 있는 것도 충분히 알고 있다네. 그러나 내 어떤 행위는 결코 자네를 무시해서가 아니라네. 나도 어찌할 수 없는 심정이라네. 나는 자네에게 싫은 소리를 듣는 것은 물론 아무런 대꾸도 못하고 자네에게 머리를 숙일 수밖에 없다네. 그런데도 내 사랑은 4년 간 어째서 항상 한 곳에만 머무르는 것인지.(중략)
> 처음에는 내 애인이(이렇게 쓰는 것을 제발 용서해 주게) 어떠한 행동을 한다고 해도 나는 조금도 질투를 느끼지 않았다네. 그런데 이제는 모든 행동에 질투를 느끼기 시작했네. 이것이 고통의 시작이었네. 그 때는 누가 옆에 있어도 나는 결코 불쾌함을 느끼지 않았네. 그리고 이야기도 자유로이 할 수 있었네. 이런 사랑의 시절이 아주 길었다네. 그러나 내 애인은 점점 사람들이 옆에 있으면, 나에 대한 태도가 너무나도 보통 사람에 대하는 것과 같아졌다네. 그와 반대로, 사람들이 없어지면 그녀의 애정이 더욱더 깊어지는 것을 느낄 수 있게 되었다네. (중략) 이제 요즈음에는 이 긴 시간의 투쟁으로부터 오는 고통은 한 사람의 적이 자신의 애인 앞에 나타나면 바로 모든 세계가 암흑이 되어 자신을 덮쳐온다네. 나의 심안은 지금 완전히 흐려져 있다네.11)

고지마의 반대는 여전해서 기미의 집에 자유로이 드나들 수 없었던 것과 기미에게 '나는 질투를 느끼지 않았네. 그러나 모든 것에 질투를 느끼기 시작했네. 이것이 고통의 시작이었다네' 라고 호소하고 있는 요코미쓰를 볼 수 있다. 아버지의 죽음으로 인한 경제적인 문제와 더불어 고지마와의 갈등은 요코미쓰가 기미에게 자신감을 가질 수 없게 하고, 그것이 기미에 대한 질투의 감정으로까지 확장되었음을 볼 수 있다.

이 때, 기미도 요코미쓰에게 쓴 것으로 보이는 두 통의 편지를 남기고 있다. 기미가 쓴 두 통의 편지는 요코미쓰와 기미와의 연구에 새로운 자료라고 할 수 있는데, 기미가 직접 쓴 자료는 거의 찾아볼 수 없기 때문이다. 이 편지는 노무라 쇼고(野村尚吾)가 간직하고 있다가 1971년 4월『와세다 문학』에 발표한 것이다. 두 통의 편지는 날짜만 적혀 있어 어느 해에 쓴 것인지는 분명치 않지만, 노무라는 한 통은 1921년으로, 또 한 통의 편지는 둘이 동거한 1923년이나 전년도인 1922에 쓴 것으로 추측하고 있다.12) 노무라가 나중에 보낸 편지를 1922년이나 1923년으로 추측하고 있는데, 앞에서 살펴보았던 요코미쓰가 고지마에게 보낸 편지를 1922년 9월로 추정하고 있으므로 전후 사정을 고려해 볼 때, 필자의 견해는 1922년 10월 22일에 쓴 것으로 보는 것이 어느 정도 설득력이 있지 않을까 생각한다. 요코미쓰가 고지마에게 장문의 편지를 통해서 자신의 심정을 토로했을 때 요코미쓰가 기미에게도 똑같이 자신의 심정을 토로하지 않았을까 하는 것이다. 왜냐하면 기미의 편지에도 요코미쓰가 고지마에게 토로했던 괴로움에 대한 답신을 하는 것 같은 심정이 그대로 전해져 있기 때문이다.

> 리이치 님!!!
> 이제 계시지 않는군요. 지금까지 이곳에 계셨는데.
> 감사드립니다. 리이치님. 너무나 감사합니다. 나를, 나를 이렇게까지…… (중략)
> 두 사람은 언제까지나 헤어질 수 없어요. 나는 기쁩니다. (중략)
> 리이치님, 당신은 "참고 있어 달라"고 말씀하셨습니다.
> 아아, 어떠한 괴로움이라도 결코 결코 마다하지 않겠어요. 나는 언제나 당신과 함께입니다.
> 나는 얼마나 행복한 사람인지요.

리이치님 나는 결코 지금의 당신의 마음을 모르는 것이 아니에요. 외
롭고 슬픈 이 경우에 나는 무어라고 말씀드려야 할지 모르겠어요. 단지
"당신의 가슴에, 정말 당신의 사람으로서 누구도 두려워하지 않고 당신을
의지할 수 있는 날이 올 때까지, 어떤 괴로운 일이 있더라도, 괴로운 날들
이 계속 되어도 반드시 반드시 참고 기다리겠습니다. 그리고 매일 기도하
고 당신 옆에서 한 시도 떨어지지 않겠습니다"라고 말씀드립니다.

리이치님, 나는 누구의 것도 아니에요. 세월이 흘러도 어느 세계에 가
든지 나는 당신의 것이에요. 얼마나 행복한지요.13)

이 부분은 기미가 요코미쓰에게 사랑의 확신을 심어주는 대목이라고
할 수 있을 것이다. 이 편지의 다음 부분을 보기로 하자.

리이치님 리이치님 나는 슬픕니다. 리이치님! 가슴이 찢어지도록 괴롭
습니다.

당신을 괴롭히고 있는 것은 저겠지요. 제가 있기 때문에 당신은 괴로
워하고 계시잖아요. 기미코를 괴롭히지 않으려고 하는 것이 아닌지요.
그렇지만 그런 걱정을 하지 마세요. 물론 나도 상당히 괴로운 일도 있었
어요. 억울한 일도 있었어요. 그리고 그때마다 당신에게 그것을 호소하
려고 했어요. 그런데 지금 생각해 보니 아무 것도 아닌 것이었어요. 저는
이제 어떤 괴로움이 오더라도 결코 두려워하지 않겠습니다. 꼭 이겨내겠
습니다.

당신은 매일 아주 괴로워하고 계시지요. 쓸쓸해하고 계시지요. 그렇지
만 두 사람이 굳게 굳게 서로 믿고 그 괴로움으로부터 벗어나요.

아아. 당신은 지금 나에게 그런 슬픔, 괴로움을 나에게 말해 주셨어요.
그리고 참아달라고 말씀하셨어요. 저는 울었습니다. 혼자서 소리를 내서
울었습니다. 뭐라고 감사의 말씀을 드려야할지. 분에 넘치는 행복을 무
어라고 말할 수 있을지. 기미는 리이치님의 것이에요. 기쁩니다. 저는 죽
어도 당신만의 것입니다. 저는 죽어도 당신만을 사랑하겠습니다. 리이치
님 당신은 저의 연인임과 동시에 저에게는 커다란 은인입니다.14)

고지마와 심한 갈등을 겪고 있었던 시기에 요코미쓰가 기미의 '사랑
의 편지'를 받고서 얼마나 많은 힘과 위로를 받았을지 짐작할 수 있다.

이처럼 요코미쓰와 기미와의 연애는 결코 순탄하지는 않았지만, '4, 5년에 걸친 그녀 가정과의 긴 투쟁을 거쳐' 1923년 9월에 결혼을 하게 되었다. 이 해 5월에 요코미쓰는 이미 문단에 등단한 작가가 되어 있었다.

> 1924년 5월 27일
> 편지 고맙네. 편지가 도저히 써지지 않아서 괴롭네. 금성당 쪽에 말해 두겠네. 조금 기다려주면 어떻게든 될 거라고 생각하네. 내 책 『그대(御身)』는 시중에 나왔네. 한 권 보내려고 생각했지만, 이런 책은 시시해서 보낼 생각도 못하고 있네. 기미코는 내 집에 있네. 그러나 고지마하고는 아직 멀었네. 여러 가지로 복잡한 일이 있어서 여간해서는 설명할 수가 없네. 생각하면 화가 날 뿐이지만 생각하지 않기로 했네. 지금은 도저히 더 쓸 수가 없네. 날씨가 도저히 안되겠네. 건강 조심하게. 그러면 오늘은 이만 줄이겠네.[15]

역시 사토 이치에이에게 보낸 1924년 5월 27일자의 편지에, 기미와 결혼한 후에도 고지마와의 갈등은 계속되고 있다는 것을 쓰고 있다. 거기에다 두 사람은 결혼을 했지만, 결혼하기까지의 기간이 길었던 만큼 그 사이에 생긴 여러 장애로 인해 기미에 대한 초조함과 불안은 계속되었다. '기미와의 결혼은 말하자면 〈질투〉로부터 해방'[16]이 되는 것으로 보여졌지만 그것이 아니었다.

> 그러나 그는 고통스러운 정점에 있을 때조차도 아내가 건강했을 때에 그녀로부터 받은 자신의 질투의 괴로움보다도 오히려 훨씬 더 부드러움이 있다고 생각했다. 그러고 보니, 그는 아내의 건강한 육체보다도 이 썩은 폐를 가진 그녀의 병든 몸이 자신에게는 보다 더 행복을 주고 있다는 것을 느꼈다.[17]

'아내가 건강했을 때에 그녀로부터 받은 자신의 질투의 괴로움'보다도 '그녀의 병든 몸'이 자신에게는 보다 더 행복을 주고 있다는 것을 느꼈다'고 하는 주인공의 고백은 결혼 생활이 결코 평탄하지만은 않았음을 보여준다. 결핵에 걸려 누워있는 아내를 보고서야 비로소 '아내의 존재감'을 느끼는 주인공의 마음을 통해서, 요코미쓰가 기미와 결혼을 했다고 해서 '질투로부터 해방'이 된 것이 아니었음을 그대로 표현한 것이라고 할 수 있다.

> 신혼생활은 요코미쓰가 기대한 만큼 평온하지 않았다. 기미는 결혼 후에도 잠시 국철에 근무하고 있었다. (중략) 어쨌든 가계를 돕기 위해서 기미가 근무한 것은 사실이다. 등단했다고는 하지만 요코미쓰는 아직도 가난했기 때문이었다. (중략)
> 요코미쓰는 이러한 가난 때문에 가끔 자존심에 상처를 받고 몹시 자기 혐오에 빠졌다. 그래서 여차하면 그 때문에 부부사이가 심리적으로 동요해서 생각지도 않은 다툼을 일으키기도 했다.[18]

요코미쓰가 기미 집안의 반대를 무릅쓰고 결혼을 하기는 했지만, 결혼 후에도 여전히 갓 등단한 가난한 작가였고 따라서 기미도 가계를 돕기 위해 국철에 근무한 것이다. 이로 인해 요코미쓰의 자존심은 다툼을 만들었고, 기미의 직장생활로 인한 요코미쓰의 '질투의 감정'은 계속되었다고 보여진다. 이 때, 요코미쓰는 자신의 아내인 요코미쓰 기미코(横光きみ子) 앞으로 다음과 같은 편지를 쓴다.

> 거듭거듭 말하지만 제발 나에게 만족해 주었으면 좋겠다. 만족할 수 없는 것은 알고 있다. 그러나 인간이라고 하는 것은 어떤 경우에라도 어떤 인간을 만나더라도 거기에 반드시 많은 불만이 있음에 틀림없기 때문이다. (중략)
> 내가 알고 있는 한 서너 명은 있는 것이 아닌가. 나에게 화낼 이유는 없겠지. 그것도 나는 너를 알지 못했을 때이다. 너는 다르다. 너는 나와 사랑에 빠지고 나서부터다.[19]

이 편지는 요코미쓰가 자신에게 만족하고 있지 못하다고 생각하고 있는 기미를 설득하려는 것처럼 보이지만, 거기에는 사실 요코미쓰가 기미에게 느끼는 '질투'가 있었다. 가난한 것이 싸움의 원인이 되었겠지만, 결혼 후에도 기미의 주변에는 많은 사람(남자)들이 있어 요코미쓰는

'질투로부터 해방'을 느낄 수가 없었다.

> 「슬픈 대가(悲しみの代價)」는 말하자면 아내의 정부, 친구에게 아내를 빼앗기는 남자를 그리고 있는데, 「애인의 방(愛人の部屋)」도 친구에게 애인을 빼앗겨 버린 남자가 주인공으로 되어 있다. 「슬픈 대가」는 나중에 「패배한 남편(負けた夫)」(『定本全集』第二卷 수록)이라는 작품으로 개작을 했지만, 「애인의 방」도 역시 '패배한 남자'를 그리려고 하는 작품이었을 것이다. 젊은 작가는(1921년, 23세) 이 '패배한 남자'를 가감 없이 한결같이 추구하고 있었다.[20]

이처럼 젊은 작가였을 때부터 요코미쓰가 '패배한 남자'를 계속 추구했던 것은 '기미에 대한 질투'로부터 나왔다고 할 수 있다. '아내의 남자'(또는 애인의 남자)에게 질투를 느끼지만 남편으로서는 어쩔 수가 없다. '아내의 남자'는 남편보다 훨씬 우월하다. 결국 우월한 '아내의 남자'에게 자신의 아내를 빼앗겨 버리는 구조는 요코미쓰 문학의 한 축을 이루게 된 것이다. 이러한 구조는 신심리주의 소설인 『새(鳥)』에서도 나타난다.

> 리카코는 때때로 내 얼굴을 훔쳐보는 것처럼 요염하게 눈을 떴다. 나는 그녀가 왜 그런 얼굴을 오늘따라 하는 것인지 처음에는 알아차리지 못했지만, 그것을 알게 되었을 때에는 이미 나는 그녀가 나를 사랑하고 있는 것을 느끼고 있었다. 편리하게도 나는 리카코를 그녀의 남편으로부터 빼앗아 오려는 생각도 없거니와 그녀를 빼앗을 필요도 없는 것이다. 왜냐하면 나는 리카코를 그녀의 남편에게 빼앗겼기 때문인 것이다. 이 불행한 일이 다행히도 지금은 행복한 결과가 되었다고 하는 것이, 나에게는 여전히 불행한 일이 될 것인지 어떨지 그것은 나로서는 알 수 없다. 나는 리카코―나의 아내였던 리카코를 Q로부터 빼앗은 것은 그건 사실이다. 그러나 그것은 내가 그에게 리카코를 주었다고 말하자면 말할 수도 있다.[21]

위의 인용은 『새』의 첫머리 부분이다. 『새』는 리카코, 나, Q와의 세 사람의 관계를 그린 이야기이다. 리카코는 원래 나와 결혼을 했다. 그러다가 Q에게 간다. 또 다시 리카코가 나에게로 돌아온다는 줄거리로 작품을 이끌어가면서 세 사람 사이에서 일어나는 감정을 면밀하게 그리고 있다. 한 여자와 두 남자 사이에 일어난 이야기의 구조는 「패배한 남편」과도 같다. 이러한 구조 즉, 한 여자와 두 남자가 있는데, '여자의 남자'에게 항상 져버리려는 '패배한 남자'를 주인공으로 하는 구조는 요코미쓰 문학 여기저기에 나타나고 있는 것이다.

이것은 '기미에 대한 질투'를 표현하려는 요코미쓰의 문학적 시도로 보여진다. 이처럼 요코미쓰의 신감각파 시기의 문학을 '질투의 문학'이라고도 할 만큼 기미와의 연애는 요코미쓰의 문학에 커다란 영향을 끼쳤던 것이다. 요코미쓰는 기미가 폐결핵으로 누워있을 때, '아내의 건강한 육체' 보다도 '그녀의 병든 몸'이 '보다 더 행복을 주고 있다'라고 생각할 정도였기 때문이다. 그러나 '기미에 대한 질투'의 감정도 오래갈 수는 없었다. 기미는 1926년 6월 24일에 죽음을 맞이했기 때문이다. 기미의 나이 23세였다.

요코미쓰가 말한 혈전시대[22]는 물론 자연주의 문학에 대한 반발로 새로운 문학을 창조해 내는 것이었지만, 기미와의 교제, 결혼이라는 시기와도 겹쳐서 또 다른 요코미쓰의 혈전시대가 아니었을까 생각된다.

4. 첫사랑 오카쓰와 『해빙』

가와데출판사(河出書房新社)에서 간행한 『요코미쓰 리이치 전집』제16권(1987년)에 실린 서간에 대한 인상을 이노우에 겐(井上謙)은 다음과 같이 세 가지로 요약하고 있다.

① 우에시마 라이코(上嶋頼光) 앞으로 보낸 서간에서 이제까지 애매했던 와세다대학 입학(1916년) 직후의 심경이나 첫사랑의 상대가 분

명하게 밝혀진 것.

② 지요 부인 앞으로 보낸 상해 편지에 의해 이전에 공백이었던 그 시기의 동향이 메워지고 『상해』 집필 의도가 거의 확실하게 밝혀진 것.

③ 요코야마 마사오(橫山政男) 앞으로 보낸 서간의 출현에 의해 이미 공표된 고지마 쓰토무 앞으로 보낸 서간과 중복되는 부분은 참으로 인간 요코미쓰상이 선명하고 강하게 인상에 남는다.[23)]

①과 ③의 서간은 요코미쓰의 연애와 관련이 있는 것으로 보인다. ①에서 요코미쓰의 '첫사랑 상대가 분명하게 밝혀진 것'을 들고 있는데, 요코미쓰의 첫사랑이 미야타 오카쓰(宮田おかつ)로 밝혀진 것이 1916년의 서간에 의해서이다. 요코미쓰는 우에노중학교 3학년 때에 한 학년 아래인 우에시마 라이코와 함께 하숙을 했다. 그런 까닭인지 1915년부터 1918년까지의 요코미쓰의 서간은 주로 우에시마 앞으로 보낸 것이다. 그 중에 우에시마에게 보낸 두 통의 편지를 보자.

> 1916년 4월 13일
> 스미다가와의 제방 근처를 놀러 갔더니 <u>비시를 꼭 닮은 소녀</u>가 귀여운 에도코와 놀고 있었네. 나는 더 이상 참지 못하고 눈물을 뚝뚝 흘렸네. <u>아무리 해도 첫사랑은 잊을 수가 없네.</u> 아아 정말 바보같이 말한 것을 용서해 주게.[24)]

> 1917년 7월 21일
> <u>아무리해도 the first lo……는 잊을 수 없네.</u> 비시가 죽었다는 소식을 듣자 곧바로 나는 우에노로 갔다네. 무엇 때문에 갔는지 알 수 없었네. <u>나는 정말 그때부터 염세적이 되고 말았네.</u> 1월에 다시 상경했지만 학교는 그만 두었다네. 그리고 바로 조용한 야마나시로 돌아와서 고독한 생활을 보내고 있다네. 우에노에 갔을 때 어떤 감정이 솟구쳐 와서 나는 그녀의 집으로 달려갔네. 그녀의 어머니는……아, 이제 나는 그녀의 어머니에 대해서 말하기 어렵네. 나는 미워하네. 나는 매일 독서와 창작에 빠져 있다네.[25)]

첫 번째 편지는 요코미쓰가 동경으로 상경해 와세다대학에서 공부하고 있을 때로, 우연히 '비시를 꼭 닮은 소녀'를 보고 '비시'를 그리워하는 요코미쓰 자신의 심정을 담고 있다. 두 번째 편지에는 '비시'가 죽었다는 소식을 듣고 놀란 요코미쓰의 모습이 보인다. 두 편지에는 모두 '비시'라는 별명을 사용하고 있는데, '비시(ビシ)'는 시저가 말한 '왔다, 보았다, 이겼다'라고 하는 표현 중에서 '이겼다'라고 하는 말에서 따왔다고 한다. '비시'는 라틴어 'vici'(勝つ)에서 온 것으로 중학시절의 경기에서 승자가 받는 메달에 새겨져 있었기 때문에 이 서간에 의해서 지금까지 억측되었던 첫사랑의 상대가 『해빙』의 모델인 '미야타 오카쓰인 것이 명백'[26]해진 것으로 보고 있다.

중학교 3학년(1913년) 때, 요코미쓰가 하숙을 하고 있었을 때에, 하숙집 북쪽에 미야타 오카쓰라고 하는 소녀가 어머니와 살고 있었다. '리이치보다 다섯 살 연하였지만 나이보다 조숙한 미소녀는 중학생 사이에도 잘 알려져 있었고, 그들은 소녀를 〈비시〉라고 하는 별명으로 부르고 있었다.'[27] 그런데, 미야타 오카쓰는 1916년 12월 14일 스페인독감으로 죽는다. 1902년 6월 15일생으로 소녀의 나이 갓 14세의 짧은 생이었다.

요코미쓰는 첫사랑의 소녀 미야타 오카쓰를 모델로 『해빙(雪解)』을 쓴다. 『해빙』은 전편 「해빙」과 후편 「신록의 계절」이 합쳐져서 작품 『해빙』이 된 것이다.

> 다쿠지의 소년시절도 이제 마지막을 맞이할 즈음의 일이다. 그가 성을 뒤로한 마을의 거리를 걷고 있는데, 갑자기 열 두세 살의 소녀가 그의 옆을 쏜살같이 달려 나가더니, 갑자기 획 하고 이쪽을 돌아보더니 허리를 잡고 웃기 시작했다. (중략)
> 다쿠지가 그 소녀를 본 후에, 멈추어 서 있는 그녀 앞을 지나갈 때까지 불과 20초도 걸리지 않았음에도 그는 지금까지 거리를 걸었지만 그 소녀만큼 아름답다고 생각한 소녀를 본 적이 없었다. (중략)

> 다쿠지는 얼핏 그 소녀를 보자 일 년 전에 그를 놀라게 했던 그 아름다운 소녀라는 것을 알았다. (중략)
>
> 다쿠지는 소녀의 해맑은 혈색과 커다란 눈을 멀리서 찬찬히 보면서 작년 봄 거리에서 소녀를 보았을 때보다도 오늘 아침 소녀가 한층 더 아름답다고 생각했다.28)

이 장면은 다쿠지가 소녀를 처음 만난 장면과 일 년 후에 다쿠지가 다시 그 소녀를 만나는 장면이다. 다쿠지는 거리에서 그 소녀를 만났지만 잊어버렸다. 그런데 일 년 후에 하숙을 옮기게 되었고, 그 집에서 다시 그 소녀를 만나게 된 것이다. 알고 보니 소녀는 이미 약혼을 하고 있었다. 그럼에도 두 사람은 교제를 하지만 소녀 어머니의 반대로 두 사람은 헤어지게 된다.

> 두 사람은 만나는 일이 있어도 이젠 말도 하지 않고 재빨리 시선도 서로 피했다. 다쿠지는 그 후 일 년 동안은 석유관에서 끼익끼익 하면서 석유를 끌어 올리는 철사의 슬픈 소리를 들으면서 인내했다. 그리고 동경으로 나온 그 해 늦가을의 어느 날, 에이코가 스페인독감으로 죽었다는 소식을 미타니로부터 받았다. (중략)
>
> 그러나 다쿠지는 빠져나갔다고 생각한 물이 나날이 또다시 넘쳐나는 것을 느꼈다. 이제는 이 세상에 없을 것이라고 생각한 사람의 모습이 조용히 그리고 점점 강하게 향기가 나는 것을 느꼈다. 지금까지 그만큼 자신이 슬픔을 당하고 있었던 것으로 생각한 것과는 반대로, 소리를 내려고 해도 소리가 나지 않는 즐겁고 하늘하늘하고 아름다운 세계에 있었던 것이로구나 하고 생각하게 되었다. 그리고 그것은 조용히 추억하면 할수록 즐거운 유채꽃 줄기를 닮은 색조로 다쿠지의 가슴을 충만하게 해주는 것이었다.29)

다쿠지와 에이코는 소녀 어머니의 반대로 일 년 동안 만나지 못하다가 다쿠지는 도쿄로 대학을 진학하게 되었다. 그리고 반년 후에 에이코가 죽었다는 소식을 미타니로부터 편지로 전해 듣고 자신도 죽은 것과 같다고 생각한다. 그런데 에이코와의 추억을 상기하면서 즐거운 날들이 많았다는 것을 회상한다. 다쿠지는 '즐겁고 하늘하늘하고 아름다운 세계가 있었'다고 생각하면서 자신의 마음을 충만하게 해주는 것을 느낀다. 그리고 에이코와의 추억이 있는 이가우에노로 가서 마지막으로 보았던 에이코의 모습을 회상한다. 에이코는 어두움에 가려져 있는 우체통 옆에 서서 다쿠지를 계속 몰래 보고 있었던 것이다. 다쿠지가 동경으로 떠나기 바로 전날이었다. 다쿠지는 우체통 옆에 서 있었던 에이코의 모습을 회상하고, 자신도 우체통 옆에 서 보면서 『해빙』은 끝난다.

『해빙』의 전편인 「해빙」은 1932년 6월에 주간 아사히 여름 특별호(특집 소설)에 발표되고, 「신록의 계절」은 1946년 1월에 발표되었다. 1945년 12월에 『해빙』으로 「해빙」과 「신록의 계절」이 합쳐진 작품이 이미 발표되었고, 후편인 「신록의 계절」은 이듬해 1월에 독자적으로 다시 발표되었다. 『해빙』이 발표되었던 1945년 12월은 일본이 패전한 후였다. 패전후 요코미쓰가 처한 상황을 하마카와 가쓰히코(濱川勝彦)는 다음과 같이 설명하고 있다.

> 후반 「신록의 계절」은 전후 제1작이라고 할 수 있는 작품입니다. 전후는 말할 필요도 없이 나라가 패전하고 시대의 변천과 더불어 모색해 온 요코미쓰의 수난이 시작됩니다. 1946년 6월에는 『신일본문학』잡지에 문학분야에서 전쟁책임자의 한 사람으로 지탄받고, 죽기 1개월 전에는 스기우라 민페이(杉浦明平)가 요코미쓰를 철저히 매도한 평론이 발표됩니다. 이러한 사면초가 속에서 요코미쓰는 「신록의 계절」을 집필한 것입니다. 결정적으로 좌절의 시기라고 할 수 있을 때에 쓴 「신록의 계절」은 12년 전에 쓰다만 「해빙」을 이어서 쓴 것입니다. 실의의 나날을 보내면서 왜 「신록의 계절」을 쓴 것일까요?[30]

하마카와는 이렇게 반문하고서 '어리고 순수한 세계야말로 작가, 요코미쓰 리이치를 치유하는 커다란 힘이 있었던 것'이라고 답하고 있다.

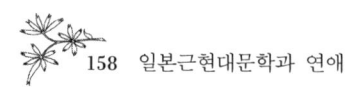

5. 첫사랑과 고향을 회상하다

『해빙』의 무대는 이가우에노(伊賀上野)이다. 다쿠지가 다니고 있던 중
학교는 미에현립 제3중학교로 현재 미에현립 우에노고등학교이다. 이
처럼 『해빙』은 이가우에노를 무대로 한 중학교 시절의 첫사랑을 그린
작품인 것이다. 1945년에 이르러 요코미쓰는 『해빙』의 후편을 쓰면서
자신의 첫사랑을 회상했고, 그 무대가 되는 이가우에노를 회상했을 것
이다. 『램프(洋燈)』의 인용문을 보기로 하자.

> 이 때, 정전된 밤의 어두움을 감싸고 있는 나에게 지인이 램프를 가져
> 다주었다. 높이가 한 자 정도 되는 작은 탁상 램프이다. 내가 램프를 손에
> 들고 바라보고 있자, 얼어붙어 있는 내 가슴 속에서 톡톡 소리를 내면서
> 타는 것이 있었다. 오랜만에 그것은 들은 적이 없는 것이라기보다도 두
> 번 다시 그런 기분을 맛볼 수 없을 것 같은 석양 분위기를 닮은, 따뜻해지
> 면 방울져 떨어지는 물방울 같은 소리였다. 처음으로 내가 램프를 본 것
> 은 6살 때, 눈이 오는 밤 보라색 치리멘 비단 고조 두건을 쓴 어머니를
> 따라서 도쿄에서 산 속의 쓰게라고 하는 시골 마을로 돌아갔을 때였다.
> (중략)
> 다시 나는 어머니와 누나와 셋이서 어머니의 고향 쓰게로 이사 오지
> 않으면 안 되었다. 아버지가 먼 이국땅 경성으로 가게 되었기 때문이다.
> 초등학교 일 년 사이에 세 번이나 학교를 바꾸지 않으면 안 되었던 나는
> 이번에는 원래 큰 어머니의 댁이 아닌 할아버지의 커다란 어깨가 보이는
> 집에서 학교를 다녔다. (중략)
> 내가 램프의 밑에서 지낸 것은 이 3년간이다.[31]

'램프'를 보면서 주인공이 느꼈던 것은 '석양 분위기를 닮은 따뜻'함과
'쓰게'라는 고향이었다. 『램프』에 등장하는 인물은 어머니, 아버지, 누
나, 큰 어머니, 작은 어머니, 외할아버지의 모습 등 친척들이 모두 등장
한다. 어머니는 다섯 자매 중 넷째였으며, 다른 이모들에 대해서도 하나

하나 자세히 묘사하고 있다.

> '나는 가끔 시골로 돌아가 살고 싶다고 생각한 적이 있습니다. 그럴
> 때는 나는 반드시 쓰게를 생각합니다' 라고 초등학교 은사 후지이 하쓰키
> 쓰에게 보내고 있다.32)

이처럼 『해빙』의 무대인 '이가우에노'와 『램프』의 무대인 '쓰게'는 요
코미쓰의 고향이라고 할 수 있는 곳이다. 요코미쓰는 패전 후, 지요 부
인의 고향 야마가타로 옮기게 되었다. 요코미쓰는 거기에서 이가우에노
를 무대로 한 『해빙』의 후반인 「신록의 계절」과 쓰게를 무대로 한 『램프』
를 썼던 것이다.

우리는 어려움을 당하면 먼저 가족이 생각나고 고향이 생각난다. 주
인공이 '램프'를 보면서 문득 여섯 살 때 보았던 '램프'를 생각해 내고
아득한 옛날을 회상한 것처럼, 그것은 바로 요코미쓰가 어린 시절을 지
냈던 쓰게였고, 가족이었고, 친척이었던 것이다. 요코미쓰는 『램프』를
쓰면서 어렸을 때 만났던 친척들을 한 사람 한 사람씩 모두 만나면서
40여년이 지난 자신의 어린 시절과 이야기하였을 것이다.

요코미쓰는 1947년 12월 14일 『램프』를 쓰는 도중에 현기증이 일어
났고, 다음날 15일 저녁식사 후에는 격렬한 위통과 함께 의식불명이 되
었다. 결국 12월 30일에 병세가 악화되고 위궤양에 복막염이 겹쳐 오후
4시 30분에 세상을 떠난다. 요코미쓰의 나이 49세였다. 오카쓰가 세상
을 떠난 것이 12월 14일인 것과 요코미쓰 병이 발발한 시기가 일치하는
것은 우연이었을까. 41년 후의 일이었다. 이 『램프』는 요코미쓰가 세상
을 떠난 두 달 후인 1948년 2월 「신초(新潮)」에 발표되었다.

> 불을 쬐어서 따뜻해졌을 때, 등교 전의 에이코가 나와서 함께 연기
> 속에 서 있게 되었다. 학교가 시작하는 시간은 다쿠지 쪽이 에이코보다
> 조금 빨랐기 때문에, 여유가 있는 에이코가 충분히 따뜻해진 몸으로 전
> 송해 주어 학교에 갔을 때 다쿠지의 가슴은 강하게 뛰었다. 누군가가 찼

을 멀리서 보이는 축구공의 높이가 청명한 하늘에 떠있는 자신의 마음
같았다. 흥미를 느끼지 못하는 과목이 있는 시간도 그는 기운이 나고,
발 밑에 계속 난로가 있는 것처럼 생각되어 하루 종일 부풀어 있었다.
　다쿠지는 모든 것이 유쾌하고 재미있었다. 세상이라는 것이 모두 행복
으로 가득 넘치고 있는 듯했다.[33]

　첫사랑인 에이코에게 들떠있는 주인공인 다쿠지의 모습이 눈에 선하
게 그려진다. 전쟁책임자로 비판받고 있던 참혹한 상황에서 아련하고
아름다운 첫사랑을 생각하면서, 한 번만이라도 행복해져서 밝게 미소
지었을 요코미쓰의 모습이 오버랩 되어온다.

　패전 이후, 요코미쓰의 상황이 사면초가였던 만큼 그래서 자신이 가
장 순수했던 시절인 첫사랑 오카쓰와 어린 시절을 보내었던 '정신적인
고향 쓰게'를 생각해 내었을 것이다. 요코미쓰는 첫사랑 그리고 고향과
같은 티없이 맑고 순수했던 시대를 만남으로써 세상에서 찢겨지고 얼룩
진 자신을 치유하고자 했을지 모른다. 이것이 요코미쓰가 『해빙』과 『램
프』를 전후에 쓰게 된 까닭일 것이다.

　이가의 쓰게공민관 옆 언덕에 '요코미쓰의 문학비'가 있고, 요코미쓰
가 살았던 쓰게쵸 노무라구에는 '요코미쓰공원'이 있다. 그리고 우에노
성(上野城)에는 '젊은 요코미쓰 리이치 군 여기에서 생각하고 여기에서
노래하라' 라는 가와바타 야스나리 서명의 청춘비가 세워져 있어 요코
미쓰를 기리고 있다. 요코미쓰는 아직도 이가우에노에서 첫사랑과 어린
시절의 고향을 그리고 있는지도 모른다.

주

1) 「요코미쓰 리이치(橫光利一)의 문학과 연애」『일본근대문학-연구와 비평-』5 한국일본근대문학회, 2007년 5월 초출.

2) 아키야마 슌(秋山駿), 『寢園』의 「해설」, 「橫光利一의 悲劇」, 講談社, 1992, 228쪽.

3) 이토 게이치(伊藤敬一)의 『世界で最も美しい恋愛小説『旅愁』を読む』라는 제목으로 책이 출판되었다.(鳥影社, 2004) 이토는 이 책에서 『여수』에 대해 다음과 같이 말하고 있다. '한편, 『여수』를 연애소설로 보는 입장은 어떠한 것일까. 물론, 『여수』가 연애소설의 한 단면을 가지고 있는 것은 많은 연구자들이 지적하고 있다. 최근(2001년)에 출판된 『신연애소설 독본』(本の雜誌社)에 20세기의 연애소설 베스트 200이 실려 있다. 이 책은 일본소설 125편, 외국 소설 75편, 합해서 200편으로 비교적 일본소설에 중점을 두고 있다. 이 작품들 중에 오래된 작품으로는 가와바타 야스나리의 『이즈의 춤추는 소녀(伊豆の踊子)』, 미시마 유키오의 『파도소리(潮騷)』, 오오카 쇼헤이의 『무사시노 부인』 등과 함께 『여수』도 들고 있다.'(8쪽)

4) 『春は馬車に乘つて』, 『定本 橫光利一全集 第二卷』, 河出書房新社, 1981, 280쪽. 이후, 『定本 橫光利一全集 第二卷』은 『全集 第二卷』으로 표시한다.

5) 고지마 쓰토무는 1900년부터 1933년까지의 짧은 생애를 살았는데, 결국 누이동생 기미와 같은 결핵으로 인하여 세상을 떠났다.

6) 이하, 고지마 기미의 오빠인 '고지마 쓰토무'는 '고지마'로 표시한다.

7) 본 논문에서 인용한 서간은 『定本 橫光利一全集』 第十六卷에 수록된 것임. 이하, 『全集 第十六卷』으로 표시한다.

8) 요코미쓰의 아버지는 요코미쓰가 어렸을 때도 경성에 간 것으로 보인다. 이는 작품 『램프(洋燈)』에 '다시 나는 어머니와 누나와 셋이서 어머니의 고향 쓰게로 옮기지 않으면 안 되었다. 아버지가 먼 이국땅 경성으로 가게 되었기 때문이다' 라고 쓰고 있다. (『洋燈』, 『定本 橫光利一全集 第十一卷』, 1982, 561쪽)

9) 『靑い大尉』, 『全集 第二卷』, 336쪽. 이하, 본 논문의 밑줄은 모두 필자가 한 것임.

10) 『青い石を拾つてから』, 『全集 第二巻』, 133쪽.

11) 『全集 第十六巻』, 32~33쪽.

12) 노무라 쇼고(野村尚吾), 「横光利一への愛の手紙─小島キミ子の恋文について─」(『早稲田文学』, 1971.4), 『日本文学研究大成 横光利一』, 図書刊行会, 1992, 164쪽.

13) 노무라 쇼고, 앞의 책, 165~166쪽.

14) 노무라 쇼고, 앞의 책, 166쪽.

15) 『全集 第十六巻』, 50쪽.

16) 이노우에 겐(井上謙), 『横光利一 評伝と研究』, おうふう, 1994, 181쪽.

17) 『春は馬車に乗つて』, 『全集 第二巻』, 289쪽.

18) 이노우에 겐, 앞의 책, 178쪽.

19) 『全集 第十六巻』, 48~49쪽. 이 편지는 1923년 내지는 1924년으로 추정되고 있음.

20) 호쇼 마사오(保昌正夫), 「『愛人の部屋』をめぐって」, 『横光利一見聞録』, 勉誠社, 1994, 306쪽.

21) 『鳥』, 『定本 横光利一全集 第三巻』, 1981, 330쪽.

22) 요코미쓰가 『書方草紙』(1931)의 「머리말」에 자신의 문학 생애를 '1918년부터 1926년에 이르는 주로 무례하기 짝이 없는 국어와의 혈전시대(血戦時代)'라고 쓴 것에서 빌려 왔다.

23) 이노우에 겐, 앞의 책, 495쪽.

24) 『全集 第十六巻』, 6쪽.

25) 『全集 第十六巻』, 12쪽.

26) 이노우에 겐, 앞의 책, 496쪽.

27) 후쿠다 가즈요시(福田和幸), 「横光利一とふるさと三重」, 『横光利一 ─革新と軌跡─』 三重県立図書館, 1999, 14쪽.

28) 『雪解』, 『定本 横光利一全集 第十一巻』, 1982, 272~275쪽.

29) 『全集 第十一巻』, 315~316쪽.

30) 하마카와 가쓰히코(濱川勝彦), 『雪解』 解説, 1998, 76쪽.

31) 『全集 第十一巻』, 558~561쪽.

32) 후쿠다 가즈요시(福田和幸), 앞의 논문, 11쪽.

33) 『全集 第十一巻』, 284쪽.

【 참고문헌 】

이금재 「요코미쓰 리이치의 혈전시대와 기미」 『일어일문학연구』 제7집 1985

『定本 橫光利一全集』 第二巻 河出書房新社 1981

『定本 橫光利一全集』 第三巻 河出書房新社 1981

『定本 橫光利一全集』 第十一巻 河出書房新社 1982

『定本 橫光利一全集』 第十六巻 河出書房新社 1987

神谷忠孝 編 『日本文学研究大成 橫光利一』 日本図書館会 1992

『寝園』 講談社 1992

保昌正夫 『橫光利一見聞録』 勉誠社 1994

井上謙 『橫光利一 評伝と研究』 おうふう 1994

『橫光利一-革新と軌跡-』 三重県立図書館 1999

『雪解』 橫光利一研究会(三重県立上野高等学校内) 1998

伊藤敬一 『世界で最も美しい恋愛小説 『旅愁』を読む』 鳥影社 2004

가와바타 야스나리(川端康成)의
『이중의 실연』 소고[1)]
- 비운의 사랑과 그 극복 -

김일도*

1. 머리말

가와바타 야스나리(川端康成; 1899~1972)는 동경제국대학(東京帝國大學) 재학 시절 이토 하쓰요(伊藤ハツヨ)라는 여성과 결혼을 약속했었다. 그러나 '나의 사랑은 머나먼 번개를 상대하듯 혼자 애를 태우다가 끝나버렸다'라는 심정 고백과 같이, 이성의 사랑으로 살아야 할 성년 시절, 이성 간의 사랑 역시 미완성으로 끝나고 말았다. 그녀의 갑작스러운 심정 변화로 인해 일방적으로 파기된 것이다. 첫사랑 하쓰요와의 결혼 약속은 자신의 어린 시절 사랑의 상실감을 보상받을 수 있는 기회였다. 하지만, 약혼이 파기되면서 또 한번의 시련을 경험한 것이다. '사모의 정은 무엇보다 좋은 생명의 그물'(문학적 자서전, 33;87)[2)]이라고 사랑과 생명을 동격

* 金一度 : 한국외국어대학교 강사.

으로 생각했던 그에게 사랑을 잃었다는 것은 생명을 잃은 것이나 다름 없었다. 왜냐하면, 그것은 자신을 구제해 줄 수 있는 대상을 상실했다는 의미와 같기 때문이다. 현실의 사랑에 실패한 연유로 가와바타의 작품 속에서는 사랑을 이루기 위해 여러 형태의 표출이 보여지고 있다. 특히, 실연의 경험으로 인해 작품 속 잠재된 여성상은 약혼 당시 16세였던 소녀 하쓰요의 모습으로 그려지고 있다. 그리고 그 소녀의 모습은 아름 답고 이상적 소녀상으로 그려지는 경우와 함께 애환과 슬픔을 지닌 운 명의 여성상으로 그려지는 경우도 살펴볼 수 있다. 이러한 성향의 작품 내 투영을 두고 가와시마 이타루(川嶋至)는 '미치코(みち子)에 대한 사모 의 정은, 시간 경과에 따라 가와바타 마음 속에 사는 여성상을 만들어 내고 또, 알 수 없는 파혼에 의해 손 안에 넣을 수 없었던 가상의 행복으 로 환영이 되어 창작상의 여성상으로 상당한 채색을 할 수 밖에 없었 다'3)라고 지적하고 있다.

「이중의 실연(二重の失恋)」(『雄辯』, 1931.1)은 「入京日記」(『文藝時代』, 1926. 5)에 기록된 바와 같이, 『문예시대』 합평회에 참석하고자 가는 열차 안 에서 첫사랑 이토 하쓰요와 마주했던 실제 체험을 소재로 하여 쓰여진 작품이다.4) 이와 같은 실연 체험과 관련된 작품으로 「화톳불(篝火)」・ 「남방의 불(南方の火)」을 비롯하여 「비상(非常)」・「싸락눈(霰)」・「사진 (寫眞)」・「양지(日向)」・「약한 그릇(弱きき器)」・「불로 가는 그녀(火に行 く彼女)」・「우산(雨傘)」・「이즈의 귀로(伊豆の帰り)」 등이 있으며, 이들 은 사소설(私小說)5) 경향의 작품이라는 평가를 받고 있다.

작품의 이야기는, 주인공 〈그(彼)〉는 무언가를 잊기 위해 여행을 떠난 다. 그에게 기차 안은 무언가를 잊기에 가장 적합한 장소로, '기차 안에 서 잊는 연인'이란 말을 스스로 만들어 낼 정도였다. 그런 그에게도 잊혀 지지 않는 존재가 있었다. 그것은 그와 결혼을 약속했던 하쓰코였고, 기차 안에서 우연히 그녀를 보게 되었다. 그리고 그녀에게서 고통스러

운 표정을 읽었다. 잠깐 보고 있는 사이에, 그녀는 자리에서 일어나 유
리문을 열고 밖으로 나갔다. 곧 뒤를 따라 나가 봤지만 그녀의 모습은
보이지 않고, "Be quick as anothers may be waiting."라는 글만이 그를
기다리고 있었다는 식으로 전개되며, 그 모티브는 실연에 있다. .

　「이중의 실연」은 다른 단편인 「이즈의 귀로」(『婦人公論』, 1926.6)와 유
사한 작품이다. 「이즈의 귀로」가 분량에 있어서도 많고, 문체와 어구에
있어서도 공통되는 부분이 눈에 뜨인다. 반면, 여자 주인공의 이름이
'하쓰코'가 아니라 '리카코'로 되어 있는 것과 같이 다른 점도 볼 수 있
다.[6]

　본 작품에 대한 평가는 미간행물로서 전혀 이루어지지 않았다. 하지
만, 이와 유사한 작품 「이즈의 귀로」를 경유하여 '가와바타 일기에 표시
되어 있는 사실을 답습한 파란이 많은 사야마 지요(佐山ちよ)와 다시 만
난 후의 생활과 가와바타와의 교제를 쫓는 것'[7]이라는 분석을 통해 봤을
때, 본 작품 역시 첫사랑 하쓰요와 관련된 '미치코물'의 논고로서 다루어
볼 수 있겠다. 특히, 가와바타의 경우는 생활 속 체험을 다양한 각도에서
각색하여 표현한 작가이기도 하다. 그만큼 고아와 실연을 주제로 한 자
전적 작품이 많고 그 작품이 그를 이해하는데 중요한 위치를 점유하고
있다는 사실 역시 무시할 수 없다. 때문에 실연 체험이 본 작품에 어떻게
투영되었는가를 살펴 보는 것도 의미가 있으리라 생각한다.

　본고에서는 실제 체험을 소재로 쓰여진 작품이니 만큼, 주인공〈그〉가
실연의 상처를 잊고자 선택한 여행에 대해 알아보고자 한다. 동시에, 그
여행을 통하여 과거 사랑에 얽매여 있던 집착으로부터 벗어나 현실을
응시하고 자신을 인식하는 모습과 함께 실연의 아픔을 잊고자 하는 작자
의 내적인 고뇌를 조명해 봄으로써 그의 문학 속에 흐르는 계보를 보고
자 한다. 가와바타의 문학을 이해할 수 있는 하나의 열쇠로 극복 과정을
통해 구제의 한 단면을 제시하는 작품으로 독해 할 수 있는 가능성과

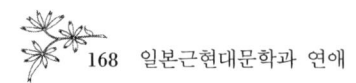

'미치코물'로서의 위치 매김을 확인하는 것에 목적을 두고자 한다.

2. 실연과 여행

> 운명의 끈이여, 결국은 끊어졌는가. 하지만, 나의 마음 속에 계속 살아
> 있는 그녀를 어찌 지울 수가 있을까. (「獨影自命」, 293쪽)

인용한 글은 실연에 따른 가와바타의 심정을 나타낸 문장이다. 결혼
이라는 운명의 끈은 끊어졌지만 그의 마음 속 깊이 자리하고 있는 첫사
랑 만은 지우기가 힘이 든다는 애절한 마음을 표명하고 있는 것이다.
첫사랑 실패에 따라 마음의 상처는 깊어만 가고, 그 상처가 가와바타에
게는 현실의 상실감으로 작용했을 것으로 생각된다. 이러한 좌절감은
「이중의 실연」의 주인공 〈그〉에게도 그대로 옮겨져 나타나고 있다.

주인공 〈그〉에게 하쓰코와의 약혼은 밝고 행복한 생활을 약속받은
것과 같은 기회였을 것이다. 그러나 '16살인 그녀가 너무나도 간단한
편지로, 그와의 약혼을 파기했다.'(460쪽) 일방적이고 이해할 수 없는 간
단한 편지로 약혼이 파기되면서 그는 좌절감을 경험하게 된다. 일방적
파혼이 있고 나서, 그는 그녀를 다시 만나 자기의 곁으로 돌아와 달라고
부탁했다. 그러나 그녀는 '이제 나는 이렇게 되어버렸어요. 없는 사람이
라 생각하고 잊어 주세요'(460쪽)라며, '당신의 눈에 띄지 않는 곳으로
가버리면 좋겠어요. 어딘가 모르는 곳으로 가버릴 작정이예요.'(461쪽)라
고 자신의 자취를 감추겠다는 위협과 이상한 추악함을 던지며 거절의
표시를 보였다. 그로 인해 현실에서 하쓰코와의 사랑이 이루어지지 않
은 경험은 그에게 현실의 중압감으로 작용했을 것이다.

현실의 중압감을 안겨 준 좌절은 무엇을 의미할까. '자신과 결혼하면
손도 고와진다. 피부 색도 맑고 깨끗해진다'(457쪽)라며, 그의 감정은 아

름다운 변화를 가져올 그녀의 꿈으로 가득했다. 그런 그였기에 그녀와의 결혼 약속은 행복한 생활이라는 기대감으로 가득했을 것이다. 그러나 일방적인 파혼과 행방을 감춘 그녀로 인해, 그가 지녔던 첫사랑 순정과 밝은 기대감은 어두운 절망으로 전환되고 말았다. 그리고 이것은 자신을 행복한 생활로 이끌어 줄 대상의 상실이라는 의미를 나타내는 것이다.

이러한 좌절감과 어두운 절망에 있는 주인공 〈그〉는 마음에 분노와 슬픔이 있을 때 기차를 탄다고 심정을 토로하고 있다. 이 심정에서, 그가 실연의 슬픔이라는 중압감을 벗기 위해서 선택한 것이 여행임을 거꾸로 알 수 있다. 그에게 있어, 여행이란 괴로운 현실에서 한 발 물러나 생활의 재충전을 제공하기도 하고 새로운 사실에 눈을 떠 그 동안 잊고 있었던 것들의 중요성을 깨닫게 해주는 삶에 있어 매우 중요한 요소로 존재하고 있다.

> 기차 안은 그가 무언가를 잊는 장소였다. 언제부터라고도 할 것 없이, 그것이 그의 습관이었다. (중략) 이윽고 기차 바퀴의 진동은 그를 위해, 잊게 해주는 자장가가 되었다. 열차의 움직임은 잊게 해주는 요람이 되었다. 그러면, 마침내는 슬픔과 분노를 잊기 위해서 기차를 탈 수 밖에 없었다. (밑줄 : 인용자, 이하 같음) (455쪽)

〈그〉에게 있어 기차 안은 슬픔과 분노 등 무엇이든 잊을 수 있는 장소로 존재한다. 그리고 기차의 움직임은 무언가를 잊게 해주는 '자장가'가 되고 '요람'이 된다. 자장가와 요람에서 느낄 수 있는 분위기는 안락함과 편안함이다. 그만큼 그의 여행은 좌절에 대한 위로의 마음과 함께 슬픔과 분노를 잠재우기 위한 방법에서 나타난 것이다. 위로를 바라는 마음으로 나선 여행이 일종의 습관으로까지 자리잡게 된 것이다.[8]

주인공 〈그〉의 관점에서 볼 때, '여행을 떠나는 것은 모든 일상성으로부터 탈출을 의미하고, 습관적 일상적인 관계에서 벗어나는 것'[9]을 의미한다. 현실에 있어서 고민이나 정리해야 할 생각 등이 있을 때 여행을

떠나곤 한다. 어두운 현실 속에서 풀리지 않는 문제들이 현실에서 조금
만 비켜 나오면, 그 문제의 해답이 보이는 것과 같이 자신을 둘러싼 현
실에서 잠시 벗어나 〈나〉라는 원점에서 하나하나 다시 밟아보자는 마
음에서 여행을 떠나는 것이다. 다시 말해, 여행의 원인을 '생존의 좌절과
절망에서 유래하는 것으로 보고, 생존의 거점을 상실하여 새로운 거점
을 찾으려는 것'10)에 있다는 지적에 놓고 볼 때, 그의 여행은 현실에서
의 도피보다는 현실 생활에 대한 새로운 마음을 추구하는 자세로서 보
는 것도 바람직할 것이다.

　한편으로, 그에게 여행은 아픔을 잊게해 주는 존재인 동시에 기억을
되새겨 주는 존재이기도 하다. 여행을 통해서도 잊을 수 없는 존재가
있다. 그것은 바로 5년 전 파혼한 하쓰코라는 여자이다. 그 어떤 여행을
통해서도 지워지지 않고 치유되지 않는 그녀의 존재. 그녀는 언제까지
나 기차 안이라고 하는 곳, 주인공에게 있어 현실과 떨어진 공간 속에
살아 숨쉬는 존재이다. 〈그〉는 여행을 통해 모든 것을 잊는다고는 하지
만, 정말 잊기위해서일까. 물론 기차 안에서 잊혀지는 연인이 있는 반
면, 그렇지 않은 연인도 있다. 여행을 하면서 〈그〉의 옛 연인인 하쓰코
의 기억을 되새기기 위함도 있다.

　　　자주 여행을 하는 그는 여러 산과 바다에서 이 '기차에서 잊는 연인'들
　과 만났다. 여행 후, 잊기 위한 기차가 있는 것은, 오히려 그 어렴풋한
　사랑을 빛나게 했다. (중략)
　　　그렇다면 '기차 안에서도 잊혀지지 않는 연인'인 그녀에 대해서라도
　생각해 볼까? (455~456쪽)

　주인공 〈그〉는 무엇인가 머리 속이 복잡하고 화가 나고, 우울할 때는
습관처럼 기차를 탄다. 그것을 그는 무언가를 잊기 위해서라고 설명하
고 있다. 기차를 타면 모든 것을 잊게 해 주는 자장가가 되고 요람이
되는 것이다. 과연, 그는 '잊기 위해서' 기차에 타는 것인가? 작품 초반부

에서는 '기차에 타면 잊혀지니까'라는 식으로 설명하고 있다. 하지만 아이러니하게도 '잊혀 지지 않기 때문에' 하나의 의식처럼 기차를 타는 것이다라는 식의 결론에 도달하게 된다. 그가 기차를 타는 이유를 '기차에서 잊는 연인'이라고 일컬어지는 일련의 여성들과의 추억을 잊기 위해, 혹은 자신의 힘든 경험들을 잊기 위해서라고 말하고 있다. 그러나 잊기 위한 기차가 있다라는 것은 반대로 어렴풋한 사랑을 더욱 빛나게 한다는 반증의 의미도 내포하고 있다. 궁극적으로 잊기 위함보다는 '기차 안에서 잊을 수 없는 연인인 그녀에 관해 생각해 볼까'하는 심정과 같이 기억을 되새기고자 하는 목적이 있음을 시사하고 있다. 이것은 여러 경험들이 잊혀지지 않고 자신의 마음 깊숙한 곳에 남아있다는 것을 반증하는 것이기도 하다.[11] 바꾸어 말하면, 그의 여행은 현실에서 벗어나 상념의 세계에서 잊을 수 없는 연인상을 만들어 잊는 것 보다는 아름다운 것만을 기억하려는 마음에서 나타난 것으로 생각할 수 있다.

결국, 소설 속 주인공의 여행은 그에게 의미있는 만남이 가능함을 시사하고 있다. 그리고 그 만남으로 통해 그녀의 아름다운 기억과 함께 감정의 승화를 경험하게 된다. 그러므로 〈그〉의 여행은 괴로움에 빠져 있는 몸과 마음을 정화한다[12]는 감정 구제의 한 면을 동반하는 존재로 생각할 수 있다. 여행은 바람을 쐬는 단순한 의미가 아닌 자신의 존재를 인식하려 하는 하나의 통과의례처럼 작용하고 있음을 알 수 있다.

3. 〈제2의 연인상〉의 소멸 ── 이중의 실연

그는 그녀를 잊지 못하는 것이 아니라 스스로 지우려 하지 않는 것일 지도 모른다. 하쓰코를 자신의 마음 속에 살아있는 존재로 남겨 놓고 싶었기 때문이다. 자신이 준 고통을 보고 떠났기에 그녀가 기뻐하는 모

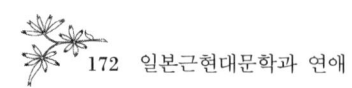

습을 보지 않고서는 마음 속에서 떠나보낼 수가 없었던 것이다.

> 그는 그녀의 고통을 보고 헤어진 것이다. 그래서 그녀의 기쁨을 보기
> 만 한다면, 이제 그것으로 모든 것을 과거로 보내버려 미련이 없다라는
> 것이다. (461쪽)

그녀의 고통을 보고 헤어진 그였기에 고통스러운 모습을 보고 싶지
않았을 뿐이다. 그녀가 무엇 때문에 그렇게 고통스러워하고 무엇 때문
에 자신을 떠나려 하는지 알지 못했기에 더욱 놓아 줄 수 없었다. 그래
서 그녀가 떠난 후에도 그의 마음 속 한 켠에서는 여전히 하쓰코라는
여자가 존재해 왔던 것이다.

실연이라는 상처로 인해 마음 속에 자신만의 여성상을 만드는 것을
두고, 가와시마는 '두 명의 미치코 중 한 쪽은 이미 소멸하고 공상의
미치코만이 살아 있었던 것이다. 차 안에서 본 여자는 가와바타의 소위
제2의 미치코로 통할 것이다. 그리고, 그 상념 세계에 사는 제2의 미치
코가 가와바타로서 어느 정도 구체적인가에 있어서는 다른 사람을 미치
코로 착각한 것에서도 충분히 추측할 수 있다'[13]라고 상상 속의 제2의
여성 존재를 설명하고 있다. 이러한 맥락에서 주인공 〈그〉 또한 실연이
라는 상처로 인하여 마음 속에 자신의 제2의 하쓰코상을 만들어 두고
그녀의 행복을 기원해 왔음을 알 수 있다.

> 그녀가 다른 남자와 함께 생활하고 있어도, 그녀는 지금까지 바로 그
> 의 마음 속에 있었던 것이다. 본디 그녀의 행복을 기원하고 있으면 그것
> 으로 충분한 것이었다. (중략)
> —— 그리하면 사랑을 잃지 않아도 되기 때문이었다
> —— 하쓰코가 괴로워하지만 않는다면, 괴로워하지만 않는다면.
> 그는 눈을 뜨고 있을 수도 없을 만큼 힘없이 중얼거렸다. 눈시울이
> 뜨거워졌다. (461~462쪽)

하쓰코를 마음 속에 두고 행복만을 기원하며 다닌 여행이기에 그녀

와의 사랑을 잃었다고 느끼지 않고 지금까지 마음 속에 존재하고 있었
던 것이다. 그녀의 하얀 피부와 여유로운 생활과 도시의 색으로 물들여
져 있는 행복해진 모습을 보고 그는 행복한 기쁨을 느꼈다. 이 기쁨이
말하는 것은 지금까지 마음 속으로 바라던 기원 —자신과 결혼하여 거
친 손과 피부가 맑고 깨끗해져 아름답게 변화하는 모습의 갈망 —이
이루어졌다는 의미이다. 그러나 행복해 보이는 외모와는 달리 그녀의
표정에는 '고통이 응어리져 있었다. 그는 확실히 보았다. 그것은 그에
대한 증오는 아니다. 반항도 아니다. 단지 고통만이 나타나 있었다.'(460
쪽) 이러한 고통의 모습보다는 행복해진 그녀의 생활을 자랑하며 자기
를 애처롭게 위로해 주는 편이 오히려 그녀와의 사랑을 잃지 않고 지속
할 수 있는 것으로 생각하고 있었다. 그러나 그녀는 과거와 변함없는
고통을 보이고 있었다. '그녀가 고통스러운 표정 등을 짓지 않았다면
그녀의 행복을 솔직하게 기뻐할 수 있었는데 고통스러운 표정을 보였기
때문에 오히려 사랑을 잃은 기분이 들었다'14)라는 지적이 말해주 듯,
사라지지 않은 과거의 고통스러운 표정으로 인해 마음 속 하쓰코의 모
습은 사라지게 된다.

　이제부터는 하쓰코를 공상할 수 없는 걸까?
　그 쓸쓸함의 밑바닥에서 분노가 솟구쳐 올라 왔다.
　거짓말이다. 하쓰코는 단지 행복한 것처럼 보일 뿐이다. 그 남자가
남편이라니, 그것도 진실이 아니다. 그늘에 가린 채 조용히 행복을 빌고
있는 그런 자신조차 크나 큰 거짓이다. 자신은 지금도 미친 듯이 하쓰코
를 사랑하고 있는 것이다. 아름다워 진 하쓰코를 온화하게 미소지으며
보고 있다니, 그것도 진실이 아니다. 하쓰코를 바라보고 있는 자신의 눈
은 아까부터 미쳐 있는 사람과 다를 바 없다.
　이 외침에 그는 스스로 놀랐다. 이성의 혼란을 느꼈다. 그리고 구제를
바라는 듯이 다시 한번 하쓰코를 보았다. (462쪽)

〈그〉는 기차 안에서 잊혀지지 않는 연인을 만났다. 우연히 만난 하쓰

코로 인해 지나간 과거를 회상하게 된다. 그리고 그녀를 잊지 않고 있는, 잃어버리고 싶지 않은 그의 마음과도 만나게 된다. 이미 잃을 수도 있었지만 잃어버리고 싶지 않은 그녀의 존재는 그에게 영원히 기억되는 연인이라는 것은 분명한 사실이다. 이러한 이유로 이성의 혼란을 느낀다는 그의 심경은 행복해 보이는 외면에서 고통의 내면을 보고, 그의 번뇌와 집착으로 교착 상태에 빠진 자신의 마음을 직시해서 일 것이다.

오랫동안 그녀를 잊지 못하고 여러 사람들의 그늘에 가려 그녀의 행복만을 바라며 마음 속에 그녀를 그리고 있었기 때문일까. 그는 쉽사리 그녀를 놓아 주지 못하고 이성과 감성 속에서 혼란에 빠지게 된다. 여기에서 '그늘에 가린 채 조용히 행복을 빌고 있는 그런 자신'이란 부분에 주목할 필요가 있다. 가와바타가 하쓰요와의 만남이 한창일 때, 사랑에 대한 태도를 두고, 하토리는 '그 때의 가와바타는 친구들의 그늘에 가려 있는 편이었다. 적극적으로 지요에게 다가가는 일 등, 생각도 미치지 않았다. 〈중략〉 열렬한 사랑을 동경하면서도 그런 사랑을 할 수 있는 성격의 자신은 아니다'15)라고 설명하고 있다. 이 지적과 동일 선상에서 〈그〉의 성격을 생각해 보면 그 역시 적극적인 행동은 하지 못한 주인공이었음을 알 수 있다. 먼 발치에서만 그녀를 지켜보며 행복을 기원할 뿐 소극적 성격으로 마음에 새기는 사랑16)으로 '이제부터는 하쓰코를 공상할 수 없는 걸까'하며 쓸쓸한 체념의 주인공으로 그의 심경을 나타내고 있다. 그는 그녀를 바라보며 이성의 혼란을 느끼고, 그녀를 자신의 것이니 남의 것이니 하며 그녀에게 몰입해 간다. 그러나 그녀의 얼굴에 드러난 고통의 표정으로 그늘에 가린 채 간절히 기원해 왔던 마음 속의 하쓰코와 현실의 하쓰코와의 괴리감을 느끼고서 〈그〉의 마음에 존재했던 그녀를 놓아 줌으로서 '자신은 헤어질 때를 아는 현명한 여행자'(456쪽)로서 지금 그대로의 현실을 응시하게 된다. '결국 이번에야 말로 정말 하쓰코를 잃고 마는 것인가?'(461쪽)하는 체념의 심정으로 진정한 실연을 인식하게 된 것이다. 〈그〉는 마음 속에 제2의 하쓰코상을 만들어 내어 간직해 왔다. 하지만 현재 그녀의 변함없는 고통의 표정과 함께 제2의 그녀는 사라지고 만다. 그리하여 '이제부터는 하쓰코를 공상할 수 없는 걸까'하며 그녀의 존재감 소멸에 쓸쓸함을 인식하게 되며 분노까지 느꼈는지도 모른다.

결국, 이중의 실연이란 지금까지 〈그〉의 마음 속에 제2의 하쓰코를 그려왔던 가상 속 그녀와의 결별로 마음 속에서 있던 하쓰코가 완전히 떠나버리게 된 것을 의미하는 것이다. 마음 속 환상의 소멸이다. 기차 여행을 통해 각성으로 그에게 변화가 일어난다고는 하지만 자의에 의해 그녀의 존재감을 없애 버린 것이 아니다. 때문에 〈그〉는 또 다시 하쓰코에게서 예기치 않은 버림을 받은 셈이 된 것이다. 그 어떤 여행으로도 잊을 수 없었던 그녀의 존재가 잊혀지게 된 순간, 그는 또 한번의 실연을 경험하게 되는 것이다. 과거 실연에 이어 마음 속 제2의 그녀와의 결별에 따른 실연을 의미한다.

4. 실연의 극복 — 집착에서 자기 인식으로

주인공은 5년 전 하쓰코로부터 일방적으로 파혼을 당한다. 두 번이나 결혼 약속을 저버리고 그녀는 고통스러운 얼굴을 하며 없었던 사람으로 여기고 자신을 잊어달라고 이야기했다. 그는 왜 그녀가 자신을 떠나려 하는 지 알지 못했다. 왜 그런 고통스러운 얼굴을 하는지. 자신이 만약 싫어서 떠나는 것이라면 왜 직접적으로 당신이 싫다고 이야기 하지 않는지. 그녀의 태도는 그를 매우 혼란스럽게 했다.

그는 그녀의 시골 마을로 달려갔다. 그때에 비로소 그녀는, 그 고통의 표정을 나타낸 것이다. 그것을 보자, 그는 그녀 앞에서 자신이 사라져

> 없어지고 싶었다. 그는 힘없이 동경으로 돌아왔다. 그리고 약혼한다는 편지가 그를 따라왔다. 하지만, 두 번째 약속도 그녀는 똑같이 파기하고 말았다. 손을 서로 잡은 적도 없는 말 뿐인 미숙한 사랑이었다. (460쪽)

너무나도 간단한 편지로 그녀가 그를 떠나려 하는지 알지 못했다. 하지만, 위 인용에서 나타나는 그녀에 대한 그의 태도에서 그 해답을 찾을 수 있다. 그것은 파혼의 편지를 받고 시골 그녀의 집으로 갔으나, 그녀의 고통을 보고 자신이 사라지고 싶어 하는 나약한 마음을 나타내는 그의 태도이다. 즉, 적극적 태도를 보이지 않는 소극적 자세인 그의 행동이다.

'손을 서로 잡은 적도 없는 말 뿐인 미숙한 사랑'으로 표현되는 주인공 〈그〉의 자세에서 '결혼의 언약만을 하긴 하였으나, 그러나 나는 이 아가씨에게 손가락하나 댄 것은 아니었다. (중략) 나는 사모의 정이 무엇보다도 생명의 그물이다. 하지만, 연애적인 의미에서 여자의 손을 잡은 일도 없는 것 같다'(문학적 자서전, 33;86~87쪽)고, 마치 마음에 새기는 사랑만을 추구해 온, 사랑의 방관자인 듯 첫사랑 순정의 애틋함을 이야기하는 가와바타의 사랑에 대한 자세를 읽어 낼 수 있다. 이러한 사랑의 한계성을 두고, 야마다 요시로(山田吉郎)는 '연애의 현실'에 스스로를 편입시키지 않고 어느 의미에서 상대와의 상호 교류를 의도적으로 거부하여, 도달 불가능한 '사모의 정'을 순수 연소시켜 문학적으로 결정화(結晶化)하려는 지향의 표명'[17]으로 가와바타의 연애관을 지적하고 있다. 이러한 성격에서 가와바타의 파혼 원인을 하토리는 '가와바타의 용모와 체질, 위축된 성격이 지요가 싫어하게 된 원인으로 보고 있으며, 가와바타는 결혼 약속을 파기한 지요에 대해 증오하지 않고 오히려 자신과 같은 왜곡된 마음의 소유자로서 자기자신을 슬퍼하는 마음과 같이 그녀를 소중히 했다'[18]라고 위축된 성격으로 인한 그의 사랑의 한계성을 설명하고 있다. 이 '위축된 성격'이라는 지적과 같은 연결선상에서 〈그〉의 사랑에 대한 태도를 생각할 때, 손 한번 잡아보지 못한 미숙한 사랑, 마음에 새기는 사랑, 먼 발치에서 그녀의 행복만을 기원하는 체념적인 사랑의 한계를 나타내는 주인공일 수 밖에 없는 〈그〉이다.19) 그녀는 그런 의도적인 거부와 같은 그의 태도에 실망감을 느껴 마음의 동요를 느꼈을 것이다.

현실에서 그녀와의 사랑이 이루어지지 않았기에 그는 마음 속에 그녀를 간직하고 행복을 빌고 있었다. 그것이 바로 잊혀지지 않는 연인으로서 애착을 느꼈던 하쓰코였다. 그리고 실연 후 5년, 이즈 온천에서 동경으로 돌아가는 기차 안에서 그와 눈을 마주친 하쓰코, 그녀는 부담감과 괴로움으로 자리에서 일어나 화장실로 몸을 피한다. 그는 그녀를 따라갔지만, 그녀는 그를 피해 스쳐 지나가고 만다. 그리고 그는 화장실 세면대 위에 적혀 있는 글을 보고 지금까지 쥐고 놓아주지 않았던 하쓰코로부터 비로소 자유로워 질 수 있었다.

이 작품의 주인공인 그의 모습은 변해간다. 외로움과 함께 하고 있던 사람이었지만, 기차를 타면 잊혀진다는지 잊혀지는 연인이니 하는 말들로 자신을 기만하고 있다. 하지만, 그는 예전 실연의 상처로 힘들어하는 한 남자임에는 분명하다. 그 근본적 외로움에는 하쓰코와의 파혼이라는 사건이 있었다. 그러나 그는 여행 중 하쓰코를 다시 만나 사랑의 한계를 깨닫고 현실을 응시함으로써 자신을 인식하기에 이른다. 그를 발견하고 자리를 피해 나가버린 그녀, 그녀를 따라 나갔지만 그녀의 모습은 없고 그녀의 흔적만이 남아 있다.

> 하쓰코의 연지색 코트가 흔들린 옆으로, 하얀 도자기 위의 문자를 그는 소리없는 세계와 같은 냉정함으로 확실하게 읽었다.
> "Be quick as anothers may be waiting." (462~463쪽)

하쓰코의 검붉은 코트가 흔들린 뒤의 하얀 도자기 위에 쓰여진 글. 그것을 그는 평온한 모습으로 읽었다. 그가 들어간 곳이 화장실이고,

그곳이 기차 안에서 모두가 사용하는 공간으로 생각했을 때 도자기 위에 쓰여진 문장은 공공장소를 이용하는데 있어 다른 사람에게 폐가 되지 않도록 해 달라는 의미일 것이다. 즉, '다음 사람이 기다리니 빨리 사용해 주세요'가 될 것이며 이것은 일차적인 의미에 지나지 않을 것이다. 하지만 이차적인 의미에서 생각해 볼 때, 직접적으로 하쓰코가 남긴 메시지는 아니더라도 그녀의 마음을 대변해 준 글로 볼 수 있을 것이다. 그가 그녀에게 가졌던 의문에 대한, 그의 본질을 관통하고 흐르던 외로움의 원인에 대한 답으로도 볼 수 있을 것이다. 다시 말해, 하쓰코와 주인공 〈그〉와의 관계에서 두 인물의 심경을 대변할 수 있는 의미를 지닌 문장이다.

하쓰코는 과거 약혼을 하고 만남을 갖던 때에 사랑에 대해 적극적이지 못한 그의 태도에 실망감을 느꼈을 것이다. 첫사랑 실패라는 연애 사건 이후 가와바타를 가장 괴롭혔던 것이, '첫사랑의 연인을 좀 더 빨리 자신의 여자로 하지 못했을까 하는 痛恨의 念'[20]이라는 지적과 같은 맥락에서 생각해 볼 때, 먼 발치에서 마음에 새기는 사랑만을 하며 행복을 기원했던 체념의 주인공 〈그〉에게 '사랑을 할 때는 망설이지 말고 적극적인 자세로 임하라'라는 충고의 의미를 대변하고 있는 문장으로 볼 수 있겠다. 그리고 더 이상 지나간 사랑에 얽매이지 말고 그를 기다릴지도 모르는 사랑을 향해 나아가라는 그녀의 마음을 표명한 것으로 보는 해석이 타당하리라 생각한다.

결론적으로, 그녀의 감정을 표명하는 글을 〈그〉가 평온한 마음으로 읽었다는 것은 무엇을 의미할까. 그것은 자신도 모르게 하쓰코에 대해 집착해 왔던 자신을 해방시키고자 하는 심정을 대변한 표현일 것이다. '하쓰코와의 사랑은 끝났으니 이제 마음을 비우고 다음 사람에게 가세요'라는 의미로 받아들이고, '헤어질 때를 아는 현명한 여행자'(456쪽)로서 자신을 인식하는 심정을 나타낸 것이다. 따라서 그가 이 문장을 통해 획득한 것은 마음 속에

간직하고 살던 하쓰코와의 재회를 통하여 그녀에 집착해 있던 〈그〉 자신을
깨닫고 새로운 자신을 재인식하는 모습일 것이다.

5. 맺음말

　「이중의 실연(二重の失恋)」를 통해 주인공 〈그(彼)〉가 실연의 상처를
잊기 위해 선택한 여행, 기차 안에서 재회한 옛 연인 하쓰코 — 현실에
서의 그녀와 마음 속의 그녀와의 괴리감 —를 통하여 현실에서의 자신
을 직시하고 현실을 응시하는 모습을 살펴 보았다.
　가와바타 야스나리(川端康成)는 사랑을 생명과 동일하게 생각했다. 그
래서 그의 실연은 생명을 잃었다는 것과 다름없는 시련으로 다가왔을
것이다. 이것은 자신을 구제해 줄 수 있는 대상의 상실을 의미한다. 이
러한 실연의 모습은 작품 속 주인공 〈그〉에게 전해져 그려지고 있다.
　주인공 〈그〉가 누군가를, 무언가를 잊는다는 것은 쉬운 일이 아니다.
왜냐하면, 하쓰코를 완전히 잊는 것을 망설이는 것처럼. 그녀라는 아픔
과 멀어지는 것에 조바심을 느끼는 것 같은 심정처럼. 잊는다는 것은
그저 기억에서 지워버리면 끝나는 것이 아니라 마음 속 깊이 파고든
상처를 치유하고 극복하는 과정이기 때문일 것이다.
　〈그〉에게 있어서 여행을 한다는 것은 비단 괴로움과 멀어지는 것 만
을 의미하는 것은 아니다. 바꾸어 말하면, 현실과 멀어져 비현실의 세계
로 나아가는 것을 의미한다. 일상생활에서 그를 조이는 문제들을 벗어
던지고 현실의 자기자신으로부터 자유로워지는 수단이자 현실의 아픔
을 치유하여 극복하려는 방법이 다름 아닌 여행으로 나타난 것으로 볼
수 있다.
　이중의 실연이란, 주인공 마음 속에서 살고 있던 하쓰코가 완전히 떠

나버리게 된 것을 의미하는 것이다. 그 어떤 여행으로도 잊을 수 없었던 그녀의 존재가 잊혀진 순간. 그에게 있어서는 그 순간이 또 한번의 실연이었기 때문이다. 즉, 과거 실연에 이어 마음 속에 간직했던 그녀의 모습이 소멸됨으로써 또 한번의 실연을 경험하는 것을 의미한다.

그와 눈이 마주친 하쓰코는 그를 피해 들어간 곳이 차내 화장실이다. 그리고 그녀를 따라간 그는 그녀의 모습은 발견하지 못하고 그녀의 흔적 — Be quick as anothers may be waiting.— 만이 있었다. 이 문장은, 중요한 순간에 망설이고 자신의 감정이나 표현에 인색한 사람에 대한 충고의 메시지를 대신하고 있는 것이다. 위축된 성격으로 사랑에 대해 소극적 태도로 한계성을 보여왔던, 마음에 새기는 사랑을 해 왔던 체념의 주인공 〈그〉에게 주는 '다른 사람이 기다리고 있으니 사랑에 임할 때는 적극적으로'라는 그녀의 감정의 표현이자 사랑의 응답으로 여길 수 있다. 동시에, 하쓰코를 마음 속에 간직하고 살던 그가 그녀에게 집착했던 자신을 인식하고 체념을 통해 진정 그녀로부터 벗어나는 점을 시사한다. 현실의 자신을 깨닫고 새로운 자신의 모습을 인식하는 것에서 구제의 한면을 부여하는 문장으로 볼 수 있겠다.

작품 「이중의 실연」에서 주인공 〈그〉와 하쓰코와의 결혼은 성립하지 않았다. 그러므로, 명확한 실연소설로서의 지적이 가능하다고 본다. 표면적으로나 내면적으로나 드러난 주인공에게 있어 실연의 관련성을 중심으로 볼 때, 「이중의 실연」은 '미치코물'이라는 분류 하에 그 위치를 부여할 수 있는 작품인 동시에 가와바타 문학 속에 흐르는 한 계보로서 구제의 가능성을 보여주는 작품으로 생각할 수 있을 것이다.

∥ 주 ∥

1) 「가와바타 야스나리(川端康成)의 『이중의 실연(二重の失恋)』고찰 — 집착에서 자기 인식으로 — 」 『일본학연구』 제24집, 단국대학교 일본연구소, 2008년 5월 초출.

2) 「獨影自命」(『川端康成全集』第33卷, 新潮社, 1983) 306쪽. 이하, 작품 「이중의 실연」의 텍스트는 『川端康成全集』第21卷(新潮社 1982)에 따라 쪽수만을 기입, 이외 전집 인용은 (작품, 권; 쪽수)순으로 나타내기로 한다. 번역 인용자.

3) 가와시마 이타루(川嶋至), 『川端康成の世界』, 講談社, 1969, 77쪽.

4) '오이시역에서 (중략) 차 안으로 들어온 여자, 그녀가 아닌가. 소설 「남방의 불」・「화톳불」 등에서 쓴 여자이다. 옆을 지날 때, 잘 보았다. 목은 하얗고, 손도 하얗다. (중략) 그녀는 눈을 감고 뺨을 붉히는 등으로 해서, 고통을 나타낸다. 무슨 이유로 괴로워하는 것일까. 나는 이것을 괴로워한다. 나는 증오하는 것도 원망하는 것도 아니다. 그저 단순히 얼굴을 보고 싶은 것이다. 5년만에 만나, 또 다시 언제 볼 수 있을지 모르는 얼굴을 보고 싶은 것이다. 아름다워지고 행복해 진 얼굴을 밝은 기분으로 보여 줄 수는 없는 것일까.'(入京日記, 26;96)라고 『문예시대』합평회에 참석하고자 가는 도중에 열차 안에서 첫사랑인 하쓰요와 마주치게 된다. 이후 이 일기는 「이즈의 귀로」로 작품화되고, 5년 후에 「이중의 실연」으로 발표된다. 하쓰요라는 여성은 소설 「남방의 불」・「화톳불」 등에서 쓴 여자, 즉 첫사랑인 그녀를 말한다. 그 여성을 소재로 쓴 소설을 〈지요물(ちよもの)〉・〈미치코물(みち子もの)〉이라고 한다. 그러나, 동일한 여성과의 연애를 소재로 쓰여진 작품이라고는 하지만 작품 속에서의 호칭은 미치코(みち子)나 지요(ちよ), 리카코(りか子)와 같이 일정하게 나타나지는 않는다.

5) 세키 료이치(関良一)는 가와바타 문학의 특질의 최고점을 '자전적, 생활기록적, 일기적, 사소설적인 것'으로 지적하고 있다.
(関良一, 「『ちよ』私記」, 日本文学研究資料刊行会編, 『日本文学研究資料叢書 川端康成』, 有精堂, 1973, 93쪽)

6) 「이즈의 귀로」의 주인공 〈그〉는 온천 여관에서 만난 아가씨와의 작별을 통해 옛 연인인 리카코를 떠올리게 되지만 「이중의 실연」에서의 〈그〉는 습관처럼 차창을 바라보다 하쓰코와 재회하게 된다. 즉, 「이중의 실연」에 온천 여관에서의 이야기가 추가된 것이 「이즈의 귀로」인 것이다. 이것을 제외하면 두 작품은 문장에 있어서도 대부분 일치하는 면을 보이고 있다. 두 이야기의 차이가 드러나는 마지막 부분을 통해 보았을 때, 두 작품이 비록 같은 소재와 구조를 갖고 있다고는 하지만 작가가 강조하고자 하는 부분은 다르다는 점을 알 수 있다. 「이즈의 귀로」에서의 주인공은 리카코가 자신의 마음 속을 떠나려는 모습을 보고 서운함을 느끼는 한편 스스로 이를 극복해야 한다는 의지를 드러낸다. 한편 지금까지 깨끗했다고 생각했던 온천 여관의 아가씨와의 헤어짐을 아쉬워하고 리카코가 떠난 자리에 그녀를 대신 채워 넣으려 하는 모습을 보인다. 또 다른 상상의 연인을 찾으려 하는 것이다. 반면 「이중의 실연」의 주인공은 하쓰코를 영원히 잃게 되는 것이 두렵고 망설여지기는 하지만 그녀를 완전히 떠나 보냄으로 자신의 상처를 극복하는 것으로 끝을 맺는다. 여기에는 하쓰코를 대신하는 어떠한 대상도 존재하지 않으며 단지 고요만이 흐르고 있을 뿐이다. 결론적으로 두 작품은 거의 동일한 소재를 가지고 소설을 전개시켜 나가고 있지만 마지막에 주인공의 태도와 상처 치유 과정를 통해 서로간의 주제에서 다소 차이를 보여주고 있다.

7) 하세가와 이즈미(長谷川泉), 『川端康成論考』, 明治書院, 1965, 150쪽.

8) 여행을 모든 일상성으로부터 탈출, 습관적 일상적인 관계에서 벗어나는 것에서, 하야시 다케시(林武志)는 가와바타 문학에서의 여행을 현실과 비현실로 양분하여 여행의 정의를 설명하고 있다. 이러한 여행은 「이즈의 귀로」에서도 찾아 볼 수 있다. '줄곧 여행을 하고 있는 그에게는, 기차 안은 잊는 장소라는 것을, 언제라고 할 것 없이 일종의 습관이 되어 있는 것이었다. 잊는다는 것보다도, 생활의 현실감이 희미해져 버린다고 하는 것이 좋을지도 모른다. 특히, 기차를 타면 그는 무언가에 자신의 몸을 맡겨버린 듯 한 기분이 되는 것이었다. 때문에 그는 마음에 슬픔이 있거나 분노가 있거나 하면 으레 기차를 탔다. (중략) 무거운 과거도 꿈과 같은 구름 위로 떠오르

고 마는 것이었다. 그리고, 가령 <u>누이의 장례식에서 고향으로 돌아 올 때도,</u> <u>기차 안에서 그는 아름다운 꿈을 꾸고 있는 백치같은 표정을 하고 있을</u> <u>수 있었던 것이다'</u>(이즈의 귀로,21;369~370)라는 문장에서 여행은 생활의 현실감을 희미하게 하여 무거운 과거와 함께 누이의 장례식도 기차 안에서 아름다운 꿈으로 그 감정을 다스릴 수 있는 것으로 설명하고 있다. 생활의 현실감을 희미하게 한다는 것에서 현실에서 벗어나 비현실의 세계로 진입함을 알 수 있다. 작품 내 이러한 여행의 투영─여행이 갖는 이중 구조로서 현실과 비현실의 상징적 공간─을 두고 하야시는 '『雪國』의 터널을 지나면서, 점점 생활의 현실감이 희미해 지고, 꿈의 조작을 바라보며, 이 세계가 아닌 상징의 세계로 들어가는 과정과 같이 말해도 좋지 않을까. 아니, 라고 한다면, 가와바타문학 그 자체가 기차를 탄 그대로의 문학은 아닐까. 그곳에서 보는 것은, 「이즈의 귀로」의 여객으로서의 그, 한 곳에 머무르지 않는 통과자로서의 그에게 상징적으로 나타나고 있는 것처럼, 차창에 비치는 아름다운 꿈의 한 장면 한 장면은 아니였을까' (林武志, 『川端康成硏究』, 櫻楓社, 1976, 15쪽)라고 이야기하고 있다.

9) 하야시 다케시(林武志), 위의 책, 22쪽.

10) 구보타 하레쓰구(久保田晴次), 『脫出の文學』, 櫻楓社, 1968, 91쪽 참조

11) 가와바타는 '<u>혼자 기차를 타면</u> 감상적인 가슴이 씻기고 수심에서 맑아지는 것 같은 눈물이 흐르려 한다. 슬픈 기분으로 고개를 숙이고 <u>미치코를 생각</u> <u>한다'</u>(獨影自命, 33;345)고 기술하고 있다. 이와 같이 기차 여행은 마음의 상처를 정화하는 힘을 분명 지니고 있다. 반면, 기차를 타면 마음 속에 깊이 자리하고 있는 그녀 미치코에 관한 기억을 되살린다는 반증 역시 시사하고 있다. '기차 안에서 잊는 연인'이 아닌 '기차 안에서도 잊을 수 없는 연인'으로서 미치코를 투영하고 있는 것이다.

12) 가와바타는 '매일 정처없이 무사태평한 여행을 하고 있으면 몸도 마음도 깨끗이 씻기는 듯합니다'(書簡文, 補2;15)라고 하듯, 여행은 몸과 마음을 정화하려는 의지에서 생겨난 것임을 시사하고 있다. 이러한 성향을 두고 미시마 유키오(三島由起夫)는 「영원한 방랑자(永遠の旅人)」(『川端康成入門』, 有信堂, 1973, 59~72쪽 참조)에서 가와바타 특징의 하나로 방랑성을 인정하

고 있다.

13) 가와시마 이타루(川嶋至), 앞의 책, 92쪽.

14) 하토리 데쓰야, 『作家川端の基底』, 教育出版センター, 1979, 264쪽.

15) 하토리 데쓰야, 앞의 책, 186쪽.

16) 하야시는 '사랑(恋)은 모든 의미에서의 실천을 병행하는 것에 대해 사모의 정(恋心)은 그것을 느끼는 주체만이 문제가 된다. 이런 의미에서 보면 가와바타는 실천자가 아닌 마음에 새기는 것을 '생명의 그물'로 하는 사람이다. 사랑에 대해서는 방관자이고 방관자인 이상, 사랑 그 자체로는 아니고 사모의 정에 감도는 사람이다. '사모의 정은 사랑만큼 구체적 특수적 상대를 필요로 하지 않는다'라고 사랑에 대한 가와바타의 성격을 설명하고 있다. (林武志, 앞의 책, 26쪽)

17) 야마다 요시로(山田吉郞), 「恋愛觀」, 田村充正・馬場重行・原善 編, 『川端文学の世界⑤ その思想』, 勉誠出版, 1999, 286쪽.

18) 하토리 데쓰야, 앞의 책, 참조.

19) '실연의 원인으로 확실히 스스로의 고아 감정을 생각하고 있다. 고아라는 경우는 숙명적인 것이다. 스스로의 의지로 선택한 연애가 그 숙명에 의해 깨졌다라고 가와바타가 생각한다면 구제는 없을 것이다. 다시 연애를 해도 그 곳에는 항상 숙명이 기다리고 있다'(川嶋至, 앞의 책, 79쪽)라고 가와시마는 실연의 원인을 고아라는 숙명으로 보고 있다. 위축된 성격을 갖게 하는 근본적인 원인을 고아 감정에 두고 있는 것이다.

20) 가와시마 이타루, 앞의 책, 83쪽.

【 참고문헌 】

「二重の失恋」『川端康成全集』第21卷 新潮社 1982

「伊豆の帰り」『川端康成全集』第2卷 新潮社 1980

「入京日記」『川端康成全集』第26卷 新潮社 1983

「獨影自命」『川端康成全集』第33卷 新潮社 1983

日本文學硏究資料刊行會 編『日本文學硏究資料叢書 川端康成』有精堂 1973

川嶋至『川端康成の世界』講談社 1969

川促從道『哀愁を旅行く人—川端文学の諸相』ポロンテ 2006

田村充正・馬場重行・原善編『川端文学の世界⑤ その思想』勉誠出版 1999

長谷川泉『川端康成論考』明治書院 1965

羽鳥徹哉『作家川端の基底』教育出版センター 1979

林武志『川端康成研究』櫻楓社 1976

三枝康高『川端康成入門』有信堂 1973

▲ 미시마 유키오(三島由紀夫)

▲ 『짐승의 유희』
(1963년)

▲ 『오후의 예항』
(1963년)

연애와 불륜

허 호*

1. 연애의 등장

오늘날 남녀 사이의 사랑을 지칭하는 표현으로서 널리 사용되고 있는 '연애'는 근대의 문명개화와 더불어 서양에서 유입된 개념이다. 일본에서 'love'의 번역어로서 '연애'라는 표현을 처음 사용한 사람은 교육가이자 평론가인 이와모토 요시하루(巖本善治; 1863~1942)였다. 그는 자신이 편집하던 「여학잡지(女學雜誌)」에 번역소설 「골짜기의 백합」에 관한 평론을 쓰면서, 그 문장 속에서 '또 하나 감탄하여 마지않는 부분을 들자면, 역자가 러브(연애)의 정을 가장 깨끗하고 올바르게 번역하여, 이 불결한 느낌으로 가득한 일본 통속의 문자를 정말로 멋지게 사용한 솜씨라 하겠다.'[1] 라고 평한 것이 'love'의 번역어로서 '연애'가 등장하게 된 계기였다. 물론 그 이전에는 남녀 간의 사랑을 일컫는 어휘로서 '고이(恋)'가 사용되어 왔지만, 이 '고이'라는 말에서는 남녀 간의 육체적 관계를 의미하는 냄새가 짙게 풍겼기에, 이른바 '플라토닉 러브'로서 순결하

* 許昊 : 수원대학교 일본어학과 부교수.

게 진행되는 남녀관계를 묘사하기 위해서는 새로운 단어가 필요했던 것이다.

「골짜기의 백합」에 등장하는 펠릭스와 모르소프 부인의 슬프고 아름다운 사랑을 표현하기 위해서 '연애'라는 단어를 만들어낸 것은 이와모토였지만, 그것을 널리 유포시킨 것은 요절한 천재시인 기타무라 도코쿠(北村透谷; 1868~1894)이다.

도코쿠는 이와모토의 인정을 받아서 「여학잡지」에 자주 투고를 했는데, 「현대문학의 양상」이라는 글에서 '애련(愛恋)'이라는 표현을 만들어내기도 했고, 몇 개월 뒤에 발표한 「세태를 평하다」에서는 '연애'라는 표현을 사용하기도 했지만, 아직 'love'의 번역어는 아니었다. 도코쿠가 처음으로 근대적 의미의 용어로서 '연애'를 사용한 것은 「염세시인과 여성」2)에서 였다. '연애는 이 세상의 비약이다. 연애가 있고 비로소 이 세상이 있다. 연애가 없다면 인생은 무미건조할 것이다.'3)라는 도코쿠의 연애 찬미는, 기노시타 나오에(木下尚江; 1869~1937)가 '이 한 마디는 그야말로 대포를 맞은 듯한 느낌이었다. 이토록 진지하게 연애를 파헤친 것은 일본 초유의 일이라고 생각한다.'4)고 극찬했을 정도로 혁신적인 것이었다. 도코쿠가 구가한 '연애'의 순수함과 숭고함은, 아마도 그 순도(純度)에 있어서 원어인 'love'를 훨씬 능가했을 것이다.

오랜 세월동안 남녀 간의 사랑을 지칭하는 용어로서 사용되던 '고이(恋)'에는 기혼자들의 불륜 및 육체적 관계까지 포함되어 있는 탓으로, 근대화와 더불어 유입된 기독교적 윤리관에서 보자면 그러한 관계를 인정할리 없었기에, 청춘남녀의 순수한 사랑만을 지칭하는 용어로서 등장한 '연애'는 순식간에 세간의 이목을 집중시키며 널리 유포된 것이다.

남녀간의 사랑이 순수한 동기에서 시작하여 그 순수성을 유지하며 진행하는 '연애'와는 달리, 사랑의 행위가 사회적 규범과 도덕적 금기를 넘어섰을 경우 그것을 '불륜'이라 부른다. 연애와 불륜은 상반되는 개념인 듯하지만, 그 개념의 차이는 시대와 상황에 따라서 변할 수 있으며, 때로는 양자의 경계가 무너지는 경우도 빈번히 발생한다.

「금각사」의 작가로 한국에도 널리 알려져 있는 미시마 유키오(三島由紀夫; 1925~1970)는 장편소설 「짐승들의 유희」(1961)에서 신뢰와 결속으로 이루어진 삼각관계 속에서 파멸의 길로 치닫는 남녀의 모습을 그리고 있는데, 그것은 '연애'와 '불륜'이라는 개념의 경계를 넘어서는 남녀관계이자 가장 패륜적인 상황 하에서 벌어지는 드라마이기도 하다. 본고에서는 그러한 「짐승들의 유희」를 중심으로 '연애'와 '불륜'에 관하여 동서고금의 작품들을 폭넓게 인용하면서 다각적으로 살펴보고자 한다.

2. 「다프니스와 클로에」

일본소설은 아니지만 남녀 간의 순수한 사랑을 논할 때 자주 언급되는 작품으로 고대 그리스의 작가 롱고스(Longos)의 「다프니스와 클로에(Daphnis and Chloe)」가 있다. 2-3세기경 그리스 레스포스 섬을 무대로 하는 이 소설은, 문명으로부터 격리된 곳에서 자란 청춘남녀가 본능적으로 사랑에 눈을 뜨게 되는 과정을 아름답게 묘사하고 있다. 줄거리는, 부모에게 버림받아 풀밭에서 양의 젖을 먹으며 생명을 유지하다가 양치기의 손에서 키워지게 된 다프니스, 역시 버려진 아이로서 동굴 속에서 염소의 젖을 먹으며 지내던 중 목자에게 발견되어 보호를 받게 된 클로에, 두 남녀가 문명과는 동떨어진 목가적 분위기의 아름다운 섬에서 함께 성장하면서 차츰 서로의 육체에 이끌려 성에 눈을 뜨게 되고 갖가지 사건에 휘말리면서 우여곡절을 겪다가, 두 사람 모두 훌륭한 집안 출신이라는 사실이 밝혀져, 축복받은 결혼을 하게 된다는 내용이다.

2-3세기의 작품으로 알려진 「다프니스와 클로에」가 오늘날에도 수많

은 사람들의 주목을 받는 이유는 그리스 고전문학의 전통을 이어받아 목가적 분위기의 아름다운 자연을 묘사한 가운데, 티없이 맑게 성장한 소년소녀가 계절의 추이와 더불어 사랑의 감정을 키워가고, 성에 눈을 뜨게 되는 과정을 동화 속의 이야기처럼 순수하게 묘사한 데에 있다. 두 남녀의 사랑은 봄과 더불어 싹이 솟아나고, 여름이 되면서 불타올라, 가을에는 포옹을 한 채 사랑을 약속한다.

그래서 다프니스는 클로에와 함께 샘이 있는 님프의 동굴로 가서, 옷과 가방을 클로에에게 맡겨 지키도록 하고는, 그 동안 자신은 샘이 솟는 곳으로 가서 머리와 몸을 깨끗이 씻었다. 그 머릿결은 풍성하고 검었으며, 햇볕에 그을은 피부는 머릿결에서 색이 옮겨진 게 아닌가 의심될 정도였다. 곁에서 지켜보는 클로에의 눈에 다프니스의 모습은 너무나도 청결하게 보였다. 이제까지 한 번도 이토록 눈부시게 보인 적이 없는 것은, 목욕을 했기 때문이리라고 그녀는 생각했다.

그리고 등을 씻어 줄 때에도 그 유연한 촉감에, 클로에는 몇 차례나 살며시 자신의 피부에 손을 대어보고는, 다프니스 쪽이 부드러운 게 아닌가 하는 생각을 하곤 했다.

마침 해가 서쪽으로 지기 시작했기에 두 사람은 양떼를 몰고 집으로 돌아오기는 했지만, 클로에는 다시 한 번 다프니스의 목욕하는 모습을 보고 싶다는 생각이 간절했다. (중략)

그리고 피리를 부는 모습도 너무 화사한 듯이 여겨졌다. 이 해맑은 모습의 근원은 역시 음악 때문일 거라고 생각하며, 클로에는 다프니스의 흉내를 내어 피리를 집어들고 자기도 그처럼 아름다워질 수 있을지 시험해 보기도 했다. 그리고 다프니스에게 또 목욕을 하라고 권하여, 요번에도 찬사를 늘어놓고는 집으로 돌아갔다. 그 찬사야말로 사랑의 시작이었다.

더구나 자기 몸에 무슨 일이 생겼는지는 전혀 알지 못했다. 젊은 처녀인데다가, 소박한 시골에서 자라나, 사랑이라는 어휘조차 사람들 입에

오르내리는 것을 본 적이 없었던 것이다. 단지 클로에의 가슴에는 영문 모를 감정이 싹터서, 사물을 향하는 눈길조차 공허한 가운데, 하염없이 다프니스의 이름만 입에서 새어나올 뿐이다. 끼니도 제대로 들지 않고 밤에는 잠도 이루지 못하고, 이제는 양떼도 제대로 돌보지 않는 채, 방금 큰 소리로 웃었는가 싶으면 곧바로 울기도 하고, 조금 전까지 자고 있다가 요번에는 불쑥 일어나 밖으로 나가기도 하는 지경이었다. (제1장)[5]

위의 인용은 다프니스의 아름다운 육체에서 처음으로 이성을 느낀 클로에가 사랑의 감정에 동요하는 모습을 묘사한 부분이다. 하지만 자연 속에서 누구의 가르침도 받지 못한 채 성장한 탓으로, 이러한 자신의 변모는 일종의 병이 아닐까 생각한다.

한편 클로에보다 두 살 연상인 다프니스는, 이웃 동네의 청년과 겨루기를 하여 승리한 상으로 클로에와 처음으로 키스를 하게 되고, 그 키스를 계기로 클로에의 아름다움에 눈을 뜨게 된다. 그것은 마치 '지금까지 줄곧 장님이었던 사람이 지금 처음으로 시력을 얻게 된 듯한 모습'이었다. 하지만 누구도 가르쳐 주지 않는 성의 비밀이 두 사람의 사이를 가로막아, 다프니스는 자신이 '숫양보다도 무지하단 말인가!' 하고 한탄한다. 이때 피레타스라는 노인이 나타나 남녀 간의 성이 어떠한 것인지 이야기해 주고, 이웃에 사는 음탕한 유부녀 류카이온을 통해서 다프니스는 성을 경험하게 된다.

여기에는 다프니스와 클로에 두 남녀의 사랑에 관한 유토피아적인 이야기만이 아니라, 해적의 습격으로 다프니스가 유괴당하기도 하고, 전쟁이 발발하여 클로에가 납치당하는 등, 긴박감 넘치는 사건들이 작품에 긴장감을 더해준다. 결국 갖가지 역경을 헤치고 재회한 두 사람이 결혼하여 첫날밤을 치르는 데에서 작품은 끝난다.

롱고스가 이 작품을 쓴 이유는 아마도, 남녀간의 에로스적 사랑을 가장 순수한 형태로 묘사하는 데에 있었던 듯하다. 기독교 작가인 엔도 슈사쿠

(遠藤周作)는 다프니스와 클로에의 '순수한 성'이 오늘날에는 '어두운 성'으로 바뀌었다고 지적하면서 '에로스의 세계는 이 두 사람의 자연인에게는 마치 벌이 아름다운 꽃의 꿀을 찾는 것처럼 자연스러운 것, 순진한 것이었다', '육욕을 이러한 솔직한 눈, 순진한 눈으로 바라볼 수 있었던 그들은, 우리들에게 역시, 일종의 선망을 일으키게 한다'6)고 평했다.

이 작품의 영향을 받아 미시마 유키오가 쓴 「파도 소리」(1954) 또한 문명으로부터 격리된 섬을 무대로 순박한 청춘남녀의 모습을 생동감 있게 묘사한 작품으로써, 뛰어난 자연묘사와 더불어 고대 그리스의 메르헨적 세계를 일본근대문학에 성공적으로 이식시켰다는 점에서 높은 평가와 찬사를 받았다.

하지만 다프니스와 클로에의 순진한 사랑 이야기는 단순한 유토피아적 발상에서 나온 비현실적 세계의 이야기일 뿐, 전적으로 그들이 무지하기 때문에 가능할 수 있었던 이야기에 불과하다. 마치 사과를 따먹기 전의 아담과 이브가 에덴의 동산에서 발가벗고 생활하던 모습을 연상케 하는 그들의 모습은 '자연인'이라기보다는 양이나 염소보다도 성에 관해서 무지한 생명체였다고 할 수도 있다. 즉 성에 관한 갖가지 지식이, 특히 상업적으로 꾸며진 선정적 정보가 넘치는 오늘날의 사회적 기준에서 평가하자면, 다프니스와 클로에의 순수한 사랑 이야기는 무지의 소산이라는 혹평을 받을 수도 있다. 또한 행복의 속성은 절대로 정체된 상태를 용납하지 않는다는 데에 있기 때문에, 사진의 한 장면처럼 아름답고 행복한 순간은 영원히 그대로 유지될 수는 없는 것이며, 더구나 쾌락을 동반하는 성은 보다 강렬한 것을 추구하며 다양하게 변화해 갈 수밖에 없는 것이다. 그 다양한 변화의 가장 일반적인 형태가 불륜이라할 수 있다.

3. 「모이라」

엔도 슈사쿠는 다프니스와 클로에의 이야기를 '마치 벌이 아름다운 꽃의 꿀을 찾듯이 자연스러운 것, 순진한 것'이라 평하며, 그 '순진한 성'이 오늘날의 '어두운 성'으로 바뀌게 된 이유를 설명하기 위하여 줄리앙 그린(Julien Hartridge Green. 1900-98)의 「모이라」(1950)를 예로 들어 비교하고 있다.

「모이라」의 주인공 죠셉은 미국 목사의 가정에서 태어나, 자신도 장래에는 역시 기독교 목사가 되겠다고 결심한 청년이다. 대학에 진학하여 문학을 공부하려고 그는 부모의 곁을 떠나 북아메리카의 어느 마을에 도착한다. 그러나 꿈에 부풀었던 그의 대학생활은 첫날부터 환멸과 혐오로 가득하게 된다. 함께 하숙하는 학생들의 음란한 대화는 도저히 견딜 수 없는 죄악으로 여겨졌고, 학교 강의에서 교과서로 사용하는 세익스피어의 희곡에 연애장면이 삽화로 그려져 있는 것을 보고 충격을 받기도 한다. 그러한 희곡을 읽는다는 것은 그에게는 죄악으로 여겨졌던 것이다.

죠셉은 고민하기 시작한다. 하지만 성에 관한 생각을 떨쳐버리려 하면 할수록 오히려 성의 환상은 집요하게 그를 괴롭히게 된다. 그는 밤에 잠자리에 들 때도 자신의 알몸에서 눈을 피하는 사내였다. 다프니스와 클로에의 경우와는 달리 죠셉에게 있어서 성은 추잡한 것일 뿐만 아니라 인간의 영혼을 그릇되게 만드는 악이었던 것이다. 이러한 죠셉의 태도를 보고는 주위의 학생들은 비웃기도 하고 놀리기도 했다. 그 조소와 놀림을 참으려 할수록 그의 내면에서는 어두운 충동이 더욱더 거세게 요동칠 뿐이었다.

그의 하숙집 여주인에게는 모이라라는 딸이 있었다. 그녀는 오랫동안 이 마을을 떠나 외지의 여학교에 다니고 있었는데, 어느 날 갑자기 집으로 돌아온 것이다. 요염하고 방탕한 성격의 모이라는 덩치만 클 뿐 겁에 질린 듯 불안해하는 모습의 죠셉을 보고는, 허영심과 더불어 짓궂은 장난기에서 그를 유혹해 보기로 작정한다.

죠셉은 모이라를 처음 보는 순간부터 겁을 먹고 있었다. 옅은 갈색 피부에 칠흑처럼 검은 머리, 짐승처럼 빛나는 눈은 성서에 등장하는 악녀 에바를 연상시켰기 때문이다. 그는 필사적으로 모이라에게서 멀어지려 하지만, 그럴수록 모이라는 더욱더 그에게 접근해 왔다.

어느 겨울 날 밤, 죠셉이 외출에서 돌아와 방에 들어가 보니 모이라가 입가에 미소를 띤 채 혼자 앉아 있었다. 죠셉은 그녀에게 당장 방에서 나가라고 다그치지만, 그녀는 방 열쇠를 자신의 젖가슴 사이에 감춰버린다. 더 이상 성적 충동을 참지 못하게 된 죠셉은 그녀에게 달려들어 포옹을 한다. 오랫동안 참아왔던 욕구가 일시에 폭발해 버린 것이다.

그리고 날이 밝을 무렵, 죠셉은 옆에서 자고 있는 모이라를 보고 깜짝 놀란다. '이거 큰일이로구나. 나는 큰 죄를 저질렀구나.' 하는 회한과 공포가 엄습해 온 것이다. '이 여자다. 이 여자가 나를 이런 타락의 늪으로 끌어들였다.' 라고 생각한 그는 무의식중에 모이라의 하얀 목을 졸랐다. 그녀를 벌한다기보다는, 자신이 범한 죄의 공포를 지워버리기 위해서, 죠셉은 모이라를 죽인 것이다.

인간에게 있어서 정신과 영혼만을 소중히 여기고 육체의 존재를 부정하려 한 죠셉의 비극은, 「모이라」보다 10년 늦게 발표된 황순원의 「나무들 비탈에 서다」(1960)에서도 비슷한 예를 볼 수 있다. 작품의 전반에 등장하는 동호의 경우이다. 6.25동란에 참전하게 된 동호는 입대 전날 해운대 호텔에서 약혼녀 숙이와 함께 하룻밤을 지냈으면서도 순결을 지켰다. 입대 후, 주위 동료들이 위안소에 드나드는 것을 불결하게 바라보면서, 그는 혼자 숙이 생각을 하거나 그녀의 편지를 읽는 것만으로도 충분한 위안을 삼을 수 있었다. 그러나 우연히 동료들과 함께 간 술집에서, 동호는 본의 아니게 '서울 색시' 옥주와 관계를 맺어 동정을 잃게 된다. 그리고 그날 이후로 자포자기의 심정에서 혼자 그 술집을 드나들며 옥주와 관계를 계속하던 동호는, 어느 겨울날, '서울 색시'가 다른 손님과 자고 있는 장면을 목격하고 총으로 쏴 죽인다. 그리고 곧바로 부대로 복귀한 동호는 보초 근무 중 깨진 술병 조각으로 왼쪽 손목의 동맥을 끊어 자살하고 만다. 순결지상주의자였던 그는 육체의 타락이라는 죄책감을 극복하지 못한 채 「모이라」의 죠셉과 똑같은 비극의 주인공이 되고 만 셈이다. 고대 그리스의 외딴 섬에서는 가능했던 「다프니스와 클로에」의 순수한 사랑, 그것을 오늘날의 문명사회에서는 무리하게 고집하게 되면 오히려 불행을 초래할 수 있다는 교훈을 접하는 듯하다.

　기독교에서는 사랑(愛)을 네 가지로 크게 나눈다.

　①에로스 : 육체적 사랑. 주로 남녀관계의 사랑. 대상의 가치를 추구하는, 자기본위의 사랑. 대가를 요구하는 사랑.

　②스토르게 : 추종하는 사랑. 존경을 포함하는 사랑. 부자지간 혹은 사제지간의 사랑.

　③필리아 : 우정애. 스스로 베풀어 상대방을 위하는 사랑.

　④아가페 : 무조건적인 사랑. 만인에게 평등한 사랑. 신이 인간에게 베푸는 사랑. 대가를 요구하지 않는 사랑. 기독교에서 말하는 일반적인 사랑.

　「모이라」의 경우는 인간의 육체를 죄악시 하는 기독교적 가치관이 작품의 배경에 깔려 있다. 하지만 「다프니스와 클로에」의 경우는 기독교적 사랑이 아니라, 다프니스의 나체를 찬미하는 클로에의 모습에서 알 수 있듯이, 육체를 존중하는 전형적인 고대 그리스식 사랑이다.

　문명의 발달과 더불어 기독교적 사고방식이 세력을 확대해 가는 가운데, 정신적인 거세를 강요당하고 있는 현대인들은 「다프니스와 클로에」의 순수한 사랑을 동경하면서도, 한편으로는 「모이라」의 죠셉처럼

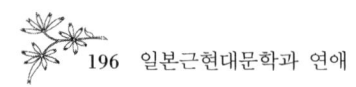

'어두운 성'으로 인한 고뇌를 품게 된 것이다.

4. 불륜의 유행

이미 앞에서 언급했듯이 연애라 함은 인간이 타자에 대해서 품는 정
서적이고 친밀한 관계를 희구하는 감정으로서, 그 감정에 입각한 일련
의 연모로 가득한 태도나 행동을 동반하는 것을 말한다. 하지만 본고에
서는 그러한 감정이 사회적 규범이나 도덕적 금기를 위반하지 않는 경
우에 한해서 '연애'로 간주하고 있다. 즉 'love'의 번역어로서의 '연애'를
의미하는 것이다.

반면에 불륜이란, 배우자가 있는 남녀가 배우자 이외의 이성과 사귀
어 육체적 관계를 맺는 것을 말한다. 물론 배우자가 없는 남녀가, 배우
자가 있는 이성과 사귀어 성교를 행하는 경우도 포함한다.7)

즉 연애는 이성을 향한 감정을 중시하고, 불륜은 기혼자의 육체관계
를 중시한다. 당연히 사회의 질서를 어지럽히는 불륜은 범세계적으로
지탄의 대상이 되어왔지만, 그것이 또한 수많은 사람들의 호기심을 자
극했던 것도 부정할 수 없는 사실이다. 그렇기에 일찍이 서양에서도 남
녀간의 불륜을 다룬 문학작품이 많이 생겨났고, 그 중에는 독자들의 심
금을 울린 명작도 많이 있다. 그 대표적인 작품으로는 호손(Nathaniel Haw
thorne. 1804~1864)의 「주홍글씨」8)(1850), 플로베르의(Gustave Flaubert. 1821~
1880)의 「보바리 부인」9)(1857), 톨스토이(Lev Nikolaevich Tolstoi. 1828~1910)의
「안나 카레니나」10)(1876) 등을 들 수 있겠다. 하지만 이 작품들이 공통적
으로 불륜을 저지른 인간들의 파멸 내지는 죽음까지 묘사하고 있는 점
으로 보아, 불륜은 엄격히 처벌해야 마땅한 죄악이라는 인습적 내지는
종교적 윤리관이 배경에 있다고 하겠다. 그리고 대부분의 문학작품에

있어서 불륜에 따르는 희생과 고통을 감수하는 것은 여성으로 설정되어 있다.

'불륜'과 '간통'의 차이는, 어감 상 전자가 다소 부드러운 느낌을 주기 때문에 일반적으로 '간통'보다는 '불륜'이라는 표현이 널리 사용되고 있을 뿐, 양자간에 큰 차이는 없다. 단 간통의 경우, '간통죄'라는 법률용어로서의 의미 이외에도, 일본어사전에서는 '배우자가 있는 자, 특히 아내가 배우자 이외의 이성과 몰래 육체관계를 갖는 것'11)이라 되어 있어, 다분히 여성을 차별하는 용어라 할 수 있겠다.

과거 일본에는 '불륜'을 뜻하는 전근대적인 용어로서 '불의밀통(不義密通)'이라는 말이 있었다. 즉, 타인의 보호 하에 있는 여성에 대해서 보호자의 허가 없이 몰래 성교섭을 지니는 것으로서, 타인의 아내, 첩, 딸이 대상이었다.

그러나 일본에서는 태평양전쟁 종식 이후, 패전으로 인하여 맞이한 '전후'라는 특별한 시대상황 하에서 기존의 도덕과 관습에 큰 변화가 있었다. 특히 1880년에 제정된 구(舊)형법에서는 남녀가 불륜을 저질렀다 하더라도 여성측만 중죄로 다스렸는데, 그것이 남녀평등을 보장하는 헌법에 위배된다는 이유로 1947년에 간통죄가 폐지되자, 불륜에 대한 일반 시민들의 인식에도 큰 변화가 있었다.

'간통소설'이라는 표현은 모리 오가이(森鷗外; 1862~1922)가 「문예의 주의(文芸の主義)」라는 평론에서 자유연애에 관하여 언급하면서 '그것은 한 때 서양에서 간통소설이니 간통각본이니 하는 것이 문제가 되었던 것과 마찬가지로' 운운 하고 있듯이 상당히 오래 전부터 사용되어 왔지만, '간통'이라는 어휘 속에 내재된 여성차별적 뉘앙스를 이유로 본고에서는 '불륜소설'이라는 표현을 사용하기로 하겠다.

전후 일본문학에 있어서 불륜소설의 선구라 할 수 있는 오오카 쇼헤이(大岡昇平; 1909~1988)의 「무사시노 부인」(1950)의 경우, 히로인 미치코

(道子)[12]의 자살로 끝을 맺고 있다는 점에서, 앞에서 예로 든 서양의 전근대적 불륜소설과 대동소이하다고 하겠으나, 당시의 일본 사회에서 불륜이라는 행위를 적극적이고 보편적인 형태로 묘사했다는 점은 높게 평가할 만하다.

5. 미시마 유키오

오오카 쇼헤이와 비슷한 시기에 작가활동을 한 미시마 유키오 역시 남녀간의 불륜을 다양한 각도에서 다루고 있다. 갖가지 역설과 궤변으로 세태를 풍자한 저서 「부도덕교육강좌」(1959)의 「후기」[13]에서 미시마는 다음과 같은 말을 하고 있다.

> ……그러나 이렇게 10년 전의 책과 오늘날 세태의 일치를 아무리 파헤쳐 봤자 소용없는 일이다. 이 책을 다소 진지하게 읽어주는 청년들을 위해서 덧붙이지 않을 수 없는 것은, 10년전의 일본이 지금보다 훨씬 '위선'이 횡행하던 사회였다는 사실이다. 그 역겨운 평화주의적 위선을 타파하기 위해서는 이러한 경박한 역설, 다소 저급한 야유 정신이 필요했던 것이다. 물론 나는 이 책을 가벼운 기분으로, 우스꽝스럽게, 라쿠고가(落語家)적 재담꾼(漫才師)적 서비스조차 덧붙여서 썼지만, 그 기분의 이면에 무거운 초조감이 있었던 것은 부정할 수 없다.[14]

10년 전에는 도저히 용납될 수 없었던 부도덕한 행위가, 10년 후인 오늘날의 일상생활 속에서 버젓이 횡행하고 있다면, 결국 10년 전의 도덕적 규범이란 '위선'에 불과하다는 것이 미시마의 논리이다. 이 논리는 바로 '불륜'의 경우에 그대로 적용되는 것이기도 하다.

미시마의 '불륜소설'에 등장하는 히로인은 대체로 홀어미(未亡人/寡婦)·이혼녀(出戻り)·유부녀(人妻)의 3종류로 나뉘는데, 간통이 성립되

는 것은 물론 유부녀의 경우이다. 미시마의 대표적 불륜소설을 열거하
자면 「자선」(1948), 「머리글자」(1948), 「따분한 여행」(1949), 「순백의 밤」
(1950), 「이상 영수합니다」(1951), 「크로스워드 퍼즐」(1952), 「S・O・S」
(1954), 「열쇠가 잠기는 방」(1954), 「지붕을 걷다」(1955), 「침몰하는 폭포」
(1955), 「짐승들의 유희」(1961), 「봄의 눈」(1967) 등을 들 수 있겠다. 특히
이러한 작품 속에 남녀간의 인위적 갈등15)을 삽입시키거나 근친상간16)
적 요소를 중복시키는 것이 미시마 문학의 특징이다.

미시마는 불륜소설에 있어서 주로 연하남과 연상녀의 관계를 다루고
있다. 미시마의 불륜소설 중에서 가장 널리 알려진 것은 아마도 「미덕
의 비틀거림」(1957)일 것이다. 잡지 연재17) 당시부터 장안의 화제를 모
았고, 새로운 시대상을 반영하는 키워드로서 '요로메키(비틀거림)'라는
유행어가 독자들로 하여금 불륜에 대한 달콤한 환상을 품도록 만들었던
이 소설은, 오오카의 「무사시노 부인」과 마찬가지로 라디게의 「오르젤
백작의 무도회」의 영향이 노골적으로 드러나 있는 작품이다. 엄격한 아
버지 밑에서 자란 세쓰코(藤井節子)는 아버지가 정해준 남자 구라코시
이치로(倉越一郎)와 결혼하여 아들 기쿠오(菊夫)를 낳고 풍요로운 나날을
보내지만, 결혼 후 3년이 지나자 부부관계가 소홀해지는 이른바 권태기
를 맞이한다. 28살의 세쓰코는, 결혼 전에 피서지에서 알게 된 동갑내기
청년 쓰치야(土屋)와의 만남을 거듭하던 중, 뱃속에 있는 남편의 아이를
지워버린다. 그리고는 남편을 속이고 놀러간 별장에서 쓰치야와 처음으
로 육체관계를 맺게 되어, 결국에는 쓰치야의 아이를 임신하지만 그 아
이조차 낙태시키고 만다. 하지만 자신의 불륜행위가 발각나서 주위 사
람들에게 상처를 줄지 모른다는 염려에서 쓰치야와의 만남을 포기하는
'위선'을 택하게 된다.

이날 오찬에서 세쓰코는 확실히 헤어질 결심이 섰다.
그녀는 이미 위선을 의식하고, 그것을 사랑하고, 그것을 선택했다. 위

선에도 제법 좋은 점이 있다. 위선 속에 살기만 한다면, 남들이 미덕이라 부르는 것에 대하여, 마음의 갈증을 느끼는 일은 없게 된다. 바라건데 그것이 또한 모든 갈증을 해소시켜서…….18)

아키모토 기요시(秋元潔)는, 미시마 작품의 불륜을 '금기의 성(禁忌の性)'이라 명명하며, '공상영역의 성애(性愛)'의 대표작으로서 바로 이 「미덕의 비틀거림」을 들었다. 그러나 '비너스와 성모의 계보를 잇는 미시마 작품의 히로인 중에서 가장 아름답고 매력적인 것은 「미덕의 비틀거림」의 구라코시 세쓰코다'19)라는 평가에서 보이듯이, 유부녀의 불륜을 부정적으로 바라보는 시선은 느낄 수 없다.

한편 고모리 요코(小森陽子)는, 일반적으로 「미덕의 비틀거림」은 도덕과 로마네스크적 관능을 테마로 하여 이루어진 것이라고들 하지만, 작자가 소년시절부터 애독한 프랑스 작가 레이몽 라디게의 소설 「오르젤 백작의 무도회」에 이 작품의 발상동기가 있다고 하면서, 이 작품을 오오카의 「무사시노 부인」와 비교하고 있다.

단순히 배덕(背德) 소설이라면 오오카 쇼헤이의 「무사시노 부인」도 있지만 「무사시노 부인」의 경우 주체가 되는 것은 몇 쌍인가의 남녀간의 연애와 금전적 타산이며, 현실사회의 일면을 고려하여 정숙한 연애가 지니는 역설적 트릭을 묘사하려고 한 룰(rule-인용자)적인 성격을 지닌 작품이지만, 이 작품에는 그 동일한 배덕을 다시금 미장(美裝)하려는 대담한 태도가 보인다. 20)

구라코시 세쓰코의 경우처럼, 불륜이 가족에 대한 배신으로 직결되는 유부녀의 경우 당연히 내면적 갈등과 자제심이 동반되고 있었겠지만, 그러한 갈등과 자제심을 '미덕'이라 부르던 시절은 지났더라도, 미시마의 논리처럼 오히려 '위선'이라고 비난할 수 있을지는, 좀 더 숙고해봐야 할 문제라 생각한다. 물론 오늘날처럼 관습이나 계율 혹은 도덕적 규범 등의 제어장치가 아무런 효력을 발휘하지 못하는 일본사회에서

대중들에게 불륜이 하나의 문화적 코드로 인식되는 것은 당연한 귀결일
지도 모른다.

6. 「짐승들의 유희」

「짐승들의 유희」는 신초사(新潮社)의 신작소설 시리즈 제5탄으로서
1961년 5월 16일에 완성되었다. 단행본 간행에 앞서서 동년 6월 12일부
터 9월 4일까지 「주간신초(週刊新潮)」에 연재한 뒤, 단행본은 동년 9월
30일에 출간되었다.

주요한 인물로는 구사카도 잇페이(草門逸平. 40대 초반), 그의 아내 유코
(優子. 30대 초반), 아르바이트생 고지(幸二. 21~23세), 이상 세 사람이 등장
한다. 「짐승들의 유희」는 상당히 복잡한 줄거리를 지닌 작품이다. 그 이
유는 1년 5개월이라는 세월을 사이에 두고 두 가지 사건이 동시에 진행
되고 있기 때문이다. 우선 그 내용을 간략히 소개하자면 다음과 같다.

1년 5개월 전, 대학생이던 고지는 긴자(銀座)의 서양도기점에서 아르
바이트를 하고 있었다. 가게 주인 잇페이는 연말이나 백중(お盆)연휴가
되면 자신이 졸업한 대학에서 아르바이트생들을 임시로 고용했다. 아르
바이트생 중의 한 명인 고지는 주인의 마음에 들어, 대목이 아니라도
일을 계속하게 되었고, 시바시로카네(芝白金)의 자택에도 출입할 수 있
을 만큼 신임을 얻었다. 그 가게 주인인 구사카도 잇페이는, 자신을 사
랑하면서도 절대로 질투하지 않는 아내 유코의 질투심을 유발하기 위해
서 끊임없이 외도를 하는 사내였다. 그러한 부부관계를 잇페이로부터
전해들은 고지는 막연한 환상과 더불어 유코를 사모하게 된다.

유코는 남편의 외도로 인하여 정신적으로 극심하게 시달리면서도 결
코 고지에게 마음을 허락하지 않는다.

어느 날 유코를 동행하여 간 호텔 방에서 잇페이의 불륜현장을 목격한 고지는 우연히 품속에 지니고 있던 스패너로 잇페이의 머리를 때려서 중상을 입힌다. 고지는 상해죄로 1년 5개월의 실형을 선고받아 복역하게 된다.

이야기는 고지가 1년 5개월의 형기를 마치고 출소하는 시점에서 시작된다. 현재 유코는 실어증과 우반신 마비로 거동이 불편한 남편 잇페이를 헌신적으로 돌보면서 니시이즈(西伊豆)에서 온실을 경영하고 있다. 출소 후 잇페이 부부와 함께 동거하게 된 고지는 그 부부와 기묘한 삼각관계를 이룬다. 그러나 자신의 인생이 결국은 잇페이를 해서 존재할 뿐이라고 깨달은 고지는, 잇페이가 문득 "죽고싶다"고 내뱉은 말에 자극되어, 유코의 동의를 얻어 잇페이를 교살한다. 그 결과 고지는 사형, 유코는 무기징역형을 선고받는다.

이러한 '이야기'를 독자들에게 들려주는 화자 '나'는 대학시절부터 민속학을 연구했으며, 지금은 고등학교에서 교편을 잡고 있는 한편으로, 틈만 나면 자료 수집을 위하여 여행을 떠난다. 196x년 여름방학에 니시이즈(西伊豆) 일대를 여행하던 중 머물게 된 구리촌(久里村)에서 스님으로부터 2년 전 그 마을에서 발생한 사건에 관한 이야기를 듣는다. 그것은 한 청년이 유부녀와 공모해서 그 남편을 살해한 사건으로서, 이미 남편은 실어증에 걸려 있었는데, 그 병도 애당초 그로부터 2년 전, 청년이 가한 폭력이 원인이었다는 것이다. 화자인 '나'는 스님에게서 들은 사건의 전말을 다시 독자들에게 전해준다는 것이 「짐승들의 유희」의 기본적인 구조이다. 이것은 다자이 오사무(太宰治; 1909~1948)의 「인간실격」[21](1948)과 아주 흡사한 형태라 하겠다.

작품구성은 서장, 제1장, 제2장, 제3장, 제4장, 제5장, 종장으로 되어 있다. 서장과 종장에서 화자인 '나'는 자신의 신상과 더불어 이 '이야기'를 입수한 경위 및 후일담에 관해서 언급하고 있고, 제1장부터 제5장에서는 사건의 전말을 순수한 3인칭 문체로 묘사하고 있다.

서장의 첫 부분은 다음과 같이 시작한다.

> 이 사진이 최후의 끔찍한 사건이 있기 수일 전에 찍은 것이라고 상상
> 하기는 어렵다. 세 사람은 정말로 평화스럽고 즐거운 듯한 얼굴을 하고
> 있다. 서로 믿는 사람들끼리의 얼굴은 이런 것이라고 말하고 있는 듯이
> 보이기만 한다. (253쪽)

서장의 서두에서 과거의 사진에 관한 설명부터 시작하는 것도 「인간
실격」[22]과 유사한 느낌을 주지만, '끔찍한 사건'이 발생하기 수일 전,
사건 당사자들이 '평화스럽고 즐거운 듯한 얼굴'로 찍은 사진이라는 설
명은, 작품의 핵심을 그대로 드러내고 있다. 뿐만 아니라 마지막 장에서
도 화자가 복역 중인 유코를 찾아가, 그녀로부터 '정말로 우리들은 사이
가 좋았어요. 우리 세 사람 모두 아주 친했어요. 더 이상 친할 수 없을
정도였어요.' 라는 말을 듣는데, 이것도 역시 이 사건의 진상을 다시 한
번 확인하는 장면이라 하겠다. 즉, 미시마의 작품 대부분이 그렇듯이,
타인의 눈에는 끔찍하고 피비린내 나는 사건처럼 보일지라도, 그것은
당사자에게 있어서는 최선의 선택이자 지상의 행복일 수 있다는 사실이
다. 그렇기에 작품의 제목에 '짐승(獸)'이니 '유희(戱れ)'니 하는 표현을 사
용한 것이다.

「짐승들의 유희」를 집필하기에 앞서 미시마는 이미 4년 전인 1957에
「미덕의 비틀거림」이라는 불륜소설을 발표하여 세상을 떠들썩하게 했
던 전력이 있다는 사실을 염두에 둘 필요가 있다. 즉, 「짐승들의 유희」
에서는 「미덕의 비틀거림」에서 보이는, 도덕이나 인습에 대한 저항감이
전혀 느껴지지 않는다. 잇페이와 유코의 부부생활은 타인을 전혀 염두
에 두고 있지 않으며, 아르바이트생인 고지 역시 천애의 고아와도 같은
처지이다. 잇페이와 고지의 다음과 같은 대화를 통해서 그러한 신상이
소개되고 있다.

"자네는 딸린 식구가 전혀 없지? 정말로 부럽군. 부모도 형제도 친척도 없고. 아내도 자식도 없으니까. 나는 어엿한 부모형제나 어엿한 보증인이 있는 사람을 싫어해. 더구나 자네는 먹고 살만한 돈은 있잖아?"

"아버지가 남겨준 돈으로 대학을 졸업할 때까지는 그럭저럭 버티리라고 생각합니다. 하지만 그것만으론 불안하니까요."

"충분하잖아. 내 가게에서 일해서, 버는 만큼 용돈으로 쓰는 거야."
(278쪽)

이러한 두 남자의 대화에 이어서 이틀 전, 고지가 주먹다툼을 했다는 이야기가 이어진다. 잇페이가 고지에게 "자네는 스물한 살에, 독신에, 그토록 쾌활하고, 더구나 싸움도 잘 하잖아. 스스로를 아주 로맨틱하다고 생각하는 경우가 있지?" 하고 말하는 부분 역시 앞으로 전개될 사건을 위한 필연적 전제와도 같은 성격을 지니고 있다. 고지에게 부모형제는 물론이고 친척조차도 없다는 설정은 다소 과장되게 보이기는 하지만, 그러한 고지가 순간적으로 폭발하기 쉬운 성격의 소유자이기에, 결국 잇페이의 머리를 스패너로 가격하여 불구자로 만들고 만다.

고지의 입장에서 보자면 잇페이는 무엇 하나 부족함 없이, 완벽할 정도로 모든 것을 소유하고 있는 중년 사내이다. 하지만 잇페이는 아내 유코의 무감각한 태도에 심한 불만을 느끼고 있다.

아내란, 정상적인 여자라면, 남편의 호흡 하나하나에 질투를 하기 마련이거든. 내 아내는 그렇지 않아. 나는 아내를 몇 번이나 놀라게 하려 했는지 몰라. 그녀는 절대로 놀라지 않아. 그녀의 눈앞에서 피스톨을 쏴 보게나. 그녀는 가볍게 얼굴만 돌리고 말 거야. 자네도 아마 남에게 들어서 알고 있겠지만, 내 아내의 질투심을 유발하기 위해서 나는 모든 짓을 다 했어. (282쪽)

어째서 잇페이가 아내의 질투심을 유발하려고 필사적으로 바람을 피

우는지 뚜렷한 설명은 없지만, 이것과 아주 흡사한 내용이 「사랑의 목
마름」(1950)에도 보인다. 히로인 에쓰코(悅子)의 남편 료스케(良輔)는 아
내의 '질투심을 자극하여 기쁨으로 삼는' 사내였다. 그 때문에 에쓰코는
자살을 결심하기도 하지만, 그러한 부부간의 갈등은 점차로 심화되어
당사자의 죽음을 초래하면서 하나의 비극을 완성시켜 간다. 「짐승들의
유희」에서도 사건의 빌미를 제공하는 것은 역시 남편 잇페이였다.

가게에서 아르바이트를 시작한 지 얼마 지나지 않아 잇페이로부터
그의 부부관계에 관한 이야기를 전해들은 고지는, 아직 만난 적도 없는
유코에 대하여 막연한 환상을 지니고 동경하게 된다.

> 고지가 아직 보지 못한 유코를 사랑하게 된 것은 그날 밤부터였다,
> 라고 하는 게 정확할 것이다. 아마도 그것조차 잇페이의 계획에 포함되
> 어 있었을지도 모르지만. (283쪽)

「짐승들의 유희」에 있어서 표면상 가장 큰 희생자는 잇페이라 할 수
있다. 첫 번째 사건 때 고지에게 머리를 얻어맞고 반신마비와 실어증에
걸리게 되고, 두 번째 사건 때는 고지에게 교살 당한다. 그런데 그 사건
이 발생하도록 물밑작업을 한 것은 바로 잇페이 자신이었던 것이다. 그
렇다면 죽음을 당하는 잇페이가 끔찍한 사건의 희생자였다고 단언할
수 없는 상황이 된다. 작품의 제목에 '유희'라는 말을 사용한 이유도 여
기에 있다.

한편으로 유부녀인 유코가 여덟 살 가량 연하인 고지를 어느 정도
마음에 두고 있었는지는, 「짐승들의 유희」에 있어서 가장 애매모호한
부분이다.

> 유코와 밀회하는 날은, 거듭하면 거듭할수록, 당일 아침부터 절망이
> 고지를 엄습했다. 가슴속에 차가운 분류(奔流)가 소리를 내면서 흘러내리
> 는 듯이 여겨져, 여느 아침보다도 자신이 싫어졌다. 언제나 남자 쪽에서
> 애원하고 졸라서 간신히 허가를 얻을 뿐인 밀회. 더구나 유코는 고지를

자신의 쇼핑이나 식사 그리고 가끔은 댄스에 데리고 다닐 뿐, 기분 내키는 시간에 서슴없이 작별을 고했다. (284쪽)

이러한 두 사람 사이에 육체적 관계가 있었는지, 작품의 마지막에 이르기까지 분명치 않다. 심지어는 유코가 진정으로 남편 잇페이를 사랑했는지조차 명확한 기술은 없다. 아마도 미시마가 묘사하고자 했던 것은 남녀 두 사람 사이의 사랑이나 결속이 아니라, 세 사람 사이의 결속이었던 듯하다. 그렇기에 작품의 서두에서는 사진을 통하여 세 사람의 관계를 설명했고, 말미에서는 유코의 증언을 통하여 세 사람의 사이가 얼마나 좋았는가를 재차 확인시키고 있다. 즉 미시마는 세 사람이 근친상간적 관계에 있다는 사실을 암암리에 독자들의 머리에 각인시키려 한 것이다.

작중에는 구사카도 온실의 정원사인 사다지로(定次郞)가 고지에게, '자네는 어째서 기미(喜美)가 나를 싫어하는지 모르지? 엄마가 죽고 난 뒤 얼마 후, 난 그 애를 강제로 범했어. 그 후부터야. 그 애는 집을 나가 하마마쓰(浜松)로 간 거지' 하며, 자신이 딸을 강제로 범한 사실이 있다고 고백하는 장면이 있다. 스토리의 전개 상, 전혀 맥락이 없는 엉뚱한 삽화라 할 수 있겠지만, 이것은 잇페이·유코·고지 세 사람의 관계가 '아버지·어머니·아들'을 상징하며 그들에 의해서 전개되는 이야기가 근친상간적 의미를 지닌다는 사실을 암시하기 위한 설정인 것이다.

애당초 고지가, 자신을 아르바이트생으로 고용해 줬던 주인 잇페이를 죽이는 것은, '부모 죽이기(親殺し)'[23] 테마의 실현이라 할 수 있으며, 이것은 바로 소포클레스의 비극 「오이디푸스왕」과 동일한 테마의 설정이다. 미시마는 동서양의 문화를 비교·설명하면서 '부모 죽이기'에 관하여 다음과 같이 설명하고 있다.

서양의 예술에는 오이디푸스 왕 이래로, 부모 죽이기의 테마가 자주 등장한다. 일본처럼 「데라코야(寺子屋)」를 비롯해서 자식 죽이기 테마가 많고, 오늘날에도 일가족 집단자살이 많은 것과는 좋은 대조를 이룬다. 사회를 진보시키고 시대를 혁신하는 강렬한 힘은 자식 죽이기 테마보다는 부모 죽이기 테마 쪽에 많이 포함되어 있는 듯하다.24)

기존의 관행이나 도덕관념에 거역하는 내용의 작품을 즐겨 다뤘던 미시마에게 있어서, 동양적 사상과 위배되는 '부모 죽이기'는 상당히 매력적인 테마였던 듯하다. 「짐승들의 유희」는 바로 '부모 죽이기' 테마의 전형적인 작품이라 할 수 있는데, 이와 관련해서 다나카 미요코(田中美代子)는 다음과 같이 평하고 있다.

> 독자들은 잇페이, 유코, 고지가 왕, 왕비, 왕자(혹은 기사)라는 고전비극의 등장인물과 마찬가지로, 무작정 죽음을 향해서 돌입하는 전말을 볼 수 있을 것이다. 거기에 합리주의적 설명의 여지가 있을 리는 없다. 단지 순식간에 붕괴하는 사랑의 환영이야말로 죽음에의 유혹이며, 그것만이 비극의 고양이라는 점을 제외하고는. 작자는 그렇기에 주도면밀한 계획 하에, 설명을 피할 수 있도록 잇페이를 실어증이라는 영원한 수수께끼 속에 가둬버렸다.25)

미시마가 「짐승들의 유희」에서 표현하고자 한 것은 아마도 인간사회를 지배하는 갖가지 관습 및 도덕으로부터의 해방이었으리라는 생각이 든다. 이것은 신화의 세계를 모방한 것이라 할 수 있는데, 나카가미 겐지(中上健二; 1946~1992)가 「가레키나다(枯木灘)」(1977)에서 묘사한 골육상쟁 및 근친상간의 세계와 상당히 유사하다고 하겠다. 잇페이와 유코는 서로 사랑하는 부부였으며, 유코와 고지 역시 애인 관계였다. 이들의 관계를 통속적으로 표현하자면 삼각관계 내지는 간통이라 하겠지만, 이들 세 사람의 입장에서 보자면, 연애니 불륜이니 하는 개념은 무의미한 것이며, 미시마가 묘사하고자 한 것은 세속적인 정의(定義)를 초월한 남녀관계였던 듯하다. 그것은 어쩌면 불륜이라는 개념을 훨씬 능가하는 궁극적인 패륜의 세계일지도 모른다. 역설적으로 말하자면 그러한 극한 상황에서 벌어지는 남녀관계야말로 가장 순수한 것일지도 모른다는, 인간의 숨겨진 본능을 파헤쳐, 위선의 탈을 벗어버린 모습을 그린 듯하다. 속세로부터 격리된 구사카도 온실에서 벌어진 살인사건으로 인하여 잇페이는 죽고 고지는 사형, 유코는 무기징역에 처해지지만, 그것은 비극적 결말이 아니라 세 사람 모두의 합의에 의한, 세 사람 모두에게 가장 바람직한 결말이었던 것이다.

이러한 「짐승들의 유희」를 조감해 보면, 세상 사람들의 눈에는 단순히 치정에 얽힌 살인극으로 보이는 사건이 당사자들에게 있어서는 전혀 다른 의미를 지닌다는 극단적 양면성을 확인할 수 있다. 불륜의 이면에는 오히려 연애감정보다 순수한, 피비린내를 풍기는 인간의 본성이 숨겨져 있는지도 모른다.

하지만 남녀간의 사랑에 이토록 심각한 의미를 부여하는 것은, 오늘날의 시대상황과 부합되지 않는 듯한 느낌도 든다.

7. 불륜의 양면성

1969년 미국에서 제작된 영화 「존과 메리(John and Mary)」에서는, 주인공인 더스틴 호프만과 미아 패로우가 하룻밤을 침대에서 함께 지내고 아침에 일어나서 옷을 입으면서 서로의 이름을 묻는 장면부터 시작한다. 서로의 신상도 모르면서 그냥 하룻밤을 즐기고 아침에 헤어지는 청춘남녀의 그러한 모습은 당시에 전세계의 영화팬들 사이에서 엄청난 화제가 되었다. 그로부터 30년가량의 세월이 지난 오늘날, 가령 무라카미 하루키(村上春樹)의 「노르웨이의 숲」이나 「바람의 노래를 들어라」 등의 작품을 보아도, 청춘남녀가 가볍게 만나서 하룻밤을 즐기고 헤어지는 모습은 헐리웃에서 멀리 떨어진 일본사회에서조차 거의 일상화 되어

버린 느낌이다.

　그러한 청춘시절을 보낸 남녀가 훗날 결혼을 하여 가정을 이루었을 경우, 그들이 다시금 새로운 형태의 교제, 즉 불륜에 쉽게 빠져드는 것은 당연한 추이라 하겠다.

　히메노 가오루코(姬野カオルコ)의 경우, '처녀 3부작'의 완결편으로 쓴 『불륜(不倫)』(1996)의 가도카와(角川)문고판 후기에서, '일종의 성장소설로서도 읽을 수 있도록 구성했다'고 밝히고 있듯이, 여성의 입장에서조차 오늘날의 불륜은 지탄 받아 마땅한 칠거지악이 아니라, 오히려 하나의 성장과정으로 받아들여지고 있는 것이다.

　에쿠니 가오리(江國香織)의 베스트셀러 『도쿄 타워』(2001) 역시 연상의 유부녀와 연하의 청년 사이에서 벌어지는 불륜을 다룬 작품으로서, 두 쌍의 남녀를 등장시켜서 단조롭지 않게끔 이야기를 전개시키고 있다. 이러한 불륜소설에서 대부분 연상녀와 연하남의 관계를 다루고 있는 것은, 독자들에게 이른바 '원조교제'[26)와도 같은 속된 인상을 주지 않기 위해서라 하겠다. 만약 기혼남성이 여고생과 육체관계를 맺는다면, 아무리 피치 못할 개인적 사정이 있다 하더라도 그것은 부도덕을 넘어서, '불결한' 행위로 간주될 것이다.

　『도쿄 타워』에서, 도루(透)가 고등학생 시절부터 관계를 맺고 있는 시후미(詩史)는 도루보다 스무 살이나 연상의 유부녀이자, 도루의 어머니와 절친한 친구지간이다. 생각하기에 따라서는 『짐승들의 유희』보다 심한 패륜적 설정이라 할 수 있겠지만, 영화 '도쿄 타워'의 감독을 맡았던 미나모토 다카시(源孝志)는 원작인 『도쿄 타워』를 '순도가 높은 연애소설'이라 평하고 있다. 스무 살이나 연하의 고등학생, 그것도 친구의 아들과 불륜을 저지르는 유부녀의 러브스토리를 순도 높은 연애소설로 바라보는 현대인을 어떻게 평가해야 좋을까?

인간의 인식 및 윤리관은 시대상황에 따라서 변하기 마련이다. 그와 함께 범죄에 적용되는 법의 기준도 바뀌게 된다. 만약 시각을 조금 달리 한다면 「짐승들의 유희」에 보이는 삼각관계에 대해서도 다소는 긍정적 평가가 가능할지도 모른다. 물론 잇페이를 죽인 고지의 행위는, 아무리 그것이 잇페이 본인의 원하던 바였다 하더라도, 중형에 처하여져야 할 범죄라 할 수 있다. 하지만 그 처벌을 하나의 귀결로 몰고 간 스토리의 근간에는 세 남녀의 파멸적인 삼각관계가 자리하고 있다. 즉, 잇페이의 죽음, 고지의 사형, 유코의 무기징역이라는 결말이 당연하게 받아들여지는 것은 세 남녀가 저지른 범죄에 대한 대가라기보다도, 그들의 파멸적인 사랑이야기의 귀결로서 어울리는 것이기 때문이다. 제목인 '짐승들이 유희'에는 그러한 삼각관계에 대한 세속적인 해석을 작품의 전면에 내세우고자 하는 작자의 의도가 숨겨져 있다고 하겠다.

앞에서 잠깐 언급했던 황순원의 「나무들 비탈에 서다」에서도, 단골 술집의 작부 계향이와 잠자리를 함께한 현태가, 여자의 '죽구 싶어요' 하는 말에, 마침 지니고 있던 단도를 건네주고는 뒤돌아 누워 버리는 장면이 나온다. 그 칼로 계향은 자살을 했고, 자살을 방조한 현태에게는 '청소년간에 만연돼가고 있는 이러한 사회 독소를 엄중히 방지하자는 의미에서라도 중형에 처해야 한다.'는 검사의 논고와 더불어 무기징역이 구형된다. 하지만 그 구형은 계향의 죽음에 개입한 현태의 직접적인 행위보다도, '무위의 타성'에서 벗어나지 못한 그의 삶에 어울리는 귀결이라 할 수 있으며 그것은 나름대로 바람직한 끝맺음일 수도 있다.

단순히 주간지 기사와 같은 관점에서 「짐승들의 유희」에 보이는 세 남녀의 삼각관계를 각각의 입장에서 통속적으로 분석해 보자면, 다음과 같이 요약할 수 있을 것이다.

첫째, 방탕한 생활 끝에 아내의 젊은 정부(情夫)에게 흉기로 머리를 구타당하여 반신불수가 된 40대 남자가, 결국에는 다시 그 정부의 손에 죽음을 당하고 마는 어처구니없는 비극.

둘째, 유부녀에게 반한 20대 초반의 대학생이 그 남편을 흉기로 구타하여 반신불수로 만든 것도 모자라, 여자를 독점하려는 속셈에서 그녀의 남편을 목 졸라 죽인 비정한 살인사건.

셋째, 남편의 바람기를 빙자, 20대 초반의 젊은 대학생을 유혹하여 불륜관계를 맺은 유부녀가, 그 젊은 정부로 하여금 남편을 폭행하도록 하여 반신불수로 만든 뒤, 그 불구의 남편이 자신의 인생에 장애물로 여겨지자, 결국은 다시 정부로 하여금 남편을 살해하게끔 교사한 희대의 패륜행위.

즉 「짐승들의 유희」에 보이는 삼각관계는, 다소는 과장된 표현을 허락한다면, 이상과 같은 통속적 해석이 가능하지만, 반면에 당사자 세 사람이 지녔던 고뇌와 삶, 그들의 인생관과 사랑을 충분히 이해하면서 그들의 행위에 대한 원인과 결과를 분석하자면, 적어도 유코를 사이에 둔 두 남자, 잇페이와 고지는 그들 나름대로의 순수한 정열로 유코를 사랑했으며, 잇페이에게 상해를 입히고 살인까지 저지른 고지의 행위에는 아무런 악의가 없었을 뿐만 아니라, 그 행위를 통해서 개인적인 이득을 취하려는 의도도 전혀 없었음을 알 수 있다. 그렇다고 해서 두 남자의 사랑을 동시에 받은 유코가 부정한 여성이냐 하면 전혀 그렇지 않다. 그녀는 남편의 외도에 대해서조차 단 한 번도 불만을 표시한 적이 없으며, 남편이 반신불수가 된 후에도 홀로 농원을 경영하며 극진하게 남편 시중을 들었다. 그녀가 고지와 불륜관계에 있었던 듯하지만, 애당초 그 고지를 부부사이에 끌어들인 것은 남편이었으며, 그녀가 남편보다 고지를 사랑했다는 이야기는 전혀 보이지 않는다.

그렇기에 앞에서 언급한 흥미위주의 시점이 아니라, 세 남녀의 입장에서 분석하자면 다음과 같은, 전혀 다른 해석도 가능하다.

첫째, 피살당한 잇페이는 아내의 질투를 유발하기 위해서 외도를 했으나, 자신이 고용한 아르바이트생 고지에게 스파나로 머리를 구타당하여 반신불수가 되었다가 2년 후에 살해당한 것은, 결코 그에게 있어서 불의의 사고도 불행한 사고도 아니며, 오히려 그가 바라던 목적을 달성한 것이라 할 수 있다. 다소 다니자키 준이치로(谷崎潤一郎; 1886-1965) 의 작품에 자주 등장하는 마조히스틱한 유희를 즐겼다고도 해석할 수도 있다.

둘째, 고지의 입장에서 보자면, 자신이 사랑한 유코와 함께 지내며 그녀를 위해서 자신을 희생한 행동은 비록 그의 짧은 생애가 사형으로 막을 내리기는 했지만 사랑을 위하여 헌신한 삶이었다고 볼 수 있다.

셋째, 두 남자의 사랑을 동시에 받은 유코는 결코 바람기 있는 유부녀가 아니라 오히려 정숙한 여성이며, 남편을 위해서 헌신하는 삶으로 일관했다. 두 남자는 그녀와의 관계를 전제로 '의미 있는 죽음'을 이룰 수 있었다.

물론 이러한 해석은 다분히 문학적일 수 있지만 인간의 일생이란 그것이 길건 짧건 모두가 동등한 무게와 가치를 지닌 것으로 해석할 수 있듯이, 사랑 또한 절대적인 판단기준은 존재하지 않을뿐더러 타인에게는 추악하고 부도덕하게만 비치는 남녀간의 치정 역시 본인들에게는 지고(至高)의 행복일 수 있다는 사실을 깨닫게 한다.

다시 말해서 「짐승들의 유희」에 보이는 세 남녀의 불륜은 「다프니스와 클로에」의 사랑보다 객관적 평가에 있어서는 아름답지는 못하다 하더라도 결코 불순한 것이 아닐 수 있으며, 발정기의 동물처럼 무지하게 행동하는 다프니스와 클로에의 사랑보다는 오히려 진지하고 인간적인 것일 수 있다. 형무소에 수감된 유코가 '정말로 우리들은 사이가 좋았어요. 우리 세 사람 모두 아주 친했어요. 더 이상 친할 수 없을 정도였어요.' 라고 말한 부분은 수많은 해석이 가능하지만, 적어도 그들 사이에서 벌어진 살인사건은 통속적인 치정극을 초월한 일종의 유토피아를 추구하는 행위가 아니었던가 하는 느낌조차 주고 있다.

　그렇기에 철조망처럼 우리의 행동범위와 사고영역을 한정시키고 있는 기존의 윤리관 및 사회규범으로부터 우리의 사고가 자유로울 수 있다면, 그 사고 속에서 단순한 불륜으로 치부되던 남녀관계가, 때로는 인간 본연의 모습을 되찾고자 하는 애절한 몸짓으로 다시 해석될 수도 있는 것이다.

‖ 주 ‖

1) 야나부 아키라(柳父章), 「번역어 성립사정」, 岩波新書, 1982, 90쪽.
2) 초출은 「여학잡지」 1892년 2월호.
3) 야나부 아키라, 위의 책, 103쪽.
4) 위의 책, 103쪽.
5) 구레 시게이치(呉茂一)의 일본어역 「ダフニスとクロエ」(グーテンベルク 21社, 2005)를 인용자가 한국어로 재번역함.
6) 「연애란 무엇인가」, 角川文庫, 1972, 17쪽.
7) 일본어 Wikipedia의 '不倫' 항목 참조.
8) 남편보다 먼저 미국에 건너와 살던 헤스터는 사생아를 낳는다. 그녀는 간통한 죄로 공개된 장소에서 adultery의 이니셜인 'A'자를 가슴에 달고 평생 살라는 형을 선고받지만, 간통한 상대의 이름을 밝히지 않는다. 간통 상대인 딤스데일 목사는 양심의 가책으로 차츰 몸이 쇠약해진다. 헤스터의 남편은 그 사실을 알고 딤스데일 목사를 괴롭힌다. 사건 발생으로부터 7년 후, 결국 목사는 처형대에 올라 자신의 죄를 고백하고 쓰러져 죽는다.
9) 평범한 시골 의사 보바리의 아내인 에마는 다정다감하고 몽상적인 성격의 소유자로서 남편에게 만족하지 못하여 여러 남자들과 정사를 거듭하지만, 결국 빚이 늘어나 궁지에 몰리자 비소를 먹고 자살한다.
10) 고위관료의 정숙한 아내로서 호화스런 생활을 즐기던 안나는 관료적이고 냉철한 남편 카레닌에게 차츰 실증을 느끼게 된다. 결국 청년장교 우론스키

백작과 불륜의 관계에 빠진 안나는 남편과 자식조차 버리고, 주위로부터 따돌림을 당하자 외국으로 떠나버린다. 그러나 우론스키의 애정이 식어 가는 것을 깨닫게 되자 질투와 광기를 이기지 못하고 철도로 뛰어들어 자살을 한다.

11) ①男女の不義の私通. ②配偶者のある者, 特に妻が, 配偶者以外の異性とひそかに肉体関係をもつこと(「広辞苑」Casio電子辞書)

12) 미치코는 전쟁터에서 복귀한 쓰토무(勉)를 사랑하게 되지만 마지막까지 불륜을 저지르지는 않는다. 반면에 미치코의 남편 아키야마(秋山)는 미치코의 사촌오빠 부인인 도미코(富子)와 육체관계를 맺은 뒤 미치코에게 이혼을 요구한다. 하지만 이혼을 거부당한 아키야마가 미치코 몰래 집을 처분하려하자, 그 사실을 알게 된 미치코는 수면제를 먹고 자살한다. 라디게(Raymond Radiguet; 1903~1923)의 심리소설 「오르젤 백작의 무도회」의 영향을 받은 작품이다.

13) 초판 간행으로부터 10년 후인 1969년에 제작된 후기.

14) 미시마전집 제34권, 71쪽.

15) 쌍방합의 하에 서로 상대방의 질투심을 유발하는 짓을 하여 괴롭히는 행위

16) 근친상간을 테마로 하는 작품 중에는, 남매지간의 관계에 초점을 맞춘 「가족 맞추기」(1948), 「행복호 출범」(1955), 「음악」(1964) 등이 있고, 모자상간을 다룬 작품으로는 「하루코」(1947), 「열대수」」(1960) 등이 있다.

17) 「군상(群像)」 1957년 4월부터 6월까지 연재.

18) 미시마전집 제10권, 495쪽

19) 「三島由紀夫ー〈少年〉感傷主義の仮構と死」, 七月堂, 1985, 61쪽.

20) 長谷川泉 外 編 「三島由紀夫研究」, 右文書院, 1970, 405쪽

21) 「인간실격」 역시 「짐승들의 유희」와 마찬가지로, 작품의 서두와 말미에 「머릿말」과 「후기」를 붙여서, 화자인 '나(私)'가 우연히 오바 요조(大庭葉蔵)라는 사내의 수기를 입수하여 독자들에게 공개한다는 형식을 취하고 있다.

22) 「인간실격」에서는 「머리말」의 첫 문장이 '나는 그 사내의 사진 석 장을 본적이 있다' 라고 시작하여, 그 뒤에 석 장의 사진에 관한 설명이 이어진다.

23) '親殺し'를 테마로 한 작품으로는 「짐승들의 유희」이외에도 「오후의 예항」

(1963), 「비단과 명찰」(1964) 등이 있는데 모두 미시마가 30대에 쓴 작품들이다. 미시마는 스스로, 1964년 11월 23일자 아사히(朝日)신문과의 인터뷰에서 30대에는 '親殺し'를 작품 테마로 도입했다고 밝혔다.

24) 「親殺し精神」, 미시마전집 제27권, 408쪽.

25) 신초(新潮)문고 해설.

26) 호텔에서 헤어질 때, 유부녀 기미코(喜美子)가 연하의 고지(幸二)에게 선물 대신 현금을 주려하자, 고지가 실망과 분노를 표하는 장면은, 그들의 관계가 원조교제와 같은 불결한 것이 아니라, 순수한 사랑이라는 것을 암시하고 있다.

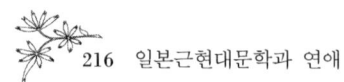

【 참고문헌 】

田中美代子 「獣の戯れ」解説 新潮文庫 1966

_____ 『ロマン主義者は悪党か』新潮社 1971

遠藤周作『恋愛とは何か』角川文庫 1972

柳父章『翻訳語成立事情』岩波新書 1982

秋元潔『三島由紀夫──〈少年〉感傷主義の仮構と死』七月堂 1985

小西甚一「三島文学への古典の垂跡──「獣の戯れ」と「求塚」」『三島由紀夫・
　　美とエロスの論理』(日本文学研究資料新集30)収録 佐藤秀明編, 有精堂
　　1991

奥野健男『三島由紀夫伝説』新潮社 1993

呉茂一訳「ダフニスとクロエ」, グーテンベルク21社 2005

拙論「「春子」論──三島由紀夫の未亡人小説考(一)」『日本文化研究』第2号,
　　筑波大学日本文化研究学際カリキュラム 1990

____「三島由紀夫「獣の戯れ」論──作品の構成と素材についての考察」『일
　　어일문학연구』제47집 수록, 한국일어일문학회 2003

요시모토 바나나(吉本ばなな)의
『키친』에 나타난 사랑의 형태

김용안*

1. 들어가며

　요시모토 바나나(吉本ばなな ; 1964~　)의 소설 『키친(キッチン)』(1988)은 잔잔하게 쓰여 가벼운 마음으로 읽을 수 있는 소설임에도 불구하고, 현대사회의 삶 속에서 소외된 인간들이 원천적인 고독과 근원적인 아픔과 맞서 힘겹게 살아가는 삶들이 묘사되어 있어 만만찮은 무게를 갖고 다가선다.

　무사상이나 무철학 등의 이유로 작품의 중량감이 다소 떨어진다는 지적도 있지만 현대인의 고독과 아픔을 날카롭게 파헤쳐내고 부드럽게 치유를 모색하고 있다는 점에서 베스트셀러 소설에 값하는 무게를 갖고 있음도 간과할 수 없다. 요시모토 다카아키(吉本隆明)는 이 점을 다음과 같이 지적하고 있다.

* 金容安 : 한양여자대학 일어통역과 교수.

　　너의 소설 독법이라 할까, 어째서 그렇게 많은 사람에게 읽혀지고 있
는가 하면 요컨대, 네 작품 속에는 부드러움이라 할까, 치유라고 해도
좋을지 모르겠는데, 그런 것이 있어. 이것이 객관적으로 존재하고 있으
니까, 어쩔 수 없다고나 할까, 그것마저 없으면 그다지 많은 독자가 읽지
않겠지만 그것이 있어.[1]

부드러움과 치유와 함께 특히 이 작품의 무게를 담보하고 있는 것은
바로 작중인물들의 실루엣과 그들이 만들어 가는 사랑의 형태이다. 본
논고에서는 사랑의 형태가 어떤 모습으로 묘사되어 있는지 살펴보기로
한다. 우선 이 작품에 등장하는 작중인물의 실루엣을 찾아보기로 한다.

2. 고독한 군상들

고독은 그 자체가 커다란 하나의 결핍이다. 그 결핍은 바로 소통의
부재에서 비롯되는 경우가 많다. 이 작품의 작중인물군의 가장 두드러
진 특징의 하나가 고독을 운명처럼 지고 살아가는 데 있다. 그들은 외견
으로는 서로 일상적인 대화도 나누고 평범한 생활을 무리 없이 함께
하고 있다. 하지만 그들 서로의 마음의 고통을 나누는 대화 회로는 닫혀
있다. 모두들 외딴 섬 같은 형태로 존재하며 진정한 소통이 없는 것이
다. 주인공인 미카게(桜井みかげ)가 대하는 유이치(田辺雄一)도 부드러운
남자이지만 냉정하면서도 혼자라는 느낌을 지울 수 없는 사람이다.

　　그는 긴 손발을 가진 수려한 얼굴의 청년이었다. 성격은 전혀 몰랐지
만 굉장히 열심히 꽃집에서 일하고 있는 것을 봤던 느낌이 든다. 조금
알게 된 다음에 그의 그 냉정한 인상은 변함없었다. 행동이나 말투가 아
무리 상냥해도 그는 혼자서 살아가는 느낌이 들었다. 즉 그는 그 정도의
아는 사람에 불과한 완전한 타인이었다.[2]

주인공 미카게가 유일한 가족이었던 할머니의 갑작스런 죽음으로 홀로 되었을 때 그녀를 자기 집으로 거두어준 착한 청년 유이치에 대한 미카게의 인상이다.

그는 일상생활은 열심히 하지만 내부에는 고독의 그림자를 짙게 드리우고 있다. 미카게는 그의 집에 와있고 그의 상냥함이 마음에 들었으며 쿨함이 신뢰를 주었음에도 불구하고 진정한 커뮤니케이션이 존재하지 않을 것이라는 불길한 예감을 갖고 있다. 혼자 살아가는 느낌이 있는 청년이기에 그는 마음을 열지 않을 것이고 따라서 언제나 나와는 완전한 타인으로 존재할지 모른다는 그런 어두운 예측을 하고 있는 것이다.

미카게 자신도 고독하기는 마찬가지이다. 미카게는 단둘이 사는 유일한 가족인 할머니가 죽기 전 그녀가 죽는 것을 두려워하면서 살고 있었다.

> 나는 언제나 언제라도 '할머니가 죽는 것'이 무서웠다.
> 내가 귀가하면 텔레비전이 있는 일본식 방에서 할머니가 나와서는 어서 오라고 한다. 늦을 때는 언제나 케이크를 사왔다. 외박이든지 뭐든지 말하면 화내지 않는 너그러운 할머니였다. 때로는 커피로 때로는 일본차로 우리들은 텔레비전을 보면서 케이크를 먹고 자기 전의 한때를 보냈다. (중략) 어떤 사랑에 미쳐 있어도 아무리 많이 술을 마시고 즐겨 취해 있어도 내 마음 속에서는 언제나 오직 한 분의 가족을 걱정하고 있었다.
> 방구석에서 숨 쉬며 밀려오는 오싹한 적막감, 아이와 노인이 아무리 활기차게 지내도 채워질 수 없는 공간이 있다는 사실을 나는 누구에게 배우지 않아도 일찌감치 느끼고 있었다. (30쪽)

할머니와 다정하게 일상생활을 하며 지내고 있는 미카게의 모습이 묘사되고 있다. 하지만 할머니가 곧 죽을 수 있다는 사실과 할머니와는 진정으로 소통을 이룰 수 없다는 점이 그녀를 고독으로 내몰고 있다. 할머니와 아무리 다정하게 지낸다 하더라도 그녀와의 채울 수 없는 세대차는 오싹하게 느껴질 정도의 적막으로 다가선다. 할머니나 나나 절

대 고독 속에 있다는 사실을 나타내고 있다. 이런 사실은 허무감이나
무상감으로 이어져, 자신 앞에 있는 청년 유이치마저도 언젠가는 어둠
속으로 산산이 부서져 갈 것이라고 생각한다.

> 유이치도 그렇다고 생각한다.
> 언젠가 누구나 어둠속으로 산산이 부서져 갈 것이다. 그 사실을 몸에
> 배게 한 시선으로 걷고 있다. 나에게 유이치가 반응한 것은 당연한 일일
> 지도 모른다. (30쪽)

부모의 사랑을 받지 못한 채, 언젠가 가까운 시일 안에 죽을지도 모르
는 할머니와 살면서 얻게 된 생각은 시간의 연속이나 지속이 아니라,
곧 허무하게 스러져버릴 운명을 예감하는 무의식에 사로잡힌다. 이런
허무나 무상감의 감상들은 인간들과의 진정한 소통을 방해하고 만다.

> 거의 첫 번째 집으로 지금까지 그다지 만난 적이 없는 사람과 마주보
> 고 있으면 왠지 천애의 고독한 기분이 든다. (30쪽)

고독감은 고독을 낳고 또 고독은 고독감을 낳는 악순환의 고리 속에
서 고독은 점점 심화될 수밖에 없다. 삶의 경험이 가져다 준 짐이 얼마
나 큰 것인가를 알 수 있는 대목이다.

하지만 절대적인 고독에 견인되어 피해망상적인 삶을 꾸려가는 미카
게에게서도 고독을 새롭게 볼 수 있는 전향적인 자세가 보이기도 한다.
미카게는 고독을 꿰뚫어 볼 수 있는 혜안을 가지려고 안간힘을 쓴다.

> 세상에 이 나에 가까운 피를 나눈 사람은 없고 어디에 가서 무엇을
> 하든지 가능하다는 것은 호쾌한 일이었다.
> 이 세상은 상당히 넓고 어둠은 이렇듯 어두운데 그 끝없는 흥미로움과
> 고독을 나는 처음으로 이 손으로 이 눈으로 접하게 된 것이다. 지금까지
> 나는 한 눈을 감고 세상을 본 것이다. (16쪽)

고독이 자유를 가져다 줄 수 있다는 고독의 이면 세계를 그녀는 얼핏
본 것이다.

그녀에게 이것마저 없으면 삶을 지탱해 나갈 수 없다. 자신 앞에 어두움은 널려있지만 그걸 꼭 부정적으로 볼 필요가 없으며 경우에 따라서는 흥미로움의 세계일 수도 있고 그 결과로 고독이 세상을 잘 이해하는데 도움을 줄지도 모른다. 거의 자폐증적인 삶을 영위하는 사람에게 있어 이런 깨달음은 놀라운 변화이다. 하지만 이것은 실행에 옮기기 보다는 그 전단계인 염원의 순간이다.

조금씩 마음에 빛이나 바람이 들어오는 것이 매우 기쁘다. (31쪽)

아주 조금씩 긍정과 치유의 세계로 한 걸음, 한 걸음 나아가지만 미카게가 스스로 생각하는 것 이상으로 가족상실이 가져온 영향은 크다. 그녀의 상실감은 자신이 말한 것처럼 한 눈만을 감게 하는 것이 아니라, 두 눈 모두를 감게 하는 것인지도 모른다. 그녀의 간절한 염원이나 안간힘과는 별도로 고독의 어두운 그림자는 자기도 모르는 사이에 미카게의 모든 것을 지배하고 말았다.

마지막 짐이 나의 두 다리 옆에 있다. 나는 이번에야말로 홀홀단신이 될 것 같은 나를 생각하자, 울래야 울 수 없는 묘하게 들뜬 기분이 되어 버렸다. (47쪽)

결국 미카게가 그렇게 몸부림쳤음에도 불구하고 스스로가 확인한 자신은 절대 고독 속에서 한걸음도 빠져 나오지 못하고 있는 자신의 몰골이다.

이밖의 등장인물들도 모두 고독 속에서 지친 삶을 영위하고 있다. 에리코는 자신의 고독을 성전환과 자식을 위하여 바치면서 즉흥적 기분으로 살아가고 있고, 미카게의 과거 애인이었던 소타로(宗太郞)는 헤어진 과거의 여인에게 미련을 버리지 못하고 홀로 살아가고 있다. 모두들 각자에게 힘겹게 부과된 고독이라는 자장 속에서 서성이는 실루엣들이다.

3. 상실과 집착

그다지 상실할 것도 별로 없는 여인 미카게이고 상실한 것도 자연의 섭리로 본다면 별 것 아닌 것처럼 보이지만 그녀는 이것들을 잃음으로써 모두 잃어버렸다고 생각한다.

> 부엌의 창, 친구의 미소 띤 얼굴, 소타로의 옆얼굴 너머 보이는 대학 정원의 선명한 녹색이나 밤늦게 걸려오는 할머니의 목소리, 추운 아침의 이불, 복도에 울려 퍼지는 할머니의 슬리퍼 소리, 커튼 색… 다다미… 벽시계.
> 그 모두. 이미 그곳에 있을 수 없게 된 것 모두. (47쪽)

미카게는 자신과의 회로역할을 하던 것이 모두 끊어지고 말았다고 생각한다. 그야말로 절대 고독상태에 있는 것이다. 완전한 상실감은 무엇인가에 대한 강한 집착으로 나타난다.

야마사키(山崎森)는 이 점을 다음과 같이 지적하고 있다.

> 사람은 심리적 존재이고 사회적 존재이고 타자에게 빼앗기거나 상실의 체험을 강요당할 때 빼앗기거나 상실한 것을 그 사람 나름의 수단 방법에 의해서 되돌리려고 하거나 원래의 상태로 복원시키려하는 기능이 있다. (중략) 인간의 심리작용 가운데에는 고통을 당했던 것, 혐오하는 것 등을 마음의 심층에 가두어두거나 발산, 전가함으로써 심리적 고통을 경감시키거나 망각하려고 하는 기능이 있다.[3]

미카게에게서는 상실한 것에 대한 보상심리로 부엌이나 소파에 대한 집착이 나타난다. 부엌은 최소한의 삶을 위해서 창조적이든 반복적이든 무언가를 만들어내는 곳이며 인간의 본능을 채워줄 수 있는 역동의 공간이다. 적어도 인간이 목숨을 부지하고 있는 한 그곳과는 불가분의 관계를 맺어야 한다. 그리고 그곳은 적어도 할머니처럼 상실할 위험성이 극히 적은 공간이다. 그곳은 일종의 해방구이다.

　그곳은 음악을 듣거나 차를 마시거나 우아한 커뮤니케이션이 이루어지는 꾸밈의 공간이 아니다. 그곳은 연극무대의 이면 같은 투박한 공간으로 꾸밈없고 다듬어지지 않은 우리들의 모습이 여과 없이 반영되는 장소이다.

> 나와 부엌만 남는다. 나 밖에 없다고 생각하는 것 보다는 조금은 더 나은 생각이라고 생각한다. 완전히 녹초가 되었을 때 나는 황홀경에 빠진다. 언젠가 죽을 때가 오면 부엌에서 마지막 숨을 거두고 싶다. 나 홀로 추운 곳이든 누군가가 있어 따스한 곳이든 나는 두려움에 떨지 않고 똑바로 응시하고 싶다. 부엌이라면 괜찮다고 생각한다. (7쪽)

　이 소설에서 미카게에게는 자신이 막다른 골목으로 몰리거나 치유 불능 상태에 빠졌을 경우, 응급처치의 공간이 부엌이다. 주인공에게 있어서 이곳은 부활과 치유와 삶을 확인하는 공간이다. 그곳만이 자신을 안락함과 쾌락으로 안내해주는 자궁역할의 포용의 공간이다. 따라서 고독에 지친 주인공이 녹초가 되어 그곳을 찾아도 이내 황홀경에 빠져들 수 있는 곳이다. 미카게는 마지막 숨마저 그곳에서 거두고 싶어 한다. 그곳은 피곤하고 지친 삶을 받아줄 수 있는 장소일 뿐만 아니라, 자신의 영혼을 거두어 줄 수 있는 장소로 생각하고 있다.

> 나는 담요를 휘감고 오늘밤도 부엌 옆에서 잔다는 것이 우스워서 웃었다. 그러나 고독은 없었다. 나는 기다리고 있었는지 모른다. 지금까지도, 앞으로도 잠시 동안 잊을 수 있는 잠자리만을 원하고 있었는지도 모른다. 옆에 사람이 있어서는 고독이 가중되니까 안 된다. 하지만 부엌이 있고 식물이 있고 같은 지붕 아래 사람이 있고 조용하고 최고였다. 안심하고 잤다. (24~25쪽)

　옆에 사람이 있으면 고독이 가중된다는 미카게의 생각은 부엌에서 안락한 잠을 청하는 자신의 정신 상태와 불가피하게 연루되지 않을 수 없다. 그녀에게 있어서 부엌은 때로는 잠시 동안의 도피처가 되기도 한

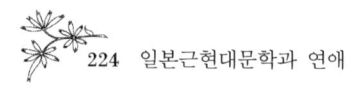

다. 이른바 최면의 장소인 것이다. 마틴 부버(Martin Buber)는 인간의 이런 점을 다음과 같이 지적했다.

> 사물들의 세계에서 살아가며 사물들을 경험하고 사용하는 것으로 만족해 하는 많은 사람들이 자신을 위해 이념이라고 하는 별채나 누각을 짓고 그 안에 들어가 밀려오는 허무를 피하며 위안을 찾는다. 그들은 이 별채의 현관에서 일상의 추한 옷을 벗어버리고 새하얀 세마포로 몸을 두르고 자신의 삶과는 아무 관계도 없는 근원적인 존재나 마땅히 있어야 한다고 생각되는 존재를 생각함으로써 기운을 차린다. 또한 그러한 존재가 있다는 것을 사람들에게 알려주는 일도 그들에게는 기분 좋은 일일 것이다.4)

미카게에게 있어서 허무를 피하고 위안을 찾기 위한 별채나 누각이 바로 부엌인 셈이다. 그런 그녀가 바람막이 공간인 부엌 내부를 전시관처럼 즐기는 것은 당연한 일인지도 모른다. 흔히 우리가 간과하기 쉬운 부엌 내부의 실루엣을 심미적인 표정 있는 공간으로 읽어내고 있다.

> 작은 형광등의 빛을 받아 차분하게 자기 차례를 기다리는 식기류, 찬찬히 보니 완전히 제각각이어도 묘하게 질이 좋은 제품 뿐이었다. 특별 요리를 위한 예컨대 덮밥용 사발이라든가, 그라탕 접시라든가 거대한 접시라든가 손잡이 달린 맥주잔이라든가가 있는 것도 왠지 기분이 좋았다. 작은 냉장고도 유이치가 괜찮다고 해서 열어보았더니 잘 정돈되어 있고 쑤셔 넣은 것은 없었다. 끄덕끄덕 긍정하면서 둘러보았다. 좋은 부엌이었다. (15쪽)

마치 배우처럼 자신의 출연을 기다리는 식기류, 특별 출연을 기다리는 식기류, 심지어는 냉장고 속까지 표정으로 미카게에게 읽혀지고 있다. 미카게는 부엌을 속성으로만 사랑하는 것이 아니라 표정까지도 사랑하고 있는 것이다. 미카게의 사랑으로 넘치는 너그러운 시선과 풍요로운 심상풍경이 보이는 대목이다.

> 문득 정신을 차리자 머리위에 보이는 밝은 창에서 흰 김이 나오고 있

는 것이 어둠에 떠 있었다. 귀를 기울이자 안에서는 부산히 일하는 목소
리와 냄비소리, 식기소리가 들려왔다.

   부엌이다. 나는 어쩔 수 없이 음울하고 그리고 밝은 기분이 되어 머리
를 감싸고 웃었다. 그리고 벌떡 서서는 스커트를 털고 오늘 돌아갈 예정
으로 있던 다나베 집으로 향했다. (중략) 실컷 울었더니 상당히 가벼워져
서 기분 좋은 졸음이 찾아왔다. (중략)

   유리케이스 안에 들어 있는 고요함이었다. (51~53쪽)

이미 언급한 바와 같이 미카게는 극도의 절망 속에서 부엌을 찾고
있다. 그녀에게서 부엌의 이미지인 밝은 창과 하얀 김, 식기소리와 유리
케이스 안의 고요함 등은 구원과 치유의 메시지인 것이다. 그것들은 미
카게와 진정으로 소통할 수 있는 존재들이다. 인간과의 소통불능 상태
에 빠진 미카게는 부엌과는 진정으로 소통할 수 있다는 가능성에 주목
하고 있는 것이다. 인간과의 유대관계는 없어도 부엌과의 유대관계는
돈독하다. 실컷 울고 난 다음에 찾아오는 카타르시스에서 부엌은 빠질
수 없는 공간이다. 이 소설 전편의 마지막에도 부엌은 주인공과 동행할
것임을 선언하고 있다.

   나는 몇 개나 몇 개나 그것을 가질 것이다. 마음속에서 혹은 실제로
   혹은 여행지에서 혼자서 여럿이서 둘만이 내가 사는 모든 장소에서 틀림
   없이 많이 가질 것이다. (62쪽)

인간과의 관계에는 집착하지 않더라도 부엌과의 관계는 이렇듯 집요
하다.

이로써 부엌은 미카게에게 있어서 무한대의 동행관계이며 불멸의 관
계이며 완성의 관계가 되는 것이다. 그와 더불어 그녀는 소파에 대한
집착도 나타내는데 이것은 그녀가 상실감과 고독으로 심신이 지칠 대로
지쳐있다는 반증이다.

   그 부엌과 마찬가지로 다나베네 소파를 나는 사랑했다. 거기서는 졸음

을 음미할 수 있었다. 꽃들의 호흡을 듣고 커튼 건너편의 야경을 느끼면서 항상 푹 잘 수 있었다.

그것보다 갖고 싶은 것은 지금은 생각나지 않기 때문에 나는 행복했다. (31쪽)

소파라는 곳이 마음 편히 앉거나 일상의 잡일과 결별하여 자신만의 자유를 만끽하는 공간이기도 하지만 가족들이 모이고 소통을 나누며 친밀감을 확인하는 공간이기도 하다. 따라서 주인공 미카게가 그곳에 집착한다는 것은 가족에 대한 염원이기도 하다.

부엌으로 이어지는 거실에 떡 버티고 있는 거대한 소파가 시선을 사로잡았다. 그 넓은 부엌의 식기장을 배경으로 하고 테이블도 놓지 않고 융단도 깔지 않은 채 그것은 거기에 있었다. 베이지색의 천으로 된 소파로 광고에나 나올 듯한, 가족 모두가 앉아서 텔레비전을 볼 법한, 옆에는 일본에서는 키울 수 없는 커다란 개가 있을 법한 정말 멋진 소파였다. (13~14쪽)

부엌이 주인공의 삶을 지탱하기 위한 필수불가결한 공간이라고 한다면 소파는 자신을 따스하게 보듬어줄 가족애를 연상케 하는 염원의 공간이다. 소파에 앉으면 상상이 자유롭게 나래를 편다. 한편으로는 어머니의 품을 그리워하는 마음으로 소파에 집착하는 미카게를 발견할 수 있다.

소파는 너무 기분 좋았다. 한 번 앉으면 두 번 다시 일어나고 싶지 않을 정도로 부드럽고 깊고 넓었다. (23쪽)

일어나고 싶지 않은 품에 안겨서 기분 좋게 지내고 싶은 열망은 가족에 대한 갈망의 또다른 표현이다.

미카게에게 있어 또 하나 간과할 수 없는 것이 빛에 대한 집착이다. 미카게는 아름다움을 그 자체보다 훨씬 상회하는 아름다움으로 완상(玩賞)할 수 있는 정서를 가지고 있다.

> 그 남자의 그와 같이 결코 도를 지나 따스하지도 차갑지도 않은 태도가 지금 나를 매우 따스하게 하는 것처럼 느껴졌다. 왠지 울음이 터질 것 같은 마음으로 스며드는 것이 있었다. (중략) 이 사람이 엄마? 라는 놀라움 이상으로 나는 눈을 뗄 수가 없었다. 어깨까지 치렁치렁한 머릿결, 가늘게 치켜 올라간 눈동자의 깊은 휘황찬란함, 잘생긴 입술, 오똑한 콧날 그리고 전체에서 배어나오는 생명력의 흔들림 같은 선명한 빛, 인간 같지 않았다. 그런 사람을 본 적이 없다. (16~17쪽)

위의 장면은 미카게가 유이치의 엄마 역할을 하는 사람에게서 생명력으로 상징 되는 빛을 읽어내는 모습이다. 아름다운 사람을 보는 시선이 예사롭지가 않다. 따스한 사람을 보면서 울음을 터뜨릴 것 같은 풍요로운 감성으로 가득하다. 미카게는 천성적으로 넘치는 감수성을 갖고 태어났다. 따라서 그녀는 사람에게서 생명력의 흔들림 같은 선명한 빛까지 읽어낼 수 있는 것이다. 여기서 생명력의 흔들림은 선명한 빛과 동의어의 세계이다. 빛은 역동적인 것이다.

미카게는 자신에게 밀려오는 온갖 우수와 고독을 빛으로 상쇄해 가고 있다. 그것은 또한 미카게가 그만큼 어둡다는 반증이다.

> 자세히 보니 나이에 어울리는 주름이라든가 치열이 약간 고르지 못한 점이라든가 확실히 인간다운 부분을 느꼈다. 그렇다손 치더라도 그녀는 압도적이었다. 다시 한 번 만나고 싶었다. 마음속에 따스한 빛이 잔상처럼 빛나고 바로 이런 것이 매력이라는 것이구나. 나는 느꼈다. 처음으로 물을 접했던 헬렌처럼 말이 살아있는 모습으로 눈앞에 신선하게 터졌다. 과장이 아니라 그만큼 놀라운 만남이었다. (18쪽)

햇살 아래서 좀 더 분명하고 확실하게 유이치의 엄마 역을 작품 감상하듯 넋을 잃고 보고 있는 모습인데 여기서는 그녀의 모습을 빛으로 변환시켜서 관찰하고 있다. 앞의 빛이 역동적인 빛이었다면 여기서의 마음속의 따스한 빛은 잔상처럼 빛나는 정적인 빛이다. 그 빛이 말로 변주되고 말이 햇살처럼 터졌다는 표현은 미카게가 그만큼 아름다움을

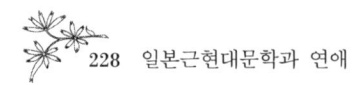

감상할 수 있는 심미안을 가졌다는 반증이다.

> 방 전체가 선룸처럼 빛으로 가득 차 있었다. 달콤한 색깔의 푸른 하늘
> 이 끝없이 보이고 눈이 부셨다. (26쪽)

하룻밤을 보내고 난 다음에 광휘로 가득한 방에서 달콤한 색깔의 푸른 하늘을 주인공은 만끽하고 있다. 방 전체에 넘치는 빛이 미카게의 우수를 말끔히 털어내고 있다.

> 나는 문득 그녀를 보았다. 폭풍같은 데자뷰가 엄습해 온다.
> 빛, 쏟아지는 아침 햇살 속에서 나무냄새가 난다. 이 먼지 쌓인 방의
> 마룻바닥에 쿠션을 깔고 뒹굴면서 텔레비전을 보는 그녀가 무척이나 정
> 겨웠다. (중략) 대낮, 봄다운 날씨로 밖에서부터는 아파트의 정원으로 떠
> 드는 아이들의 웃음소리가 들린다. 창가의 초목은 부드러운 햇살에 쌓여
> 서 선명한 녹색으로 빛나고 멀리 맑은 하늘에 옅은 구름이 천천히 흐른
> 다. 느긋하고 따뜻한 낮이었다. (26쪽)

쏟아지는 아침 햇살의 은총을 받아 유이치의 어머니가 뒹굴고 있고 떠드는 아이들의 웃음소리가 나고 초목이 부드러운 녹색을 드리운다. 이것은 아주 자연스럽고 흔하게 주변에서 얼마든지 연출될 수 있는 장면이다. 그저 평화로운 광경이다. 하지만 주인공은 그런 모습을 아주 절실하게 바라보고 있다. 주인공 미카게가 이런 안락함에 얼마나 목말라 하고 있는지를 나타내는 반증이다. 항상 찾아드는 빛에 눈길을 주고 그 빛을 음유할 줄 아는 대단한 정서는 외로움과 원천적인 고독 속에서 길러진 병적인 갈망이자 집착이기도 하다. 이 여인의 눈길은 찰나적인 햇살도 간과하지 않고 있다.

> 컵이 햇살에 비쳐서 차가운 일본차의 녹색이 바닥에 아름답게 흔들렸
> 다. (27쪽)

물에 탄 차가운 질감의 일본차의 녹색 이미지라는 필터를 통해서 흔들리는 햇살을 감각으로 느끼는 주인공의 섬세함이 찰나적이기에 더욱

예리해 보인다. 그런 여인이 사랑에 빠진다면 그것은 얼마나 심연일까를 상상하게 하는 대목이다.

4. 운명적인 사랑

작중인물들의 사랑을 이해하기 위해서는 이 작품에 구현된 고정관념이라는 베일부터 벗겨야 한다. 이것은 미카게를 둘러싸고 있는 환경 중에서 가장 외곽을 이루는 외연이라고 볼 수 있는 존재이다. 우선은 친족이 죽었을 때 가장 슬퍼해야 하는 존재는 마땅히 가족이라는 자연스러움이 여기에서는 배제되어 있다.

> 장례식 날 갑자기 다나베가 왔을 때, 정말로 할머니의 애인인가하고 생각했다.
> 향을 피우면서 퉁퉁 부은 눈을 감고 손을 떨면서 할머니의 영정을 보자, 또다시 펑펑 눈물을 흘렸다. 나는 그것을 보고 나의 할머니에 대한 사랑이 이 사람보다 적은 것은 아닐까하고 문득 생각해버렸다. 그 정도로 그는 슬퍼 보였다. (11쪽)

가족이라고는 할머니와 단둘이 살다가 그 할머니가 죽자 홀연히 나타난 한 청년이 슬프게 우는 장면이다. 정작 가족인 자신은 눈물 한 방울도 없는 데 한갓 타인에 불과한 이 청년은 진정한 슬픔에 젖어 뜨거운 눈물을 흘리고 있다. 물론 여기서 미카게는 포화된 슬픔에 눈물조차 나오지 않는 상황이긴 하지만 미카게는 청년의 모습을 통해서 자신을 돌아보는 것이다. 할머니와 사이좋게 살긴 했으나 정작 할머니와 진정한 소통을 나누었던 것은 이 청년이 아닐까 하는 의구심을 강하게 느끼고 있는 것이다. 죽은 할머니와 자신이 진정한 소통이 없었던 타인이었는지도 모른다는 사실에서 엄습해오는 쓸쓸함 같은 것은 현대인 누구에게

나 어느 날 느닷없이 닥칠 수 있는 개인적인 재앙이다. 그런데 이 소설에서 이 현상은 예고편에 불과했고 서막에 다름 아니었다. 천형(天刑)같은 운명적인 사랑의 현장으로 가기 위한 워밍업인 셈이다. 이 소설에서는 이와 같은 관념이나 상식을 뛰어 넘는 일이 나타난다.

청년을 따라 나서서 그 청년의 집에 당도한 결과 그 청년이 어머니라고 소개했던 그 여인은 실은 남자였던 것이다.

> 나는 눈을 크게 뜬 채 말없이 그를 응시했다. 한참 동안 농담이야라는 말을 죽 기다리고 있었다. 그 섬섬옥수, 태도, 몸놀림이? 그 아름다운 모습을 생각하고 나는 숨을 죽이고 기다렸지만 그는 기쁜 표정을 짓고 있을 뿐이었다. (중략) 자신의 지금의 엄마는 유지라는 이름이 진짜다. (중략) 나는 정말로 눈앞이 하얗게 보였다. 이야기를 듣는 태도로 겨우 돌아왔으므로 재차 물었다. (20쪽)

눈이 부시도록 아름다운 여인이 실제로 과거에는 남자였다는 것이다. 정말로 눈앞이 하얗게 보일 수밖에 없다. 흔히 있는 농담인줄 알고 있지만 그것은 농담이 아니다. 미카게는 혼돈의 세계로 **빠져** 들고 만다.

> 그 남자임과 동시에 그 여자는 싱글벙글하고 있었다. 자주 텔레비전에서 본 뉴욕의 게이들의 심약한 미소와 닮아 있었다. 하지만 그렇게 말하기에는 그녀는 너무나도 강했다.
> 너무나도 그윽하게 매력적이고 빛나서 그녀를 여기까지 데리고 오고 말았다. 그것은 죽은 부인조차도 자식까지도 본인조차 말릴 수 없었던, 그녀에게는 그런 것이 가지는 차분함과 고독함이 배어 있었다. (28쪽)

남자임과 동시에 여자라는 말 자체가 갖는 파괴력은 가히 메가톤급이다.

아무리 뭐라 해도 남자와 여자라는 경계가 무너지거나 둘 사이를 왕래한다는 것은 신이 만든 금기를 침범하는 일이다. 트렌스젠더나 동성애가 점점 우리의 상식의 영역을 파고드는 시대적 상황에 소설도 그것을 반영하지 않으면 안 되지만 급변하는 사회에서 정체성을 잃고 헤매는 현대인들의 또 다른 소외의 단면이다.

이것은 바꾸어 생각한다면 긴 세월동안 굳게 잠겨있던 타성과 둔화된 인식에서 벗어나는 일이기도 하다. 이 소설은 그 현상을 그녀의 운명적인 사랑으로 표현했다. 그녀는 운명적으로 그렇게 태어났다. 그 여자의 눈부신 매력은 주변의 인위적인 힘을 훨씬 능가하며 그녀에게 운명의 굴레로 작용하는 것이다.

지금은 여자로 유이치의 엄마의 역할을 하는 과거의 남자는 유이치의 기묘하게 생긴 엄마를 운명적으로 사랑한 나머지 유이치의 엄마와 야반도주를 감행했던 것이다.

> 뭐라고 표현할 수 없는 얼굴이었다. 짧은 머리, 작은 눈, 코, 기묘한 인상의 나이를 알 수 없는 여성의…… 내가 잠자코 있자,
> "굉장히 이상한 사람이지?" 라고 그가 말했다. 나는 쓴 웃음을 지었다.
> "남자였을 때도 상당히 얼굴이 예뻤기 때문에 상당히 인기가 있었을 텐데. 왠지 이 이상한 얼굴의." 그는 웃으면서 사진을 보았다. "엄마에게 무척 집착해서 은혜를 저버리고 야반도주를 했대." (21쪽)

고정관념 파괴의 이면에는 이렇듯 운명적인 사랑이 도사리고 있다. 성을 바꾸는 것은 신의 영역을 침범하는 일이지만, 누군가에게 운명적으로 집착한다는 것은 신의 의지의 포로가 되고 있다는 사실이다. 기묘하게 생긴 여인을 사랑하게 되어서 은혜를 입은 집에 대한 의리를 저버리고 야반도주한다는 것은 조물주의 의도대로 살지 않을 수가 없는 운명적인 사랑을 나타낸다. 그 운명은 질기게 계속된다. 그것은 어떤 한 여인을 사랑한 것에 대한 천형인지도 모른다. 그러나 그 이면에는 깊은 나르시즘에 빠져있는지도 모른다. 프로이트와 라캉은 이 점을 다음과 같이 지적하고 있다.

> 프로이트와 라캉 모두 사랑에 빠지는 것(being in love)을 나르시즘의 한 표현으로 간주한다. 즉, 사랑이란 다른 사람에 대한 사랑이 아니라,

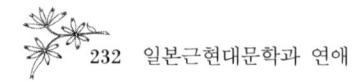

자기애(self-love)이며 자기기만의 한 표출이다.5)

　자신이 보아도 자신의 눈부신 얼굴은 사랑하지 않고는 견딜 수 없다. 그는 무의식중에 자신을 사랑하는 방편으로 유이치의 엄마를 택하고 그 엄마가 죽자, 이제는 유이치를 사랑하는 것이다. 이것도 아무튼 천형임에는 틀림없다.

> 　"그 엄마가 죽은 다음 에리코는 일을 그만두고 아직 어린 나를 안고 무엇을 할까하고 생각하고 여자가 될 것을 결심했대. 이제 더 이상 그 누구도 사랑할 수 없을 것 같아서 여자가 되기 전까지는 무척이나 말이 없던 사람이었던 것 같아. 적당한 것이 싫어서 얼굴이든지 뭐든지 수술을 해버리고서 그 방면의 가게를 하나 갖고 나를 길러 주었던 것이야. 여자 혼자의 몸으로라고 할 수 있을까? 이 경우도." (중략) 신용할 수 있을 것인가? 뭔가 아직 속이고 있는 걸까? 이 사람들의 이야기는 들으면 들을 수록 더욱 더 빠져 들어갔다. (22~23쪽)

　세상에 그 여자 외에는 아무도 사랑할 수가 없게 태어난 남자는 그토록 사랑한 여인이 죽자, 이번에는 여인이 남긴 자식에게 집착한다. 그 자식을 가장 사랑하는 방법이 무엇인가를 생각하고 바꿀 수 있는 것은 모두 바꾸려고 한다. 성격부터 시작해서 심지어는 성전환까지 시도한다. 이른바 연애감정에서 모성본능으로의 전환이다. 성을 초월하고 세대를 초월하고 사랑의 방식을 초월하는 사랑의 형태는 무엇보다 큰 폭발력을 지녔으면서도 표현이 극히 부드럽고 자연스럽고 미카게라는 완충 장치가 있어 소설은 설득력을 얻고 있다. 미카게는 운명적인 사랑에 빠지거나 신의 금기를 거역한다는 사실에 공감할 수가 없다. 따라서 그녀는 점점 혼돈의 세계로 빠져들지 않을 수 없다. 결국은 정체성 혼란까지 이어진다.

> 　"그 눈의 감촉이며 털의 느낌이며…… 어제 처음 보았을 때 웃음을 터뜨렸지 정말로."

(중략) "논짱이 죽었을 때 유이치는 밥도 못 먹었지, 그러니까 당신
도 남이라고는 생각되지 않아, 남녀의 사랑인지 아닌지는 보증할 수
없지만" (중략) "정서도 엉망이고 인간관계도 묘하게 냉정해서 여러 가
지로 침착하지 못하지만 …… 부드러운 아이로 키우고 싶어서 말이야.
그런 점만은 필사적으로 키웠지. 쟤는 부드러운 남자라구." (27~28쪽)

위의 인용문은 청년 유이치가 귀하게 키우던 강아지가 죽자, 밥도 못
먹었다는 사실과, 미카게를 보자 그녀가 그 강아지와 귀여운 점이 너무
나 닮아서 웃음을 터뜨렸다는 이야기이다. 그래서 그 강아지의 인상으
로 말미암아 남처럼 느껴지지 않는다는 이야기이다. 흔히 본능적으로
얻은 모성애 이상의 모성애를 발휘하고 있는 유이치의 엄마역인 에리코
의 모습이다.

어떤 여인을 운명적으로 사랑한 나머지, 그 여인의 사후에 그 자식까
지 사랑으로 감싸는 여인의 숭고함을 나타내고 있으며 동시에 운명적인
사랑이 얼마나 힘이 있고 값진 것인가를 나타내는 장면이다.

그런데 닮지 않은 이 부자에게는 공통점이 있었다.
웃는 얼굴이 부처님같이 빛나는 것이다. 나는 그것이 매우 맘에 들었
다.(22쪽)

눈앞의 두 사람이 너무나도 담담하게 보통의 부모자식 간의 이야기를
하기 때문에 나는 현기증을 느꼈다. 모습은 마녀 같았다. (45쪽)

보통사람의 눈에는 현기증이 느껴질 만큼 어찌 보면 어둡고 혼란스
러운 내용임에도 불구하고 소설의 조도(照度)는 이렇듯 밝다. 사랑이 천
형처럼 가혹한 것이긴 해도 이미 그것이 없었다면 와해되었을지도 모를
가족이었지만 그 사랑 때문에 두 사람은 밝게 살아가고 있다.

시대를 넘고 성을 넘고 고정관념까지 넘어 사랑은 의연하게 존재하
는 것임을 에리코의 사랑은 보여주고 있다.

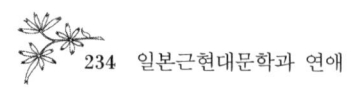

5. 모호한 사랑

에리코의 초월적인 사랑과는 대조적으로 미카게에게 있어 사랑은 지
극히 모호한 모습으로 묘사되고 있다. 이 소설은 주인공 미카게에게 있
어 애매모호함을 도드라지게 하기 위해서 확실한 현실을 배경으로 까는
수법을 사용하고 있다. 이른바 애매모호함과 확실함이 팽팽하게 균형을
이루고 있으며 그것들이 미카게의 사랑과 연루되어 있다. 그녀에게 확
고한 사실로 가장 큰 사건은 할머니의 죽음과 거기에서 비롯된 천애고
독의 경지이다.

> 나 사쿠라이(桜井) 미카게의 부모는 일찍 돌아가셨다. 그래서 할머니
> 할아버지가 나를 키워주셨다. 중학교에 올라갈 무렵 할아버지가 돌아가
> 셨다. 그리고 할머니와 둘이서 줄곧 살아 왔던 것이다. 며칠 전 할머니마
> 저 돌아가셨다. 경악했다.
> 확실히 존재했던 가족이라는 존재가 흘러가는 세월 속에서 하나 둘
> 사라지고 나만이 혼자 여기에 남았다는 생각이 문득 들었을 때, 눈앞에
> 있는 존재가 모두 거짓처럼 보였다. 태어나고 자란 방에 이렇듯 철저하
> 게 시간이 흐르고 나만이 남아있다는 사실 자체가 놀라움이다.
> 이건 마치 SF다. 우주의 블랙홀이다.
> 장례식이 끝나고 3일은 의식이 몽롱한 채 허공만 바라보고 있었다.
> 눈물마저 나오지 않는 포화된 슬픔과 함께 부드러운 졸음을 살짝 끌고
> 가서 조용히 빛나고 있는 부엌에 이불을 깔았다. 라이너스처럼 담요를
> 둘둘 말아서 잔다. 냉장고의 붕하는 소리가 나를 고독에서 지켜주었다.
> 그곳에는 상당히 안락하고 긴 밤이 지나가고 아침이 와주었다. 다만 별
> 아래서 자고 싶었다. 아침 햇살로 잠을 깨고 싶었다. 그 이외의 일은 모두
> 담담하게 지나갔다. (중략) 그러나 현실은 가혹하다. (8~9쪽)

미카게에게 들이닥친 가장 확실한 사건은 할머니 하나로 겨우 연명
이 되던 가족이 할머니의 죽음으로 한 순간에 와해되었다는 사실이다.
자신은 세상에 내동댕이쳐지듯 홀로 버려졌고 가족은 물거품처럼 완

전히 증발되었다. 마치 우주의 블랙홀에 투기되어지듯 버려진 삶, 이것은 마치 SF라고 느껴질 수밖에 없다. 이것은 주인공에게 찾아든 가장 확실한 현실이다. 따라서 현실은 미카게의 고백처럼 가혹할 수밖에 없다.

> 적막하고 어둡고 아무것도 숨을 쉬고 있지 않다. 늘 보아 왔던 익숙함의 모든 것이 전혀 생소하지 않은가? 나는 '다녀왔다' 보다는 '실례하겠다'라고 말하고는 조심 걸음으로 들어가고 싶어진다. 할머니가 죽고 이 집의 시간도 죽었다. (32쪽)

할머니와 살던 집에 오랜만에 들르면서 늘 살던 익숙한 집이 아니라, 타인의 집을 방문하듯 해야 하는 낯선 감정에 젖어들며 미카게는 할머니의 죽음과 함께 멎어버린 그 속의 시간을 들여다보면서 자신의 위치를 다시 한 번 절감한다. 가족유대의 끈을 통해 익숙함을 전하고 이어받는 관계가 여기서는 완전히 절연되고 만다. 이 현실은 미카게에게 존재감을 각인시킨다.

> 다나베네 집으로 거두어지기 전에 나는 매일 부엌에서 잠잤다.(8쪽)
> 나는 솔직히 말해서 불렀기 때문에 다나베 집을 향하고 있을 뿐 아무 생각도 없었다. (13쪽)
> 나는 개처럼 주워옴을 당했을 뿐 그리고 특별히 나를 좋아하는 것도 아니고 거기다가 그에 관해선 아는 것도 없고. (36쪽)

앞에서 살펴보았듯이 부엌이나 소파를 그토록 집요하게 사랑하고 초목을 아끼며 야경을 무척이나 좋아하는 감수성이 풍부한 미카게는 적극적이고 진취적인 여인이다. 사랑하는 사람과는 금세 깊은 사랑의 심연으로 빠져들 듯한 그 여인이 위의 인용에서는 자기의지와는 상관없이 개처럼 주워지고 거두어지고 불리어지고 있는 것이다. 자신의 의지가 완전히 거세된 수동형의 주체로 등장하고 있다. 남의 집으로 가고 있는 주인공 미카게에게 있어서 이것은 큰 사건임에도 불구하고 그곳으로

가는 미카게의 감정과 정서와 생각과 느낌 등이 깡그리 증발되어 있다.

고독하지만 사물을 보는 넉넉한 시선의 미카게에 심취되어 왔던 독자들은 일종의 심한 불균형을 느끼지 않을 수가 없다. 자신의 사랑에는 너무나도 소극적이고 모호한 태도이기 때문이다. 그리고 여기에 함께 등장하는 고독한 젊은 군상들이 만들어가는 사랑의 형상은 에리코의 운명적인 사랑과는 대조적으로 한결같이 그것이 사랑인지 아닌지 모호한 태도를 취한다.

우선 미카게와 과거의 연인관계였던 소타로에 대한 묘사이다. 소타로는 대가족의 장남으로 가족으로부터 아무렇지도 않은 듯 가져오는 무언가 밝은 것이 미카게를 상당히 따뜻하게 해주는 남자인데 여기서도 그 자체를 사랑하기보다는 그에게 묻어오는 가족의 그리움을 미카게가 사랑하고 있었다고 밝히는 그런 남자이다. 그리고 그와는 이미 결별한 사이이다.

> 그는 과거의 연인이었다. 할머니의 병이 악화되었을 때 헤어졌다.
> (중략) 울고 싶을 정도로 그리운 목소리였다. (33쪽)

이미 과거가 되어버린 상대방인 그에게 어느 날 뜬금없이 전화가 걸려온다. 그 이유도 미카게가 후배와 동거한다는 소문을 확인하기 위해서였다. 이미 헤어진 상대방에 대해서 소문을 가지고 전화해오는 것은 어딘가 설득력이 약해 보인다. 더구나 그는 미카게의 할머니의 병이 악화되었을 때, 즉 미카게가 곤경에 처했을 때 헤어졌던 연인이다. 그렇다면 미카게의 소홀로 둘 사이가 갈라졌다는 이야기인데 미카게로서는 상대방에 대한 감정이 좋을 리가 없을 것임에도 불구하고 상대방의 목소리를 듣자 울고 싶을 정도로 그립다고 했다. 미카게가 고독에 빠져있다는 상태를 감안하더라도 이런 감정은 이해하기가 쉽지 않다.

> 그와 정말로 친했을 때라면 지금쯤 나는 냉장고 닭기로 많이 벗겨진

> 오른손의 매니큐어가 신경 쓰여서 얘기가 안 될 거라고 생각한다. (중략)
> 소타로가 큰 소리로 말했다. 그의 밝고 솔직함을 나는 옛날에 진정으
> 로 사랑했지만 지금은 시끄러워서 좀 창피할 뿐이었다. (35~36쪽)

녹색을 사랑하는 건강한 청년으로 녹색광장이 보이는 찻집을 선호해서 항상 정해진 찻집에서 만났던 상대방이지만 지금 현재로선 마음이 떠나 있는 상태가 선명하게 묘사되어 있다.

과거의 힘이 되어 주곤 했던 그의 솔직한 큰 소리는 지금 현재 오히려 소음이 되고 있다.

> 아무래도 지금 나에게 필요한 것은 그 다나베네의 묘한 밝음, 안락함
> 으로 그것을 그에게 설명할 수 있을 것 같지가 않다. 자기가 자신이라는
> 사실이 슬퍼진다.
> 아직, 현재 나에게 마음이 남아 있을까?
> "꿋꿋하게 살아." 그는 웃고 가늘게 뜬 눈에는 숨김없는 대답이 깃들어
> 있다.
> 명심하겠다고 대답하고는 손을 흔들며 헤어졌다. 그리고 이 기분은
> 이대로 어딘가 하염없이 먼 곳으로 사라져버릴 것이었다. (38쪽)

두 사람의 대화 속에서는 사랑이 현재형인지 과거형이지 아니면 아예 처음부터 존재조차 하고 있지 않았는지가 불분명하다. 그리고 여기서 젊은이들의 실루엣은 주체성이 거세된 괴뢰들이다. 두 사람의 오랜만의 재회도 필요하고 충분한 조건이 되지 않을 뿐더러 헤어짐도 몽롱하다. 미카게의 예리하고 섬세하고 구체적인 감각묘사와는 확연한 단층이 보인다. 그리고 이런 기분은 하염없이 먼 곳으로 사라져버릴 것이라는 허무한 예측으로 마무리하고 있다.

이런 형태는 유이치에게도 그대로 적용된다. 유이치는 내심 미카게를 사랑하고 있으면서도 사랑한다거나 사랑의 태도를 전혀 보여주지 않고 있다.

> "이사했다는 엽서 돌리지 않을래?" 라고 유이치가 묻는다. "그게 뭔데?"
> "그럼 이 대도시에서 주소도 없고 전화도 없이 살아갈 생각이야?"
> "하지만 또 이사할 때 또 알려야할 걸 생각하면 귀찮아서." (중략)
> "하지만 거북하지 않아? 귀찮지 않아?"
> "뭐가?"라며 이상한 듯 의아해했다. 혹시 내가 연인이었다면 틀림없이
> 세게 때렸을 것이다. 나는 나의 입장을 보류하고 순간 그에 대해서 반감
> 을 갖고 말았다.
> 그 정도로 이해하지 못하는 것 같았다. 그라는 사람은. (39~40쪽)

함께 살고 있는 유이치가 프린트기를 사갖고 와서 미카게에게 갑자
기 이사했다는 엽서를 만들어서 돌릴 것을 권유하고 있다. 유이치나 그
의 어머니는 이것저것 재지 않고 항상 충동적인 기분으로 살아간다. 불
현듯 뜬금없이 엽서를 쓰라고 권유하는 것도 그 일환일 것이다. 상대방
을 진정으로 배려하는 행동이 아니다. 그의 그런 일련의 행동에는 미카
게를 좀 더 긴 시간 자신의 집에 머물게 할 생각이 들어 있다. 하지만
미카게는 자신들이 동거한다는 소문으로 유이치가 연인으로부터 따귀
를 맞았다는 사실을 소타로부터 들어서 알고 있다. 그래서 집요하게 묻
고 있지만 대답 대신 의아해 한다. 그와는 진정한 의사소통이 이루어지
고 있지 않고 따라서 순간적으로 반감을 갖고 있다.

결국은 유이치의 권유대로 이사엽서를 만들면서 그녀의 감정은 예민
해져 간다.

> 투명하게 적막한 시간은 펜소리와 함께 한 방울 한 방울 떨어져간다.
> 밖은 봄바람 같은 따스한 바람이 후우후우 불고 있다. 야경도 흔들리는
> 것 같았다. 나는 절실한 감정으로 친구들의 이름을 적었다. (41쪽)

적막한 시간들이 하나하나 떨어져 가면서 봄바람 같이 따스하고 훈
훈함을 느끼는 미카게의 모습이다. 그것은 곧 유이치의 배려에 대한 훈
훈함이지만 그러면서도 미카게는 그와의 진정한 의사소통이 방해받고

있는 것에 대한 생각을 떨칠 수 없다. 예민해진 신경이 결국은 말을 하게 만들었다.

　　"뭔가 이 엽서가 파문을 일으키지 않을까 식당에서 여자에게 맞는다든가?"

　　"아까부터 그런 이야기였어?" 그는 쓴 웃음을 지었다. 그 당당하게 웃는 얼굴이 나를 놀라게 했다. (중략)

　　아까 소타로는 말했다. 다나베의 여자 친구는 1년간 사귀어도 다나베를 전혀 알 수가 없어 싫어졌다고. 다나베는 여자를 만년필 같은 걸로밖에는 맘에 들어 할 수가 없다고,

　　나는 유이치를 사랑하지 않기 때문에 잘 안다. 그에게 있어서 만년필과 그녀는 전혀 질과 무게가 다른 것이다. 이 세상에는 만년필을 죽도록 사랑하는 사람조차 있을지도 모른다. 그 점이 매우 슬프다. 사랑만 하지 않으면 알 수 있는 것이다. (42쪽)

　진정한 소통부재에서 야기된 유이치의 사랑은 심지어는 만년필에 대한 사랑으로까지 묘사되고 있다. 만년필은 커뮤니케이션 없이도 사랑을 할 수 있다. 미카게와 다나베의 연인은 사랑의 전제 형태로 소통을 염두에 두고 있지만 다나베의 사랑은 소통과는 무관하게 존재할 수 있다. 남자와 여자의 사랑관이 괴리를 보이고 있는 장면이다.

　사랑이 제어할 수 없는 지극히 자연스런 감정이라는 점을 생각하면 다나베의 사랑도 사랑이 아니라고 강변할 수도 없다. 이런 관점에서 본다면 미카게가 유이치를 사랑하지 않고 있다고 강변하는 것도 이야기가 전개되어가고 있는 앞과 뒤의 상황을 보아서는 상당히 애매모호하다. 항상 사물의 아름다움이라든가 미적 감각을 꿰뚫고 있는 그녀의 풍부한 정서가 왠지 유이치에게만은 인색하다.

　　난 지금 그를 느꼈다고 생각했다. 1개월 동안 같은 곳에 동거하고 있고 처음으로 그를 느꼈다. 사정에 따라서는 언젠가 좋아하게 될지도 모른다고 생각했다. 사랑을 하면 항상 적극적으로 나가는 것이 나의 방식

이었다. 구름 낀 하늘로 언뜻 보이는 별처럼 지금과 같은 이야기를 할 때마다 조금씩 좋아질지도 모른다. 그러나 나는 손을 움직이면서 생각했다. 하지만 여기를 나가지 않고는.

내가 여기에 있으므로 그가 헤어졌다는 것은 명백하지 않은가? 자신이 얼마나 강한지, 지금 당장 혼자 사는 삶으로 되돌아갈 수 있는가 짐작이 가지 않았다. 그렇다고는 해도 역시 가까운 미래에 정말로 이사엽서를 쓰면서 모순되고 있다고 생각되지만 않는다면. (43쪽)

자신 때문에 유이치가 사랑하는 사람과 헤어졌다고 생각하는 미카게는 스스로에게 계속해서 자기가 살고 있는 집을 나가야 한다고 은연중에 말하고 있다. 그를 느꼈으며 언젠가 좋아하게 될지 모른다는 말을 하면서도 더구나 이 집에 새로 이사해서 살고 있다는 엽서를 지인들에게 쓰면서도 그 집을 떠나야 한다는 미카게의 행동에는 모순투성이고 오리무중이다. 사랑을 하면 적극적으로 나가는 자신의 방식이 그럴 것이라고 스스로의 미래를 재단하지만, 그리고 앞의 인용에서는 유이치를 사랑하고 있지 않다고 단언하고 있지만 미카게는 이미 유이치를 사랑하고 있는지도 모른다. 구름 낀 하늘로 언뜻 보이는 별은 이미 유이치라는 것을 행간으로 알 수 있다.

마틴 부버는 다음과 같이 기술하고 있다.

하나의 '너'는 영원한 '너'를 흘깃 들여다보는 틈새이다. 하나하나의 '너'를 통하여 저 근원어는 영원한 '너'에게 말을 건다. 모든 존재에 대한 관계가 실현되기도 하고 실현되지 않기도 하는 것은 '너'가 모든 존재들과 관련하여 매개자 역할을 하기 때문이다. 하나하나의 관계 속에서 선천적인 '너'는 매번 현실화되기는 하지만 완성되지는 않는다. 선천적인 '너'는 본질상 하나의 '그것'이 될 수 없는 '너'에 대한 직접적인 관계 속에서만 완전에 도달한다.6)

부분 부분의 '너'가 영원한 '너'로 실현되거나 만남이 완성되기 위해서는 '나'와 '너'의 직접적인 관계 속에서만 이루어질 수 있다는 이야기이다. 아무튼 미카게에 있어서 지금 세상과의 원만한 관계를 유지하거나 세상과 화합하기 위해서는 영원한 '너'의 존재가 전제 되어야 한다. 하지만 그것에 대해서 미카게는 비관적이다. 이미 미카게는 부분적인 존재만으로 유이치를 상정하고 있다. 둘의 관계에서 서로를 영원한 '너'로 보지 않고 하나하나의 '너'로 보고 있다는 점은 둘의 존재가 절연체처럼 소통불능의 상태로 존재하기 때문이다.

> "내가 에리코씨처럼 충동적인 기분으로 살아간다고 너는 생각할지 몰라도 너를 집으로 부른 것은 심사숙고한 다음에 결정한 것이야. 할머니는 항상 널 걱정하고 계셨고 너의 기분을 가장 확실하게 아는 것은 아마 나일 거야. 하지만 너는 활기를 되찾으면 예컨대 내가 말려도 나갈 사람이라는 걸 잘 알고 있어. 하지만 무리잖아. 무리라는 걸 전해줄 친척이 없기 때문에 내가 대신해서 보고 있었어." (54쪽)

유이치도 미카게가 자신 앞에서 영원한 '너'로 존재할 수 없다는 사실을 전제로 그녀를 자신의 집으로 초청한 것이다. 하지만 그들이 주고받는 대화나 생각은 이들에게 있어서 진정한 소통이 이루어질 수 있는 가능성은 열려있기 때문에 그것이 완전히 불가능한 것도 아니다. 그래서 둘의 사랑은 애매모호할 수밖에 없다. 왜냐하면 둘은 내용상, 절대적으로 서로를 필요로 하면서 그것을 직접화법으로 표현하거나 속내를 드러내지 않을 뿐이다. 둘이 진정한 소통을 통하여 합일하기까지에는 여러 가지 장애물이 따른다.

> 정신을 차려보니 뺨으로 눈물이 흘러 가슴언저리로 뚝뚝 떨어지는 것이 아닌가?
> 섬뜩했다. 나라는 기능이 부서진 것인가 하고 생각했다. 상당히 취해 있을 때처럼 자신과는 무관한 곳에서 당황하듯 눈물이 나오는 것이다. 이어 수치스러움에 얼굴이 발갛게 되었다. 그것을 스스로도 알았다. 허둥지둥 버스에서 내렸다. 버스의 뒷모습을 보면서 나는 어둑한 골목 속으로 뛰어 들어갔다. 그리고 짐 사이에 끼어서 어둠에 웅크리고 실컷 울

었다. 이렇게 울었던 것은 태어나서 처음 있는 일이다. 끝없이 흐르는 눈물을 훔치면서 나는 할머니가 죽고 나서 울지 않았던 것을 기억한다. 무엇이 슬퍼서도 아니고, 나는 여러 가지 일에 울고 싶었던 느낌이 든다. (50쪽)

이미 언급한 바와 같이 적극적인 정서를 표현하는 등의 진취적인 자세와는 달리, 미카게는 자신의 일에 지나치게 피해의식에 사로 잡혀 있고 소극적이다.

마루야마 마사오(丸山眞男)는 일본어의 '-이다'와 '-하다'라는 말로 인간의 형태를 분류했다.

> 일본어에서 '-이다'와 '-하다'는 대비의 말로 유용하게 쓰인다. 그 중 '-이다'는 현재의 상태, 거주지, 위치 등을 나타낸다. 즉 태생이나, 자신이 처한 환경 등 자신의 힘으로는 어쩔 수 없는 운명을 가리킨다. 거기에 대해서 '-하다'는 자신의 힘으로 어떤 것을 해내거나 역경을 극복하거나 하는 힘을 나타낸다.[7]

이런 관점에서 본다면 미카게는 '-이다' 의식의 과잉이다. 위의 인용에서 보여지는 미카게의 실루엣은 지극히 평범한 것에서도 아름다움을 읽어낼 수 있는 치열함을 가지고 있음에도 불구하고 지나치게 병적이고 심약하다.

도키나가(晨永光彦)는 이 점을 다음과 같이 말하고 있다.

> 임상심리학에서 말하는 트라우마는 심적 외상에 국한한다.
> 여기에 대해서 PTSD는 심적 외상 후의 스트레스 장애이다. '특히 심각한 심적 외상의 결과로 야기된 스트레스 장애'를 가리키는 말이다. 인간이 사회생활을 하다보면 많든 적든 심리적인 트라우마를 겪게 되지만 PTSD까지 가는 경우는 그렇게 많지 않다. PTSD에는 의학적인 진단기준이 있다. 반복되는 '감정진입(불현듯 어떤 동기가 원인이 되어 사건을 생각해낸다)', '꿈꾸기', '사건상기 회피', '과잉각성(심리적인 흥분상태에 있거나 수면곤란이나 과도한 경악반응)' 등등 여러 가지이다.[8]

미카게의 상태가 단순한 트라우마를 넘어서 과잉각성의 양상을 보이는 PTSD의 수준인 것을 알 수 있다. 그녀에게 있어서 가장 확실한 것은 가족의 와해이고 다른 사람과의 소통 불능이다. 그녀에게 가장 필요한 것은 완전한 소통을 이룰 수 있는 '너'의 출현인데 그런 점에서 유이치는 최적의 적임자인지도 모른다. 하지만 둘의 관계는 미카게의 부엌이나 소파 등의 사물과의 관계보다 훨씬 밀도가 떨어진다. 두 사람이 이런 관계를 지속시킬만한 필요하고도 충분한 조건에 있으면서도 그렇지 못한 채 미카게의 꿈에서나 둘이 합창하는 모습으로 나타나 있다.

> 하늘을 별이 움직여 가는 소리가 귓속으로 들려올 것 같은 조용하고 고독한 밤중이다. (57쪽)
> 이곳조차 언제나 있을 수는 없다. 잡지에 눈길을 돌리며 나는 생각했다. 조금은 괴롭겠지만 그것은 확실하다. 언젠가 다른 곳에서 이곳을 그리워할지도 모른다. 혹은 언젠가 또한 같은 부엌에 서 있을 것인가, 하지만 지금 실력파 어머니와 저 부드러운 눈을 가진 남자와 나는 같은 장소에 있다. 그것이 전부다.
> 더 커지고 많은 일이 있고 몇 번이고 바닥까지 가라앉는다. 몇 번이고 수없이 컴백한다. 지지 않는다. 힘은 빠지지 않는다. (62쪽)

두 사람의 사랑 관계는 그렇게 보류된 채로 소설의 끝부분에서 미카게는 한 번의 격한 감정을 경험하고 난 뒤 자신의 실존을 파악하고 있다. 하지만 둘의 사랑은 상대방을 파악함으로써 가능성을 완전히 남겨 놓고 있다. 두 사람의 사랑을 미래형으로 남겨둔 셈이며 소설은 그 가능성을 열어 놓은 채 끝난다.

6. 나오며

소설 『키친(キッチン)』은 진정한 소통이 없는 외딴 섬 같은 인간들이 나름대로 삶의 방식인 사랑을 통하여 고독한 삶을 영위해 나가는 기록이다.

본고에서는 작중인물의 사랑의 형태를 중심으로 고찰해 보았다. 특히 유이치(雄一)의 어머니의 사랑과 미카게(みかげ)의 사랑에 대해서 비교해본 결과 다음과 같은 결론을 얻었다.

우선 유이치의 어머니의 경우는 운명적인 사랑의 포로가 되어 사랑하는 사람과 야반도주하거나 심지어는 성전환수술까지 감행하면서 연인의 감정에서 모성의 감정으로 사랑을 진취적으로 쟁취한다. 그녀가 선택한 것은 오로지 한 길 사랑이었다. 자신의 운명적인 사랑에 대해 수단을 가리지 않고 이루어내는 그녀이기에 지금은 행복한 생활을 한다. 자신의 사랑을 위하여 무슨 일이든지 감행하고 사랑에 온몸을 내던지는 그녀에게 있어서 사랑은 사는 것보다 우선한다.

그에 비해, 미카게의 경우는 유일한 가족인 할머니의 사망으로 가족의 와해를 경험한다. 그것이 결정적인 상실감으로 그녀는 풍부한 감수성, 사물을 꿰뚫어 볼 수 있는 혜안(慧眼), 사물에 대한 넉넉한 시선 등을 갖고 있으면서도 유이치와의 사랑에는 끝까지 애매모호한 태도를 취하는 대신 부엌이나 소파 혹은 빛에 집착한다. 그녀는 사랑보다 자신의 인생이 중요하다. 타인과의 건강한 소통과 공존이 더 이상 불가능한 상태에서 작중인물들은 그것들을 지겨워하면서도 동시에 그것을 놓칠까 봐 전전긍긍하는 이율배반의 모습을 확인할 수가 있었다. 작가는 두 사람의 극단적인 사랑의 형태를 통해 현대를 읽어낸 것이다.

▌주 ▌

1) 요시모토 다카아키 · 요시모토 바나나(吉本隆明 · 吉本ばなな), 『吉本隆明 ×吉本ばなな』, ロッキング · オン, 1977, 119쪽.
2) 吉本ばなな, 『キッチン』, 角川書店, 1998, 12쪽. 이하, 본문은 페이지만 표기함.
3) 야마사키 시게루(山崎森), 『喪失と攻撃』, 立花書房, 1973, 3~5쪽.
4) 마틴 부버 저, 박문재 옮김, 『나와 너』, 도서출판 인간사, 1992, 38쪽.
5) 엔터니이스트 호프 저, 이미선 옮김, 『무의식』, 한나래, 2000, 112~113쪽.
6) 마틴 부버, 앞의 책, 116쪽.
7) 마루야마 마사오(丸山真男), 『日本の思想』, 岩波書店, 1967, 154~180쪽.
8) 도키나가 미쓰히코(晨永光彦), 『社会心理学』, 日本文芸社, 2003, 221~222쪽.

【참고문헌】

D · H 로렌스 박화영 · 박신영 옮김 『무의식의 판타지』 현대미학사 1993

가스통 바슐라르 이가림 옮김 『순간의 미학』 영언 2002

晨永光彦 『社会心理学』 日本文芸社 2003

丸山真男 『日本の思想』 岩波書店 1967. 7

마틴 부버, 박문재 옮김 『나와 너』 도서출판 인간사 1992

아서 케슬러, 최효선 옮김 『야누스』 범양사 출판부 1978

山崎 森 『喪失と攻撃』 立花書房 1973

엔터니이스트 호프, 이미선 옮김 『무의식』 한나래 2000

조셉 머피, 곽준상 옮김 『잠재의식의 힘』 문진 2002

吉本ばなな 『キッチン』 角川書店 1998

─────『B級BANANA』 角川書店 1999

─────『ばななブレイク』 幻冬舎 2000

吉本隆明 · 吉本ばなな 『吉本隆明×吉本ばなな』 ロッキング · オン 1987

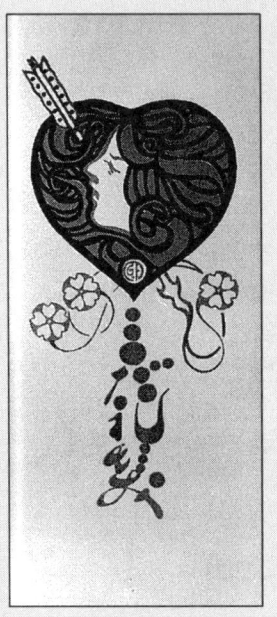

▲ 『헝클어진 머리』
(1901년)

▲ 요사노 아키코(1901년)

요사노 아키코(与謝野晶子)의
『헝클어진 머리』에 나타난 연애

손순옥*

1. 머리말

　가집(歌集) 『헝클어진 머리』는 요사노 아키코(与謝野晶子; 1878~1942)의 처녀가집이다. 1901년 그녀의 나이 23세에 호 아키코(鳳晶子)라는 이름으로 발표된 작품[1]이다. 이 작품이 발간된 당시의 가단(歌壇)에서는 요사노 뎃칸(与謝野鉄幹)이 와카(和歌)혁신을 주장하고 있었고 다른 한편에서는 마사오카 시키(正岡子規)가 단가혁신을 주장하고 있었다. 뎃칸이 『명성(明星)』을 통해 새로운 근대문학으로서의 서구적 낭만주의 경향으로 관능미를 추구했다면, 마사오카 시키는 네기시파(根岸派)를 결성하여 단가개혁의 이론인 '사생설(写生説)'을 주장하던 시기였다. 아키코(晶子)가 24살 때에 뎃칸의 호적에 들어가 요사노라는 성을 갖게 되기 전의 일이다. 연인이자 스승이었던 뎃칸을 남자 주인공으로, 아키코 자신을

---

* 孫順玉 : 중앙대학교 일어일문학과 교수.

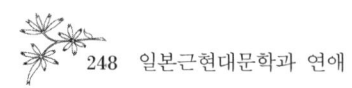

여자 주인공으로 하여 사랑과 갈등의 체험을 관능적으로 표현한 작품으로, 당시의 어른들의 미간을 몹시 찌푸리게 하였던 반면, 청년들에게는 쾌재를 부르게 한 것으로 유명하다. '양극화된 평가2)는 그 시대의 반영이라고 볼 수 있다.

이 가집에는 여섯 개의 소제목3)으로 나뉘어, 총 399수(首)의 노래가 실려 있다. 이 소제목들은 각각 독립적이지 않고 아키코가 뎃칸을 만난 이후부터 결혼에 이르는 과정이 유기적으로 표현된 이야기로서의 성격도 갖추고 있다. 여기서는 연애의 전개과정과 그 양상을 감상하기로 한다.

2. 「연지보라(臙脂紫)」에서의 사랑의 전개

모두 6장으로 나누어진 것 중에서 첫 번째의 소제목인 「연지보라」에는 아름다운 색채감에 넘치는 정열적인 노래가 98수 수록되어 있다.

[1] 밤장 내려져/ 속삭임도 끝이 난/ 별들의 이밤/

지상의 내 마음 속/ 흐트러진 머리여

(夜の帳にささめき盡きし星の今を

下界の人の鬢のほつれよ)

[3] 5척 긴 머리/ 물에 풀어 제치면/ 부드럽겠지/

처녀의 속 마음은/ 털어놓을 수 없어

(髪五尺ときなば水にやはらかき

少女こころは秘めて放たじ)

[6] 스무 살 그녀/ 빗으로 빗겨 내린/ 검은 머릿결/

눈이 부신 봄날의/ 아름다움이어라

(その子二十櫛にながるる黒髪の

おごりの春のうつくしきかな)

[9] 연보라색을/ 누구에게 말할까/

흔들리는 피/ 봄날의 사랑으로/ 들끓는 목숨이여

(臙脂色は誰にかたらむ血のゆらぎ

春のおもひのさかりの命)

[10] 보라빛 사랑/ 짙은 무지개 담은/ 고운 술잔에/

비치는 봄날 처녀/ 눈썹이 아련해라

(紫の濃き虹説きしさかづきに

映る春の子眉毛かぼそき)

[29] 님 안보내고/ 저물려는 봄날의/ 초저녁 마음/

거문고에 기대인/ 헝클어진 머리여

(人かへさず暮れむの春の宵ごこち

小琴にもたす亂れ亂れ髪)

[38] 봄비 맞으며/ 지난 밤 내 궁전을/ 뛰쳐서 나온/

길 잃은 어린 양을/ 야단치시는 자기

(春雨にゆふべの宮をまよひ出でし

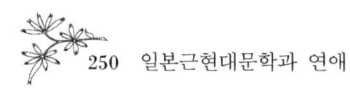

小羊君をのろはしの我れ)

[68] 젖가슴 누르며/ 신비로운 장막을/ 내 차버렸네/

여기 피어있는 꽃/ 주홍 색깔 빛 짙어

(乳ぶさおさへ神秘のとばりそとけりぬ

ここなる花の紅ぞ濃き)

[71] 소매 당기며/ 웃음을 피어내는/ 봄날은 젊네/

아침 해변 가에서/ 장난하는 연인들

(ひく袖に片笑もらす春ぞわかき

朝のうしほの戀のたはぶれ)

　아키코가 처음 뎃칸을 만난 것은 1900년 8월 4일, 22살의 무더운 여름
날이었다. 이 가집에 수록된 노래는 1900년 8월부터 1901년 6월까지 지
은 단가가 대부분이다. 그녀는 강연을 위해 오사카(大阪)로 내려온 뎃칸
을 그가 묵고 있던 여관으로 찾아가서 첫 대면을 한 이후, 십 일 정도의
기간 동안 급속도로 사랑을 느끼게 된다. 이미 문학적인 경력을 쌓아가
고 있던 뎃칸은 새로운 단가의 기수로서 여성문인들에게는 더할 수 없
는 동경의 대상이었다.
　그러나 이 가집에서 스무 살의 청춘을 한껏 뽐내고 있는 계절은 여름
이 아니라 봄날이다. 또한 사랑의 색깔을 보랏빛으로 그리고 있다. 1907
년 소세키(漱石)의 최초의 삼각 연애소설인 『양귀비꽃(虞美人草)』에서 여
주인공 후지오의 사랑이 따뜻한 봄날 보라색으로 시작되던 것과 같은
분위기이다. 또한 그 이듬해 쓰인 『산시로(三四郞)』에서 미네코가 자신

들의 사랑을「길 잃은 양」으로 비유하듯이, 38번 노래에서 아키코도 자신의 사랑을 집을 나온 길 잃은 어린 양으로 표현하고 있다.

　'양'이라는 낱말은 근대에 들어와 서구풍 분위기가 확산되면서 성서의 어휘도 모티프로 쓰이게 된 것이지만, 이 단어가 문학에서 등장하는 것은『헝클어진 머리』가 처음이다. 이 가집이 출판됨으로써 여성의 봉건적인 것으로부터의 해방을 가져오는 선두적 역할을 하였듯이, 여러 방면에서 첨단을 걷던 여성이라는 생각이 든다. 가집이 간행된 날이 8월 15일[4]이라고 하니, 이 날짜 또한 '해방'과는 인연이 깊은 것 같다.

　'검은 머리카락'을 청춘의 풍요로운 심벌로서 당당히 내세우며, 그것도 오히려 '현모양처'가 강요되던 당시에, 단정한 모습이 아니라 풀어헤치겠다고 선언하고 있다. 그러나 처녀의 속마음은 아직 풀어놓을 수 없다고 수줍어하던 사랑의 감정은 시간이 지나면서 서서히 강렬해지고 적극적이 되어가는 것을 알 수 있다. 9번의 '사랑으로 들끓는 목숨'은 마침내 38번의 노래처럼 집을 나온 여인이 되어 안팎으로 비난받으면서도 감히 68번 같은 성의 신비에 눈 떠가는 희열이 마침내 읊어지기 때문이다. 사랑의 설렘을 '연지보라색'으로 노래하고, 익어가는 사랑을 주고받는 술잔에 '보라빛'으로 짙게 그려가다가, 끝내는 '짙은 주홍빛'이 되어버린 절정을 넘어, 71번의 아침 해변 가의 싱그런 공기 속에서 장난치는 웃음으로 해말간 '흰색'이 되어버린 연애이다.

　물론 해말간 흰빛 파도가 있는 바닷가에서 철없는 아이들처럼 싱그럽게 장난칠 수 있기까지는 사랑의 고뇌가 없을 수 없다. 29번처럼 헤어져야 하는 시간의 초조함, 또는 다른 장애물들이 있어 저물어가는 봄날, 무언가에 기대어 한 번쯤은 한숨짓지 않은 연인이 어디 있겠는가?

　이 가집의 노래는 이미 아내가 있었던 뎃칸을 사랑하는 아키코를 떠올리지 않더라도, 젊은이들에게는 조금은 동감이 갈 수 있을 것이다. 그러나 소세키의『산시로』에서의 가을날 햇살 같은 담백한 연애에 비해서는 매우 농도가 짙다고 하겠다. 스물 세 살의 남자인 '산시로'나, 바람 둥이였다고 생각되는 이시카와 다쿠보쿠(石川啄木)의 스물 두 살 때의 연애를 노래한 단가도 이렇게 도전적이고 정열적이지는 않다.

정열적인 아키코의 탄생은 환경적 요인이 컸다고 생각된다. 아들을 원하던 아버지는 그녀가 태어난 것을 반기지 않았으며, 더욱이 어머니인 쓰네는 산후 회복이 되지 않아서 아키코는 유아기를 양녀로 보내져 친척 손에서 크게 된다. 네 살 무렵 아들이 태어난 것을 계기로 집으로 다시 돌아오게 되지만 아버지의 무관심은 여전해서 '한 달에 서너 번 말을 걸어주면 괜찮은 편으로 아키코에게는 귀여움을 받았던 기억은 없었다'5)고 한다. 어린 시절 부모들의 무관심은 그녀를 문학에 심취하게 만들어 단가를 짓기 시작했을 무렵의 자신의 생활에 대해 다음과 같이 회상하고 있다.

여러 가지 감동이 내면에서 끓어올라, 그것을 꾹 참고 있는 것은 상당히 큰 고통이었습니다. (중략) 몸은 가게 일로 바쁘게 지내고 있었지만 마음은 『겐지 이야기』의 귀녀로도 변형해 보고, 인간의 어두운 면을 알고 나서는 '무(無)'로 돌아가는 것의 평정과 '죽음'의 청정을 상상하기도 하여 그러한 도취 중에 자살을 실제로 꾀하기도 한 것도 그 무렵이었습니다.6)

위의 글에서 우리는 아키코가 무척 조숙하였으며 생각이 깊었음을 알 수 있다. 모든 것을 버리고 '빈 마음'으로 돌아갔을 때의 마음의 고요함과 삶의 복잡함을 끊을 수 있는 '죽음'이 가져다주는 '청정'함을 그리워했던 그녀의 사색에서, 20년의 짧은 생활 속에서 많은 것을 깨닫고 있었다는 것이 짐작이 간다. 그러한 터득은 집안 일을 도울 수밖에 없었던 생활 환경과 그러면서도 『겐지 이야기』와 같은 한 인간의 전 생애의 회비를 모두 담은 장편소설을 읽어냈던 문학적 감성의 영향이 컸다고 생각한다.

아키코의 문학 심취는 집안일을 거들며 자유가 없는 생활을 해야만 했던 유년시절부터 그녀에게 가장 큰 위안이 되었을 것이고 상상의 나래를 펼칠 수 있는 돌파구였으리라. '히카루 겐지(光源氏)'를 기다리던 문학소녀는 뎃칸이라는 문학인을 만나, 잠재되어 있었던 내면적 욕구가 그대로 분출되어 달콤한 과자집 셋째 딸같은 사랑에 불이 붙었다고 생각된다.

3. 「흰 백합(白百合)」에서의 삼각관계

아키코의 인생에서 많은 영향을 준 인물 중에 한 사람은 같은 남자를 사랑하게 된 친구 야마카와 도미코(山川登美子; 1879~1909, 이하 '도미코'라 함)이다. 도미코는 그녀의 문학적 경쟁자였던 동시에 사랑에 있어서도 숙명적 라이벌이었다. 「흰 백합」에는 친구인 도미코와 얽힌 추억의 노래가 36수 수록되어 있다. 아키코가 뎃칸을 처음 만나던 1900년 여름, 도미코도 뎃칸을 처음 만나게 된다. 스승이었던 뎃칸과 두 여인의 삼각관계로 인한 갈등이 시작되는 순간이었다. 여기서는 세 사람의 동반 여행과 도미코의 결혼에 대한 아키코의 반응을 다룬 노래만을 감상하기로 한다.

> [176] 긴긴 머리칼/ 아름다운 두 소녀/ 어스름 저녁/
> 하얀 연꽃 색깔과/ 헷갈리지 말아라
>
> (たけの髪をとめ二人(ふたり)に月うすき
>
> 今宵しら蓮(はす)色まどはずや)
>
> [178] 그리워하는/ 서로의 마음속을/ 알 듯 모를 듯/

당신은 하얀 싸리/ 나는야 하얀 백합
(おもひおもふ今のこころに分ち分かず
君やしら萩われやしろ百合)

[180] 셋이서 함께/ 세상을 근심하는/ 남매 같다고/
먼저 말을 꺼낸 나/ 서쪽 교토 여인숙
(三たりをば世にうらぶれしはらからと
われ先づ云ひぬ西の京の宿)

[183] 옆의 방 당신/ 덧문 밖을 지나는/ 나를 불러서/
가을 밤 어떠했나/ 짧았는지 긴지를
(次のまのあま戸そとくるわれをよびて
秋の夜いかに長きみぢかき)

[184] 친구의 발이/ 차가웠어요 라고/ 여행길 아침/
젊은 내 스승에게/ 무심코 말했었네
(友のあしのつめたかりきと旅の朝
わかきわが師に心なくいいひね)

[185] 문틈 사이로/ 때때로 들려오는/ 당신 숨소리/
그날 밤 흰 매화를/ 품에 안는 꿈 꿨네
(ひとまおきてをりをりもれし君がいき
その夜しら梅だくと夢みし)

[186] 그저 말없이/ 고개만 끄덕이며/ 이별 하였네/

그날은 6일이고/ 두 사람과 한 사람

(いはず聽かずただうなづきて別れけり

その日は六日二人と一人)

[188] 별이 되어서/ 만나는 그날까지/ 추억해 주오/

함께 누워 들었던/ 그 가을의 소리를

(星となりて逢はむそれまで思ひ出でな一つ

ふすまに聞きし秋の聲)

[190] 별나라 그대/ 너무도 약하구나/ 소매를 걷고/

마귀와 귀신에게/ 이기겠다 말해주오

(星の子のあまりなよわし袂あげて

魔にも鬼にも勝たむと云へな)

　178번 노래의 '당신과 나'는 아키코 자신과 도미코를 말한다. 그 당시
『명성(明星)』에서는 '여성 회원들을 하얀 꽃에 비유하여 부르는 경향이 있
었다7)고 한다. 아키코는 '흰 싸리꽃, 도미코는 '흰 백합', 다키노를 '흰 연
꽃'이라 불렀다. 따라서 노래의 '흰 싸리'는 아키코 자신을, '흰 백합'은 도미
코를 지칭하고 있는 것이다. '흰 연꽃'이라 불리우는 다키노(滝野)는 뎃칸의
아내였으므로, 오늘 밤 어두워지면 아내 생각 하지 말고 두 사람만을 생각
해 달라는 요청의 뜻이 되겠다. 이렇듯, 도미코와 아키코는 뎃칸의 소개로
만나 스승에게 마음을 뺏기면서도 동시에 서로에게도 강한 유대감을 느끼
며 친분을 맺게 된다. 그 친숙함은 뎃칸이 오사카에 머무는 열흘 간, 외출
이 자유롭지 않았던 아키코를 위해 도미코가 그녀의 집으로 데리고 가주
면서 더욱 깊어진다. 이 노래는 서로가 서로를 깊이 생각해주는 마음에

일체화되는 느낌이 들었다는 우정에 대한 고백이라 할 수 있다.

아직 여기까지는 두 사람 사이에 삼각관계에 대한 질투나 라이벌의식은 보이지 않았다. 다만 〈여기에 당신/ 그리워 눈물짓는/ 두 사람 있네/ 백이십리 거리를/ 멀다고 생각할까〉[8]라는 도미코의 단가를 감상해 보면, 두 사람이 얼마나 뎃칸을 그리워하고 존경하였는가를 짐작할 수 있다. 그 후 뎃칸이 도쿄로 돌아가고 나서 편지로 연락을 하며 지내던 중, 같은 해 11월 세 사람은 교토(京都)로 여행을 가게 된다.

180번 노래는 교토의 아와타야마(栗田山) 여관에서 지낸 소감을 표현한 것이다. 뎃칸과 다키노와의 사이에 아들이 태어난 후, 둘의 사이가 악화되고 급기야 이혼에 관한 얘기까지 나오고 있던 시기였다. 또 도미코는 뎃칸을 사랑하면서도 집에서 아버지가 정해준 사람과 혼인 얘기가 나오고 있던 때이기도 했다.

184번 노래에서 '친구의 발이/ 차가웠어요'라고 뎃칸에게 한 말은 한 방에서 하룻밤을 지내면서 도미코의 고뇌와 슬픔을 느낄 수 있었다는 것을 도미코의 발에 비유하여 표현한 것이라 여겨진다. '무심코 말해 버렸네'라는 대목은 '쓸데없는 이야기를 해버렸다라고 하는 일종의 반성을 담은 감정'[9]이라는 해석도 있다. 그러나 그보다는 아키코가 도미코와의 삼각관계에 있어서 미묘한 감정을 드러내는 심리적 반응일 수도 있다. 즉 반성을 담기 보다는 제4구의 '젊은 내 스승에게'에서 '나의'라는 단어를 채택하여 도미코를 제3자(第三者)의 위치에 두고 싶어하는 마음이 엿보인다.

185번 노래의 '문틈 사이로' 누워서 서로의 숨소리를 들으며 자신들의 신상에 대한 고민과 서로 사랑하는 사이의 세 사람은 번민으로 쉽게 잠들 수 없는 하룻밤이었다. 또 '그날 밤 흰 매화를/ 품에 안는 꿈꿨네'에서도, 매화는 뎃칸을 상징하며 아키코가 사랑을 쟁취하겠다는 뜻을 은연중 내비치고 있다. 셋이서 하룻밤을 보낸 다음날 아침, 아키코와 도미코가 도쿄로 떠나는 뎃칸을 배웅하는 모습을 186번 노래로 표현하고 있다. 어떠한 해결책을 주지 못하고, 뎃칸에게도 시원한 대답을 듣지 못하는 세 사람의 안타까운 이별의 장면에는 비장함마저 서려 있다.

그 이후 도미코는 『명성』 8월호(1900년 11월 간행)에 〈그냥 그렇게/ 붉게 핀 꽃 전부를/ 벗에게 주고/ 뒤돌아 눈물지며/ 원추리풀 꺾었네〉[10] 라는 노래를 발표한다. '붉게 핀 꽃'은 뎃칸을 '벗'은 아키코를 의미하고 있다는 것은 쉽게 알 수 있다. 도미코는 이 노래를 통해 뎃칸을 향한 자신의 솔직한 사랑을 고백하는 한편, 집에서 정해준 남자와 결혼을 해야 하는 자신의 운명에 순응하겠다는 의사를 간접적으로 표현하고 있다.

도미코의 결혼에 대해서는 아키코나 뎃칸 둘 다 찬성보다는 반대 의사를 표명하고 있었다. 190번 노래처럼 아버지의 명령에 따라야 하는 가부장적 제도를 '마귀와 귀신'이라 표현하며 싸워서 이겨내야 한다고 용기를 북돋아주고 있다. 그러나 이러한 격려에도 불구하고 도미코는 여행에서 돌아온 열흘 후 결혼을 위해 고향으로 향한다. 아키코가 가족의 반대에도 불구하고 끝까지 사랑을 결혼으로 매듭짓는 것과는 대조적이다.

아키코는 그 이듬해 1901년 1월 9일과 10일을 같은 아와타야마 같은 장소로 가서 뎃칸을 만나 이틀 밤을 함께 지낸 후, 도쿄에서 만날 약속을 서로 나누고 그 해 6월 중순, 집을 가출하여 도쿄로 올라가 동거 생활을 하다가 그 해 9월 마침내 결혼하는 것이다.

뎃칸은 '실은 아키코와 도미코 두 사람에게 똑같이 강하게 끌렸었다'[11]는 점에서 알 수 있듯이 그는 동시에 세 명의 여자 사이에서 고민하고 있던 우유부단한 성격을 가진 남자였다. 결혼 후에도 갈등과 의심 속에서 불안은 점점 커져갔고, 이후 도미코의 남편이 지병이었던 결핵으로 사망하게 되면서 짧은 결혼 생활이 2년 만에 끝나게 되어 그 불안은 현실화 되어간다. 24살의 젊은 미망인이 된 도미코는 친정으로 돌아간 후 뎃칸과 연락을 하던 끝에 뎃칸의 끈질긴 권유로 도쿄로 상경하게

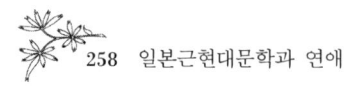

되고, 그 이후 삼각관계는 좀 더 심화되어 간다.

4. 맺음말

아키코는 가마쿠라의 부처님도 인간과 마찬가지의 입장에서 '미남이어라'[12]라고 노래 부른 것으로 유명하듯이, 사랑의 감정을 매우 솔직하고 주저없이 노래지어 부르고 있다. 아키코는 소녀시절부터 즐겨 읽었던 『겐지 이야기(源氏物語)』의 무대이기도 하며 뎃칸의 고향이기도 한 '교토(京都)'에서 사랑을 약속하며, 그 지방을 무척 좋아했다. 그리하여 사랑이 피어나던 「연지보라」에서는 사랑에 충만된 마음으로, 그 유명한 노래인 〈기요미즈절/ 기온을 지나가니/ 벚꽃 핀 달밤/ 이 밤 만나는 사람/ 모두 아름다워라〉[13]라고 천진난만하게 부르는 노래가 있는가 하면 감히 입에 올리기도 거북한 육감적인 언어로 사랑을 표현하고 있기도 하다. 자신의 경험과 마음을 속속들이 드러내고 있어, 작가가 아니면 무엇을 뜻하는지 도저히 종잡을 수 없는 난해한 것도 많다.

『헝클어진 머리』는 가집의 이름처럼 작가 아키코 개인의 사랑의 전개 과정을 시간의 추이에 따라 그려놓고 있는 것이 대부분이었다. 그 연애는 친구와 연인, 때로는 본처와 내연의 처 관계로 삼각관계를 이루고 있기도 하였으나, 스무 살 또래의 처녀가 갖는 당당함과 용기와 우정 등의 싱그러움이 담겨져 있는 것이기도 하였다. '검은 머리/젖가슴/붉은 피/입술' 등의 육감적인 시어들을 많이 사용하여 연애의 감정을 그리고 있는 한편 '별'이나 '꽃'과 더불어 현란한 색채어도 사용함으로써 연애의 감정을 풍요롭게 하는데 한 몫을 하고 있다.

▮ 주 ▮

1) 1904년 3판 인쇄 때부터는 '요사노 아키코(与謝野晶子)'로 되어 있음.

2) '재주와 정취가 뛰어남은 나도 인정하는 바, 그 가사가 새로우면서도 기개있
고, 마음이 맑으면서도 농후하여 참으로 하나의 독보적인 존재로서의 풍격
을 갖추었다'[다카야마 조큐(高山樗牛)]라는 긍정적인 평가에 비해, '저자는
어떤 사람인가, 매춘부의 입에서나 나올법한 문란한 말을 토해내어 음란함
이 마치 창기가 손님을 끄는 노래'(사사키 노부쓰나[佐々木信綱])라는 악평
을 듣기도 했다.(이리에 하루유키(入江春行), 『与謝野晶子とその時代』, 新
日本出版社 2003, 43~44쪽 참조)

3) 「연지보라(臙脂紫)」, 「연꽃배(蓮の花舟)」, 「흰 백합(白百合)」, 「스무 살 아내
(はたち妻)」, 「무희(舞姫)」, 「춘사(春思)」

4) 『硏究資料現代日本文學 ⑤短歌』, 明治書院, 1981, 23쪽.

5) 사카가키 나오코(坂垣直子), 『明治・大正・昭和の女流文學』, 櫻風社,
1967, 8쪽.

6) 요사노 아키코(与謝野晶子), 『晶子歌話』, 天佑社, 1919, 12쪽.

7) 미치우라 모토코(道浦母都子), 『女歌の百年』, 岩波書店, 2002, 47쪽.

8) 〈こゝに君しのび泣く子の二人あり百二十里を遠しと思すな〉
요사노 뎃칸(与謝野鐵幹) 外, 『明治文學全集 51』, 筑摩書房, 1968, 320쪽.

9) 사카모토 마사치카(坂本政親) 外, 『日本近代文學大系17』, 角川書店, 1971,
78쪽.

10) 미치우라 모토코(道浦母都子), 앞의 책, 39쪽.
〈それとなく紅き花みな友にゆづりそむきて泣きてわすれ草つむ〉

11) 사카모토 나오코(坂垣直子), 앞의 책, 28쪽.

12) 〈가마쿠라야/ 부처님이라 해도/ 석가모니는/ 진정 미남이어라/ 여름나무 숲
속에〉〉(鎌倉や御仏なれど釋迦牟尼は美男におはす夏木立かな―『戀衣』,
1904)

13) 〈清水へ祇園をよぎる櫻月夜こよひ逢ふ人みなうつくしき〉

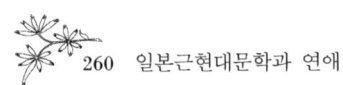

【 참고문헌 】

『研究資料現代日本文學 ⑤ 短歌』明治書院 1981

道浦母都子『女歌の百年』岩波書店 2002

坂垣直子『明治・大正・昭和の女流文學』櫻風社 1967

坂本政親 外『日本近代文學大系 17』角川書店 1971

与謝野晶子『晶子歌話』天佑社 1919

与謝野鐵幹 外『明治文學全集 51』筑摩書房 1968

入江春行『与謝野晶子とその時代』新日本出版社 2003

나혜석과 요사노 아키코의 근대적 '연애' 발견[1)]

김화영*

1. 머리말

조선에서는 수백년이나 이어온 유교적인 봉건제도가 1895년 '갑오개혁'을 계기로 새롭게 개혁되고, 신분제도의 폐지, 조혼의 금지, 여성 재혼의 허가 등과 같은 여성에 대한 금제 조치를 개정하게 된다. 당시 조선에서는 근대 국가를 건설하기 위해 외국 문화, 특히 서양 문화를 도입하는 것이 불가결한 문제로 인식되어 서양의 사상이 유학생들에 의해 대체로 일본에서 도입된다. 예를 들면 입센, 엘렌 케이, 톨스토이, 콜론타이 등의 서적과 청탑사(靑鞜社)의 여성활동, 구리야가와 하쿠손(厨川白村)의 연애론에서부터 사와다 준지로(澤田順次郎)의 성욕론 등이 소개되어 조선사회에 커다란 영향을 주게 된다. 어째서 일본을 경유로 서양 문화를 섭취하게 되었는가라고 하면 일본이 조선보다 먼저 서양 문화를 수용하고 근대화에 성공했기 때문이며, 또한 지배국 일본의 조선에 대한 압력 때문이기도 하다.

* 金華榮 : 중앙대학교 전임연구원.

나혜석은 1913년부터 1918년에 걸쳐서 일본에 유학하고 1927년부터 1929년경에는 구미 여행을 하여 당시의 외국 사회의 동향을 가장 빠르게 볼 수 있었다고 사료된다. 그녀는 1914년에 아버지가 결혼을 강요하여 학교를 휴학하게 된다. 이와같은 체험은 나혜석이 전통적인 결혼제도에 대해서 강한 반발을 느끼는 계기가 되고 그 후, 그녀가 저술한 글에서 연애·결혼은 커다란 테마로서 자리를 잡게 되었다. 본고에서는 근대 한국의 '연애'의 수용 양상을 여성의 시선에서 살펴보고자 한다. 나혜석은 일본 유학 체험, 1927년경의 구미 여행, 연애·결혼의 체험을 통해 여성의 입장에서 연애·결혼관을 다시 보려고 했다. 그리고 그러한 그녀의 연애관은 여성의 신체에 대한 주체성에까지 이르고 있다.

본고에서는 우선 근대 한국의 '연애'의 의미를 고찰하고 다음으로 나혜석의 연애관을 분석하려고 한다. 마지막으로 나혜석의 요사노 아키코(与謝野晶子)의 연애론으로부터의 영향을 비교 분석하려고 한다. 나혜석과 아키코의 관계는 나혜석의 동경 유학 시기로까지 거슬러 올라간다. 나혜석이 쓴 「이상적인 부인」(1914년)에는 아키코의 이름이 등장하고 있으며 「모(母)된 감상기」(1923년)에서는 나혜석이 아키코가 쓴 서적을 직접 읽은 기록을 확인할 수 있다. 특히 나혜석의 연애론에는 아키코의 연애론과 중복되는 부분이 있다. 따라서 나혜석의 연애론을 고찰함에 있어서 아키코의 연애론과의 관계는 놓쳐서는 안 될 과제이다.

최근 연구에서 나혜석의 연애론은 많이 연구되고 있다.[2] 예를 들면 이미순은 「나혜석의 사랑담론에 관한 일고찰」에서 나혜석의 언설을 연애와 모성으로까지 포괄적으로 다루고 있으며 연애에 대한 논설 속에서 '근대성'을 명확히 하려고 했다. 이미순은 나혜석의 연애론을 '자기 성찰의 과정'으로서 파악하고 '현대적인 의의'가 있다고 주장한다. 그러나 논문의 결론에 나혜석의 연애론이 '현시점'의 '사랑'과 그다지 차이점이 없다고 지적하고 있는 부분은 나혜석의 언설을 분석하는데 있어서 중요한 키워드가 되는 당시의 역사적·사회적인 배경을 간과하고 있다고 지적할 수 있다. 그러므로 당시의 다른 한국 지식인들의 연애론도 비교 고찰할 필요가 있으며, 지식인들이 새로운 '연애'를 접하는데 있어서 그들과 일본과의 관계를 생각해야만 할 것이다. 따라서 본고에서는 이와 같은 문제를 염두하고 선행연구를 참고하면서 졸고를 새롭게 발전시키는 것을 목표로 한다.

2. 근대 남성 지식인의 '연애' 수용

조선에서 '연애'라는 말은 존재하지 않았다. '연애'라는 말은 개항과 함께 외국으로부터 수입된 신조어이다. 이러한 사실은 기존의 '사랑'이라는 고유명사에 표현된 조선의 남녀 애정 관계가 새로운 국면을 맞이한 것을 시사한다.

'연애'라는 단어는 1910년대를 전후로 일본에서 수입되어 한국 사회에 정착하였다. 1919년 8월호 『학지광(學之光)』에 계린상(桂麟常)이 발표한 「구곽을 벗어버려 주십시오!」에는 '연애'라는 용어가 동경유학생들이 가지고 돌아온 새로운 외래어라고 기록되어 있다.3)

하지만 이미 조선 시대 말기 정치가 유길준(1856~1914)이 저술한 구미 여행기록 『서유견문』(1895년)4)에 '연애'라는 단어가 등장하고 있다. 유길준은 1881년 신사유람단으로서 일본에 파견되어 각종 산업시설을 시찰하고 게이오기주쿠(慶応義塾)에서 학문을 쌓은 인물이다. 1883년 도미하여 미국에서 수학을 마치고 1884년 1년간 유럽을 방문하여 다음 해 귀국했다. 『서유견문』에는 종교와 관혼의식, 친구와 여성과의 사교 방법 등 서양의 모든 분야가 소개되어 있다. 유길준이 '연애'라는 단어를 일본에서 접촉한 것은 충분히 추측할 수 있다.

여기에서는 한국의 '연애' 수용을 개관하기 위해, 일본에 있어서 '연애'의 생성5)과의 관계를 고찰하고자 한다. 고찰하는 이유로서는 한국의 '연애'의 생성과 관련이 있는 사람들이 특히 일본과 관계가 깊기 때문이다.

조선의 전근대의 유교적인 '집(家)'이라는 제도는 남성을 우위로 하는 가치관으로 결혼 제도도 남성에게 유리하였다. 가문을 잇는 사람은 남자 아이로 정해져 있었으며 부모의 판단에 의한 강제 결혼)이 관습화되어 있었다. 또한 많은 아이를 낳은 것이 재산의 상징으로 여겨져 남성이 첩을 가지는 것이 허락되었다. 또한 남성은 여성에게 칠거지악를 강요하여 여성의 다양한 자유를 구속하였다. 이러한 논리가 여성에게 족쇄가 되어 아내의 부정과 도덕적으로 만족스럽지 않다면 남성은 맘대로 여성에게 이혼을 강요할 수 있었다. 그럼에도 불구하고 여성은 이러한 권리를 전혀 누릴 수가 없었다. 그리고 가계 계승이라는 명목 하에 남계의 순수한 혈통을 이어가기 위해 여성의 정조가 중요시 되고 여성의 정신과 육체에 대한 결정권도 빼앗았다. 결국 조선시대 여성은 결혼·이혼에 대한 어떠한 권한도 없었다고 말할 수 있다.

19세기말 남녀관계가 지식인들에 의해 재고되는 가운데 갑오개혁으로 여성의 재혼을 인정하고 부모에 의한 조혼 금지 등이 법적으로 성립되었음에도 불구하고 현실에서는 전근대적인 인습은 강하게 존재하고 있었다.6)

1899년 7월 20일 『독립신문』에 「혼인론」이라는 기사가 게재된다. 기사에는 서양의 결혼제도를 상찬하고 '서로 스랑 흐고 공경 흐야 죽기까지 조곰도 두 무음을 두지 안코'라고 써 당시로서는 새롭고 혁신적인 연애관·결혼관을 주장하고 있다. 1896년 6월 6일 같은 신문에 조선의 조혼 풍습을 '골격이 자라기 전에 우해들이 혼인을 흐야 주식들을 나흐니 그주식들이 튼튼치가 못 흐고 사롬의 씨가 차차 주러 가는지라'이기

때문에 '국가에 해론 일'라고 판단하고 결혼이 국가의 이익 상에 유효하다고 강조하고 있다.[7]

자신의 의지와 상관 없이 한 애정이 없는 결혼은 상대에 대한 애정 및 이해가 없기 때문에 행복한 결혼 생활을 영유하기가 어렵다고 적고 있다. 그 때문에 첩을 거느리는 사실 조차 있다고 덧붙여 말하고 있다. 따라서 전근대적인 악습을 막기 위해서 서양처럼 남녀가 어려서부터 같은 학교를 다니고 쌍방의 학문과 재덕을 서로 전부 안 다음에 결혼을 약속해야만 한다고 명언한다. 당시에는 당사자가 상대를 자유롭게 결정하는 것이 아니라 부모나 친족이 상대를 결정하는 것을 '강제 결혼'이라고 칭하고 당사자가 자신의 자유로운 의지에 의해 결혼할 상대를 선택하는 것을 '자유 결혼'이라는 단어로 사용하고 있었다.

이러한 근대적인 연애론을 계승한 사람이 소설가이자 계몽 사상가인 이광수이다. 이광수는 1907년 일본의 메이지학원 중학부 3년에 편입·졸업한 후 귀국하여 오산학교에서 교편을 잡았다. 그리고 1915년에 일본에 건너와 와세다대학 고등예과를 거쳐 와세다대학 철학과에 입학·졸업한다. 졸업하기 전 1919년에는 「2·8독립선언서」를 기초한 인물이다.

이광수는 「조선 가정의 개혁」(『매일신보』, 1916) 「조혼의 악습」(『매일신보』, 1916) 「혼인에 대한 관견」(『학지광』, 1917) 「혼인론」(『매일신보』, 1917)이라는 논설을 통해서 종래의 혼인제도와 관습을 비판하였다.

恋愛의 根拠는 男女 相互의 個性의 理解와 尊敬과 따라서 相互間에 닐어나는 熱烈흔 引力的 愛情에 잇다흐오。母論 容貌의 美、音声의 美、挙動의 美等 表面的 美도 愛情의 重要흔 條件이겟지오마는 理知가 発達흔 現代人으로는 이러흔 表面的 美만으로는 満足흐지못흐고 더 집흔 個性의 美-即 그의 精神의 美에 恍惚흐고사 비로서 満足흐는것이지오。外貌의 美만 取흐는것은 아마 動物的 又는 原始的 愛겟지오。進化흔 恋愛의 特徴은 熱烈흔 感情의 引力과 明哲흐고 冷静흔 理知의 判断이 平行흐는데 잇다흐오。가장 잘 教育을 바든-即 가장 健全흐게 発育

혼 青年男女의恋愛은 이리혼것인가 ᄒ오. 毋論 肉的要求도 잇겟지오─ 그것이 恋愛의 完成이겟지오. 原始的으로 보면 그것이 恋愛의 究意의 目的이겟지오. 그러나 進化혼 複雜혼 文明과 精神生活을 가지게된 人類에 잇서서는 이 肉的要求는 찰하리 第二義인듯혼觀이 잇지오. (중략) 다믄 非文明的恋愛는 오직 肉의 快楽을 渇求ᄒ는데 反ᄒ야 文明的 恋愛는 이것以外에 (중략) 靈的要求가 잇다홈이외다. 高尚혼 精神生活을 가진者는 肉의 寂寞을 感ᄒ기前에, 그보담 深刻ᄒ게 靈的 寂寞을 感ᄒ기 前에, 또 그보담 더 熱烈ᄒ게 靈의 満足을 求ᄒ려ᄒ는것이외다. 靈과 靈이 서로 抱擁ᄒ야 飽和혼 満足에 達혼後에 비로서 肉으로까지 合ᄒ야 恋愛가 이에 完成되는것이니 이것이 即 婚姻이외다. 비가 오기前에는 반ᄃ시 구름이 덥혀야홈과ᄀ치 婚姻이 오기前에는 반ᄃ시 恋愛가 와야 혼다홈이 이뜻이외다. (「혼인에 대한 관견」『학지광』1917년 4월, 37쪽)

이광수는 '연애'의 근거를 '남녀 상호의 개성의 이해와 존경'이라고 명확하게 밝히고 '연애'는 상대의 용모에 매료되는 것이 아니라 정신적인 교류에 의한 것이라고 구체적인 해석을 내리고 있다. '연애'라는 것은 상대의 인격과 성격의 내면적인 요소에 끌리는 것이므로 정신적인 교류를 강조한다. 남녀의 애정 관계를 정신적인 관계와 육체적인 관계로 현저하게 대치시켜 육체적인 관계를 하위 개념으로 인식하고 정신적인 관계를 상위 개념으로서 인식하였다. 또한 내면을 경시하고 오로지 육체적인 쾌락만을 추구하는 것은 '동물적'·'원시적'인 일이며 '비문명적'인 것이라고 비판하며, 이에 반하여 '정신적'·'영적'결합에 의한 애정이야말로 '진화한'·'문명적'·'연애'라고 설명한다.

그리고 이광수는 '영육 일치'에 의한 '연애'로 결합한 새로운 부부 관계를 제시한다. 어디까지나 새로운 부부 관계는 '전신전령의 결합'을 토대로 하지 않으면 안 된다고 했다. '단순한' 남성과 여성의 '육체적 결합'은 '생식기의 결합'에 지나지 않다고 지적하고 그러한 결합은 '매음'과 '야합'이라고 한다. 그때까지 '강제 결혼'으로 결합한 조선의 부부 관계를

'야합관계'이었다고 비판하고 있다.

> 룻소先生의 말과ジ히 男子나 女子를 사룸만 되게 가ᄅ치면 自然히
> 男子는 조흔 夫와 父가 되고 女子는 조흔 妻나 母가 될것이외다. 이에
> 비로소 夫妻라ᄒ면 사룸과 사룸과의 結合이 될것이오. 사룸과 器械의
> 結合이 되지아니홀것이외다. 婚姻은 반ᄃ시사룸인 男子와 사룸인 女子
> 의 結合이어서는 아니됩니다. 사룸과 사룸과의 結合이라 ᄒ면 全身全
> 靈의 結合을意味ᄒ되 男性과 女性의 結合이라 ᄒ면 다만 男女 生殖器
> 의 結合에 不過홀것이외다. 夫婦와 賣淫과의 差異가 어듸 잇나요? 夫婦
> 라홈은 肉的結合. 外에 靈的結合을 意味ᄒ대 賣淫이나 野合은 다만肉
> 的結合을 意味홀뿐이다. 이 意味로 보아 나는 靈的結合이 업는 夫婦는
> 이믜 夫婦가 아니오 野合이라 홉니다. 우리나라의 夫婦関係는 実로 永
> 遠히契約ᄒ 野合関係라 홉니다.
> 그럼으로 婚姻을 神聖ᄒ게하랴면—婚姻으로ᄒ여곰 充分히 그 意義
> 와 使命을 発揮하케ᄒ랴면 男子와 平行홀만ᄒ 女子의 教育이 必要ᄒ다
> 홉니다. (「혼인에 대한 관견」『학지광』1917년 4월, 32~33쪽)

윗 글처럼 새로운 '연애'와 '결혼'의 상대로서 여성 누구나 선택되는
것이 아니라 '교육'을 수양하는 여성만을 고집한다. 하지만 당시에는 여
성이 교육을 받을 수 있는 가정은 한정적이었다. 결국 그것은 교육을
받은 여성과 받지 않은 여성을 구별하고 교육 여하에 따른 차별 의식을
현재화하였다고 말할 수 있다. 예를 들면 '연애'의 상대로서 '여학생'이
적합하다고 하면서 '예창기(芸娼妓)'라는 특수한 직업 여성은 엄격한 사
회적인 비난을 받았다.

이러한 근대의 새로운 남녀의 애정 관계를 이인직이『혈의 누』에서
충실하게 묘사하고 있다. 이인직(1862~1916)은 1900년에 일본으로 건너
가 도쿄정치학교에 유학, 1906년 천도교의『만세보』의 주필로서 근무하
였다.『혈의 누』(상편)은 1906년 7월 25일부터 10월 10일까지 50회에 걸
쳐『만세보』에 연재된 장편소설이다. 7년 후 이인직은『혈의 누』의 후속

편 『모란봉』을 집필하였다.

『혈의 누』에서 남자 주인공 구완서는 김옥련과 함께 미국으로 건너가 유학한 학생이다. 처음부터 구완서는 조혼에 거세게 반대하고 혼인한다면 아내는 학문을 한 여성을 택하여 결혼하고 싶다고 생각한다. 그 이유를 학문을 한 아내라면 나랏일을 함께 나눌 수 있기 때문이라고 명확하게 설명하고 있다. 더욱이 '학문도 없고 지식도 없'는 여성과 결혼한다면 '동물의 암수'처럼 '음양의 배합'의 '즐거움'만을 좇기 때문에 '진정한 결혼'이 아니라고 논하고 있다. 구완서와 김옥련이 결혼에 이르는 계기를 제공하는 인물은 김옥련의 아버지 김관일로 그에게서 딸과의 결혼을 권유받은 구완서는 다음과같이 말한다.

> 우리는 혼인을 하여도 서양 사람과 같이 부모의 명령을 좇을 것이 아니라, 우리가 서로 부부 될 마음이 있으면 서로 직접 하여 말하는 것이 옳은 일이다. 그러나 우선 말부터 영어로 수작하자. 조선말로 하면 입에 익은 말로 외짝해라 하기 불안하다.
> (『혈의 누』『韓国文学大全集 1　開化期小説』太極出版社, 1981년)

라고 말하고 구완서는 김옥련에게 영어로 말을 건넨다. 상기에 표현하고 있듯이 어디까지나 근대적인 결혼에 이르기 위해서는 남녀의 의사에 따른 자유로운 선택을 중시하고 있다. 게다가 조선어가 아니라 영어를 사용하는 부분에서 아직까지 근대의 '연애'의 풍경에 익숙하지 않는 사람이 상대에게 사랑을 고백하는 것에 대한 곤란한 모습을 엿볼 수 있다.

구완서의 '연애'에 대한 견해와 마찬가지로 이광수의 작품 『무정』(1917)에도 새로운 '연애'를 언급하고 있다. 남성 주인공 이형식은 '외모에 대한 애정'은 무의미하며 빨리 식는다고 하여 '정신적인 사랑'이야말로 깊고 길게 지속한다고 전하고 있다. 또한 그는 외모만을 사랑하는 것은 '동물의 사랑'이고 정신만을 사랑하는 것은 '귀신의 사랑'이라고 하여 '육체와 정신이 한데 합해진' 사랑이야말로 조화된 '문명의 세례를

받은'사랑이라고 정의내리고 있다.8)

　여기서 '연애'를 정의하는데 있어서 '진화'·'문명'과 '야합'·'비문명'라는 이항대립적인 도식은 일본의 '연애'의 성립 때에도 있었던 발상이었다. 주지의 사실처럼 '연애'라는 용어는 영어 'LOVE'에 상당하는 일본어의 번역어이다.9) 한국과 마찬가지로 근대 일본에서도 종래의 '유곽'을 중심으로 한 남녀 관계를 나타낸 '이로(色)'와 '고이(恋)'라는 개념 대신에 남녀의 정신적인 관계를 강조하는 '연애'라는 단어가 출현한다.

　특히 1885(明治18)년에 창간한 잡지 『여학잡지(女學雜誌)』는 새로운 '연애'에 높은 가치를 두고 보급하는 역할을 하였다. 이와모토 요시하루(巌本善治)는 『여학잡지』에서 여성 해방을 기반으로 한 일부일처제를 주장하였다. 이와모토는 1890년 10월 11일 『여학잡지』(제234호)에 바사 그레이의 원작 「계곡의 백합아가씨(谷間の姫百合)」를 비판하면서 종래의 '이로'와 '연애'는 다르며 '연애'란 '깊이 영혼 깊이 사랑하는 것', '맑고 정당한' 의미를 부여하고 남녀 관계의 정신적인 면을 강조하고 있다. 그리고 혼인은 '진정한 연애'로 결합된 남녀 사이에서만 이뤄져야 한다고 역설한 후, '진정한 사랑'은 '우선 서로 존경하는 마음을 가져야 하고, 서로 존경하지 않으며 영혼을 사랑하지 않고 어찌 진정한 부부의 즐거움을 얻겠는가?'10)라고 자세히 설명하고 있으며 '상사상애(相思相愛)'를 '연애'의 핵심으로 하였다. 이러한 이와모토의 연애관은 남녀동권론과 함께 당시의 지식인 사이에서 널리 공유되었다.

　이와모토는 남녀의 '교정(交情)' 관계를 세 가지 단계로 나누어 자세하게 논하고 있다.

　　남자와 여자의 교정(交情)에 관한 양태의 진보는 여러 단계가 있다는 것을 알아야 한다. 그것은 3단계로 제1로 이로(色)의 시대, 제2, 치(癡)의 시대, 제3, 애(愛)의 시대이다. 이로라는 것은 동물이 암수가 서로 교접하는 것과 같고 육체상의 욕정이며, 치(癡)라는 것은 정(情)에서부터 시작된

다. 애(愛)라는 것은 진정한 영혼으로부터 일어나는 것이라는 것을 알아야만 한다. (중략) 이로는 야만의 시대에 가장 많이 일어났으면 치(癡)는 반개화 시대에 자주 일어나며 애(愛)는 개화의 시대가 되어 비로소 일어난다. (이와모토 요시하루「부인의 지위(婦人の地位)」(상) 『여학잡지』제2호, 1885년 8월 10일)

소위 '이로'라는 것은 동물적 · 육체적인 정욕으로 맺어진 관계이며 '이로'의 시대를 '야만 시대'라고 하였다. '치(癡)'라는 것은 '정(情)'에 의해 맺어진 남녀 관계를 가리키며 '치(癡)'의 시대를 '반개의 시대(半開の時代)'라고 하였다. '애(愛)'라는 것은 정신적인 결합에 따른 남녀 관계를 가르키며 '애(愛)'의 시대를 '개화의 시대(開化の時代)'와 대응한다고 설명한다. 이어서 이와모토는 부부 관계를 '남편은 아내를 사랑해야 하며 아내는 남편을 존경해야 하며 남편은 밖에서 책임을 다해야 하며 아내는 가정을 지켜야한다. 부부는 비록 하늘에서 내린 권리가 동등하다 하더라도 이승에서 아내 되는 자는 남편의 보호를 받는 것이 타당하다'[11]라고 단언하고 있다.

이러한 이와모토의 남녀 애정의 진화의 세 단계는 이광수의 논과 상당히 공통된다. 어쨌든 이와모토 요시하루의 논은 남녀의 역할을 가정의 밖과 안으로 한정하여 전근대적인 남녀의 역할 분담을 넘어서는 것은 아니었다고 할 수 있다. 이 점은 남녀 평등 사회를 지향하는 이와모토의 연애론의 한계라고도 말할 수 있는데 하지만 당시로서 새로운 남녀 관계를 제시한 것은 크게 평가할 만하다.

여기에서 주의해야 할 사실은 새로운 '연애'와 함께 '육적인 결합' = '이로' = '야만'과, '정신적인 결합' = '연애' = '문명'이라는 이항 대립적인 도식을 기반으로 하는 메이지 지식인의 '연애'에 대한 논리가 그대로 조선 지식인에게 계승되었다고 말할 수 있다. 다음으로 이러한 이항 대립적인 도식을 내재한 '자유 연애' '자유 결혼'은 조선 사회에서 널리 인식되어 근대 조선의 지식인들의 멘탈리티를 형성하게 된다.

근대 한일의 '자유 결혼' '자유 연애'는 지식인들 사이에 문명 개화를 진행하는 첫 걸음처럼 생각되었다. '자유 결혼'은 남녀가 서로 사랑하는 마음으로 결정하는 것으로 정신적인 관계와 육체적인 관계까지 아우른 '연애'로 완성된 최후의 도착점이었다. 그야말로 '영육일치'의 근대적 로맨틱 러브의 성립[12]이다.

다음으로 조선 여성에게 '연애'는 어떠한 것인가? 이러한 문제의식을 나혜석의 글에서 고찰하도록 하자. 여성에게 '연애'라는 것은 신체에 관한 결정권을 '정치적'으로 행사하는 문제와 관련된 것처럼 보인다. 여성이 '연애'를 논할 경우에는 정조관과 성욕관을 함께 논하고 있는 경향이 있다. 본론에서는 이러한 문제도 고찰 대상에 넣어서 살펴보겠다.

3. 진정한 연애란? 진정한 정조란?

– 나혜석과 요사노 아키코의 연애론 –

1) 나혜석과 연애

그렇다면 조선 여성 지식인에게 진정한 '연애'라는 것은 도대체 무엇일까?

나혜석은 조선 여성으로서는 누구보다 빠른 시기, 해외에 건너가 유학을 하였으며 유학 체험을 통하여 해외의 남녀 관계에 대해서 깊은 관심을 가지게 되었다. 그러한 관심은 단순한 남녀 관계가 아니라, '근대'적인 인간 관계를 새로운 '연애'로부터 살펴보려는 것이었다.

나혜석은 1917년 7월 잡지 『학지광』에 조선의 남녀 관계는 오로지 '육으로만의 결합'에 의한 것이었다고 주장하고, 서양에서의 남녀 관계는 '육 외에 영의 결합'을 의미한다고 기술하고 있다. 소위, 근대의 낭만 주의적 러브를 그녀도 의식하고 있는 것을 엿볼 수 있다. 나혜석이 1914 년에 저술한 「이상적인 부인」이라는 시평에 '연애'라는 단어를 발견할 수 있다. '진(眞)의 연애로 이상을 삼은 노라'라는 문장이다. 주지의 사실처럼 노라는 입센의 『인형의 집』의 주인공으로 나혜석이 『인형의 집』을 '연애'라는 문제로 해독하고 있는 것을 알 수 있다.

그리고 나혜석은 '진의 연애'를 구현할 수 있는 인물로서 기생을 들고 있다.[13] 그녀는 자유 결혼에 좌절한 기생 강명화의 죽음을 통탄하는 문장 속에서 '여학생계는 너무 이성에 대한 교제의 경험이 없으므로 다만 그 이성간에 재(在)한 불가사의의 본능성으로만 무의식하게 이성에게 접할 수 있'(252쪽)다고 주장하고, '기생계에는 이성 교제의 충분한 경험으로 그 인물을 선택할 만한 판단력이 있'어서 유일한 연애 상대를 만날 수 있다고 했다. 따라서 여학생의 사랑은 '피동적'이며 '일시적'인 반면에 기생에 한해서는 '자동적이요, 영속적인' 사랑을 할 수 있다고 논하고 있다.

문명 개화와 함께 출현한 여학생은 신시대에 맞는 '연애'상의 이상적인 상대로서 널리 인식되고 있었다. 예를 들면 『혈의 누』의 히로인 옥련은 미국 유학생이며, 『무정』의 히로인 선향은 정신여학교를 졸업하고 영어를 배우기 위해 미국 유학을 준비하는 여학생이다. 소설 속에서도 '연애'를 서로 이해할 수 있는 상대자를 '학문'을 한 여성으로 단정하고 있으며 이러한 이성과의 결혼은 '행복한 가정'의 근본이 되기도 한다고 하였다.

그러나 나혜석은 '학문'을 한 '여학생'을 이상적인 '연애'의 상대로서 선택하는 것이 아니라, 당시 이상과는 거리가 있는 존재로서 규정된 '기생'을 '연애'에 적합한 상대로서 단언하고 있는 것이다. 이러한 나혜석의 논조는 남성 지식인의 '연애' 개념과는 매우 다른 것이었다. 그렇다면 『무정』에서 남성 지식인의 '기생'에 대한 견해를 살펴보도록 하자.

　　그네의 생각에 기생 같은 계집은 시키는 말을 아니 들으면 강간을 하
여도 관계치 않다 한다. 그네는 여염집 부인이 남의 남자와 밀통함이 죄
인 줄 알건마는 기생 같은 것은 의례히 아무나 희롱하는 것이 마땅하다
한다. 여염집 부녀에게는 정절이 있으되, 기생에게는 정절이 없는 것이
라 한다. (중략) 기생이라는 계집 사람은 모든 도덕과 모든 인류을 벗어
난 일종의 특별한 동물이라 하였다.(「무정」『이광수전집』제1권, 105쪽)

　윗글은 김현수와 배명식이 영채를 강간한 죄로 형사에게 붙들렸을
때 그들이 기생을 범한 일에 대해서 어떠한 죄도 느끼지 못한다고 밝히
는 부분이다. 그들은 기생은 항상 손님과의 육체적인 관계가 있다고
당연히 생각하고 있으며 기생은 정조 관념이 결여된 사람이라고 멋대로
정의를 내리고 있다. 여기에 죄 있는 여성을 남성이 범하여도 상관 없다
는 논리가 작용하고 있다. 뿐만 아니라 남성 주인공 이형식도 '기생'을
전근대적인 존재로서 간주하고 있다.

　형식은 기생을 '짐승 같은' '더러운' '음란한'(140~141쪽) 여성이라고 한
다. 어린 시절의 약혼자였던 영채가 기생이 되고 정조를 잃은 것을 알고
그녀를 '낡은 여자' '순결, 열렬한 구식 여자'(140쪽)라고 실망한다. 이러한
영채를 수식하는 단어는 여학생인 선형을 나타내는 '하이칼라'(9쪽)와
'신식 여자'라는 단어와는 명백하게 대칭을 이루고 있다. 소위 기생이라
는 직업 여성은 새로운 연애를 향수하는 대상으로서 인정받지 못하고
탄압해야만하는 존재인 것을 체현하고 있다.

　그러나 나혜석이 '영육 일치'의 '연애'를 주장하면서도 기생이라는 특
수한 직업 여성을 '연애'의 적임자로서 지적한 이유는, 무엇보다 스스로
상대를 선택한다는 능동성을 강조하고 있기 때문이다.

　일찍이 남녀의 애정 관계에서 여성의 '정조'는 커다란 문제로 근대
'연애'의 성립에서 자주 논제화가 되고 있다. 그리고 '정조'와 함께 '성욕'
이라는 문제도 새롭게 등장하게 된다.

나혜석은 남편과 이별한 후 『삼천리』에 게제한 글에 정조를 '도덕도 법률도 아무 것도 아니요, 오직 취미다' 라고 하고 '외형의 어느 구속을 받는 한이 있더라도 마음만은 자유자재로 움직일 수' 있다고 기술하고 있다.[14] 여기에서 '취미'를 '정조'로 바꿔 생각한다면 '외형'= '육체적 정조', '마음'= '정신적 정조'를 의미하는 것이라고 말할 수 있다. 요컨대 그녀의 정조관은 사회적인 개념에 얽매이는 '육체적인 정조'보다 스스로의 의사에 따른 '정신적 정조'를 우선시하고 있는 것이다. 그러나 개인의 정신적인 정조는 자유스러울 수 있어도 현실 상 그것을 실행하는 것이 얼마나 어려운 일인가에 대해서도 논을 전개하고 있다.

2) 요사노 아키코와 「연애」

다음으로 요사노 아키코의 연애론을 살펴보기로 하자. 아키코와 나혜석의 연애론을 비교하는 이유로는 ① 나혜석의 유학 시절과 청탑과의 관계[15] ② 나혜석이 아키코의 저서를 읽은 점[16] ③ 실제 결혼 제도에 대한 경험을 통한 두 사람의 연애론을 공통점으로 들 수가 있다.

아키코가 말하는 근대적인 남녀 관계는 '영육일치(靈肉一致)'를 기본으로 하는 '일부일처제'를 가르키며, 이것은 나혜석이 주장하는 '전 인류 중 하필 너는 나를 구하고 나는 너를 짝지으려 하는 데는 네가 내게 없어서는 아니 되고 내가 네게 없어서는 아니'[17] 되는 남녀 관계와 일맥상통한다.

그렇다면 우선 아키코의 연애론에서 '정조'라는 문제부터 고찰해보자. 아키코의 연애론의 특징의 하나는 여성의 신체에 대한 결정권에 주목하고 있다는 것이다.

아키코의 '정조'에 대한 견해를 잘 표명하고 있는 문장은 「나의 정조관(私の貞操観)」이다.

　　평생, 협동을 목적으로 하는 결혼관계와 관계 없이 자기 육체를 남자
에게 허락하지 않는 것이 처녀의 정조이다. 처녀의 정조가 육체적인 것
과는 다르게, 결혼한 부인 이른바 처로서의 정조는 남편 이외의 다른 남
자와 정신적으로나 육체적으로 상애(相愛) 관계가 일어나지 않는 것을 의
미한다.(「나의 정조관」『정본 요사노 아키코전집(定本与謝野晶子全集)』講
談社, 제14권, 372쪽. 초출『여자문단』1911년 10월~11월)[18]

　여기에서 아키코는 '정조'가 결혼과는 관계가 없다고 말하면서도 혼
전 여성, 즉 '처녀'가 남성과 육체적인 관계를 맺지 않는 것, 이것이 '처녀
로서의 정조'라고 정의 내리고 있다. 여기에서 '처녀'라는 단어는 결혼하
지 않은 여성을 가리킨다. 하지만 혼전 여성에게 정신적인 성욕이 일어
날 수 있다고 인정하면서도 그것은 결코 이성과의 육체적 관계를 자유
롭게 맺는 것까지는 인정하지 않았다. 이에 반해서 '아내로서의 정조'는
남편 이외의 남성과의 정신적·육체적인 면에 있어서 관계를 맺지 않는
것을 의미한다. 아키코는 문장의 서두에 '여성을 자각시키는 목적은 이
지(理知)를 출발하여 자기를 비굴하기 보단 고명하게, 유순하기 보다 활
동적으로, 노예 보다 개인으로 해방하는' 데에 있다고 서술하고, 나아가서
여성의 자각을 호소하면서 '정조'와 자아 해방을 연결시켜 생각했다.
　여성이 자각적으로 상대를 선택하는 것은 근대적인 '자유 연애' '자유
결혼'의 원칙이라고 말할 수 있다. 아키코에게 세계에서 유일한 '연애'의
상대에게 '정조'를 받치는 것은 여성 스스로가 자신의 신체를 허락하는
권리를 행사하는 것을 의미하고, 그것은 상기의 원칙을 견지하기 위한
수단이었다.
　요컨대 아키코의 '정조'는 남성에게 강요당하는 의무가 아니라 여성
의 자기 의사와 결정에 의한 것이었다. 하지만 여성이 '정조'를 '바치는'
상대를 '남편'에게 한정한 사실은 우에노 치즈코(上野千鶴子)가 말하는
여성의 섹슈얼리티에 대한 지배가 전근대적인 '아버지의 지배'로부터,

평생 한 사람의 결혼 상대인 '남편의 지배'로 이행하는 경향과 일치한
다.[19] 이른바 아키코의 정조관은 이러한 지배 형태의 이행 구조에 여성
자신도 직접 가담하고 있다는 것을 의미한다. 그러나 당시 여성 자신의
신체에 대한 자기 결정권을 재고한 점은 탁월하다고 평가할 수 있다.
이러한 아키코가 여성이 스스로 성에 대한 자기 결정권을 주장하는 것
은 나혜석의 주장과 일치한다.

> 실제로 만인이 모두 원하는 공통의 요구를 기초로 하지 않는 진리와
> 도덕이 있을까? 만인 중, 단 한 사람에게도 들어맞지 않다고 한다면, 그것
> 은 더 이상 진리도 도덕도 아니다.
> 정조는 이제는 현대의 도덕이 아닐지도 모른다.
> 정조가 아름다운 것이라고 나는 인정하지만, 예술은 아니다.
> 정조는 마치 부(富)와 같다. 자신이 가지고 있다면 더욱 좋고, 타인이
> 가지고 있거나 가지고 있지 않건 간에 상관 없이 중요한 것이다.
> 정조는 어떤 사람에게는 취미이며, 기호이며, 버릇이다. 정조의 요구
> 를 느끼지 못하는 사람에게 정조는 아무것도 아니다. 몇몇 남성들 중에
> 이런 사람들이 많이 보인다. 나는 정조를 여성의 소유물이라고 생각해서
> 말하고 있는 것이 아니다. 정조를 연애의 방면에서만 생각해서 비판한다
> 면 불완전하다. 성욕의 관점에서 관찰해야 할 것이다. 경제적 관점에서
> 도 연구해야 할 것이다.(「정조에 대해서(貞操に就て)」『아키코전집』제15
> 권, p.36. 초출 『태양』 1915년 5월)

> 정조는 도덕도 법률도 아무 것도 아니요, 오직 취미다. (중략) 비록
> 외형의 어느 구속을 받는 한이 있더라도 마음만은 자유자재로 움직일
> 수 있나니 (중략) 다만 정조는 그 인격을 통일하고 생활을 통일하는 데
> 필요하니 비록 개인의 마음은 자유스럽게 정조를 취미화할 수 있으나
> 우리는 불행히 나 외에 타인이 있고 생존을 유지해 가는 생활이 있다.
> 그리하여 사회의 자극이 심하면 심하여 질수록 개인의 긴장미가 필요하
> 니(「신생활에 들면서」『전집』432쪽)

아키코는 '정조는 어떤 사람에게는 취미이며, 기호이며, 버릇이다. 정

조의 요구를 느끼지 못하는 사람에게 정조는 아무 것도 아니다. 몇몇
남성들 중에 이런 사람들이 많이 보인다' 라고 서술하고 이러한 정조관
은 오로지 여성의 것으로 생각되어 왔다고 비판하여 남성의 정조 관념
에도 칼날을 들이대고 있지만, 더 이상 남성의 정조관에 대해선 논을
전개하지 않았다.

전술한 바와 같이 나혜석은 '정조는 도덕도 법률도 아무 것도 아니요,
오직 취미이다'라고 주장하였다. 여기에서 '도덕'은 종래의 조선 사회에
뿌리내리고 있는 관습이며 '법률'은 근대에 들어서 법적인 형태로서 완
성된 제도라고 해석할 수 있다. 다시 말하면 여기에서 '정조'라는 것은
'관습'과 '제도'에 의한 것이 아니라 자기의 자유 선택에 의한 것이라고
해석할 수 있다.

아키코도 자기의 자유 선택에 대한 결정권을 인정하고 있지만, 상기
의 문장에서 '취미'를 남성의 관점에서 보고 있는 데에 반해서, 나혜석의
'취미'는 타인으로부터 강요받는 성질이 아니고 여성의 고정관념으로부
터의 해방을 위해 사용하고 있다. 두 사람이 '정조'를 설명하기 위해 같
은 '취미'라는 말을 사용하면서도 그 해석이 상이한 것은 흥미롭다.

4. 진정한 「연애」를 이루기 위해
- 「성욕」의 발견과 해소 -

다음으로 아키코의 상기의 인용처럼 '정조'를 '연애'의 방면에서만 비
판해서는 아니 되며 '성욕'으로부터의 관찰도 해야 하며 '정조'는 '성욕'
과 관련이 있다고 그녀는 명언한다. 아키코는 '정조'를 정신과 육체와
함께 혼내와 혼외로 구별하여 설명하고 있듯이 '성욕'도 처녀와 아내로
나누어 설명한다.

아키코는 「처녀와 성욕(処女と性欲)」20)의 서두에서 예술좌의 사로메를 보고 느낀 불만을 토로하고 있다. 그녀의 논점은 사로메는 순수한 처녀이고 처녀가 능동적으로 남성에게 성적으로 도발할 수는 없다는 것이다. 그리고 이어서 그녀는 자신의 경험에 비추어, '순진무구한 처녀에게는 결혼 적령기에 달하여도 강렬한 성욕은 일어나지 않는다' 라고 말하며 '처녀가 남자와 능동적으로 사랑을 하여도 남자에게 육적인 요구가 일어나는 사실은 예부터 역사와 문학에도 그 예가 적다'라고 단언한다. 아키코는 '성욕'이 어느 일정한 나이가 되면 이성에 대한 감정으로 자발적으로 일어나기도 한다고 주장하면서도 처녀에게 육체적인 성욕은 일어나지 않는다고 주장하는 것이다.

그렇다고 아키코가 결혼하지 않은 여성은 반드시 '육적인 성욕'을 느끼지 않는다고 주장하고 있는 것이 아니다. 처녀의 성욕은 '서적'과 '세상사'로부터 자극받는 경우에는 일어날 수 있지만 그것은 오로지 '호기심이나 공상으로' 일어날 뿐 행동으로까지 옮겨지지 않는다고 하였다. 이러한 점이 남성의 성욕과 다른 점이라고 주장한다. 하지만 아키코의 주장은 여성의 '성욕'이 남성과의 육체적 관계에서 일어날 수 있다는 개념으로서 여성의 성적 욕구에 대한 주체성을 부정하고 있는 것이다.

아키코와 마찬가지로 나혜석은 다음의 인용처럼 '성욕'은 어느 시기에 이르면 자연적으로 일어날 수 있다고 말하면서도, 인간이라면 남녀 누구나 가지고 있는 본능적인 욕망이라고 지적한 부분은 결혼하지 않은 여성이 남성과 육체적인 관계가 없는 이상 성욕을 느끼지 않는다고 하는 아키코의 성욕론과는 크게 다르다.

「다시 말하면 남녀 간에 춘기 발동기가 되면 부모의 사랑이나 친구의
사랑만으로는 만족치 못하고 이성을 그리워하며 애태워 사람의 미명하
에 일찍이 자기 몸을 구속하여 이십이나 삼십 미만에 움치고 뛸 수 없는
지옥에 빠지고 마는 것 아닙니까?」

「네, 그렇지요」

「그러는 것보다 자기가 먼저 무엇으로 번민하고 고통하는 것을 생각
하며 그것만 해결해 가지고 구속된 생활을 좀 더 늘일 필요가 있지요」

「아마 대개는 성욕 방면으로 고민할걸요」

「그러니까 그것은 독신자를 위하여 사회 제도가 이미 실시(設施)되지
아니했어요」

「유곽 말씀이지요」

「그렇지요, 처자의 생활을 능히 보장할 수 있을 때까지 독신 생활을
하며 유곽을 출입할 것이지요」(「독신 여성의 정조론」『전집』473쪽)

다음으로 아키코는 '처녀를 잃은 부인'의 성욕을 긍정적으로 보았다.
여기에서 '처녀'라는 단어는 전술한 결혼하지 않은 여성이 아니라 '동정
(童貞)'과 '정조'와 같은 의미로서 사용하고 있다. '처녀를 잃은 부인'이라
는 것은 남성과 육체적인 관계를 맺은 여성을 의미하고, 자발적인 관계
가 아니라 결혼하여 육체적인 관계를 맺은 사람을 의미한다. 그러나 남
편을 잃은 부인은 육체적인 욕구를 참는 것이 어렵다고 주장한다. 아키
코는 여성의 육체적인 욕구를 긍정하면서도 그 대상을 결혼한 여성으로
한정하여 협소한 관점에 머무르고 있다고 지적할 수 있다.

아키코는 「부인과 성욕(婦人と性欲)」의 문장 가운데 '성욕'만 추구하는
부인을 질타하고 있다.

처녀의 부정에는 언제나 처음에는 남자의 유혹이 먼저 있습니다. 처녀
의 박약을 비난할 수 없습니다만, 음분(淫奔)이라는 명의로 처녀의 타락
을 비난하는 것은 정말로 아니라고 생각합니다. 그러나 일단 남자의 성
욕의 유혹을 받은 후 부인들 가운데에는 병적으로 성욕의 압박을 자각하
여 그 때문에 음분한 부인으로 타락되는 경우가 드물게 있습니다. 그러

나 이런 병적인 부인의 성욕으로 처녀의 성욕을 타도해서는 안 됩니다. 성욕은 본능 가운데에서도 맹렬한 본능입니다. 본능을 그대로 적나라하게 표현하는 것은 야만적, 동물적으로 여겨질 뿐만 아니라. 그것이 인간의 생활을 행복하게 만드는 게 아니라 오히려 불행하게 합니다. 성욕의 방종이 정신적으로 그 사람을 타락시키고 생리적 병리적으로 그 사람을 약하게 만든다는 사실은 말할 필요도 없습니다. 야만인과 문명인과의 차이는 이성으로 본능을 잘 이끌고, 적당히 분출시키느냐에 있습니다. 문명인은 자유롭게 본능을 표출시키지만, 결코 방종하지 않습니다.(「부인과 성욕」『아키코전집』제15권, 489~490쪽. 초출『요코하마무역신보(横浜貿易新報)』1916년)

아키코는 여성이 성욕을 노골적으로 표현한 것은 '야만적'・'동물적'인 행위라고 비난하고 있다. 그리고 성욕의 방종은 정신적・육체적으로도 사람을 약하게 한다고 의학적으로 설명하고 있다. '연애'와 마찬가지로, 아키코의 성욕관에는 '야만'='성욕'을 직접적인 표현하는 것과 '문명'='성욕'을 직접으로 표현하지 않는다고 하는 대립적인 도식이 내재하고 있다.

이에 반하여 나혜석은 독신 여성 뿐만이 아니라 남성의 성욕을 인정하였다. 또한 그녀는 '성욕'을 육체적인 성욕과 정신적인 성욕으로 분리하였다. 전술한 바와 같이 나혜석은 여성이 '성욕'에 구속받지 않고 해방되어야만 한다고 주장한다. 나혜석은 육체적인 성욕을 해소하기 위해 사회에서는 유곽이라는 사회 제도가 설치된 것이라고 공언한다. 하지만 그러한 사회 제도는 남성만의 제도이기 때문에 독신 여성을 위해서도 개방되어야 한다고 논을 전개한다. 그리고 정신적인 성욕의 해소는 일로부터의 정신적인 위안으로 보완된다고 하였다. 그러한 정신적인 위로의 일이 지루해질 때에는 '극기'해야만 한다고 부연하였다.

언뜻 봐서 정신과 육체적인 '성욕'의 배리(背理)라고 하는 두 사람의 담론은, '영육일치'를 기반으로 한 '연애'를 지향하는 연애관과는 반대되는 성격의 것이라 보인다. 과연 그러한가?

두 사람은 '영육일치'에 의한 결혼에 '성욕'이 개재하고 있는 것을 밑바탕에 둔 위에, 결혼한 여성과 이혼한 여성과 배우자와 사별한 여성의 성욕을 긍정적으로 생각하였다. 단지 아키코의 경우는 미혼 여성의 '성욕'을 부정하지만, 나혜석은 여성의 성욕을 결혼 여하를 불문하고 인정하고 있는 점에서는 대조적이다.

1910년대부터 1920년대 일본에서는 '성욕'이라는 단어가 빈번하게 출현한다. 가와무라 구니미쓰(川村邦光)는 이 20년 간을 '성욕의 시대'라고 지적한다. '성욕'이 인간의 자연적인 욕구라는 개념이 일반적으로 알려지기 시작한 것은 자연주의가 출현한 1907년경이라고 말할 수 있다. 그 배경에는 성과학자 하부토 에지(羽太鋭治), 사와다 준지로(澤田順次郎) 등에 의한 성욕학이 유행하고, 다야마 가타이(田山花袋)의 작품 『이불(蒲団)』(1907) 등의 문학 작품들이 '성욕'을 일반화하는 하나의 원인이 되었다고 한다.21) 또한 1910년대 『청탑』을 축으로 한 매스미디어를 통해서 여성들에 의해 여성의 '성욕'이 가시화되기에 이른다.

조선에서도 '성욕'이라는 단어는 이전부터 존재한 용어가 아니라 근대에 박래한 새로운 용어였다. 1920년대 중반부터 사오다 준지로(澤田順次郎)의 『처녀와 아내의 성적 생활(処女及妻の性的生活)』를 비롯한 『남녀 성욕과 성교의 신 연구(男女性欲と性交の新研究)』『성욕학(性欲学)』 등의 '성학(性学)'에 관한 일본어의 저서가 계속 번역되어 '성욕'이 조선 사회에 부상하게 된다.22)

이 시기에 여성 스스로가 여성의 '정조'를 강조하고 특히 '처녀'의 '성욕'이 공공연하게 논의된 것은 유의해야만 할 것이다. 이것은 은폐된 여성의 '성욕'이 사회 속에서 현재화 되어 가는 것을 의미하며 더욱이 여성 스스로 그러한 논리에 동화되어 가는 것은 중요한 사실이다.

5. 성욕의 해소를 위한 공간 '유곽' 유지에 대한 견해

여기에서 주목하고 싶은 것은 '유곽 제도'에 대한 두 사람의 견해의 차이이다. 나혜석의 경우, '성욕'을 해소하기 위해서 유곽 제도의 이용을 적극적으로 주장하고 있다. 더욱이 나혜석은 공창 제도를 인정하고 남성공창도 적극적으로 주장하고 있다. 이에 반해서 아키코의 경우는 '성욕'를 해소하는 방법은 제시하지 않고 오로지 결혼에 의해 여성의 '성욕'이 만족될 수 있다고 하였다. 또한 아키코의 경우는 공창 제도를 폐지하자고 역설한다.

나혜석이 공창 제도를 인정하고 남성의 공창의 설치도 주장하는데 반해서, 아키코는 공창을 폐지하자고 주장하고 있는 것은 흥미롭다.

여기에서 두 사람의 공창 제도에 대한 자세를 비교 분석하도록 하자. 이러한 문제를 해석하는 데 앞서 근대 한국의 공창 제도의 시대 배경을 살펴야할 필요가 있다. 따라서 우선 근대 한일의 공창 제도의 성립과 폐창운동을 정리하고, 다음으로 아키코와 나혜석의 '창부(娼婦)' 및 '폐창'의 견해를 고찰해 본다. 이러한 고찰에 따라 나혜석과 아키코의 성욕관이 더욱 더 명확해지리라고 생각한다. 공창 제도와 폐창운동에 관한 아키코의 언설은 두 여성을 논하는데 있어서 통과해야 하는 과정이라고 생각한다. 왜냐하면 공창 제도가 완성되어 가는 경위와 폐창운동의 의미들은 여성의 신체에 관한 중요한 문제이며, 두 사람의 담론은 그것을 논하고 있기 때문이다. 근대 '연애'의 확립과 함께, 공창 제도의 성립과 폐창운동은 '근대'에 들어서 여성의 신체가 국가에 의해 통제되어가는 것을 의미한다.

그렇다면 근대 한국의 공창 제도의 성립을 살펴보자.

1876년 강화도 조약에 따른 일본인 거주지인 부산, 원천, 진남포 등의 지대에 일본인에 의한 매춘부가 등장하는 것을 시작으로 유곽 지대가 형성되어 간다. 조선 시대에 실제 매춘부가 존재하였지만 그것은 대개 밀매음으로 국가가 공인한 공창 제도는 실시되지 않았다. 그러나 이미 근대적인 공창제를 확립한 일본은 러일전쟁의 승리를 계기로 해서 1906년 조선에 통감부를 설치하고 조선 여성의 공창화를 확립해 간다. 그 후 조선총독부는 1916년 3월 경무총독부령 제4호 「대좌부(貸座敷, 공식 유곽) 창기단속규칙」을 공포·실시하고 조선 전국에 공창제도를 실시해 간다. 하지만 일본인과 조선인의 창기에 대한 단속 내용은 현격한 차이가 있었다. 단속의 기본적인 내용은 창기에 대한 '성병 검사의 실시'와 '사창 단속'이 차지하였다. 이러한 성병 검사는 물론 창기들의 건강을 위해서 실시된 것이 아니라 그녀들을 돈으로 사는 남성들을 위한 것이었다.[23] 1930년대 후반 식민지 정책에 따른 조선 농촌 사회의 피폐에 의한 인신매매의 횡행과 가정의 경제적인 사정으로 인해 여성이 자발적으로 매춘부가 되는 경우가 늘어갔다. 소위 일본에 의한 조선 공창 제도는 식민지 권력에 따른 '성'의 억압이며 관리였다고 볼 수 있다.[24]

메이지 20년대에 들어서면, 일본에서는 '영육일치'의 '연애'을 기반으로 한 일부일처제를 파괴한다는 이유로 '매춘'을 철저하게 배척하는 폐창론이 적극적으로 전개되고 공창 제도의 폐지를 지향하는 운동이 등장한다.

다음으로 아키코의 폐창론을 살펴보기로 한다. 아키코의 폐창론은 부인교풍회(矯風会)의 창부기배척운동에 대한 비판에서 시작된다.

부인교풍회는 회장인 하야시 우타코(林歌子)가 1915년 11월의 다이쇼 천황의 즉위 기념식을 맞이하여 '공식 석상에서 매춘부를 접대시키거나, 미풍양속을 해치는 행동은 엄중히 처벌할 것을 청원합니다.'[25]라고 결의하고 '예기(芸妓)퇴치운동'을 일으킨다. 이에 대해서 아키코는 1915년 7월 『태양(太陽)』에 부인교풍회의 예기와 창부의 배척운동(芸娼排斥運動)에 대한 비판을 남겼다. 이어서 아키코는 1916년 6월 잡지 『태양』에

논문 「사창의 박멸에 대해서(私娼の撲滅に就て)」를 게재하고 있다.26)

여기에서 아키코는 '창부라는 것은 노예의 일종이다. 경제적인 독립 정신과 독립 능력이 마비된 여자가 양심과 육체를 남자에게 받치고 재물과 바꾸는 것이 창부'라고 하여 '부도덕한 직업(不德な職業)'이라고 주장한다. 더욱이 '창부가 논리적, 위생적으로 그녀 자신을 부패시킬 뿐만 아니라 논리적, 위생적으로 인류에게 독을 가하는 사람'이라고 비판하였다.

아키코는 창부가 발생한 주요한 원인을 '남성의 성욕 과잉과 호신욕(好新欲)이 첫 번째 원인이고, 여자의 경제적인 무능력이 제 2 원인'이라고 추정하였다. 여성 자신의 경제적인 무력함 이외에 '부모 형제 및 남편의 경제적인 불행과 사리사욕에 희생이 되어 또는 악랄한 매음 주선 업자와 매음 업자의 나쁜 계략에 빠져 몸을 팔게 되는 원인'을 들고 있다.

또한 '창부 제도가 교육에 미치는 해독과 그 영업자가 창부를 속박하고 학대하여 인간의 자유를 유린하는 악폐를 지금 말할 필요도 없다'는 것과 '사창은 존속시키는 것은 어쩔 수 없이 관용을 베풀겠다' 라고 말하면서 국가의 공인된 공창의 절멸을 도모해야 한다고 아키코는 주장하였다. 사창을 존속시킨다는 전제 하에 매독 검사의 실시와 노동에 종사시키는 교육적인 방면에 대한 지원 등의 조건을 달고 있으나, 아키코는 매독검사의 실행이 누구를 위한 것인지 명확하게 밝히지 않고 있다. 정부 기관이 실행한 매독 검사는 어디까지나 남성을 위한 것이었다는 것을 환기한다면 아키코의 논리는 남성 측의 언설을 그대로 따르고 있다고밖에 볼 수 없을 것이다.

한편, 나혜석은 구미 여행기 「소비에트 러시아행」의 서두에서 러시아와 중국과의 국경에는 '군영(軍営)이 많고, 조그마한 시가지나 조선인 밀매음녀(密売淫女)까지 구비하고 있다'27)고 견문을 적었다. 식민지 정책이 점점 강압적으로 변해가는 1930년대의 한국 문학 작품에는 빈궁해 가는 조선 농촌을 배경으로 하여 여급과 매춘부를 그린 작품이 많이 등장한다. 하지만 나혜석은 '조선인 밀매음녀'에 관해서는 그 이상 아무 것도 언급하지 않고 있다. 이것은 나혜석이 식민지 하의 하급 계급의 여성에 대해서는 관심을 갖지 않았던 것을 부정할 수 없으며, 이것은 송연옥의 지적처럼 그녀의 '젠더 의식의 한계'라고 말할 수밖에 없을 것 이다.28) 그러나 나혜석은 '매춘'을 하나의 직업으로서 인정하고 성욕을 해소하기 위해서 남녀 공창 제도를 인정했던 것이라고 생각된다. 따라 서 기생의 '연애'조차 인정할 수 있었던 것이다.

　물론, 조선에도 개신교를 중심으로 한 폐창운동은 존재하였다. 최초 의 공창운동 단체는 기독교도가 중심으로 1924년에 결성된 '공창폐지기 성회'이다. '공창폐지기성회'는 강연 등을 통한 계몽 운동과 1만 2천 인 의 서명을 모아 총독부에 「조선공창폐지신청서」29)을 제출하는 등의 운 동을 전개하였다. 그러나 그것은 총독부 당국이 허용하는 범위 내에서 의 운동에 지나지 않았다. 그 외 지방 여성의 자발적인 공창 폐지운동도 전개되었으며 이후 여성 단체 '근우회'가 폐창운동을 주동하였지만 광 범위하게는 전개되지 않았다.30)

　아키코와 나혜석 두 사람은 인간의 본능으로서 '성욕'을 긍정적으로 생각하면서도 '성욕'의 발생에 대한 과정 및 해소 방법에 관해서는 크게 상이한 견해를 가지고 있는 것을 알 수 있다. 그리고 공창 제도에 대한 두 사람의 견해는 매우 달랐다. 아키코는 공창 폐지에 대해서는 긍정적 인 반면에, 나혜석은 여자의 공창 뿐만 아니라 남성의 공창까지 설치할 것을 주장한다. 그러나 아키코와 나혜석의 공창제도에 대한 논설에는 창기를 '허용'하는 입장에서는 공통적인 입장에 서있으면서도 어디까지 그녀들은 자신과는 다른 '타자'에 불과했다.

　근대에서는 결혼제도 밖에 있는 육체적인 관계를 '매음'과 '야합'이라고 하여 '비문명'적인 행위이라고 비판하면서도, 한편에서는 성욕을 해소하기 위해 공창 제도를 정비하였다. '유곽'이라는 공창 제도는 '성의 권력'이 존재하는 장치였다. 이것은 해방된 '성'과 희생되는 '성'이 양립하는 것을 의미한다. 그래서 '연애'를 기반으로 근대적 일부일처제는 남성의 성욕을 해소하기 위해 공창 제도를 제도화하고 여성을 '아내'와 '창부'로 이분화 한다. 이와후치 히로코(岩淵宏子)의 지적에 따르면31) '아내와 창부를 가부장제 사회의 성적 수탈의 객체로 똑같이 인식한 채 여성문제를 설명함으로써 공창 제도만의 문제를 불식시켜버렸'고 했다. 하지만 아키코와 나혜석은 은폐된 여성의 '성욕'을 긍정하고 있는 점은 평가해야 할 것이다.

두 사람이 공창제도에 대해서 상이점을 보이는 이유로서는 나혜석의 경우에는 첫 번째로 부르주아적 가정 환경에서 성장하였기 때문에 빈곤에 지쳐있는 여성과의 만남이 전혀 없었던 것을 들 수 있다. 두 번째로 남편의 외국 공무로 긴 기간의 외국체재에 의한 나혜석과 한국의 현지에서 활동하던 여성 단체와의 교류가 단절된 것도 이유로서 들 수 있다고 생각한다.

요컨대 나혜석은 결혼에 이르는 '영육일치'의 '연애'를 주장하면서도 '성욕'과 '생식'을 분리하는 것에 따라 결혼한 여성의 '성욕'을 긍정하였다. 마찬가지로 아키코도 결혼한 여성의 '성욕'을 긍정한 점은 나혜석과 공통적인 부분이다. 한편 아키코가 결혼한 여성이 '성욕'을 느끼는 것을 '남편'에게 속하는 것으로 한정한 점과 나혜석이 상대를 한정하지 않은 점은 상이하다고 할 수 있다. 다시 말해서 나혜석이 아키코보다도 여성의 '성욕'에 대해서 자유로운 권리를 부여하였다고 말할 수 있다.

6. 맺음말

이상, 근대 한국의 '연애'의 수용 양상을 나혜석과 요사노 아키코의 담론을 통하여 고찰하였다.

종래 조선의 남녀 관계는 '사랑'이라는 단어로 표현되어 왔지만 '영육일치'를 기반으로 한 새로운 남녀 관계가 탄생됨에 따라서 '연애'라는 단어가 외국으로부터 수입되었다. 그것은 외국으로부터 탄압을 받고 있던 조선에서 '연애'를 근저로 한 가족 제도의 개혁을 통하여 전근대적인 것을 버리고 '문명 사회'로의 진입을 꿈꾸는 상징이기도 하였다.

뿐만 아니라 당시 '자유 연애' '자유 결혼'은 남녀평등 사상에 뿌리내리고 있었으며 여성 해방과 결부되어 전개되었다. 그 때문에 가부장제에 강요받고 있던 조선 여성에게 환영을 받게 된다. 이러한 연애관은 조선으로부터 자립적으로 발생한 것이 아니라 외국으로부터의 수입품이었던 것은 주목할 만하다. 조선의 근대는 일본과의 관계가 밀접하다. 이러한 사실은 연애론을 논함에 있어서도 간과할 수 없는 문제이다. 따라서 본고에서는 나혜석의 연애론을 일본의 요사노 아키코의 연애론과 비교 분석하였다.

두 사람의 연애론은 '영육일치'에 의한 낭만주의적 러브에 기반을 하면서도 여성 자신의 신체와 정신적인 자유도 생각하고 있던 것을 알 수 있었다. 또한 기존의 여성의 정조 관념이 여성에게만 강요된 인습이었던 것을 두 사람은 비판하며, 여성 자신의 의사에 따른 신체에 대한 자기 결정권을 획득하려고 하였다. 이러한 '영육일치'에 의한 연애는 식을지 모르며 연애의 감정은 변화하면서 존속한다고 말하며, 부부애는 서로 노력하는 것에 의의가 있다고 강조한다.[32]

다음으로 나혜석과 아키코는 '영육일치'의 연애를 주장하면서 여성의 성욕을 긍정하였다. 나아가서는 독신 여성의 성욕을 긍정적으로 파악하

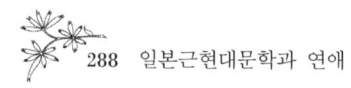

였다.

　　그러나 아키코의 경우, 여성의 성욕은 남성과의 육체적인 관계에 따라서 유발된다고 주장하여 결혼 제도 하의 '성욕'만을 인정하였다. 그리고 여성 자신의 신체와 정신을 '바치는' 상대를 아키코의 경우는 '연애' 또는 결혼 상대인 '남편'으로만 한정하였다. 그것에 반하여 나혜석은 상대를 한정하지 않았다.

　　그리고 두 사람은 인간의 본성으로서 '성욕'을 긍정적으로 파악하면서도 '성욕'을 해소하기 위해서 공창 제도를 인정했다. 한편 아키코는 공창 제도를 폐지하는 것을 주장하면서도 사창의 존속을 인정했다. 조선공창 제도의 성립은 식민지 정책과 관련이 깊으며 지배국에 의한 피지배국의 여성의 '성'의 탄압을 현재화시킨다. 이러한 역사적인 배경을 내재한 조선 여성의 '성'의 복잡한 모습을 나혜석의 연애론에서 읽을 수 있었다.

▌ 주 ▌

1)　「近代韓日における「恋愛」の受容－羅蕙錫と与謝野晶子の言説を中心に－」『日本言語文化』第9집, 日本言語文化学会, 2006년 10월 초출.

2) 대표적인 논문으로서 이미순 「나혜석의 사랑담론에 관한 일고찰」『한국현대문학연구』(제10집, 2002), 졸고 「근대한일의 섹슈얼리티의 문제-나혜석과 요사노 아키코의 비교를 중심으로-(近代日韓におけるセクシュアリティの問題-羅蕙錫と与謝野晶子との比較を中心に-)」『오사카대비교문학(阪大比較文学)』(창간호, 2003년이 있다.)

3) 정혜영, 「근대를 향한 시선－이광수『무정』에 나타난 「연애」의 성립과정을 중심으로」, 『여성문학연구』, 한국여성문학회 제3호, 2000.

4)『서유견문』은 1895년 도쿄의 교순사(交詢社)에서 간행되었다.

5) 일본의 「연애」의 생성에 관한 연구는 사에키 준코(佐伯順子)의 『이로와 색

의 일본 문화사 (「色」と「愛」の日本文化史)』岩波書店, 1999 (初刷 1998))
등이 있다.

6) 조선의 결혼 풍속에 관해서는 정성희의 『조선의 성풍속 – 여성과 성문화로
본 조선사회』(가람기획, 1997)가 상세하다.

7) 『독립신문』, 1896년 6월 6일.

8) 『이광수전집』제1권, 삼중당, 1962년. 280쪽.

9) 일본의 '연애'라는 용어의 성립에 관해서는 야나기 후쇼(柳父章)『번역성립
사정(翻訳語成立事情)』(岩波書店 2001(初刷1982))을 참조했다. 또한 장경
(張競)은 중국의 '연애'라는 용어도 일본어로부터 수입된 용어라고 밝혔다.
장경의 저서는 『근대 중국과 연애의 발견(近代中國と「恋愛」の発見)』(岩波
書, 1995)이다.

10) 「이상적인 가인(理想之佳人)」, 『여학잡지(女學雜誌)』제106호, 1888.

11) 「부인의 지위(婦人の地位)(下)」, 『여학잡지(女學雜誌)』제5호, 1885.

12) 낭만적인 러브의 이데올로기는 구미의 근대를 특징짓는 성규범이다. 그것
은 「사랑하기 때문에 결혼한다(혼인할 때 사랑과 성이 일치한다)는 것이
유일한 성행동이다.(요시자와 나쓰코(吉澤夏子), 「성의 더블스탠더드를 둘
러싼 갈등(性のダブル・スタンダードをめぐる葛藤)」, 『근대일본문화론
(近代日本文化論)8 여성의 문화(女の文化)』, 岩波書店, 2000)

13) 「강명화의 자살에 대해서」, 『나혜석 전집』252~253쪽. 초출『동아일보』1923
년 7월 8일(이하『나혜석 전집』(태학사, 2000)을 『전집』으로 약칭한다)

14) 「신생활에 들면서」, 『전집』432쪽. 초출『삼천리』1935년 2월.

15) 「이상적인 부인」, 『전집』183쪽.

16) 「모(母)된 감상기」, 『전집』219쪽. 초출『동명』1923.1.1~21.

17) 「이혼고백장」, 『전집』400쪽. 초출『삼천리』1934년 8월~9월호.

18) 요사노 아키코의 본문의 인용은『정본 요사노아키코 전집(定本与謝野晶子
全集)』(講談社, 1979~1981년)에 의함. 이하『정본 요사노아키코 전집』을『아
키코 전집』이라고 약칭한다.

19) 우에노 치즈코(上野千鶴子)『근대 가족의 성립과 종언(近代家族の成立と
終焉)』, 岩波書店, 1994. 88쪽.

20) 「처녀와 성욕(処女と性欲)」, 『아키코 전집』제15권, 37~38쪽. 초출 『태양』 1915.6.

21) 가와무라 구니미쓰(川村邦光), 『성가족의 탄생(性家族の誕生)』, 筑摩書房(ちくま学芸文庫), 2004.

22) 권보드래, 『연애의 시대(恋愛の時代)』, 현실문화연구, 2003, 150~178쪽을 참조.

23) 한국의 공창제도성립에 관해서는 야마시타 영애(山下英愛)의 「조선의 공창제도와 일본(朝鮮における公娼制度と日本)」(『아시아여성사(アジア女性史)』, 明石書店, 1997)을 참조.

24) 스즈키 유코(鈴木裕子) 『페미니즘과 조선(フェミニズムと朝鮮)』, 明石書店, 1994.

25) 하야시 우타코(林歌子)「일대불경에 굴하지 않고(一大不敬に非ず)」『일본여성운동자료집성 제8권 인권 폐창 1(日本女性運動資料集成第8巻人権・廃娼Ⅰ)』(스즈키 유코편(鈴木裕子編)), 不二出版, 1997. 565쪽. 초출 『곽정(廓清)』제5권5호, 1915.

26) 『아키코전집』 제15권, 講談社, 1980.

27) 『전집』 520쪽, 초출 『삼천리』 1932.12.

28) 송연옥 「조선 '신여성'의 내셔널리즘과 젠더」『신여성』 청년사, 2003, 105쪽.

29) 『동아일보』 1927.5.11.

30) 한국여성연구소 여성사연구실 『우리 여성의 역사』 청년사, 2000(初刷1999)

31) 이와후치 히로코(岩淵宏子) 「섹스얼리티의 정치학에 대한 도전-정조・낙태・폐창논쟁(セクシュアリティの政治学への挑戦－貞操・堕胎・廃娼論争)」『청탑을 읽다(『青鞜』を読む)』, 신페미니즘비평회편(新・フェミニズム批評の会編), 学芸書林, 1998, 327쪽.

32) 아키코, 「나의 연애관(私の恋愛観)」, 『아키코전집』 제15권, 326쪽, 「離婚に就て(再び)『아키코전집』제15권, 465쪽.
나혜석, 「이혼고백장」, 『전집』, 402쪽.

【 참고문헌 】

《한국문헌》

정혜영 「근대를 향한 시선―이광수『무정』에 나타난 「연애」의 성립과정을 중심
　　으로-」『여성문학연구』韓国女性文学学会 제3호 2000

권보드레 『연애의 시대』現実文化研究 2003

문옥균 외 『신여성』청년사 2003

정성희 『조선의 성풍속－여성과 성문화로 본 조선사회』가람기획 1997

한국여성연구소 여성사연구실 『우리 여성의 역사』청년사 2000

《일본문헌》

「理想之佳人」『女學雜誌』第106号 1888(明治21)年4月21日

「婦人の地位(下)」『女學雜誌』第5号 1885年(明治18年)9月25日

岩淵宏子「セクシュアリティの政治学への挑戦－貞操・堕胎・廃娼論争」『青
　　鞜』を読む』新・フェミニズム批評の会編 学芸書林 1998

林歌子「一大不敬に非ず」『日本女性運動資料集成　第8巻人権・廃娼Ⅰ』(鈴木
　　裕子編)不二出版 1997

山下英愛「朝鮮における公娼制度と日本」『アジア女性史』明石書店 1997

吉澤夏子「性のダブル・スタンダードをめぐる葛藤」『近代日本文化論8 女の
　　文化』岩波書店 2000

上野千鶴子『近代家族の成立と終焉』岩波書店 1994

川村湊『妓生』作品社 2002

佐伯順子『「色」と「愛」の日本文化史』岩波書店 1999

鈴木裕子『フェミニズムと朝鮮』明石書店 1994

張競『近代中国と「恋愛」の発見』岩波書店 1995

柳父章『翻訳語成立事情』岩波書店 2001

기타무라 도코쿠(北村透谷)의 연애관[1]

이종환(李淙煥)*

1. 두사람의 만남

　기타무라 도코쿠(北村透谷 ; 1868~94)가 미나코(石坂美那子)에 관해서 처음으로 썼다고 추정되는 글은 「꿈속의 시인」(夢中の詩人)이라고 이름 붙인 서간 초고(書簡草稿)이다. 이것은 1887년 7월 하순 또는 8월 상순에 집필한 것이라고 추정된다. 이 글에서 도코쿠는 '당신의 풍부한 식견, 경험, 사상 이 세 가지는 내가 당신과 함께 있지 않을 때에도 항상 나로 하여금 좋은 친구를 얻은 듯한 희열을 가지게 한다' 라고 하고 있다. 이것으로 볼 때 도코쿠는 미나코에게서 이상적인 여인상(理想的女人像)을 발견한 것 같다.

　정치운동으로부터 이탈한 후 오랜 기간 동안 정신적인 방황을 거친 끝에, 우연히 이상적이고 근대적 여성인 미나코를 만났으며 도코쿠는 스스로 그녀를 찬미하고 있다. 연애와 결혼을 포함해서 7년 남짓한 기간에 일어난 일들은 도코쿠에게는 물론 일본 근대문학에 큰 금자탑을

　＊ 李淙煥 : 경북대학교 일어일문학과 교수.

세웠다. 1885년 8월에 정치를 이탈하면서부터 1889년 4월 처녀작인 '초수의 시(楚囚之詩)'가 세상에 나올 때까지 도코쿠에게 일어난 일들은 다음과 같이 정리할 수 있다. 이것은 도코쿠가 남긴 문장을 기반으로 하여 가쓰모토 세이이치로(勝本淸一郎)가 작성한 제작 연보(年譜)에 따른 것이다.

1887년 상반기 상업 실패 … 8월 중순에 (미나코와의) 연애관계가 돌연 고조된다. 8월 19일 저녁 미나코와 교제를 단념하기로 결심하다 … 8월 21일 밤 상업을 계획하여 요코하마(橫浜)로 간다. 그리고 곧 그리스도교에 입신(入信)하기로 마음을 먹다. 8월 하순 요코하마에서 시도하고자 한 상업 계획도 실패로 끝난다. 9월 4일 미나코에게 보내는 서간에서 또다시 열렬한 연정을 토로하고 있다. 오직 '우리들의 사랑은 정욕을 추구하는 것에 있지 않으며 마음을 사랑하고 희망을 사랑한다' 라는 등.

이상에서 서술된 사건 전개를 시간 순으로 간단히 정리해 보면 다음과 같다. 서로 만남(1885년 6월) → 연애가 절정에 이르다(1887년 8월 중순) → 연애를 일시적으로 단념하다(1887년 8월 하순경) → 회심(回心)에 의해서 재회를 이루다(1887년 9월) → 결혼하다(1888년 11월)라고 하는 도정(道程)을 밟게 되었다. 그리고 도코쿠는 1887년 8월 18일 미나코에게 보내는 서간에서 그 해 상반기의 일을 다음과 같이 적고 있다.

> 나는 이미 내 스스로 생활을 영위해야 할 몸이며 예민하게 상업(商業)을 계획해야 하는 보잘 것 없고 여유 없는 남자(無間暇男兒)다. 나로 하여금 소설가가 되기를 꾀하는 것인가. 그러나 나는 한 끼의 밥값도 벌 능력이 없다. 하지만 나의 가슴속에 있는 소설가가 되려고 하는 희망(望み)만은 결국 빼앗을 수 없을 것이다.

위의 회상 부분에서는 '상업을 꾀하는' 입장과 '소설가가 되려고' 하는 '희망'이 서로 뒤섞여있다. 바꿔 말하면 정치이탈 후에 '격렬한 전패를 만회하려는' 수단으로써 상업을 계획하였지만, 그 후 실패를 경험하고 나서 결국 문학의 길로 첫걸음을 내딛게 되었다. 위에서는 이러한 도정상(道程上)에 일어난 일들을 한 마디로 잘 반영하고 있다. 이상에서 알 수 있듯이 도코쿠의 문학의식에는 미나코와의 연애가 크게 작용하고 있는 것이다. 그러나 그간에 일어났던 '상업을 꾀하다' 라고 하는 그의 상업의식을 어떻게 평가하는가가 문제가 된다.

　요약하면 도코쿠와 미나코의 러브스토리 속에서 결코 빼놓을 수 없는 사건은 도코쿠가 1887년 8월 21일 요코하마(橫濱)에 간 일이다. 두 사람의 연애가 최고조에 달했을 때 돌연 도코쿠는 연애를 단념하고 상업을 계획한다는 구실로 요코하마로 간다. 그러나 그 후 겨우 열흘도 지나지 않아서 연애를 단념하기로 했던 마음을 버리고 재회한다. 이렇게 연애를 단념하고 나서 재회하기까지에는 그리스도교에 입신하기를 권유하는 미나코의 보이지 않는 힘이 크게 작용하고 있었다. 더구나 그 입신이 두 사람이 재회하는 계기가 되는데, 이와 함께 도코쿠가 지니고 있는 상업의식을 어떻게 논리적으로 해석하는가가 문제가 된다.

　이러한 도정상에 일어난 일에 대해서는 이미 선행학자들의 여러 가지 설이 있다. 그러나 대부분은 '입신에 의해 재회가 이루어졌다.'[2] 하고, 그 연구목적도 '도코쿠의 연애·입신의 의미'[3] 라든지 '회심'[4] 이라든지 하는 식으로 '입신' 이라는 관점에서만 보는 경향이 있다. 그래서 도코쿠의 상업의식은 입신을 거쳐 재회에 이르기까지에 일어났던 사소한 사건으로밖에 다루고 있지 않은 것 같다.

　가쓰모토 세이이치로(勝本淸一郞) 의 제작연보에 의하면 도코쿠는 이미 '6월경·요코하마에서 계획한 상업을 실패'한 경험을 가지고 있다. 그리고 그 후 미나코와 연애를 단념한 직후인 8월 하순에 또다시 요코하마에서 '소규모의 상업'(1887년 8월 하순, 부친에게 보낸 서간)을 운영한다. 그러나 여기서 말하는 상업이란 도대체 어떤 것인지에 관해서는 전혀 밝히지 않고 있다. 다만 다음과 같은 추측이 있을 뿐이다. '외국인 거류지에서 했던 어떤 장사'5), '수입한 상품이 대폭락함으로써 어찌할 바를 몰랐다'6), '생사 거래에 손을 댔던 것은 아닐까'7) 정체가 불명확한 점 때문에 그 상업이 어떻게 진행되었는지는 아직까지 밝혀지지 않고 있다.

그러나 비록 상업의 진상을 모른다고 하더라도 그 상업을 '실세계의 장(實世界の場)'8)으로 본다면, '상세계'를 지향(想世界志向)하고자 하는 도코쿠의 사상전개에 있어서 상업의식이 얼마만큼 관련되어 있는가가 문제가 된다. 그 전제로서는 도코쿠의 양 문학상인 '실세계'와 '상세계'는 제각기 상업과 연애로 상징된다. 그리고 '실세계'와 '상세계'와의 관계는 '그『상세계』는 단순한 대립이 아니라『실세계』를 둘러싸고 있는 형태이다.9) 또한 양자는 길항성 관계(拮抗性關係)를 가지고 있기 때문이다.

이상을 기초로 하여 연애를 단념하고 나서부터 재회에 이르기까지 도코쿠의 상업의식이 그의 입신의 의미와 어떤 관계를 가지고 있는가를 살펴보려고 한다. 또 미나코와의 연애가 「초수의 시」를 비롯한 도코쿠의 문학관의 형성에 어떻게 작용하고 있는지를 알아보고 싶다. 논의 전개는 1887년 8월경에 썼던 도코쿠의 서간(書簡)과 수기(手記)를 중심으로 진행하려고 한다.

2. 연애의 절정

우선 도코쿠가 연애를 단념할 때까지 두 사람의 관계를 간단히 정리해 보겠다.

「기타무라 미나코 각서(北村美那子覺書)」에 의하면 도코쿠와 미나코는 1885년 6월 아버지 이시자카 마사타카(石坂昌孝)의 소개로 산타마 쓰루가와촌(三多摩鶴川村)에 있는 미나코의 집에서 처음 만났다. 아버지 마사

타카는 산타마에서 으뜸가는 자유당 영수였고, 또 도코쿠는 그 전년 11
월에 열렸던 독서회에 참가했을 때 미나코의 동생 마사쓰구(公歷)와도
친교가 있었다. 「기타무라 미나코 각서」 중에서 '감나무에 올라가다(柿
の木にのぼる)'라는 문장에서 미나코는 도코쿠와 처음 만났던 장면을 다
음과 같이 회상하고 있다.

> 도코쿠는 동생 마사쓰구(公歷)와 함께 식사를 하고 있었는데 내가 그
> 시중을 들었다. 머리카락이 길고 여자옷 같은 하얀 기모노(白地の着物)를
> 입고 있었다. 책 내용을 이야기하고 있으면서도 「그것은 몇 쪽에 있다」
> 라고 금방 대답하기에, 머리가 좋은 사람이구나라고 생각했다. 나도 얼
> 마간 그의 이야기 상대가 되었다. 그때는 우리집에 장사(壯士)같은 많은
> 청년들이 출입을 하고 있었지만 건달(ゴロツキ)처럼 굴어서 느낌이 좋지
> 않았기 때문에 별로 말을 하지 않았다. 그런 사람들에 비하면 확실히 도
> 코쿠는 사색(思索)형의 청년이라는 인상을 받았다.

여기서 미나코는 도코쿠에 대한 첫인상으로서 다른 장사(壯士)와 다
르다고 느꼈고 처음부터 문호 대소설가 지망생인 그에게 큰 매력을 느
끼고 있었다는 것을 알 수 있다. 후나바시 세이치(舟橋聖一)의 소설 『기
타무라 도코쿠(北村透谷)』에서는 이 장면을 잘 소설화하고 있다.[10]

> 실은 처음 대면하였을 때부터 미나코 쪽에서도 도코쿠에게 마음이 끌
> 린 것이었다. 우선 그에게는 장사(壯士)나 검사(劍士)들처럼 난폭한 데가
> 없었다. 난폭하지 않으면서도 비굴하지 않았다. 어딘가 고매한 향기가
> 나는 것 같았다. 그보다도 더욱더 놀라운 것은 그의 넓은 지식과 견문이
> 었다. 플라톤을 논하고 단테를 이야기하고 바이런(Byron)에 대해 말하고,
> 혹은 바킨(馬琴)을 말하고 사이가쿠(西鶴)에 대해 이야기하고, 게다가 이
> 토(伊藤)를 논하고 오쿠마(大隈)를 논하고 마쓰카게(松蔭)를 말하고 사나
> 이(左內)를 말했다. 그러한 도코쿠가 내뱉는 열의에 가득 찬 웅변에 미나
> 코는 무심코 마음이 사로잡힌 것이다.

윗글에서 이 소설 「서(序)」에서 후나바시 세이치가 말한 대로'(이 부

분에 대해서 내가 묘사한 것은) 창작가로서 꽤 훌륭한 기교를 보이고 있다' 라고 여겨진다. 그러나 그가 이 소설을 쓰기 위해서 세 번이나 도코쿠의 미망인인 기타무라 미나코(北村美那子) 집에 찾아가서 '친하게 이야기를 나누고서는 그 내용을 작품 속에 담았던' 것이다. 더욱이 '이 책을 출판하기 전 어느 날 밤 시마자키 도손 선생님에게 불려가서 여러모로 친절하게 주의를 받았을 때 상기의 문장에 대해서는 지적받지 않았다. 이러한 점들을 생각해 보면 이상과 같은 묘사를 도코쿠와 미나코가 처음 만나는 장면을 기술하고 있는 증거로서 보아도 무난할 것 같다. 어떻든 간에 도코쿠는 많은 장사들과는 다른 이질적인 존재이며 그것이 미나코의 마음을 끌었다. 이것에 관해서 이로카와 다이키치(色川大吉)는 다음과 같이 말하고 있다.11)

> 오야(大矢)는 가와쿠치 마을(川口村)에서 아키야마 분타로(秋山文太郎)의 알선에 의해 교사로 취직했다. … (중략) … 이 마을의 청년 민권가 아키야마 분타로가 그 후에 하치오지 시장(八王子市長)이 되어서 지난날의 도코쿠와 소카이(蒼海 : 大矢의 다른 이름) 두 사람을 상기(想起)한 문장이 남아있다. 거기에는 도코쿠는 분타로(文太郎) 같은 장사들과는 기질(肌合い)이 틀리며 사색형(思索型)으로 책읽기에 빠져있는 젊은이였다고 한다.

위의 문장을 앞에 서술한 「기타무라 미나코 각서」와 같이 생각해 보면, 도코쿠에 대한 인상이 문학지향이며 '사색형 청년'(思索型の靑年)이라는 점에 있어서 공통점을 보이고 있다.

도코쿠와 미나코, 두 사람의 연애가 절정에 다다른 1887년(明治20年) 8월경이란 도코쿠가 정치운동으로부터 이탈한 지 약 2년이 되는 시점이다. 이때의 도코쿠의 입장은 '장사를 계획할까' 그렇지 않으면 소설가가 될까 하는, 두 가지 길에서 헤매면서 정신적인 방황을 하던 직후였다. 한편 미나코에게는 재산과 명예라는 면에 있어서 도코쿠보다 훨씬 나은

히라노 도모스케(平野友輔)라고 하는 약혼자가 있었다. 이러한 상황은
아버지 가이조(快藏) 앞으로 보낸 서간(1887년 8월 하순)에 잘 그려져 있다.
그것에 의하면 둘의 연애가 무르익어 가면 갈수록 상대적으로 미나코의
노모는 둘의 교제를 끊으려고 심하게 간섭을 했다. '이시자카 일가(石坂
一家)의 일본인들은 소생과 미나코의 관계가 이해하기 어려운 친우라고
평한다는 것을 들은 적이 있다. 또 이시자카의 노모(老母)는 소생과 그
따님의 교제를 끊으려고 애쓰는 것 같이 보인다'라고 되어 있다.

　이같이 주위사람들의 반대에도 불구하고 두 사람간의 연애는 절정에
달했다. 결국에는 '더구나 5, 6일 지나면 혼약계약서도 관서에 제출하려
고 하고', '소생과 결혼' 하는 데까지 발전해 간다. 그 배경에는 두 사람
상호간에 서로를 바라는 마음이 있었기 때문이다. 그 바람이라는 것은
'그들의 담백하고 고상한 사상은 소생이 이전부터 따르고 존경해 마지
않았다' 라든가, '명예도 없고 재산도 없는 장쾌한 남자야말로 내 남편으
로 정할만한 사람이다' 라고 하는 것이다. 즉 이것이 '소생과 미나코가
서로 마음이 맞는' '의기투합하는' 곳이다. 이러한 점에서 미나코가 히라
노 도모스케와 파혼을 한 요인을 엿볼 수 있다. 「기타무라 미나코 각서」
에 수록된 '비겁한 인간(卑怯な人間)이라는 글 속에 당시의 미나코의 심
정이 잘 나타나 있다.

　　나는 인품이 훌륭한 아버지가 야심가(野心家)에게 부추켜져서 가산(家
　産)을 기울어지게 하는 것이 슬퍼서, 어떻게 해서든 정치운동을 그만두게
　하려고 생각하고 있었던 때였다. 집에 모여드는 사람들이란 거친 장사(壯
　士)들로서 술주정꾼뿐이다. 집 분위기가 견딜 수 없이 싫어져서, 그에 대
　한 반동(反動)은 아니지만 내 마음도 또한 이상을 추구하고 문학을 논하
　는 도코쿠가 지니고 있는 순수한 정열(純粋な情熱)에 이끌려져 갔다.

　위의 기록에 의하면 히라노 도모스케가 문학지망생인 도코쿠와 달리
정치운동가였던 것이 파혼의 원인이 되었다는 것이다. 도코쿠와 미나

코, 두 사람의 연애가 무르익어 가면 갈수록 도코쿠의 내면에는 열등의
식과 불신감이 증폭되어 갔다. 도코쿠는 '명예 있는 한 사람의 귀녀'(名譽
ある一貴女)인 미나코에 비해서 자신을 '범속의 인간'(凡俗の人間), '대패한
나'(大敗の余), '하나의 술지게미'(一糟粕)에 지나지 않는 존재로 여겼다.
이러한 자기 자신에 대한 중압감을 견디지 못했던 도코쿠는 미나코를
위해 자신을 희생하려고 결심한다. '지금부터 세상을 빛내려고 하는 이
한 소녀를 그르치려고는 결코 생각하지' 않는다든가, '이전부터 다른 사
람을 구하기 위해서는 내 생명도 희생하려고 생각했다'고 말한다. 결국
'지금 소생이 단연히 이 교제를 깨뜨리려'고 마음먹고서 요코야마행을
택한다.

　이상 미나코와의 만남에서부터 연애를 단념하기 위해 요코야마행을
결심하게 되기까지의 사정을, 주로 아버지 가이조 앞으로 보낸 서간을
중심으로 살펴보았다. 요코하마 결행을 한 8월 21일까지에 이르는 시간
은 도코쿠에 의하면 '일생 중 가장 참담했던 일주일'이었다. 이렇게 연애
가 최고조에 달했던 시기가 도리어 도코쿠에게 있어서는 '일생 중 가장
참담한 일주일'이었다는 것이다. 그리고 이러한 상황에서 도코쿠가 미
나코와 헤어지려고 무리하게 노력한 점에서 그의 기묘한 생각이 엿보인
다. 바꾸어 말하자면 도코쿠는 연애를 통하여 자신에게 주어진 최선의
상황을 그대로 받아들이지 않았다. 오히려 자기에 대한 열등의식과 불
신감이라는 최악의 상황으로 받아들이고 있다. 더욱이 상업을 기도함으
로써 이러한 최악의 상황을 벗어나려고 하고 있다. 이러한 도코쿠의 기
묘한 생각에 주목하고 싶다.

3. 연애의 일시적인 단념

도코쿠의 상업의식에 대한 기사는 「기타무라 미나코 각서」와 「기타무라 미나코담(北村美那子談)」(―「봄」과 도코쿠―)에 잘 그려져 있다. 당시의 도코쿠는 산타마(三多摩)에서 뜻을 같이하는 청년들과 행상인으로 가장해서 자유민권운동을 했다. 「기타무라 미나코담」에는 당시에 도코쿠가 한 복장(いでたち)을 다음과 같이 묘사하고 있다. '목덜미(襟)에는 때를 의미하는 토기(土岐)라는 두 글자, 등(背)에는 운(運)이라는 한 글자, 또 소매(裾)에는 래(來)라는 글자를 몇 개나 무늬(模樣)처럼 염색(染め出し)'한 윗도리를 입고 동해도를 방물장수처럼 하고서 돌아다녔다. 그리고 「기타무라 미나코 각서」에 있는 '석류의 문신'(ザクロの刺靑)이라는 글을 보면 다음과 같다.

> 산타마(三多摩)의 청년 중에서 도코쿠는 오야 마사오(大矢正夫)(오사카 사건의 관계자)와 친하게 지냈던 것 같다. 「방물장수 그때가 오면(小間物商 土岐運來)」이라는 감색바탕(紺地)에 하얗게 물들인 비단(絹)으로 된 상의(ハッピ)를 입고서 함께 차(車)를 끌고서 실(絲)이나 바늘행상(針行商)을 하면서 둘이서 하치오지 지방(八王子地方)을 돌아다니고 있었다.

'그때가 오면'이라는 의미의 '土岐・運・來'(ときのめぐりきたる)라는 것은 '민권승리의 때가 돌아온다'[12]라는 뜻을 나타내고 있다. 미나코 부인(美那子夫人)은 위의 「각서」에서 이러한 도코쿠의 복장(いでたち)을 '이 마을에서 저 마을로 방물행상을 하면서 도코쿠가 자유민권운동을 하면서 다녔을 것이다'라고 술회하고 있다. 그럼에도 불구하고 도코쿠가 자유민권운동에 직접적으로 참가했다고 하는 명확한 증거가 아직까지 발견되지 않고 있다. 그 때문에 도코쿠가 자유민권운동에 참가했는가 하는 의문은 여전히 남는다. 그러나 도코쿠가 산타마에서 방물행상을 했다는 점은 간과할 수 없다. 당시 민권가들이 하고 다녔을 행상에 대해서

이로카와 다이키치(色川大吉)는 다음과 같이 이야기하고 있다.13)

> 당시에는 언론, 집회의 자유는 극도로 제한되어 있어서 민권가(民權家)의 계몽(啓蒙)활동은 반쯤은 비합법적인 행위로 간주되어졌다. 그 때문에 그들은 사람이 많이 모이는 곳에 가거나 장사극(壯士芝居 : 메이지 20년대에 지식계급의 청년이 자유민권사상을 민중에 고취시키고자 시작한 아마추어 연극)을 상연하기도 하고 벚꽃놀이(觀櫻會)나 운동회나 뱃놀이(遊船會)를 빌어서 모이기도 하고 또는 행상인(行商人)으로 가장해서 대중과 접하는 길을 모색하고 있었다.

위에서 보는 바와 같이 도코쿠가 했던 행상도 당시 민권가들이 주로 하였던 행위였던 것 같다. 그리고 「기타무라 미나코담」(―「봄」과 도코쿠―)에 의하면 미나코 부인은 이러한 도코쿠의 몸차림을 '이러한 일이 있었다는 것으로 미루어볼 때 벌써 그 즈음부터 다른 사람보다 유난히 달랐지요' 라고 단정한다. 그리고 그 원인을 다음과 같이 말하고 있다.

> 무엇보다도 도코쿠가 저렇게 된 것도 가정이 원만하지 못했다는 것이 제일 큰 원인입니다. 양친(兩親)은 아주 구시대(舊時代)의 상인 기질(町人氣質)이며 남동생은 완전히 상인풍(商人風)이었습니다. 그러한 속에서 아주 색다른 사람(風變りな人)이 함께 살았으므로 아무래도 원만히 나아갈 리가 없었습니다. 참으로 가정불화는 아주 무서운 것이로군요.

도코쿠가 이상한 몸차림으로 산타마를 걸어 돌아다녔던 그 주요한 원인은 가정불화에서 비롯된 것 같다. 즉 '사색형 청년' 이며 문학 지망생인 청년 도코쿠는 상인 기질이 있는 부모나 남동생과도 원만히 지내지 못했던 것이다. 게다가 무엇보다도 남동생에 대한 '시기심(猜忌心)'이 가정불화를 일으킨 큰 원인이 되었다. '어머니는 남동생에게만 장사에 관한 상담을 하고서는, 도코쿠 쪽은 상대도 하지 않았기 때문에' 거기에서 '시기심'이 생겨났다고 여겨진다. 그리고 남동생에 대해서 '시기심'을 갖게 된 원인은 유소년시절을 회상하면서 미나코에게 쓴 서간(1887년 8

월 18일부)에서도 엿볼 수 있다. 즉, '부모는 소생을 조부모에게 맡기고서 남동생만을 데리고 도쿄에 이주했기 때문에 5년간 조부모의 슬하에서 자라났다'. 도코쿠는 당시 부모의 행위에 커다란 불만을 품었는데, 그 원인은 남동생만을 좋아한 부모의 편애(ひいき) 때문이라고 여겨진다. 이같이 도코쿠는 동생에 대한 '시기심'을 아주 예민하게 받아들였으며, 이 또한 그를 과민한 성격의 소유자로 만든 요인 중의 하나라고 할 수 있다.

이상과 같은 미나코 부인의 술회를 근거로 하여 생각해 보면, 산타마 에서 '방물행상'(小間物の行政)을 했던 도코쿠의 배경에는 정치의식과 가정불화가 서로 어우러져서 함께 작용했던 것처럼 보인다. 하지만 무엇보다도 남동생에 대한 '시기심'이 그 제일 큰 원인으로 작용하고 있는 것은 주목할 만하다.

도코쿠는 미나코 앞으로 쓴 서간에서 자신의 1885년 세모의 일을 '소생(生)은 이미 스스로 생활을 꾸려나가야만 할 몸으로서, 예민하게 상정(商政)을 꾀해야만 할 아주 쉴 틈이 없는 남자(無間暇男兒)다'라고 말하고 있다. 여기서 도코쿠가 아버지로부터 경제적으로 독립하기 위해 이미 상정을 꾀하고 있었다는 것을 알 수 있다. 이것은 '아버지 가이조(快藏)가 1886년부터 1891년 3월에 이르는 5년간 비직생활(非職生活)을 했던 사실'[14]을 상상하면, 이러한 독립·자립정신을 품는 것은 장남인 도코쿠에게 있어서는 당연한 일이라고 생각한다. 그러나 1887년 8월 하순경에 상업을 실패한 후 아버지 앞으로 보낸 서간에서 자신의 심경을 다음과 같이 토로하고 있다.

소생의 일신상(一身上)에 대해서는 냉담하고 또 달리 배려가 없으신 아버님(大人)이시여, 소생은 지금 참을 수 없는 부분을 공언(公言)하고 있습니다. 이렇게 공언하는 이상 소생이 나아가야 할 길을 선택한 바, 요코하마(橫浜)에 거주하고 있는 서양인과 같이 전횡간악(專橫奸惡)한 사람 밑

에서 억압당하고 있습니다. 이것은 정말이지 희망 없는(望みなき) 짓입니다. 이러한 저를 헤아려주십시오.

여기서 도코쿠의 상업의식은 아버지로부터 경제적으로 독립하려는 데 그 목적이 있다는 것을 알 수 있다. 그 이면에는 자신에 대해서 '냉담하고 또 달리 배려가 없는' 즉, 애정이 결여된 아버지에 대한 일종의 반항심이 숨겨져 있었던 것이다.

이상과 같은 도코쿠의 심경과 조금 전의 미나코가 술회한 내용을 함께 생각해 보면, 가정으로부터 받은 소외감을 극복하려고 하는 것에 도코쿠의 상업의식이 싹튼 원인이 있다. 앞에서 게재한 아버지 앞으로 보낸 서간에 의하면, 아버지로부터 그다지 애정을 받지 못한 것과 또 남동생만을 좋아한 부모의 편애는 도코쿠에게 있어서 '격렬한 전패' 의 소산이다. 그리고 1884년 7월경 산타마에서 기묘한 복장을 하고 다녔던 행상과 1885년 세모에 '장사를 꾀한다' 라는 것은 '격렬한 기도' 에 해당한다. 이것은 자신에게 주어진 '격렬한 전패' 를 이겨내려고 하는 것에서 비롯된 것이다. 다시 말해서 도코쿠는 자기류의 소외감·불신감·패배감이라 할 수 있는 '격렬한 전패' 를, 상업이라는 '격렬한 기도' 로써 '만회하려고 꾀하였던' 것이다. 따라서 이것을 도코쿠의 상업의식으로 보아도 좋을 듯하다.

4. 상업의식

이상으로 요코하마행 이전의 도코쿠가 지니고 있던 상업의식에 대해서 살펴보았다. 다음으로 도코쿠의 상업의식이 미나코와의 연애를 일시적으로 단념하게 하는 데에 있어서 어떤 역할을 하고 있는지에 중점을 두고 살펴보고 싶다.

앞에서 예로 든 아버지 앞으로 보낸 서간에는 도코쿠가 연애를 단념할 당시 미나코와 서로 이야기하고 있는 장면이 다음과 같이 그려져 있다.

> 19일 해질녘 소생은 그녀를 방문해서 밤 세 시 종소리를 들을 때까지 대화하였습니다. 그 날 소생이 그녀를 만나자 마자 그녀는 참으로 슬픈 듯한 기이한 눈매(目付)로 소생의 얼굴을 눈여겨보았습니다. 소생도 왠지 그녀의 모습을 수상히 여겨 그 연유를 물어보자, 그대의 얼굴색이 마치 병에 걸린 것처럼 쇠약한데 도대체 어떠한 불행이 그대를 괴롭히길래 이러하냐고 되물었습니다. 소생은 그 민감한 관찰력에 놀라서, 하나하나 자세히 종래(從來)에 겪었던 실패를 고(告)하고 또 장래에도 희망이 없으나 유일하게 당신이 활발하고 용맹하게 세상(世)을 살아나가길 희망한다고 하는 한 마디를 말하고 … (중략) … 이시자카(石坂) 양과의 교제를 끊어야만 한다고 결심하였습니다.

이상과 같은 대화내용에는 연애를 단념하려고 하는 도코쿠의 절실한 심경이 응축되어져 있다. 하지만 '하나하나 자세히 종래에 겪었던 실패를 고하고, 또 장래에도 희망이 없다'고 하면서, 종래의 상업 실패와 또 앞으로도 상업을 실패하지는 않을까 하는 걱정 때문에 연애를 단념하고자 한다. 게다가 '유일하게 당신이 운운'은 같은 서간에 있는 다음과 같은 내용을 연상시켜 준다. '이것이 소생이 단연코 이 교제를 끊으려 하는 이유이며, 이 연정은 즉 이시자카(石坂) 양의 생애를 유익하게 하기 위한 희생입니다.' 여기서 도코쿠가 미나코를 위한 자기희생을 연애단념의 이유로 들고 있는 것을 알 수 있다.

이러한 자기희생적인 연애관은 「염세시인과 여성(厭世詩家と女性)」(1892년 2월)의 다음 부분과도 통한다. '연애라는 것은 일단 자기를 희생하는 것과 동시에 나의 내면 속에 숨겨져 있는 〈나〉를 비추어내는 맑은 거울이다' 그러나 여기서 주목해야 할 것은 도코쿠가 연애를 단념하고자 한

이유가 상업의식과 관련되어져 있다는 것이다. 물론 그 배경에는 미나코의 약혼자 히라노 도모스케의 존재를 의식했을지도 모른다. 즉, 히라노 도모스케가 경제적인 면에 있어서 도코쿠보다 훨씬 나은 입장에 처해 있는 것을 생각해 보면, 도코쿠가 상업을 강하게 의식하고 있는 것은 충분히 가능한 일이라고 여겨진다. 하지만 도코쿠의 연애 단념과 그의 상업의식이 어떠한 관계성을 지니고 있는 것일까 하는 것이 문제가 된다.

「일생 중 가장 참담했던 일주일(一生中最も慘憺たる一週間)」에는 연애 단념과 상업의식과의 관계에 대해서 다음과 같이 이야기하고 있다.

> 나는 이미 내가 계획한 사업이 성취할 희망이 있다고 가정(假定)하고서, 빨리 이 유쾌(愉快)한 러브(ラブ)를 받아들여 장미꽃(ラウスの花)으로 꾸며야 되겠다고 여겼다. 그러나 아아 이것을 바래서는 안되며 나의 사업은 성공하지 못하며 나는 영락하여 청산(靑山)에 목(首)을 매어야 마땅하다. 그리고 나는 단연코 하등사계(下等社界)의 둥우리 속(巢中)에 숨어버려서 그녀로 하여금 빨리 이 러브를 단념하도록 하는 것 이외에는 좋은 방책(良策)이 없다.

여기서 도코쿠는 한편으로는 자기가 꾀하고 있는 상업이 실패하기를 예고 혹은 단정하면서도, 또 한편으로는 연애가 성취되느냐 아니면 이를 단념해야 하느냐 하는 것은, 상업이 성공하느냐 실패하느냐에 기인한다고 여기고 있음으로써 그 이중성을 보여주고 있다. 바꾸어 말하자면 연애의 이중성이라는 것은 상업을 성취할 '희망'이 있다면 미나코와의 연애를 지속하는 것은 가능하다. 하지만 혹시 그렇지 않다면 미나코와의 연애는 단념하는 것이 마땅한 것이 아닐까라고 하는 것이다. 이러한 도코쿠의 의도에는 사업에 성공하면 도코쿠 자신도 '명예 있는 한 사람의 귀녀(名譽ある一貴女)'인 미나코의 지위에까지 상승하는 것이 가능하며 이리하여 결국에는 미나코와의 연애도 지속해 나갈 수 있다. 그

러나 실패한다면 영락해서 '패잔병'(敗余の一兵卒)·'질병자'(疾病者)의 신
세로 전락하여 미나코에게 어울리는 연인이 될 수 없다 라고 하는 마음
이 숨겨져 있다. 그런 까닭에 미나코에게 어울리는 연인이 되기 위해서
도 자신이 계획하고 있는 사업이 성공하기를 희망하고 있다. 그러나 도
코쿠는 사업이 성공할 가망이 없다고 지레짐작하면서도 연애를 단념하
고서 요코하마로 가려고 하는 목적을 어디까지나 사업의 성공을 위해서
라고 말함으로써 그 모순성을 보이고 있다.

　이상과 같이 연애의 일시적인 단념에 이르기까지 있었던 도코쿠와
미나코와의 관계를 살펴보았다. 또한 거기에서 엿볼 수 있는 상업의식
을 고찰해 보았다. 요컨대 그때까지의 도코쿠의 연애관은 완전히 정신
적인 것이 아니며 상업이라는 공리주의와 관련되어져 있다는 것을 알
수 있다. 그리고 여기에서 보여지는 도코쿠의 상업의식은 '패잔병'·'질
병자'인 자신을 '영예있는 귀녀'인 미나코의 지위까지 상승시키려고 하
는 곳에 그 주요한 목적이 있다.

　이러한 1887년 7월에 형성된 도코쿠의 상업의식을 먼저의 1884년 7
월경과 1885년 세모의 그것과 비교해 보면 다음과 같이 간단히 정리할
수 있겠다. 즉 이 시기의 상업의식은 제각기 미나코에 대한 열등의식과
남동생 가키호(垣穗)에 대한 '시기심'이 원인이 되어 생긴 경향이 강하다.
그러나 예를 들어 이 시기에 있어서 상업의식이 생긴 원인이 다르다고
하더라도, 자신에게 주어진 불리한 상황을 극복하려는 그 일환으로서
상업의식은 작용하고 있다. 이 점에 있어서 이 시기에 형성된 상업의식은
거의 같은 작용을 했다고 생각되어진다. 바꾸어 말하자면 도코쿠에 있어
서의 상업의식은, 1884년 7월경과 1885년 세모에는 남동생 가키호에 대한
'시기심'과 양친의 상인기질과 조화하지 못한 자신의 성격 때문에 생겼다
고 말할 수 있겠다. 그 후 1887년 8월에는 연인인 미나코에 대한 열등의식
을 극복하기 위해서 상업의식이 생겼다고 말할 수 있겠다. 결국 도코쿠가

말하는 '격렬한 기도를 가지고 격렬한 전패를 만회하려고 계획한 곳'에 그의 상업의식은 존재하는 것이다.

5. 입신에 의한 재회

다음으로 미나코와의 연애를 단념하고 요코하마에 가서부터, 이 둘이 재회하기까지 도코쿠의 상업의식이 입신(入信 : 종교의 길에 들어서는 것)을 자각함으로써 어떻게 변화해 가고 있는가를 살펴보도록 하자.

도코쿠는 「일생 중 가장 참담했던 일주일」에서 「이 단행(斷行)은 두 말 할 것도 없이 나로 하여금 이 일주일간 겪었던 고뇌로부터 벗어나도록 하였고 나의 범뇌(凡腦)는 완전히 멈추어 버렸다」라는 말을 남기고서 요코하마로 간다. 그 배경에는 상업계획이 있었고 그것은 미나코에 대한 열등의식을 만회하려는 계획이었다. 도코쿠는 그날 밤의 심경을 미나코 앞으로 보낸 서간(1888년 1월 21일부)에서 다음과 같이 이야기하고 있다.

> 요코하마(橫浜)에 가서 더욱더 마음 내키는 대로 멀리 가려고 준비를 하고 있을 때, 예기치 않게도 나의 오만한 견해가 잘못된 것을 교시하는 자가 있었다. 그것이 뭐냐고 물으면 지금 내 몸을 바쳐서 받드는 신의 가르침이고 기독교 세력이다. 나는 우선 천하의 일(天下の事)을 이룰 수 없다고 생각하게 되었다. 이것은 사람의 힘으로는 이룰 수 없음을 깨닫게 되었기 때문이다. 그렇기는 하나 여기에 이르러서 처음으로 신의 힘을 빌려서 이루려고 하는 새로운 희망을 가지게끔 되었다.

여기서 도코쿠는 연애를 단념한 것을 '나의 오만한 견해'라고 단정하고 또 신 앞에서 자신의 '잘못'(誤)을 인정하고 반성하고 있다. 이때부터 도코쿠에게는 입신하고자 하는 발심(發心)이 생겨난다. 여기에 이르러

예전의 '천하의 일', 즉 정치적인 야망과 상업계획 등은 '사람의 힘으로 이룰 수 없다' 라고 여기고 있다.

도코쿠가 말하는 입신은 천하의 일을 '신의 힘을 빌려'서 달성시키려고 하는 '새로운 희망'으로 가득 차 있다. 요컨대 도코쿠가 그때까지 써 왔던 수단을 '신의 힘'에 의한 '새로운 희망'으로 새로 바꾼 것이라고 할 수 있다. 그러나 아직 '천하의 일'과 관계되어 있는 것으로 보아서 여기에는 어느 정도의 공리성이 내포되어 있다. 이것은 '역시 대사회적 관심이 앞섰기 때문에 생긴 결과'15)라고도 말할 수 있다. 그렇지만 어쨌든 간에 이 시점이 지금까지 계속해서 품고 왔던 정치적 야망과 상업계획 등을 포기하게 된 계기가 된다. 그러나 여기에서 주목해야 할 점은 도코쿠가 신앙의 길로 들어가게 되는 배경에 미나라고 하는 존재가 있다는 것이다. 미나코는 도코쿠를 만나기 전부터 크리스찬이었고 도코쿠에게도 크리스찬이 되어주길 바라는 마음으로 전도해 왔었다. 미나코와의 연애를 단념하고자 했을 때 도코쿠의 심경을 나타내고 있는 부친께 보내는 서간문을 보면 다음과 같다.

> 소생은 이시자카(石坂) 아가씨와 이별함에 이르러 중요한 서약(重要な 誓言)을 하였습니다. 즉 인생의 바른 길(人生の正路)을 향해서 나아가야 할 것입니다. 그리고 그녀는 소생의 격렬한 성질(激烈なる性質)을 아는 사람으로 소생이 잘못하여 경솔한 일(輕率の事)을 꾀하여 마침내 가난하며 고통에 빠지는 것을 전지(前知)합니다. 소생이 어찌 그녀 같은 친한 벗의 말을 듣지 않겠습니까. 그녀는 실로 제2의 오야(大矢)입니다.
> 소생은 이와 같이 하여 용맹하게도 나의 치정(痴情)을 극복해내고 또 나의 친한 벗의 마음을 움직여 두 사람의 행복을 회복할 수 있음과 동시에, 놀랄만한 홍수(洪水)와 같은 세력으로서 신께 감사하고 신에게 귀의 할 것을 깨달았습니다.

이것은 1887년 8월 9일 저녁때부터 다음날 3시까지의 '이별함에 이른' 두 사람이 나눈 담화의 내용이다. 도코쿠가 미나코에게 이별에 대한 소식을 처음 전한 것이 1887년 8월 18일부의 미나코에게 보낸 전게 서간문이다. 따라서 이 시점에 이르러서는 아직 고별의 인사는 없었다. 그러나 상기의 문장에서 생각할 수 있는 담화의 주요한 내용은 '경솔한 일을 계획했다' 라고 하는 상업계획과 미나코가 도코쿠에게 입신을 권유한 것이다. '잘못해서 경솔한 일을 꾀하여 마침내 가난하여 고통에 빠지는 것을 전지'하고, 또 입신의 길로 접어들도록 이끌어준 미나코를 둘도 없는 친구인 오야 마사오(大矢正夫)에 빗대고 있다. 미나와 이별할 때 그녀로부터 따뜻한 애정을 받고서는 도코쿠는 오야와 결별할 때(1885년) 그로부터 받은 관용을 연상하고 있는 것이다. 양쪽 다 이별의 시점에서 생긴 일이라는 게 인상적이다.

그리고 도코쿠는 지금까지 미나코에게 가졌던 자신의 연정을 '치정'(癡情)이라 단정한다. 동시에 '신에게 귀의한다(神に歸依す)'는 것을 '나의 치정을 극복해낸다(我痴情に打勝つ)'라는 의미로서 받아들이고 있다. 게다가 '또 나의 친한 벗의 마음을 움직여 두 사람의 행복을 회복할 수 있다'고 이야기한다. 이상의 도코쿠의 심경에는 지금까지 입신의 길에 도달하지 못한 것에 대한 자기반성과, 또 지금부터는 입신의 길로 접어들려고 하는 강한 의지를 엿볼 수 있다. 그리고 그 후 미나코와의 관계를 보다 높은 차원의 연애로 지속하려고 하는 간절한 바램이 내포되어 있다. 그것은 지금까지의 '치정'이라는 차원을 넘어서 '신의 힘을 빌려서 이루려고 하는'것이다.

결국 '이별에 이르러서 중요한 선언' 이라고 하는 기묘한 발상에는 실은 처음부터 헤어지기 싫은 듯한 도코쿠의 본심이 숨겨져 있다고 보아진다. 또 헤어지려고 하는 순간 '신에 귀의'하는 것과 그리고 미나코와 재회를 염두에 두고 있는 도코쿠에게 있어서 '신'의 의미에는, 미나코와 '신'의 이미지가 중복되어져 있는 것이라고 볼 수 있다. 이와 같은 연인 미나코가 내포하고 있는 '신'의 이미지는 「초수의 시(楚囚之詩)」, 「봉래곡

(蓬萊曲)」,「숙혼경(宿魂鏡)」의 여성상인 '신녀'(神女)의 이미지에까지 미치고 있다.

도코쿠는 '원래 소생은 상업을 하기 위해 상계로 들어간 사람이 아니고, 이 큰 산을 시도해 보려고 했기 때문입니다'(1887년 8월 하순 부친께 보내는 전게서간) 라고 이야기한다. 여기에서는 상업을 계획한 자기를 부정하고 있다. 그럼에도 불구하고 도코쿠는 적어도 8월 하순까지는 '작은' 규모의 상업을 경영해서 결국에는 실패해 버린다. 이것은 요코하마로 가서 불과 10일 남짓해서 생긴 일이다. 그렇지만 이 기간 중 그때까지 품고 있던 상업의식과, 새롭게 생겨난 입신의 길로 접어들려는 자각이라고 하는 두 개의 세계관 사이에서 도코쿠의 마음은 흔들린다. 양자는 언뜻 보면 모순되고 대립하는 성격을 내포하고 있는 듯하다. 그러나 미나와 한 '중요한 선언' 을 생생하게 기억함에 따라서 재회의 바램은 부풀어져간다. 더구나 시간이 흐름에 따라서 도코쿠의 심경은 재회를 위한 가교가 될 신앙의 길로 한층 더 기울어져간다. 1887년 8월 하순에 부친께 보내는 편지글에 이상의 도코쿠의 심경이 잘 그려져 있다.

소생이 이렇게까지 용맹한 결심(勇猛なる決心)을 하는 것이야말로 신(神)께 바치는 헌상물(獻上物)입니다. 막상 소생이 진실한 신의 신하가 되고 신에게 충의(忠義)를 다한다면, 소생을 보고 패군의 장(敗軍の將)이라고 하지 않으실 것입니다. 신은 오히려 소생을 불쌍히 여기시고, 그렇지 그렇고말고, 내 육신은 신께 바치고 내 마음은 신에게 복종하여 힘닿는 데까지는 신을 존경할 것입니다. 그렇지 그렇고말고요, 지금부터 욕망의 세계(慾の世界)를 떠나서 진실한 신의 정원(眞の神の園)에서 노는 것을 기다릴 뿐입니다.

여기에서 도코쿠는 상업에 대해서 한 마디도 언급하고 있지 않다. 지금껏 지냈던 '욕망의 세계(慾の世界)'에서 '패군의 장(敗軍の將)'인 자기 자신을 신 앞에서 참회한다. 그리고 '욕망의 세계를 떠나서 진실한 신의 동산에서 노는 것을 기다릴 뿐입니다'라고 이야기하면서 도코쿠는 '상

세계'(想世界)에 대한 기대감에 가득 차 있다. 여기에 이르러 '그녀는 영예 있는 부인이고 나는 패잔병일 뿐'이라고 하는 미나코에 대한 열등의식과 그리고 거기서부터 비롯된 연애를 단념하고자 하는 근거를 상실해 버린다. 게다가 미나코와 재회함으로써 생긴 환희를 다음과 같이 이야기하고 있다. '소생은 아가씨와 가장 친밀한 교제를 한 이후부터 희망이 있었습니다. 그러나 서로가 사랑(mutual love)에 빠지리라고는 꿈에서도 상상하지 못했습니다'(1887년 9월 3일부 미나코 앞으로 보낸 서간문). 도코쿠는 새로이 상사상애(相思相愛)하는 연애를 선언한다. 그리고 동시에 두 사람의 연애는 회복된다.

6. 문학자의 길로

이상으로 미나코와의 연애를 일시적으로 단념하고서, 그리고 곧 재회하기까지 이르는 도정을 도코쿠의 상업의식과 입신의 의미를 중심으로 논해 보았다. 이것을 정리해 보면 다음과 같다.

도코쿠의 상업의식 내지는 상업계획은 자유민권운동시절(自由民權運動時代)부터 시작된다. 그때 산타마(三多摩)에서 방물장사를 한 적이 있다. 이것은 주로 동생인 가키호(垣穂)에게만 정을 쏟는 부모의 편애와 동생에 대한 '시기심'을 극복하기 위한 것이었다. 그 후 미나코와 열애 중에는 미나코에 대한 열등의식으로부터 자신을 이겨내기 위한 일환으로서 요코하마에서 '작은' 규모의 상업을 했다. 이렇게 보면 동생에 대한 '시기심'과 미나에 대한 열등의식은 도코쿠의 말에 따르면 일종의 '격렬한 전패'에 해당한다. 그리고 거기에서 발생한 상업계획은 '격렬한 기도'에 해당한다. 바꿔 말하면 '격렬한 기도로서 격렬한 전패를 만회하려는' 곳에 도코쿠의 상업의식과 계획의 의미가 있다.

그러나 미나코와 연애를 단념한 직후 오히려 하나님께 귀의함으로써 재회하려고 하는 간절한 희망이 부풀어 오른다. 그와 함께 두 사람은 회심으로 인한 새로운 관계로 발전해 간다. 마침내 지금까지 계속해서 품고 온 상업의식은 신 앞에서 완전히 부정당한다. 이와 같은 도정을 밟아온 두 사람은 결혼에까지 도달한다. 그렇지만 그 도정상에 있어서 일시적으로 부정하기도 하고 또 포기한 도코쿠의 상업의식과 계획은 그 후 결혼 8개월 전에 다시 살아나서 그를 괴롭힌다. 이것은 1888년 3월의 일을 회상하고 있는 미나코의 술회가 그것을 뒷받침한다. 「기타무라 미나코담(北村美那子談)」에 다음과 같이 그려져 있다.

> 한때는 종교계에도 들어갔지만 종교계 사람들과 맞을 리가 없었다. 어쨌든 스키야바시(數奇屋橋) 교회에 다닐 즈음엔 글 쓰는 일(筆で立つ)을 할까 그렇지 않으면 장사를 할까 하고 매우 망설이고 있었던 때였다. 무엇보다도 교회에 뛰어든 것도, 지금까지 왕성하게 도락(道樂)을 했기 때문에 그런 처지로부터 벗어나려고 하는 번민이 있었기 때문일 것이다. 하지만 근본이 저런 사람이니까 아주 오랫동안은 종교계 따위엔 머물 수 없었던 것이다.

1888년 3월은 도코쿠가 일본기독일치교회 소속(日本基督一致敎會所屬)의 스키야바시 교회(數奇屋橋敎會)에서 목사인 다무라 나오오미(田村直臣)에 의해 세례를 받은 날이다. 이것은 도코쿠와 미나코가 결혼한 날인 11월 3일로부터 꼭 8개월 전의 일에 해당한다.

미나코의 권유로 세례를 받았고 더욱이 결혼을 목전에 둔 두 사람은 서로 신선한 인상을 지니고 있었을 것이다. 그런데도 미나코의 눈에는 '한때는 종교계에 들어가서'도 '글을 쓸까 그렇지 않으면 장사를 할까'라는 식으로 도코쿠가 망설이고 있는 모습이 짙게 비춰지고 있다. 결혼 후 생활비를 걱정하고 있는 도코쿠에게는 이 같은 갈등은 있을 법한 것이다. 하지만 '근본이 저런 사람이니까'라고 술회하는 미나코의 말에는 '상세계'로 향한 도코쿠의 사상이 상업의식으로 인하여 일시적으로 분열된 것 같이 느껴진다.

　이상으로 결혼에 이르기까지 도코쿠의 사상 전개는 상업의식으로 상징되는 '실세계'(實世界)와 입신에 의한 '상세계'(想世界)가 서로 간에 길항관계(拮抗關係)로 이어진다. 그러나 도코쿠와 미나코, 이 두 사람의 희망인 문학의 길로 도코쿠가 발을 내딛음으로써 도코쿠의 사유는 '상세계'로 점점 다가간다. 이러한 도정상에 있어서 도코쿠의 문학의식도 다음과 같이 변화하고 또 발전해 간다.

　미나코 앞으로 보낸 전게서간(1887년 8월 18일부)에 의하면 현실정치로부터 이탈을 감행함에 따라서 도코쿠 눈앞에는 문학의 길이 열린다. 그러나 그 당시 도코쿠의 정치적 관심은 그로부터 아직 완전히 떠난 것은 아니었다. 그의 문학의식에는 정치에 관여하려는 어느 정도의 공리성이 내포되어 있다. '나 자신의 몸을 종교상의 그리스도와 같이 정치에 진력하려고 하는 바램이 있다' '바라옵건대 프랑스작가 빅토르 위고처럼 정치상의 운동을 섬세한 붓의 힘으로 지배하려고 하는 바램이 있다.'

　그 후 미나코와의 연애가 절정기에 이르러서는 이전에 보이던 공리성을 완전히 배제한다. 이렇게 됨에 따라서 순수한 예술가 지향의 문학의식으로 바뀌어 간다. 따라서 도코쿠와 미나코와의 연애는 도코쿠 문학을 형성하는 원동력이 되었다고 말할 수 있다. 마침내 도코쿠는 처녀작인 「초수의 시(楚囚之詩)」를 자비출판한다. 이 시의 자서(自序)는 '나는 마침내 하나의 시를 완성했습니다'라고 쓰고 있다. '마침내'의 의미 속에는 「초수의 시」이전부터 문학자가 되려고 하는 도코쿠의 강한 의지가 엿보인다. 동시에 거기에는 그때까지의 망설임으로부터 벗어나서 이제는 정도(正道)를 걸을 수 있게끔 되었다고 하는 그 기쁨에 만끽한 해방감도 보인다.

주

1) 『메이지 낭만주의자 기타무라 도코쿠』, 보고사, 2001년.

2) 黑古一夫, 『北村透谷論』, 1979, 冬樹社, 336쪽.

3) 平岡敏夫, 『北村透谷研究』, 1982, 有精堂.

4) 桶谷秀昭, 『北村透谷』 近代日本詩人選1, 筑摩書房, 1981.

5) 勝本淸一郎, 『北村透谷の生涯』 1947年 11·12月 「傳記」所載.

6) 小田切秀雄, 「北村透谷」年譜 『明治文學全集29』, 筑摩書房.

7) 桶谷秀昭의 前揭書, 41쪽.

8) 平岡敏夫, 「透谷の戀愛·入信의 意味」, 『北村透谷研究』, 有精堂, 79쪽.

9) 平岡敏夫, 「透谷における文學史」, 『北村透谷研究』, 18쪽.

10) 舟橋聖一, 『北村透谷』, 中央公論社, 149쪽.

11) 色川大吉, 「透谷と蒼海」, 「文學」, 1968.

12) 小田切秀雄, 「北村透谷」年譜, 『明治文學全集29』, 筑摩書房.

13) 色川大吉, 「自由民權運動の地下水を汲むもの」, 『明治精神史』(上) 132쪽.

14) 平岡敏夫, 「ある屬使の運命-父快藏の非職と透谷-」, 「稿本近代文學」第八集 筑波大學文藝言語研究科, 1985年 9月.

15) 勝本淸一郎, 「北村透谷の生涯」, 『傳記』1947年 9·10·11月 合倂號.

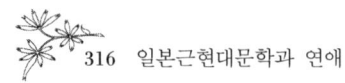

【 참고문헌 】

黒古一夫『北村透谷論』冬樹社 1979. 3

平岡敏夫『北村透谷研究』有精堂 1982. 5

桶谷秀昭『北村透谷』近代日本詩人選1 筑摩書房 1981. 11

小田切秀雄『北村透谷論』八木書店 1970. 4

舟橋聖一『北村透谷』中央公論社

色川大吉『北村透谷』東京大学出版 1994

勝本清一郎『近代文學ノート2』みみず書房

北川透『北村透谷試論Ⅰ~Ⅲ』冬樹社 1997

スタンダール『戀愛論』前川堅市譯 岩波書店 1931. 2

笹淵友一『北村透谷』福村書店 1950. 7

▲ 시마자키 도손(島崎藤村)

▲ 『새싹집』(1897년)

시마자키 도손(島崎藤村)의 「첫사랑」

- '성(性)'의 눈뜸과 죄의식의 극복 -

김남경*

　『새싹집(若菜集)』[1](1897)은 시마자키 도손(島崎藤村; 1872-1943) 문학 생애의 처녀작이자 청춘 연애시집이다. 내용면에서는 자신의 절실한 체험을 정열적으로 표현하여 아름다운 낭만 세계를 창조하였으며, 형식면에서는 기존의 신체시[2]와는 다른 참신한 7·5조를 도입하여 일본 근대시의 출발을 예고하는 표상이 되었다. 이를 계기로 도손은 서정 시인의 상징적 존재로 각인되었다. 이 시집은 연애감정의 절제, 자연에 대한 동경(憧憬), 유리(遊離)의 우수, 예술에 대한 찬양[3]을 읊고 있는데, 이를 아우르며 흐르는 일관된 사상을 보면 삶의 의욕과 정서의 해방이 수렴된 '청춘의 정열'임을 짐작케 한다.

　　당시 청춘남녀의 정열적인 사랑과 연애[4]의 숭고함을 선포한 사람은 기타무라 도코쿠(北村透谷)이다. 그는 「염세시인과 여성(厭世詩家と女性)」(1892)에서 '연애란 인생의 비밀을 여는 열쇠(恋愛は人生の秘鑰)'임을 표명함으로써, 연애를 일종의 불결 내지 부도덕한 행위로 인지하고 있던

* 金南敬: 명지전문대학 초빙교수.

봉건적 연애관의 틀을 깼다. 이와 관련하여 도손은 『버찌가 익을 무렵 (桜の実の熟する時)』에서 '이토록 대담하게 말한 청년이 지금껏 있었던가! 적어도 우리가 말하려 했지만 아직껏 말하지 못했던 것을 거침없이 선 포한 도코쿠(透谷) 연애관에 전율마저 느꼈다'[5]고 토로하고 있다. 도코 쿠에게 있어 연애가 인생의 필수조건이었다면, 도손에게 있어 연애는 시(詩)의 생명요소와 같은 것이다. 도코쿠의 영향을 받은 도손은 연애를 긍정하고 예찬하며 때로는 그에 따른 죄의식과 관련한 시를 많이 지었 다. 특히 그는 인간의 '악' 때로는 '추함'을 직시하며 사람의 마음에 잠재 한 본능을 자각하고 긍정적으로 사유하는 가운데 '생명의 싹'을 키우기 위해 남다른 정열을 쏟았다. 그 중에서도 『새싹집』35편에 실린 「첫사랑 (初恋)」[6]은 사랑의 열정을 연작으로 읊고 있는 메이지(明治)시대의 대표 적 연애시다.

「첫사랑」은 1896년 9월 도손의 나이 스물 다섯, 문명 세계인 도쿄(東 京)를 떠나 전원 세계인 센다이(仙台)에 머물던 시절 쓴 것이다. 그가 돌 연 짐을 꾸려 낯선 곳에서 이방인의 삶을 자처한 것은, 혼자 감당하기에 는 힘겨웠던 집안의 재정문제도 있었지만 그에 앞서 사랑했던 제자 사 토 스케코(佐藤輔子)의 사망 소식과 무관하지 않다. 그의 지칠 대로 지친 심신은 센다이의 신비로운 자연을 통해 치유되었다. 도손은 자신이 터 득한 작은 체험들이 마침내 시가 되었을 뿐만 아니라, 이 때 비로소 자 기 생애에 새로운 자연, 새로운 태양, 새로운 청춘이 도래했다고 밝히고 있다.[7] 센다이의 자연을 바라보며 워즈워스에 주목하던 도손은, 자신 역시 자연의 어린아이임을 자각하는 한편 자연의 위대함을 통해 삶의 겸허함을 배웠다. 이후, 자연의 심오한 소리는 상상력과 통찰력, 순수한 정열의 소유자만이 들을 수 있다[8]는 그의 고백에서 낭만 시인으로서의 도손을 발견할 수 있다.

낭만적 색채를 특징 짓는 그의 시에는 동경이나 자연, 상상력이 응집

되어 나타난다. 즉 고향이나 먼 곳에 대한 향수 그리고 새롭게 발견하는 자연, 특히 감성이 공존하는 자연, 나아가 자연과 인간을 연결시켜주는 조화의 힘이 「첫사랑」에 그대로 구현되고 있다. 센다이의 아름다운 전원 풍경은 도손에게 있어 어린 시절, 자연과 교감하던 기억들을 연상케 하는 매개체로 작용한다. 이러한 과거의 미적 체험이 그의 회상 과정을 거치는 동안 심미적 기쁨으로 승화된 결정체가 바로 「첫사랑」이라 하겠다. 이를 장편소설 『파계(破戒)』(1906)에서 확인할 수 있다.

> 처음 내 눈에 비친 소녀의 귀여움을 잊을 수가 없다. 사과밭에 꽃이 아름답게 피어 있을 무렵, 낮게 드리운 가지 사이를 함께 노닐며 순수한 첫사랑의 이야기를 속삭였던 일들을 잊지 않고 있다. 겨우 아홉 살이었던 그 옛날, 아직도 꿈같은 옛이야기 속의 시절, 다른 일들은 거의 기억에 남아 있지 않지만 그 순진했던 마음만은 잊지 않고 있었다.[9]

작품에 녹아 있는 첫사랑은 자아가 형성되기 이전의 어릴 적 순수한 꿈의 세계, 말하자면 에덴의 이미지로 도손의 기억에 남아 있음이 포착된다. 「첫사랑」의 밑그림은 그의 나이 여덟 살 아직은 어리지만 어렴풋이 느꼈던 사랑의 감정을 회상하며 지은 것이다. 도손의 첫사랑은 마고메(馬籠)시절 이웃집 소녀 오와키 유(大脇ゆう)로, 이 두 사람은 주로 '뽕밭 앞에 있는 사과나무 아래'에서 속삭였는데, 이들의 사랑의 풋풋함을 「어린 시절(幼き日)」(1913)에서 찾아 볼 수 있다.

> 어느새 나는 이웃집 여자아이와 단 둘이 숨을 수 있는 곳을 찾게 되었습니다. 우리는 뽕밭 사이에 있는 사과나무 밑을 거닐거나, 혹은 집 입구로부터 가늘고 긴 행랑채를 빠져나와 윗계단 사잇길을 지나 안뜰에 핀 배나무 꽃이 보이는 곳으로 갔습니다. (중략) 나는 여자라는 실체에 처음으로 앳된 정열을 느꼈습니다. 나는 오분을 힘껏 포옹한 적도 있습니다.

　소녀와 단 둘이 노는 일에 익숙해진 도손은, 어느 날 그녀의 모범생 오빠의 이상한 시선에 왠지 모를 수치심을 느낀 후로 남자아이들과 놀면서 차츰 그녀와 멀어졌고, 이듬해 도손이 도쿄로 유학을 떠나 17년 동안 고향을 찾지 않음으로써 그들의 인연도 끊겼다. 내용면에서 앞서 『파계』의 인용문 보다 다소 도발적인 변화가 엿보이는 데, 이는 곧 작가 자신의 변화로 해석할 수 있다. 시에서 산문, 즉 낭만적 색채에서 현실 위주의 사실적 묘사로 정착한 도손의 문학적 변화를 말한다. 이후의 수필집 『이쿠라 소식(飯倉だより)』(1922)에서 「첫사랑을 생각하리라(初恋を思ふべし)」[10]고 거듭 언급함으로써 첫사랑이 그의 뇌리에 선명하게 각인되어 있음을 알 수 있다.

　「첫사랑」의 제1연은 소년이 소녀를 처음 만났을 때의 인상을 노래하고 있다. 먼저 주목되는 것은 시의 배경이다. 순수 세계의 출발선에서 전원 풍경의 등장은, 정직하고 거짓 없는 자연이야말로 인간의 원초적 감정이 가장 소박한 상태로 공존함은 물론, 정서가 자유로이 발휘되고 성숙할 수 있는 토양임을 확신하는 도손 자연관의 표출로 보인다. 특히 자연과 인간을 연결시키는 매개체로서의 사과나무[11]는 당시 일본에서도 보기 드문 나무로, 이국정취와 에덴동산을 연상케 하는 데에 더할 나위 없는 소재임을 그는 간파한 것이다. 또한 특이한 것은 소녀의 머리 모양 묘사로, 이는 당시 여자아이들에게 가장 눈에 띄는 것을 모티프로 함으로써 인상의 통일을 도모함과 동시에 시의 묘미를 한층 자극시키려는 작가만의 독특한 장치로 여겨진다.

이제 갓 틀어 올린 앳된 앞머리　　まだあげ初めし前髪の
사과나무 밑으로 돌아 나올 제　　林檎のもとに見えしとき
앞머리에 꽂으신 꽃빗을 보고　　前にさしたる花櫛の
꽃다운 그대인 줄 나는 알았네　　花ある君と思ひけり

　앞서 서술한 것처럼, 도손은 여덟 살 어린 나이에 첫사랑을 경험한

바 있다. 그러나 그가 이 시에서 형상화시키고 있는 '그대(君)'는 여덟 살 소녀가 아니다. '이제 갓 틀어 올린 앳된 앞머리'와 '꽃빗'은 소녀의 성장을 의미한다고 볼 수 있는데, 이를 당시 처녀들의 모습에서 찾을 수 있다. 갓 틀어 올린 머리에 예쁜 꽃빗을 앞머리에 꽂고 있는 소녀의 모습은 소년의 시선을 의식한 행동의 변화이며, 이에 반응하는 소년의 인상이 강하게 교차되고 있음이 역력하다. 이 구절의 착상은 『문학계(文学界)』의 동인 히구치 이치요(樋口一葉)의 「키대보기(たけくらべ)」(1895)[12]에 나오는 미도리(美登利)의 갑작스런 신체적 변화에 대응하는 쇼타(正太)의 인상에서 힌트를 얻은 것이다.[13] 이와 관련해서는, 미도리가 열네 살 되던 해에 시마다(島田)[14]를 묶은 장면을 통해 유추할 수 있다.

> 앳된 커다란 시마다는 묶어 맨 끈이 자연스럽게 펼쳐져 풍성해 보이고, 대모갑 큰 핀이며 한 다발의 꽃핀도 눈에 띄어, 여느 때와 달리 짙은 색깔의 교토인형을 보는 것만 같다. 쇼타는 말문이 탁 막혀 우뚝 선 채로, 평소처럼 달려들지도 않고 지켜보고만 있는 데, 그녀는 태연스럽게 "쇼타잖아."라고 말했다.[15]

머리 올린 미도리의 돌발적인 모습에 놀라 엉겁결에 예쁘다는 어설픈 칭찬으로 위기는 모면하였지만 전처럼 허물없이 대하지 못하는 쇼타, 그리고 자신은 원치 않았으나 언니가 아침에 묶어주었다며 수줍어하는 미도리의 행동은 그녀의 말대로 이 날을 시작으로 새롭게 '다시 태어난 것'[16]이다. 미도리의 모습에서 어제의 천진난만한 소녀의 껍질을 톡 깨고 나오는 순박하면서도 가련한 이미지가 연상되는데, 이는 본능에 가까운 아이에서 이성에 가까운 어른으로 거듭나고 있음을 뜻한다 하겠다. 이런 정황 상, 도손이 미도리의 모습에서 여린 소녀의 모습을 빌려 온 것은 타당한 것 같다. 그런데 흥미롭게도 이후 도손은 『버찌가 익을 무렵』(1913, 초고)에서, '메이지 20년대였다. 자신의 갑자기 자란 키, 갑자기 발달한 손발을 온몸으로 강하게 느낄 뿐만 아니라, 같은 또래

소녀들이 갑자기 처녀티가 난 사실에 놀라지 않을 수 없다. 그 중에는 머리를 양쪽으로 귀엽게 땋고 다니던 이웃집 여자아이의 머리가 어느 순간 시마다로 바뀌어 있다[17]고 표현한 것으로 보아, 〈시마다〉는 당시 소녀들의 성장 변화를 공표하는 하나의 상징이었음이 역력하다.

한편, 시에서 소녀가 꽂은 꽃빗과 그 머리 위에 살며시 핀 사과나무의 하얗고 여린 꽃모습이 오버랩 되어 청순한 이미지를 형성하고 있다. 앳된 소녀의 티는 벗었으나 처녀라고 하기에는 조금은 이른 순박한 표현이 제2연으로 이어지면서, 이들은 서로의 사랑을 확인하게 된다. 그 사랑의 이미지는 향기롭지만 아직은 빨갛게 익지 않은 연분홍 빛깔의 달콤한 사과[18]로 그려지고 있다.

상냥스레 하얀 손 살몃 내밀어	やさしく白き手をのべて
사과 하나 넌지시 내게 주심은	林檎をわれにあたへしは
불그레 가을 열매 물든 빛깔에	薄紅の秋の実に
사람이 그리운 줄 아심일레라	人こひ初めしはじめなり

여기서는 소녀의 동작과 그에 따라 움직이는 소년의 감정을 서술하고 있다. '상냥스레 하얀 손 살몃 내미'는 간단한 행위에 의해, 그녀의 단아하고 정숙한 마음과 모습이 다채롭게 묘사되고 있는데, 특히 흰 손이 인상적이다. 첫사랑의 마음은 '불그레 가을 열매 물든 빛깔'로 상징된다. 이는 그윽한 향기는 맴도나 아직 완전히 붉게 익지 않은 '가을 열매'는 엷은 단맛과 신맛이 어우러져 맑고 청순한 사랑의 풋풋한 감정을 표현하기에 더없이 적합하다.

연분홍 사과는『구약성서』에 기록된 것처럼 성(性)에 대해 눈뜸을 암시하고 있다.[19] 그녀가 건네주는 사과가 소년에게는 마치 사랑의 열매로 비유되면서 이들의 사랑은 꽃을 피우는 데, 여기서 소녀의 하얀 손과 연분홍 사과의 선명한 대조 속에 담겨져 있는 음영 또한 간과할 수 없다. 주는 자와 받는 자의 행위를 사과와 연관지어 생각해 볼 때, 아담과 이브가 하나님이 금지한 나무 열매를 먹음으로 인해 에덴동산에서 추방된 일을 상기할 수 있다. 도손은 습작기의 극시 「풀베개(草枕)」[20]에서 아담과 이브의 타락함을 그린 바 있다. 그렇다면 이 시에서 소녀가 소년에게 사과를 주는 것은 이브가 아담에게 사과를 주는 것과 조응된다 하겠다. 따라서 이들의 사랑은 아름다움과 동시에 죄를 품고 있다는 중대한 모순을 도손은 제3연에서 노래하고 있다. 이는 자연은 아름답지만 무서움 또한 함께 품고 있는 것과 마찬가지로, 인간 역시 자연의 존재인 이상 그 양면을 갖고 있다는 인식과 다르지 않다. 이러한 모순과 갈등이 제3연의 주조음으로 작용하면서 급격한 변화를 이룬다. 여기서는 사랑의 고조를 노래하고 있다.

무심결에 내쉬는 이내 한숨이   わがこゝろなきためいきの
고운 머리카락에 닿았을 그때   その髪の毛にかゝるとき
감미로운 사랑의 그윽한 잔을   たのしき恋の盃を
그대의 사랑으로 마시었노라   君が情に酌みしかな

두 사람의 연심(戀心)은 급속히 진행되고 은밀한 밀회, 감정의 고조가 끊을 수 없는 한숨으로 새어나온다. 연인들의 사랑의 번민은 이내 성취의 기쁨으로 승화되고 있다. 향기로운 사랑의 술, 여기서 술은 사랑의 고조를 상징한다. 이 시에는 도손과 제자 사토 스케코의 금지된 사랑의 이미지가 기조되고 있다. 그는 『버찌가 익을 무렵』에서, 자신의 분신인 스테키치(捨吉)를 통해 마음 속에 반은 신(神), 반은 사람인 신이 존재하고 있음을 토로하고 있다. 절대자 여호와 대신에 젊은 여인, 즉 가쓰코(勝子)의 심상(心像)이 그의 모든 것을 지배하기 시작한 것이다.

숨겨진 부분도 간파한다는 이 신 앞에 스테키치는 좌절했다. 엄숙한 여호와 하나님 대신에 자기 제자의 모습이 감은 눈앞에 나타났다. 젊디 젊은 혈기 넘치는 볼. 눈부시게 빛나는 그 눈동자. 하얀 처녀다운 그 손.[21]

스테키치의 입술에서는 '찬송가' 대신에 '가련한 여인의 노래'가 흘러나오는 한편, '여호와 하나님' 대신에 사랑스런 제자 '가쓰코'의 모습이 떠오른다[22]고 고백하고 있다. 작품에서 알 수 있듯이, 제자를 향한 애절한 사랑이 천상과 지상의 경계를 허물만큼 절정에 달했을 때, 그가 내린 결론은 건전한 사랑은 죄도 악도 아니며, 오히려 한 인간을 향한 진실한 사랑 또한 하나님을 향한 사랑과 다르지 않다는 것이었다.

일찍이 청춘남녀의 건전한 교제에 대해 이와모토 요시하루(巖本善治)는 「비연애를 부정한다(非戀愛を非とす)」(1891년 8월)에서, '연애 그 자체는 죄가 없으며, 연애는 신성한 것'[23]임을 피력한 바 있다. 하지만 문제는 남녀의 순수한 사랑은 존중되어야 하지만 상대가 자신의 제자라는 현실에 감당할 수 없는 도손의 '한숨'이 담겨져 있음을 놓칠 수 없다. 더구나 약혼자가 있는 여성에 대한 사랑은, 당시의 윤리감각으로는 배덕(背德)의 의식을 수반함 없이는 불가능한 일이었다. 이렇듯 도손에게 있어 제자와의 연애는 플라토닉 러브의 이념과 본능의 갈등, 혹은 애욕과 기독교적 계율의 모순 등을 무시할 수 없는 요인이 되었다. 결국 그는 사랑을 지키기 위해 한 학기만에 메이지여학교를 사직하고 소속하던 교회에서도 적을 뺐다.[24] 스케코(輔子)와의 연애감정을 억제하지 못한 그는 학교를 떠남으로써 자신이 추구하는 플라토닉 러브를 성취한 것으로 해석된다.

시의 제3연이 앞의 흐름에 비해 다소 관능적 인상을 준다는 이유로, 만년의 「이른 봄(早春)」(『藤村文庫』)에서 삭제되었는데 이러한 사실로부터도 '첫사랑'의 시정(詩情)을 플라토닉 러브로 일관하려는 도손의 의지가 엿보인다. 제4연은 제1연과 2연, 3연을 종합하여 시를 이룬다. 이는 연인끼리 나누는 이야기 속에 그들이 처음 만나 사랑을 나눈 사과나무[25]의 회상이 그려지고 있기 때문이다.

사과밭 사과나무 그늘 아래로　　　　林檎畠の樹の下に
어느새 절로 생긴 이 오솔길은　　　　おのづからなる細道は
뉘 처음 밟아 생긴 정표이냐고　　　　誰が踏みそめしかたみぞと
물으시던 말씀도 반가운지고　　　　　問ひたまうこそこひしけれ

　첫만남에서 상당한 시간이 경과하고 연인들에게도 제3연의 괴로움에
서 다소 여유가 생겼음을 알 수 있다. 여기서 사랑의 추억으로 생긴 오
솔길은 과거와 현재를 연결시켜 주는 자연의 상징이자 제2의 매개체로
새롭게 등장한다. 사랑의 발자취, 즉 오솔길로 인해 기억되는 회상의
세계는 현재보다 과거가 한층 낭만적이었음을 암시하고 있다. 사과나무
아래로 설렘과 애틋한 사랑을 나누며 걷던 길을 뒤돌아보며 누가 다닌
흔적인지 새삼스레 묻는 그녀의 질문은 소녀의 순진함을 대변한다고
볼 수 있지만 오히려 둘 사이에 생긴 여유로움이 자신들의 과거를 돌아
보게 했다고 생각된다. 사랑의 미로였던 오솔길이 이제는 사랑의 기념
이 되어 기억된 자연으로 남아있듯, 사랑으로 꽃 피던 그 시절은 이제
연인에게 있어 기억된 사랑으로 회상되고 있는 것이다.
　이상에서 도손의 「첫사랑」은 타락 전 어린 시절의 순수 세계와 이후
죄의식을 인식하게 되는 청년시절의 경험 세계가 서로 별개의 것이 아
니라 통합된 것으로서 유기적 세계를 형성하고 있음을 알 수 있다. 인간
의 순수 세계는 성장 과정을 거치며 필연적으로 경험 세계로 갈 수밖에
없으며 그 경험 세계를 거쳐야만 더 높은 순수 세계로 갈 수 있는 어떤
필연적인 여정과 같다. 즉 경험 세계를 이해하고 나서야 비로소 순수
세계가 지향해야 할 이상(理想)을 깨닫게 되는 것이다.
　그렇다고 한다면 청년 도손이 겪은 경험 속의 선악, 추함, 비참함도
어찌 생각해 보면 순수한 사랑을 향한 그의 처절한 몸부림으로 해석된
다. 인간 도손의 첫사랑의 실패는, 작품 「첫사랑」을 통해 시인 도손을
탄생시켰을 뿐만 아니라 문학가로서의 길을 여는 열쇠가 되었다. 근대

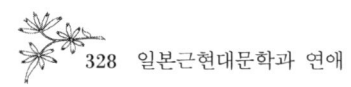

당시 서정시인 가운데 도손만큼 청순한 연애시 작가는 없을 것이다. 이는 그 시대가 연애를 동경하는 시대, 즉 현실적인 연애보다는 '사랑을 그리워하는(恋を恋する)' 시대였던 것을 간과할 수 없다.

도손의 경우 그는 시를 짓기에 앞서 마음속으로는 격렬한 감정을 품고 있으면서도 막상 그것을 밖으로 표현해야 될 상황이 되면 말을 아낀 채 안타까운 심정밖에 표현하지 못한 작가였다. 이러한 소극적인 표현의 그늘 뒤에서 그 자신도 모르게 흘러나오는 깊은 한탄의 노래가 바로 도손 시의 특색이라 생각된다. 또한 그의 이루어질 수 없는 애절한 심정을 읊은 시정에서 짙은 여성적 색채를 발견할 수 있는데, 이는 청순한 처녀의 연심이나 순수한 청년의 정열이란 주제가 도손 시에 있어 중요한 대립적 요소로 작용하는 것에 기인한다 하겠다.

주

1) 시마자키 도손(島崎藤村)은 1887년 메이지(明治)학원대학에 입학하여 기독
교 세례를 받았으며, 1893년에는『문학계(文學界)』동인으로 활동했다. 도
코쿠(透谷)의 영향을 받아 극시와 수필 등을 썼다. 이후 센다이(仙台)에서
교사로 재임 중 새로운 형식과 내용의 시를『문학계』에 기고하고, 그 시들
가운데 51편을 모아『새싹집』을 간행하였다.

2) 메이지 20년대(1887~1896) 당시만 해도 다카야마 조규(高山樗牛)와 같은
시인조차 신체시에 대해 의문을 품었을 정도로 와카(和歌)나 하이쿠(俳句)
외에 일본어로 새로운 시를 쓴다는 것은 극히 힘든 상황이었다.(『全集』제
12권, 346쪽) 또한 신체시인들은 사회적으로도 인정받지 못했을 뿐만 아니
라 경멸의 대상이었던 까닭에 도손은『새싹집』을 숨어서 썼다고 회고하고
있다.(『全集』제11권, 227쪽) 본고의 텍스트는『島崎藤村全集』(筑摩書房,
1981~1988)으로, 인용한 글은『全集』으로 생략하여 권수와 쪽수만을 기재
한다.

3) 畑有三 · 山田有策 編,『日本文芸史 表現の流れ』(第五巻·近代Ⅰ), 河出
書房新社, 1990, 167쪽.

4) '연애'라는 말이 일본에 처음 등장한 것은『영일사전(英和辭書)』(1874)에서
이다. (平岡敏夫,『北村透谷 研究』, 170쪽)
이후,『불어사전(佛和辭林)』(1887)에서 'Amour'를 '戀愛'로 번역한 예가 있다.

5)『全集』제5권, 76쪽.

6)「첫사랑」의 초출은『일엽편주(一葉舟)』18편이다.『문학계』(1896.10)에 발
표한 것 중의 하나로, 처음에는「사랑의 풀(恋草)」제9편의「그 하나 첫 사
랑(其一 初恋)」이었다.

7)『全集』제12권, 340쪽.

8)『全集』제1권, 77~78쪽.

9)『全集』제2권, 73쪽.

10)『全集』제11권, 49쪽.

11) 사과나무는 에도(江戸)시대에는 중국이 원산지인 것뿐이었으나, 메이지 시

대부터 미국에서도 수입되어 꽃의 신선한 느낌을 한층 감돌게 했다.

12) 히구치 이치요(樋口一葉; 1872~1896)의 「키대보기(たけくらべ)」는 도쿄의 한 유곽 마을에 살면서 유녀로 일하는 언니를 자랑스러워하는 매력적인 여자아이 미도리(美登利, 13세)와 그녀의 단짝인 전당포 집 아들 쇼타(正太, 13세), 용화사(竜華寺) 주지 스님의 아들인 신뇨(信如, 15세), 지력이 모자라지만 천진난만한 산고로(三五郞) 등이 펼치는 소년소녀의 순수한 세계를 담고 있으며, 차츰 성(性)에 눈을 뜨는 심리과정을 그린 작품이다.

13) 関良一·剣持武彦 註釈, 『藤村詩集』『日本近代文学大系』第15巻, 角川書店, 1983, 584쪽.

14) 시마다(島田)는 시마다마게(島田髷)라 하여 시마다 유곽에 사는 여자들의 머리 모양으로, 1624년에서 1644년 무렵 가부키(歌舞伎) 연극인들(시마다 만키치[島田万吉] 외)의 머리 모습에서 유래되었다고 한다. 혹은 「시마다(しまだ)」는 「시메타(締めた, 묶었다의 뜻)」의 와전이라는 설도 있다. 주로 미혼 여성의 머리 모양을 말한다.(新村出 編, 『広辞苑』, 岩波書店, 1993, 1177쪽)

15) 『樋口一葉』『鑑賞 日本現代文学』第2巻, 角川書店, 1982, 168쪽.

16) 美登利はかの日を始めにして生まれかはりし様の身の振舞、(後略)。(위의 책, 173쪽)

17) 『全集』제5권, 14쪽.

18) 요시다 세이치(吉田精一)는 『도손 명시감상(藤村名詩鑑賞)』의 「첫사랑」에서, 도손의 초기 시에는 포도(葡萄)를 읊은 것이 많으며 특히 포도나 사과는 원래 『구약성경』의 「아가(雅歌)」에서 힌트를 얻은 것이라 했다.

19) 関良一·剣持武彦 註釈, 앞의 책, 146쪽.

20) 이 시는 도손이 괴테의 『빌헬름 마이스터의 수업 시대』에 나오는 고아 미뇽이 빌헬름을 유혹하는 연애시를 염두에 두고 쓴 것으로 보인다. 이 책을 센다이에서 다시 접했을 때 옛 친구를 만난 듯 기뻤다고 할 만큼 도손에게는 의미 있는 책이다.(『全集』제12권, 343쪽)

21) 『全集』제5권, 92쪽.

22) 『全集』제5권, 92쪽.

23) 이것은 도쿠토미 소호(德富蘇峰)가 『국민의 벗(國民之友)』(1891. 7)에서 발
표한 「비연애(非戀愛)」에 대응하여 쓰여진 것이다. (巖本善治, 『女學雜
誌·文學界集』明治文學全集 32, 筑摩書房, 1973, 40쪽)

24) 『全集』 제5권, 101쪽.

25) 이 시에서 사과나무는 중요한 위치를 차지하고 있다. 「아가」 제2장에 '남자
들 중에 내가 사랑하는 자는 수풀 가운데 사과나무 같구나. 내가 그 그늘에
앉아서 심히 기뻐하였고 그 실과는 내 입에 달콤하구나'라고 쓰여 있다.
또한 제7장에도 '네 유방은 포도송이 같고 네 콧김은 사과 냄새 같구나'라는
구절도 있다.

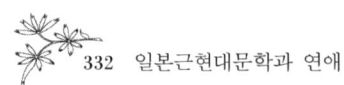

【참고문헌】

島崎藤村『島崎藤村全集』筑摩書房 1986

松坂俊夫 編『樋口一葉』『鑑賞 日本現代文学』第2巻 1982

角田敏郎・飛高隆夫・三浦 仁 編著『近代詩－詩と詩論－』東京堂 1976

巖本善治『女學雜誌・文學界集』明治文學全集 32 筑摩書房 1973

関良一・剣持武彦 註釈『藤村詩集』『日本近代文学大系』第15巻 角川書店 1983

단테(Dante)의 『신곡』이 투영된 이원론적 연애관[1]

최순육*

1. 들어가며

　메이지 시대의 문학자들이 대체로 그러했듯이, 시마자키 도손(島崎藤村 ; 1872~1943)의 작품에는 실로 많은 서양문학자들의 영향이 복합적으로 고루 반영되어 있었다. 도손이 그 시대 청년들 중에서도 앞장서 서구적인 것을 받아들인 동시에 그리스도교적인 풍토에 몸을 담을 수 있었던 젊은 날의 환경에서 비롯되었다고 할 수 있겠다. 도손에게 있어서 서구문학 수용은 16살에 입학한 메이지학원시절부터였다. 메이지 학원의 대부분의 선생들은 외국인으로 많은 과목들에서 영어로 된 교과서를 사용했으며, 도서관에는 책이 많았다. 도손은 이 학교에 다니고 있는 동안 셰익스피어, 단테, 괴테, 바이런, 셸리, 워즈워스 등을 비롯하여 서구문학의 작가와 작품을 섭렵했다.

* 崔順育 : 배화여자대학 일어통번역과 겸임교수.

본고에서는 서정시로서의 새로운 지평을 연 일본의 최초의 근대시집인『새싹집』을 비롯하여『쪽배』『여름풀』『낙매집』을 주로 서구문학의 낭만 서사시의 시인 단테의『신곡(神曲)』과의 비교문학적 차원에서 이원론적 연애관을 살펴보기로 한다.

2. 도손의 근대시와 단테의『신곡』

도손의 첫 시집『새싹집』의 근대시들은『문학계』를 함께 창간했던 기타무라 도코쿠가 먼저 제창한 갈등의「연애론」을 도손이 보완하고 활용하여 새로이 정립한 연애시의 출발이라 할 수 있다. 도손은 성서와 찬송가를 통해서 유입된 서구의 사랑(愛)이라는 개념을, 영(靈)과 육(肉)으로 완전히 분리하여 정리하고 있었다. 육에 속한 사랑은 '육연(肉戀)'이고, 영에 속한 사랑을 '천연(天戀)' 즉 '플라토닉ㆍ러브'라고 규정한다.

정신적으로는 사랑하지 않는데 단지 성욕(性慾)이나 육정(肉情)의 만족만을 위한 것이라면, 그것은 타락이며 죄가 되는 것이다. 도손은 철저하게 영과 육의 상극(相剋)을 유도하여 지나치게 정신적인 사랑(天戀)과 성욕에 의한 육체적 사랑(肉戀)을 분리했다. 육적인 것과 정신적인 것을 완전히 분리하여 영과 육이 충돌하지 않게 하는 한편, 정신적인 사랑의 고민을 잊기 위해서 육체적인 대상을 구하는 모습을 나타내 보이기도 한다. 육욕의 사랑은 죄이고 죄의 끝은 지옥이라는 항목을 더 부가하여 사랑의 종류를 분명하게 이원화시켜서 넘나들도록 하고 있었다. 이러한 남녀 사랑에 대해서 고민하고 있던 도손은 단테의 낭만 서사시에서 그 열쇠를 찾았다고 할 수 있다.

메이지학원 시절 도손이 단테의『신곡』에 대해서 특별한 경의를 가졌는데, 이러한 내용은『버찌가 익을 무렵』에 서술적으로 잘 나타나 있는데 다음의 인용문을 보면 잘 알 수 있다.

> "기시모토군 자네에게 보여주려고 가져왔네." 하면서 보자기에서 양
> 서 한 권을 꺼냈다.
>
> "사왔군"
> 무심결에 스테키치는 웃음을 지으며 기쁜 듯이 친구의 얼굴을 쳐다보
> 았다. 단테의 『神曲』영역본이다. 스테키치는 친구 앞에서 거무스름한 초
> 록 표지를 함께 들여다보고, 책을 펴니까 『神曲』의 첫 페이지가 나왔다.
> 장시(長詩)의 구절이 고전답게 빼곡하게 쓰여 있는 게 두 사람의 눈에
> 들어왔다.2)

위의 내용처럼 당시 도손은 친구들과 함께 서양문학을 읽고 토론하
면서 서구문학의 사상과 표현에 감동을 받고 있었다. 서구문학을 접하
면서 도손의 정신내부에는 이원적 구조, 즉 육체와 정신이 이원화 되어
존재하고 있었는데, 그것은 메이지 학원 시절, 도손이 단테에 대해서
특별한 경외심을 갖고 있었던 영향도 있었다고 본다. 단테는 독실한 기
독교인으로 신과 인간의 존재라는 이원론적 가치관을 추구한 시인이다.
도손이 단테를 경의하게 된 이유는 단테가 형이상학적인 시인이라는
인식에서였으며, 그의 기독교 문학에 심취한 까닭이다. 도손은 입학 한
지 1년 후에 기독교의 세례를 받고 기독교인이 되었는데, 단테의 문학
과의 만남과 무관하지 않다고 볼 수 있다.

3. 『신곡』의 「지상의 사랑」에 대한 도손의 이해

1)「지상의 사랑」과 『새싹집』의 「풀베개」

단테의 『신곡(The Divine Comedy)』의 지옥편 제5번째 노래인 바울과

프란체스카의 지옥의 사랑은 육욕의 사랑으로 그 결과는 지옥이며, 단테와 베아트리체는 정 반대인 천상의 사랑으로 천국을 의미하는 사랑을 나타낸다.

중세 기독교에서는 지상의 세속적인 사랑, 정확히 말하면 육체적인 아름다움에 끌리는 현세적 사랑은 죄라는 도덕적인 가르침이 있었고 그런 사랑은 하나님에 대한 사랑을 방해한다는 생각이 있었다. 하지만 사회가 점점 부요해지면서 세속적인 쾌락이나 사랑이 중요한 요소가 되면서 그리스도적인 하나님에 대한 사랑만으로는 만족할 수 없게 되었다. 그래도 육체적인 아름다움이나 사랑은 참으로 무상한 것이라는 사실은 누구나 잘 알기 때문에 역시 인간은 무언가 소멸되지 않는 사랑, 사라지지 않는 아름다움을 찾았다. 이러한 현실을 서양미술세계에서도 잘 이해하여 이 두 가지 사랑을 만족시키는 절충안의 사랑을 그려, 티치아노는 『천상의 사랑과 지상의 사랑』이라는 그림을 남겼다.[3]

지상의 사랑을 가장 잘 나타내는 도손의 시를 감상해보자. 그의 시에 「풀베개」가 있는데, 이 시는 여행길에서 만나 사랑을 나눈 덧없는 사랑을 노래하며 그러한 육체적 사랑을 죄악시 하는 죄의식이 배태되어 있는 노래이다.

서글퍼지는구나 이내 몸 하나	かなしいかなや人の身の
쉬일만한 처소를 못 찾아 쓸쓸	かきなぐさめを尋ね侘び
길 없는 숲 속으로 헤쳐 들어가	道なき森に分け入りて
어째서 없는 길을 찾는 것일까	などなき道をもとむらん

「풀베개」[4]4연 『새싹집』

「풀베개」 4연, 특히 3행과 4행은 단테의 『신곡』의 「지옥편」 첫머리에 나오는 표현의 이미지를 떠올리게 하는 부분이라고 생각한다. 도손은 그의 저서 『버찌』에서 '스테키치는 친구 앞에서 거무스름한 초록 표지를 함께 들여다보고, 책을 펴니까 『신곡』의 첫 페이지가 나왔다'[5]고 쓰

고 있는 것처럼 여기서 주목해야 할 부분은 '『신곡』의 첫 페이지'이다. 누구나 첫 페이지에 대한 기억은 선명하기 마련이다. 도손은 이 첫 부분 「지옥편」제 1권 개요를 자세히 읽었을 것이다. 당시 문학청년인 도손의 문학적 감수성을 미루어 볼 때 대강 읽고 넘어가지 않았을 게 틀림없다. 그렇기 때문에 읽고서 감명 받은 부분은 반드시 기억을 하고 시를 쓸 때 시상(詩想)으로 떠올리고 30연이나 되는 장시 속에 오로지 4연의 3행과 4행에만 단테의 시상을 끼어 넣은 것으로 추정할 수 있다. 사실 도손의 시는 한 제목 아래 여러 종류의 시상이 들어 있어서, 각 연의 시상과 시어와 상상의 원천이 제각기 다른 특징을 지니고 있다. 예를 들어서 「풀베개」4연 4행 중 1행과 2행은 신약성서의 마태복음 8장20절[6])을 연상시키는 대목으로 여기서 'かき'란 '머리둘 곳, 집안(垣, 牆)'을 의미하기 때문이다. 이처럼 도손의 시는 길면 길수록 마치 누더기를 걸친 것 같은 느낌을 줄 수도 있는 특성을 지니고 있다. 도손의 시어는 하나하나 도손의 머릿속에서 기억하고 있는 일본 고전문학과 서구문학의 언어들이 얽혀서 새로이 태어난 것들이다. 때로는 서구의 시상이나 언어에 도손 특유의 시어라는 옷을 입히기 때문에 그 표현의 원천을 찾기 힘들다. 그러나 서구문학에 익숙한 사람이라면 그 흔적을 찾는 데 오래 걸리지 않을 수 있다.

그렇다면 단테의 『신곡』의 「지옥편」 첫머리와 「풀베개」 4연 중 특히 3행과 4행은 어떠한 공통된 시어가 숨어 있는지 분석해보고자 한다.

> 죽을 수밖에 없는 인생의 한 복판에서
> In the midway of this our mortal life,
> 어두운 숲속을 헤매고 있는 나를 본다.
> I found me in a gloomy wood, astray
> 곧장 가는 바른 길 잃어버린
> Gone from the path direct:　　　　　「지옥편」 제1곡

즉 시인 단테 자신이 자신의 가야할 바른 길을 잃고 인생의 여행길에 있는 어두운 숲속에 헤매고 있으니 두렵고 안타까운 마음임을 고백하고 있다. 단테는 인생을 여행길에 비유하고 있다.

죽을 수밖에 인생(this our mortal life)을 하나의 여행길로 볼 때 인간은 여행자, 나그네인 것이다. 여행자는 여행길(midway)에서 올바른 길(the path direct)에서 벗어나 어두운 숲(gloomy wood)으로 들어가고 말았다. 그 숲 속에서 헤매고 있는 자신을 발견하는 단테의 고백과 여행길에서 홀로 있는 자신을 돌아보며 '고독의 침잠 속'에서 자신은 얼마나 이정표를 잃고 길이 아닌 숲에서 왜 갈 길을 찾는지 답답한 자신의 모습을 돌아보는 도손의 심상(心想)은 같은 것이라 할 수 있다. 이 두 시는 자신의 인생 길의 현 위치를 발견하고 안타까워하는 심정을 노래하고 있다 하겠다. 하지만 단테의『신곡』의「지옥편」1권 첫머리에 나오는 이 시의 다음 내용들은 숲속에서 무서운 들짐승들을 만나서 지옥에서 받는 벌을 체험하는 장면이 나오는 걸 보면[7] 이 '어두운 숲속'은 산책할 수 있는 단순한 그런 숲 속이 아니라 산 속에 잠복해 있는 '음침한 골짜기'를 의미한다고 그 의미를 확장해 볼 수 있다고 생각한다. 길이 아니면 가지 말라는 간단한 가르침을 어기고 길이 아님을 알면서도 가게 되는 인간의 충동과 본능의 세계는 결국 길 없는 길에서 갈 길을 찾아 헤매는 인간의 존재의 어리석음과 안타까움을 한탄하는 고백적 시를 단테와 도손은 같은 맥락 속에서 표현하고 있다. 도손의 시에는 이와 비슷한 시상을 여러 시에 삽입하는 경향이 있는데 다음의 시를 보아도 그 시상의 전개가 동일하다는 걸 알 수 있다.

2) 단테의 「지상의 사랑」과 『쪽배』의 「백자화병부」

자칫 헤매기 쉬운   さまよひやすき
나그네여 그대   たびびとよ
실수하지 마시오.   なあやまりそ
가는 인생길   ゆくみちを

「백자화병부(白磁花瓶賦)」[8] 26연 『쪽배』

「백자화병부」의 26연의 이 시는 '인생길을 헤매기 쉬운 나그네여 나그네 된 그대는 인생행로를 잘못 가지 말기를 바라노라'는 의미의 시이다. 겐모치 다케히코(劍持武彦)는 '이 시는 「나그네여」라고 부르는 표현이 인생을 여행으로 보는 마쓰오 바쇼(松尾芭蕉)의 마음과도 일맥상통한다[9]고 지적하고 있다. 그의 해석을 보면 여기서의 '나그네여'라는 호칭의 단어는 세상을 허망하게 느끼는 방랑자의 의미가 강하다는 지적이다. 하지만 '나그네 인생'라는 의식은 도손의 전 생애를 통해서 나타나는 시어(詩語)로서 항상 자기 자신에게 환기시키는 언어로 의미된다. 이 의식은 도손의 내면에 새로이 생겨난 자각(自覺)으로서 일본 문학의 선배 고전작가인 바쇼를 어설프게 흉내 내는 것으로 그치는 것이 아니라 스스로 새로운 시각으로 자연과 인생을 응시하며 살고자 하는 의식을 '나그네'라는 언어를 사용하여 나타내는 것이라고 생각한다. 왜냐하면 26연의 이 시는 자기응시의 시로서 특히 사랑의 고뇌를 노래하고 있기 때문이다. 이 시는 사랑의 길을 잘못 들어서게 되어 겪게 되는 인생의 고난과 역경을 노래한 것이라 아니할 수 없기 때문이다. 희망에 찬 청춘이 가슴 아픈 꿈으로 사라져 버렸고, 사랑이 남기고 간 것은 사랑의 기쁨보다는 고통과 슬픔뿐이라는 탄식(さまよひやすき 인생길 쉬 헤매는)의 노래이다.

물론 이 시 전체는 30연으로 되어 있어서 각 연마다 사용하고 있는 시어(詩語)의 발상이 제각각이어서 시 전체의 흐름이 긴밀한 연관성 없이 끊어지는 경향이 많다. 이 시의 전반부는 처녀의 순결을 중시하는 기타무라 도코쿠(北村透谷)의 연애관과 유사한 표현으로 노래하는 부분10)과 도코쿠의 박명(薄命)과 요절로 인한 예술의 미완성과 좌절감을 통감하는 부분11)으로 구성되어 있다. 그리고 후반부 27연부터 30연은 도코쿠의 죽음을 애도하는 진혼가 형식의 노래로 구성되어 있다. 또한 높은 이상을 가지고 있는 도코쿠가 「백자 화병」하나 밖에 남기지 않은 예술가로서의 아쉬움에 대한 도손 나름대로의 비평도 빼놓지 않았으며 이와 함께 도코쿠의 죽음을 숙명으로 받아들임으로써 자연에 순응하는 도손의 자신의 자세를 그리면서 예술가 생애의 허망함과 청춘의 덧없음을 노래하고 있다. 도손은 「백자 화병」을 시어(詩語)로 사용하여 깨지기 쉬운 소재의 꽃병의 이미지로 도코쿠의 허망한 일생을 노래하고 있다고도 할 수 있다.

여기서 '인생길 쉬 헤매는' 존재로서 자신을 응시하는 도손의 이러한 발상은 기독교적 성찰에서 온 것이라고 할 수 있지 않을까 필자는 생각한다. 적어도 정해진 길을 예시하는 것은 당시 기독교 문화12)에서 비롯된 것이며 도손은 기독교 문학인 단테의 『신곡』을 이미 메이지 학원 시절 읽었기 때문에 바른 길과 잘못된 길의 분별이 명확했을 게 틀림없고 그래서 갈등이 있는 것이다. 기준이 없다면 갈등도 없고 선택에 방황할 필요도 없는 것이다. 도손에게 있어서 연애의 잣대는 허락된 사랑과 금단의 사랑이다. 단테의 『신곡』에서 가장 첫 페이지에서 시작되는 「지옥편」을 분명히 읽은 도손은 남녀 사랑, 연애만 생각하면 지옥으로 떨어지는 고통의 연애부터 생각하게 되었다. 그 이유는 첫 사랑 사토 스케코(佐藤輔子)는 이미 약혼자가 있던 몸이었으므로 해서는 안 될 사랑임을 깨닫고 그 사랑에 상처받고 관서 표박을 떠난 적이 있는 점을 미루어 보아도 알 수 있는 것이다.

 그렇다면 단테의 『신곡』의 「지옥편」 첫머리에 나타나는 원문에서 「백자화병부」 26연에 표현되어 있는 시어(詩語)들, 즉 ① 「헤매는」 ② 「잘못 들어서다」 ③ 「행로」에 해당하는 공통된 시어절을 찾아보아야 도손과 단테의 수용관계가 성립된다고 생각한다. 원문13)을 대조해 보면 다음과 같다.

 ① 헤매고(astray) 「헤매는」
 ② 바른 길을 잃고(Gone from the path direct) 「잘못 들어서다」
 ③ 여행길 한 복판(midway) 「행로」

 놀랍게도 이 부분은 「풀베개」 4연의 3행과 4행에 나오는 시상과 똑같은 표현의 시어로 이루어져 있음을 알 수 있다. 물론 같은 부분을 투영시켰어도 「풀베개」 4연에서는 사망의 음침한 골짜기를 연상시키는 '어두운 숲속(gloomy wood)'을 시어로 채택하여 잘못된 사랑의 종말에 대한 두려움을 갖게 하는 시상(詩想)을 전개했으나, 「백자화병부」 26연에서는 인간 존재를 방황하기 쉬운 존재로, 잘못된 길로 빠지기 쉬운 존재로 시상을 전개했다는 점이 조금씩 다르다고 할 수 있다. 이처럼 도손은 한 가지의 시어(詩語) 내지는 시상(詩想)을 그의 시의 여러 군데에 삽입하여 장시(長詩)의 경우는 조각조각 퍼즐을 만드는 것과 같은 시작(詩作)을 취하고 있다. 따라서 도손의 시는 독자가 숨은 그림 찾듯이, 아니면 퍼즐을 맞추듯이 시상의 원천을 찾아내야 보다 충분한 감상을 할 수 있는 특징의 시라 할 수 있다.

3) 단테의 「지상의 사랑」과 「혼인축가」

  눈길을 한데모아 사람들이여 まなこをそそげ人びとよ
  일찍부터 사람들 모여들었네 はやかの群れはちかづきぬ
  함께 따라 들어온 처녀 아가씨 ともなひきたる をとめごの

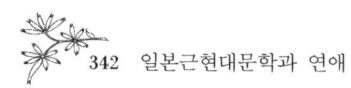

빛나는 그 자태를 바라보시오　　　かがやきわたるさまを見よ
(1장5연)

우리의 아릿따운 꽃을 든 신부　　　わがうるはしき花よめは
보라색 꽃피우는 붓꽃이어라　　　　むらさきにさくあやめなり
(1장 6연 1, 2행)
「혼인축가(婚姻の祝の歌)」14) 『여름풀』

　　「혼인축가」의 '빛나는 그 자태로 오시는 모습'(1장 5연 4행)과 그 다음의 6연 '아름다운 꽃을 든 신부'의 표현은 서구적인 이미지를 풍긴다고 생각한다. 서구문학 중에서도 단테 『신곡』의 「연옥편(purgatory)」의 제30곡 노래 중 단테 앞에 〈베아트리체〉15)가 천국에서 내려오는 장면을 연상하게 한다. 단테 『신곡』의 이 부분에서는 베아트리체가 나타나는 자태가 상당히 상세하게 그려져 있는데, 그 안에서 도손은 이미지 전체를 수용한 것 같다. 이 곡의 대강 줄거리는 다음과 같다.

　　일제히 노랫소리가 들리고 꽃이 구름처럼 주위 가득히 뿌려졌을 때 그 수레 위에 〈기품 있는 왕녀의 자태를 갖춘 베아트리체〉가 일어선다. 단테의 마음속에는 옛날의 사랑의 불꽃이 다시 세차게 타오른다. 베아트리체가 단테의 이름을 부르며 올바른 길을 벗어난 과거 10년 동안의 그의 행동을 꾸짖는다.

> "신부여! 레바논으로부터 나오라" 하고
> 노래를 부르며 세 번 외쳤다.
> 나머지 사람들 모두가 그 소리에 합창했다.
> (중략)
> "복되도다. 오시는 이여!" 하고 그들은 외치면서
> "오! 손 안 가득한 시들지 않은 백합을 흩뿌려라."
> 그러면서 꽃을 머리 위로, 주변 가득히 흩뿌렸다.
> 일찍이 여명(黎明)을 보았을 때
> 동녘 하늘은 온통 장밋빛으로 물들고

서녘 하늘은 맑게 개어 고요하고
떠오르는 해의 얼굴이
아침 안개의 너울로 가리워져
눈으로 오래 볼 수 있었는데
지금 그 모양과 흡사하게 천사의 손으로부터
수레의 안팎으로 흩어지는
꽃구름 속에서
하얀 너울을 쓰고 감람(橄欖)나무 관을 쓴 처녀가
눈앞에 나타났다. 녹색 망토 밑에는 불꽃같이 빛나는 붉은 옷을 입고
있었다.

「연옥편(Purgatory) 제30곡」

두 시의 공통된 시어로 추정되는 시어를 정리해보면 다음과 같다.

① 사람들(人びと群れ) // all the rest(나머지 사람들)
② 처녀 아가씨(をとめご) // A virgin(처녀)
③ 빛나는 그 자태로(かがやきわたるさま)// living flame(불꽃같이 빛나는)
④ 따라 들어온(ともなひきたる)

    in my view appeared(눈앞에 나타났다)
⑤ 꽃을 든 신부(花よめ) // spouse(신부)
⑥ 아름다운 꽃(うるはしき花)

    Unwithering lilies(시들지 않은 백합)

대체로 영어의 의미를 따라서 번역은 하되 소리 내어 읽었을 때 물 흐르는 듯한 어휘를 선택하여 무리 없이 시어를 수용하였으나 몇 가지 원문과는 의미가 다른 어휘수용을 볼 수 있다.

③의 경우는 직역으로 하면 '빛나는 그 자태로'이지만 도손이 읽은 영어 원문 'living flame(불꽃같이 빛나는)'이라는 표현은 사실 '색깔(hue)'을 나타낸다. 도손은 'living flame'만 생각하여 '활활 타오르는 불꽃'에서

'불꽃이 빛나는' 의미로 본 것 같다. 단테는 기품 있는 모습을 색깔로 정하는 경향이 있는데, 예를 들면 이 시에서 베아트리체의 의상 색깔은 흰색(white veil)과 녹색(Green mantle)과 타오르는 불꽃의 빨강(hue of living flame)으로 이루어져 있고, 「연옥편 제29곡」에서도 '세 천사의 색깔[16]'을 세 가지의 색, 즉 흰색과 녹색과 빨강으로 정해 놓았음을 알 수 있다. 여기서 흰색은 믿음을, 녹색은 소망을, 빨강은 격렬한 사랑을 상징하고 있다.

6연 2행에서는 신부를 보고 '보라색 꽃피우는 붓꽃이어라'고 하면서 '붓꽃'에 비유하는데, 이 꽃 역시 도손이 평소부터 좋아하는 보라색 꽃이다. 빨강과 파랑의 중간색인 보라색이 순수한 색깔은 아니지만 '보라색[17]'이라는 색채가 상징하는 인간 일반의 심정(心情)에서 볼 때 보라는 부드러움과 아름다움(優婉), 고귀함, 신비함, 불안함, 영원함을 나타내는 성향이 강하다. 이토 가즈오(伊東一夫)는 '도손은 특히 자연미로서 나타난 보라색이 갖는 신비성과 영원성에 끌려서 작품 전반에 보라라는 색깔이 갖고 있는 독특한 상징성을 그의 작품 전반에 시재(詩材)로서 다양하게 사용하고 있는데, 보라색이 주는 신비성과 영원성에 끌리지 않았나 생각 한다[18]'는 이토의 말 그대로이다. 이 시에서 '아름다운 신부'는 '보라색 꽃이 피는 붓꽃'에 비유되고 있는 점에 착안해 보아도 알 수 있는데, 신부는 아직 밝혀진 것이 없이 베일에 가려진 비밀스런 존재임을 보라색이 갖는 신비성이라는 특성에서 끌어낸 것이다. 보라색이 주는 상징성 중에서 신부가 지닌 사랑의 영원성을 끌어내어 '보라색 꽃'을 시어로 채택하고 있다고 생각한다. 다시 말해서 도손은 '보라색을 통해 자연을 예리한 눈으로 관찰[19]'하는데, 인간도 자연의 일부이므로 신부를 보라색이 갖는 상징성을 통해서 아름답고 고귀하고 신비한 존재로 관찰하고 있으니 보라색에 대해서 특별한 시각을 가지고 있음을 알 수 있다.

   하지만 7연을 보면 다시 서구적인 표현으로 '머리에는 산 속의 하얀 백합화'를 장식한 신부의 자태를 묘사하고 있듯이 같은 시 안에서도 각 연마다 시재(詩材)를 적절히 다양하게 사용하여 서구적 이미지와 일본 전통적인 이미지를 동시에 나타내는 시작법을 쓰고 있다. '머리에 … (중략) … 백합화'20)를 장식한 신부의 자태는 분명히 서구적 이미지이지, 일본전통의 이미지는 결코 아니다. 서구의 결혼식에서는 머리에는 꽃 장식을, 손에는 부케를 들고 있다. 일본의 전통 결혼식은 결코 머리에 꽃을 달지 않는다. 머리에도 여자의 손에도 아무 것도 들지 않는다. 두 손을 얌전히 포개고 걸어 들어온다. 질투의 뿔을 억제하거나 감춘다는 뜻으로 면이나 비단으로 된 '쓰노가쿠시'21)라는 흰 두건을 쓰고 등장한다. 더욱이 '산 속의 하얀 백합화'22)라는 백합꽃은 청순한 처녀를 상징하는 서구적 이미지를 시재(詩材)로 쓰고 있는데, 이미 르네상스 시대부터 순결을 상징해온 꽃이며 12세기부터 백합은 '프랑스 왕가의 문장(紋章)'23)이기도 하였다.

   이처럼 도손은 다양한 서구적 이미지가 뇌리에서 떠나지 않아 시상(詩想)에 맞는 구절이나 시어(詩語)를 곳곳에 점철시키는 특징이 있다. 다음의 2장 10연을 보면 더욱 잘 나타나 있다.

   인연 맺는 신에게 허락받아서   縁の神にゆるされて
   두 사람 몸은 지상만이 아니라   ふたり身は世に合ふのみか
   서로가 사모하는 가슴의 불꽃   たがひに慕ふ胸の火は
   마음의 하늘에도 타오르누나   心の空にもゆるかな

                              (2장 10연) 『여름풀』

   ① '인연을 맺어주는 신의 허락에'라는 표현으로 시작되는 이 2장 10연의 흐름을 보면 신성하고 순결한 '혼인축가'의 이미지가 넘치던 1장

5연과 6연과는 달리, 왠지 안타깝고 슬픈 사랑을 구상하고 있는 듯한 느낌을 주고 있다. 왜 축복이라는 표현을 쓰지 않고 '허락받은 인연'이라는 표현을 쓰고 있는 것일까? 이 10연은 두 사람의 결혼이 사랑의 신의 허락으로 이루어진 것이며 이 두 사람의 몸은 이 세상에서뿐만 아니라 저 세상에서도 결코 떨어질 수 없어서 죽어서도 둘이 한 몸 되어 '하늘'에서 사랑의 정염(情炎)을 불태우고 있는 장면을 연상하게 한다.

단테의『신곡』의「지옥편 제5곡」[24]을 보면 비련의 두 사람 바울과 프란체스카는 칠흑 같은 지옥의 하늘을 뜨거운 바람에 떠밀려 다니면서도 절대로 두 몸이 떨어지지 않도록 꼭 끌어안은 채 영원히 지옥의 광풍에 실려 다닌다.

마치 ② '마음의 하늘'은 마음에 속해있는 하늘인 것과 같은 은유법을 쓰고 있는 듯하지만, 이 표현은 단테의 시어를 변용한 것이 아닌가 생각된다. 왜냐하면 별안간 ③ '지상에서뿐일까' 라는 표현을 사용함으로써 세상(世), 즉 '지상'과 '하늘(空)'을 대조적으로 표현하고 있기 때문이다. 도손은 세상에서 사는 동안에 하는 사랑, 즉 지상의 사랑이 축복받은 사랑이라는 시상(詩想)을 따라서 쓰다가 죽어서도 함께하는 천상의 사랑을 떠올려 지옥에 가서까지도 불타는 사랑을 하면서 아파하는 프란체스카의 비극적 사랑의 시상을 순간적으로 떠올린 것이라고 생각한다. 만일 단순히 불교적 종교사상을 가지고 썼다면 이 세상과 저세상의 극락정토의 시어를 사용해야 했을 것이다. 왜냐하면 일본사회에서는 이 세상에서의 사랑이 이루어질 수 없는 경우는 저세상, 극락정토에 소망을 두고 '신주(心中)'[25]를 함으로써 미화시키고 있었기 때문이다.

여기서 '마음의 하늘'은 단테의 '지옥의 하늘'을 변용한 것이라고 생각할 수 있다. 단테의「지옥편 제5곡」에는 지옥의 하늘을 날라 다니는 영혼들이 많이 나온다. 하늘은 때로는 공기(air)로, 때로는 하늘(sky)로 표현되지만 두 단어가 동의어로 쓰이고 있다는 증거는 전달동사가 같다는 점이다.

> 「학들이 슬픈 노래를 부르면서 하늘을 가르고서(traverse the sky) 긴
> 줄을 짓고 날듯이」26)
> 「비둘기가 돌아가고 싶어지면 힘껏 날개를 움직여 넓은 하늘을 가르
> 며(cleave the air) 휴식의 둥지로 돌아가듯」27)
> … (중략) …
> 「그 두 사람은 더러운 공기를 가르며(through the ill air) 나에게로 왔
> 다」28)

　여기에 나오는 하늘은 모두 지옥의 하늘을 의미한다. 지옥의 하늘을 육욕의 죄를 지은 영혼의 무리가 바람결에 이리저리로 떠다니는 그런 하늘을 의미한다. 도손은 지상의 사랑과 천상의 사랑을 모두 소유할 수 있는 결혼을 축하하는 노래를 지으면서도 전혀 다른 맥락 속에 있는 시어를 놓치기 아까워서 끼워놓고는 하늘을 '마음의 하늘'로 바꾸어 놓는 세심한 주의를 기울인 것이라고 생각한다.

　더욱이 ① '인연을 맺어주는 신의 용서로' 라는 표현 역시 그냥 넘어갈 수 없는 어색한 부분이라 아니할 수 없다. 물론 '용서로'는 '허락으로'라는 뜻으로 번역할 수도 있다고 생각한다. 그럼, '허락으로' 해석한다면 일본인들은 남녀가 사랑할 때마다 신에게 허락된 사랑인가 허락되지 않은 사랑인가를 의식하고 있는 것일까? 그렇지 않다고 생각한다. 유럽의 기독교 국가에서는 간음을 금하는 엄한 계율이 성직자는 물론 일반 신자에게도 요구되어왔으나, 일본은 일본 종교의 영향29)도 있겠지만 일본인들은 남녀의 성에 대해서 비교적 관용적이다. 남녀의 성애가 종교적 입장에서 고뇌로 받아들여진 것은 메이지시대 이후 서구문화의 영향이지, 메이지 이전 에도시대는 물론 그 이전 시대의 일본에는 존재하지 않는다. 따라서 일본 전통적인 남녀사랑이란 신을 의식하는 종교적인 죄의식은 없는 것이라 할 수 있다.

그렇기 때문에 '허락'으로든, '용서'로든 사랑을 논하면서 '신에게 용서 받은' 사랑이나 '신에게 허락된' 사랑을 말한다는 것은 서구기독교문학과 문화의 영향이라 할 수 있다. 그렇다면 이 부분이 구체적으로 어떤 기독교문학의 영향을 받았는지 추론해보고자 한다.

도손은 22연이나 되는 이 「혼인축가」를 지으면서 일본고전문학은 물론 그가 즐겨 읽었던 서구 문학의 표현을 시어로 수용하기도 하고 변용하기도 했다. 어떤 곳은 구약성서의 이미지 연상(1장 7연)으로, 어떤 곳은 신약성서의 시어(詩語)수용(1장 3연)으로, 단테의 『신곡』의 수용과 변용의 흔적(1장 6,7연, 2장) 등으로 시상(詩想)의 폭을 넓혔다. 하지만 도손의 이러한 환골탈태의 시작법은 터무니없이 비약적이어서 각 연마다 뒤틀리고 연계성이 없어서 전체적인 흐름을 방해하는 경우가 많다고 할 수 있다. 1장에서는 아름다운 신부의 모습을 그리더니 2장에서는 결혼하여 한 몸을 이룬 부부의 모습을 노래한다. 예를 들면 2장의 마지막 연, 13연과 14연30)에서는 일본 고전의 제아미(世阿彌) 작품의 노(能)를 수용하여 사랑에 취하여 흐트러진 모습을 보이는 부부의 자태를 아름다운 모습이라고 노래하며 마친다. 2장의 전체적인 흐름을 볼 때 혼인하여 한 몸을 이룬 부부를 축하하는 노래임에도 불구하고 도손은 불길하고 슬픈 사랑의 상징인 프란체스카의 사랑을 억지로 끼워 넣은 흔적이 보인다. 2장 10연을 제외하면 그야말로 2장은 동양 고전문학에서 풍기는 은근한 신혼부부 축하 노래임에 틀림없다. 구태여 이 부분을 끼워 넣은 이유는 어디 있을까? 그 이유는 도손은 남녀의 사랑을 강렬한 사랑으로 표현하고 싶었기 때문이 아닐까 생각한다. 도손은 이러한 내용을 넣음으로써 사랑의 열정이 얼마나 격정적인 것인가를 자신의 체험과도 비추어 보아 실감했을 것이다. 프란체스카의 비극적 사랑만큼 강렬한 것이 어디 있겠나. 그렇기 때문에 정서는 다르지만 죽어서까지 한 몸이 되어 떨어질 수 없는 운명적 사랑을 표현하고 싶었던 것이리라 생각한다.

서구문학의 냄새가 물씬 풍기는 시어(詩語)를 먼저 찾아서 분석해보자. 그것은 다름 아닌 ① '인연을 맺어주는 신'이라는 표현이다. 이 표현은 단테『신곡』의 「지옥편 제5곡」에 'Love'[31]라는 한 단어로 표기되어 있는데, 'love'는 대문자로 쓰면 서구문학 속에서 '사랑의 신'[32]이라는 뜻으로 이해된다. 도손은 '사랑'을 주관하는 신의 의미를 파헤쳐 '인연을 맺어주는 신(緣の神)'이라는 새로운 언어, 즉 일본 풍토에 맞는 언어로 바꾸어 표현한 것이라 생각한다. '연(緣)'이란 원래 '엔(緣)' '인연(緣)' 으로 읽어도 되지만 도손은 인연을 강조하는 의미를 더해주기 위해서 일부러 「에니시(えにし)」로 읽고 자신의 시에 덧말을 붙이고 있다. 인연이란 혈연(血緣), 지연(地緣), 학연(學緣) 등 그 원인은 어찌되든지 뭔가의 계속되는 관계를 의미하는데, 결혼하는 두 사람의 인연은 어디에서 비롯된 것이라고 볼 수 있는가. 결혼은 '인연을 맺어주는 신의 허락을 받아서' 이루어진 것이라는 도손의 표현을 보면 과연 이 표현이 일본 전통적인 종교관에서 비롯된 것인지 도손이 단테를 흠모하여 그의 뇌리 속에서 떠나지 않는 프란체스카에 대한 사랑의 토로(吐露)를 생각나는 대로 가져다 붙였는지 확실하지는 않다.

만일 이 시에서 표현하는 '연(緣)'이 일본 전통적인 종교관[33]에서 기인하는 것이라면 '신(神)'은 인간을 초월한 위력을 가진 존재로 숨어서 그 모습을 드러내지 않는 존재이거나, 일본의 신화에 등장하는 인격신(人格神)을 의미하거나, 최고의 지배자 천황을 의미하거나, 신사 등에서 참배를 받는 사자(死者)의 영(靈)을 의미하든지 그 가운데 하나라고 생각한다.

하지만 '인연을 맺어주는 신(緣の神)'을 단테의 「지옥편 제5곡」에 표현된 대로 'Love'를 번역한 것이라고 추정할 때 기독교의 유일신 사상의 '신(God)' 의 개념과는 별개의 개념으로 단지 서구 문학 속에서의 시재(詩材)에 불과하지만 그러한 서구 문학적 시어를 일본적 시어로 바꾸어 놓고 있다.

하지만 그 다음 표현이 문제가 된다고 생각한다. 과연 '신의 용서로 허락으로' 라는 표현이 단순히 서구 문학적 시어라는 차원에서 이해될 수 있는가. 이 표현을 분석해 보면 신은 용서하고 허락하는 존재이다. 즉 용서와 허락은 신에게서 구하고 신이 용납하는 그 어떤 것이 있다는 뜻이 들어 있다. 주도권은 신에게 있으며 신과 인간 사이에 계약 (covenant)이 있고 그 계약을 어겼을 때 용서를 받는 관계 속에서 인간의 존재를 이해했을 때 이러한 인간 이해는 기독교 사상의 인간 이해라 할 수 있다. 도손이 이 2장 10연의 '신의 용서로' 라는 표현에서 '신(神)'을 서구 기독교 사상 속에서 말하는 유일신 사상의 영향을 받아 우주를 창조하고 지배하는 전지전능의 절대자로서의 신(God)을 의미하고 그 관계 속에 있는 인간의 존재를 이해한 것이라고 가정해 보자. 그렇게 추정해 볼 때 '신의 허락으로(God granted)' 라는 표현은 단테『신곡』의 「지옥편 제5곡」을 떠올리고 쓴 것이라고 확신하지 않을 수 없다. 하지만 여기서 도손의 영문해석의 오역을 발견할 수 있다. 도손의 뇌리에서는 언제나 용서받을 사랑과 용서받지 못 할 사랑, 허락된 사랑과 금지된 사랑이라는 이분법적인 갈등이 떠나지 않았다. 자신의 젊은 날의 스케코와의 금지된 사랑을 되 내이고 시를 짓고 있었기 때문이다. 그래서인지 영어문장을 볼 때 동사의 서술적 표현을 한정적 표현으로 제한하는 실수를 범한 것이라고 생각한다. 영어 원문을 살펴보자.

> 내게 말해주시오; 당신이 달콤한 한숨을 쉬고 있을 때,
> 어떤 식으로 어떻게 사랑의 신이 허락을 하셔서
> 당신이 알고 싶은 것을 알게 되었나요?
> But tell me; in the time of your sweet sighs,
> By what, and how Love granted, that ye knew
> Your yet uncertain wishes?
>
> 　　　　　　　　　　　　　　　　　　「지옥편 제5곡」

　　여기서 'granted'의 주어는 'Love(사랑의 신)'이다. 언뜻 보면 'By what'이 있으므로 수동태 문장인 것 같아서 도손은 'granted' 동사의 과거형(p형)으로 보지 못하고 과거분사(pp형)로 보았을 것이다. 그리고는 수동태 조동사형(され)으로 해석하여 '-에게 허락받아서(-にゆるされて)'로 이해한 것이라고 생각한다. 따라서 도손은 '인연을 맺어주는 신에게 허락받아서(1행)' '두 사람은 지상에서뿐만 아니라(2행) 서로 사모하는 가슴의 불꽃은(3행) 죽어서도 열정적인 사랑의 불꽃을 함께 태운다.(4행)'는 표현으로 10연을 자연스럽게 마치는 것이다. 도손은 단어에 집착한 나머지 앞뒤 문맥을 놓치는 경우가 종종 있는데, 여기서도 바로 앞 문장에 놓여 있는 상황을 놓치고 단어에만 급급한 것으로 생각된다.

　　이른바, 'in the time of your sweet sighs(당신이 달콤한 한숨을 쉬고 있을 때)' 라는 상황은 단테가 프란체스카에게 질문을 던지는 장면인 것이다. 바울과 프란체스카는 끔찍이도 서로가 사랑한 결과 죽음에까지 이르렀고, 그 죽음으로 인해서 비참한 길에 떨어지고 말았으나 죽어서까지 그 사랑을 믿고 여전히 사랑은 자신을 버리지 않았다고 믿는 프란체스카에게 단테가 '상대방의 마음속을 아직 모르고 있었을 때 어떻게 해서 상대방의 자상한 마음을 알았느냐?'고 물었던 내용인 것이다.

　　그렇다면 여기서 도손이 단테로부터 시상을 얻어서 표현한 비슷한 수용된 시어를 살펴보기로 하자.

　　① 縁の神(인연을 맺어주는 신) ← Love(사랑의 신) － 수용
　　② ゆるされて(용서받아서) ← granted[34] － 오역 혹은 의도적 해석
　　③ 世に合ふのみか(지상에서뿐일까) ← paradise hell의 상대적 개념 － 수용
　　④ 心の空(마음의 하늘) ← 地獄の空(skyair) － 변용

특히 ④ 마음의 하늘은 단테의 『신곡』「지옥편 제 5곡」에서 바울과 프란체스카는 둘이 부둥켜안고서 '하늘(空)을 가르며(cleave the air)', '하늘을 가로지르며(traverse the sky)' 단테에게로 오는 장면이 있으므로 '지옥의 하늘'을 '마음의 하늘'로 바꿔 넣은 것이라 할 수 있다.

프란체스카가 지옥에 떨어진 비참한 현실 속에서 행복했던 기억만이 슬프게도 영원히 지속되니 더욱 가슴이 쓰라리다는 고백을 하는 장면에서 시상(詩想)을 가져왔다고 할 수 있다. 도손은 그 자신의 시작(詩作)의 특성상 단테『신곡』의 「지옥편」중에서도 일반적인 내용은 전혀 관심이 없이 오로지 프란체스카와 바울의 금지된 사랑에만 관심을 집중시키고 그 부분만을 인용하고 시적 소재를 가져왔다. 그는 『낙매집』에 10편의 연애시를 싣고 있지만 한결같이 진행 중인 사랑이 아니라 지나간 사랑에 대한 관조와 응시를 그리고 있다. 이미 이때부터 도손은 자연과 사물에 대해 관찰하는 객관적인 시각으로 과거의 사랑을 회상하면서 응시하는 자세를 보이기 시작하여 자연주의적 관찰의 수법과 스케치하듯이 그려내는 사생적(寫生的) 수법의 장시(長詩)와 수필로 전향하고 있었던 것이 아닐까 생각한다. 도손 자신의 사랑 역시 현재는 이루어지지 못해서 안타까운 아픈 현실이지만 행복하던 시절을 회상하는 것만큼 쓰라린 일은 없다는 상념에 젖어서 이 시를 쓴 것이라고 생각한다.

그렇다면 이 시의 배경에는 어떠한 이야기가 숨어 있기에 이러한 소재를 수용하여 도손은 이 시를 비극적인 슬픈 프란체스카를 연상하게 하는 시상을 쓴 것일까?

이 시 6연은 다른 연과는 달리 멀리 떨어져 있는 연인을 생각하는 애절함과 사랑에 눈이 멀어서 맹목적인 사랑으로 치닫는 운명적인 연애 인생을 그리고 있다. 그 사랑의 종말은 다름 아닌 어두운 하늘, 세상을 표류하는 존재로 전락해버리는 지독한 사랑을 그리고 있다. 이 시가 지어진 시대적 배경을 볼 때 1898년(메이지31)은 도손이 우에노(上野) 음악

학교에 다니면서 다치바나 이토에(橘糸重)라는 피아노 선생에게 개인지도를 받았던 시기이다. 따라서 이 시는 이토에(糸重)에 대한 연애감정에 그 바탕을 두고 있다고 생각된다. 실제로 이토에는 도손의 고향 신슈를 방문한 적이 있고 당시로서는 도손과의 스캔들이 있었던 관계이기도 하다. 도손은 평생 자신의 억누를 수 없는 심원(心猿)의 욕정 때문에 고민하고 우울해 한 작가이다. 육체와의 싸움이라고도 할 정도로 육체의 정염(情炎) 때문에 더욱 고독해야 하는 인생을 보냈다. 물론 이토에와의 관계에 대해서 단순한 연애감정이라기 보다는 우정 어린 감정과 가슴 깊이 감추어진 동경심이라고 정리되는 면이 없지 않으나 이 시는 어쨌든 연정에서 발상된 짙은 사랑의 시임에는 틀림없다. 한 편으로 이 시는 도손의 연애시가 그러하듯이 현재의 사랑이나 연애감정보다는 오히려 헤매고 방황하는 통렬한 아픔과 깊은 고독에 휩싸인 영혼이 느끼는 인간적 우정과 승화된 사랑을 나타낸다고도 할 수 있다.

4. 나오며

도손(藤村)은 메이지 여학교에서 제자 사토 스케코(佐藤輔子)와의 사랑을 단념하지 않을 수 없는 상황에 놓여서 고민 끝에 새로운 돌파구를 찾기 위해서 방랑길에 나서지만 그런 여행길에서 도손은 새로운 연애감정을 체험하게 된 것이다. 도손은 머릿속으로는 스케코(輔子)를 사랑한다고 인식하면서, 여행길에서는 육체의 요구에 따라서 행동하게 되었고 그러한 자신에 대해서 회한(悔恨)을 갖고 있었기 때문에 육체적 사랑에 대한 죄의식에 대한 시를 쓰게 된다고 생각한다. 도손은 스케코(輔子)에게 자신의 이상형을 투영시켜서 정신적인 사랑을 불태우는 것으로 만족한다고 하겠다. 도손은 그러한 상상과 회상을 바탕으로 하여 시적 영감을 끌어내고 연애시를 쓰는 것이라 그의 연애시에는 순애보와 같은 애절함보다는 후회와 쓸쓸함과 고독과 죄의식이 팽배함을 알 수 있다. 여자를 품에 안은 사랑의 행위가 결코 보람 있는 일이 아니며 덧없는 것임을 암시하고 있음을 알 수 있다.

도손의 스케코에 대한 사랑은 플라토닉 사랑으로서 진정한 사랑에 대한 확신 역시 틀림이 없다. 하지만 사랑의 구체적인 행위는 다른 상대와 나눔으로써 고귀한 것에 대한 경외심을 손상시키지 않기 때문에 스케코를 영원한 사랑으로 남겨둘 수 있다는 것이다.

「참으로 죄 많았던 구사마쿠라」를 보아도 알 수 있듯이 도손은 이상적인 남녀 사랑을 정신적 사랑으로 보고 있어서 육체적 욕망의 사랑에는 죄의식을 느끼는 것이다. 이 죄의식은 육체적으로 교감을 나눈 상대방에 대한 죄의식이 아니라 도손의 정신을 지배하고 있는 영원한 이상형의 연인인 스케코에 대한 죄의식인 것이다. 도손에게 있어서 이러한 정신적 사랑은 자기 본능적인 욕구와의 조화를 끌어내려는 노력에 의한 것이므로 자연스러운 것은 아니다. 왜냐하면 도손은 육체적 사랑은 찰나성으로 보고 정신적 사랑을 영원성으로 보고 있으며, 자신의 영원한 사랑은 마치 단테가 베아트리체를 영원한 이상형으로 인정하고 사랑하듯이 스케코와의 정신적 사랑을 영원한 이상적인 사랑으로 규정하기 때문이다. 사실 정신적 영원한 사랑이란 기독교적 사랑으로 기독교 신앙을 가진 자가 느낄 수 있는 사랑을 의미한다. 도손은 기독교는 버렸지만 기독교적인 사랑의 영원성을 그의 문학적 이상(理想)으로서 추구한 나머지, 그의 문학 속에 영감을 불어 넣고 시적열정을 나타내 주는 것은 기독교적인 사랑의 영원성에서 비롯된 것이라 할 수 있다. 따라서 도손에게 있어서 천국에서도 영원히 지속될 수 있는 사랑이란 베아트리체와 단테의 사랑과 같이 설령 헤어지더라도 끝까지 기억 속에서 영원한 사랑을 의미한다.

　도손은 단테와 베아트리체와의 사랑에서 이상적인 남녀사랑의 원형으로 천상의 사랑의 형태를 수용했으며 바울과 프란체스카의 불륜의 사랑은 지옥의 사랑으로 받아들였다. 도손은 단테의 기독교 문학을 통해서 이원론적인 남녀사랑의 양태를 수용하여 육욕적인 남녀사랑은 결국 죄의식을 가져다주는 것으로 이해하여 그의 시에 죄의식에 관한 많은 표현을 남기게 되었다. 반대로 정신적인 사랑은 육체의 욕망에 따르지 않는 사랑으로 서로의 존재를 기뻐하며 서로의 기억 속에서 영원할 수 있는 사랑이다. 이 사랑은 기독교 신앙 안에서 승화된 사랑이므로 죽은 후에도 천국에서 만날 수 있다는 천상의 사랑으로서 찰나가 아닌 영원한 사랑을 의미한다. 도손의 연애시에는 이 천상의 영원한 사랑보다는 육욕적 사랑을 택하여 지옥에 떨어지는 사랑과 그로 인한 죄의식으로 괴로워하는 시상의 시가 많다.

　이상으로 도손의 연애관에 투영된 단테의 『신곡(神曲)』과의 영향 관계를 살펴보았다. 도손은 자신의 연애시에 단테와 비슷한 첫사랑의 경험을 투영시키고 있다. 지옥에 가더라도 헤어질 수 없는 육욕적인 남녀사랑은 단테의 『신곡』의 「지옥편」에서 그 발상을 가져왔으며 육체적 사랑으로 인한 죄의식 또한 서구 기독교적 가치관의 영향이 아닌가 생각된다. 당시 일본인들의 성의식으로서는 이해하기 힘든 가치관이라고 할 수 있다. 이처럼 도손의 근대시라는 하나의 장르를 통해서 일본에 기독교 윤리사상이 유입되게 된 것이라 할 수 있다.

주

1) 「Dante의 『神曲』과 도손의 연애시 ― 이원록적 남녀사랑의 수용을 중심으로 ―」 『日本語文學』 제35집, 일본어문학회, 2006년 11월 초출.

2) 島崎藤村, 『島崎藤村集(二)』, 集英社, 1974, 270쪽.

3) 若桑みどり, 조재국 역 『이미지를 읽는다 ― 르네상스미술 이해』(연세대학교출판부 2005년) 144쪽 참조.

4) 1897년 2월, 문예잡지 「문학계」50호에 발표된 시이다. 이때, 「さわらび(고사리순)」이라는 제목 아래 「파도소리(潮音)」 「봄노래(春の歌)」 「마쓰시마서엄사에서(松島瑞巖寺に遊び葡萄栗鼠の木彫を觀て)」 「사보히메(佐保姫)」 「풀베개」가 발표되었다. 후에 『새싹집』(1897년 8월 발간)에 실렸다. 표제 「풀베개」란 여행이나 여행길에서 노숙(露宿)하는 것을 의미하며, 도손은 이 단어를 대단히 좋아하였던 것 같다. 이 시 외에도 극시 「풀베개」(1894년 1월 「문학계」)도 동일한 제목의 시 한편이 있다. 본문의 이 시는 7·5조 4구를 1연으로 하여 30연으로 되어 있으며 도손의 시로는 상당히 긴 장시(長詩)에 속한다. 도손은 1896년 9월에 도호쿠학원(東北学院)에 교사로 부임하는데, 그때 맞이하게 된 「인생의 새벽」에 대한 감동이 이 시의 모티브가 되어 있다. 神田重幸, 『島崎藤村詩への招待』, 双文社出版, 2000, 23쪽.

5) 島崎藤村, 전게서, 270쪽.

6) 하늘을 나는 새도 보금자리가 있으나 인자는 머리 둘 곳이 없구나. (마태복음 8장 20절) 성경전서 표준 새번역 개정판 (대한성서공회 2001)
空の鳥には巣がある。しかし、人の子にはまくらする所がない。(マタイ 8:20)

7) lost his way in a gloomy wood, and being hindered by certain wild beasts from ascending a mountain, Dante Alighieri 『The Divine Comedy』(Oxford London 1970) p.1(CANTO Ⅰ, HELL)

8) 1897년(메이지30) 6월, 「문학계」에 발표된 후 『쪽배』(1898.6)에 수록되었다. 도손은 이 시에서 요절한 예술가의 생애를 노래하고 있다. 여기서는 당연히 세상을 하직한 동료 기타무라 도코쿠의 모습이 오버랩 되어 있다. 한 편으

로는 존 키이츠(John Keats)의 「Ode on a Grecian Urn(그리스 도자기 찬가)」
이 발상의 원전이라고 사사부치(笹淵友一)씨가 비교문학적 비평을 한 결과
키이츠는 상당히 신비적 정조(情調)를 지니고 도손은 화병의 이미지 자체만
을 부각시킨 단순한 시어로 쓰였다고 한다. (『「文学界」とその時代』下재인
용) 神田重幸, 전게서, 72쪽.

9) 『藤村詩集』,角川書店, 1971, 203쪽.

10) 순결한 처녀 마음 하얀 진주의   をとめごころを真珠の
    상자라고 친구는 보고 있지만   蔵とは友の見てしかど
    보물같은 마음을 열어봐야지   宝の胸をひらくべき
    사랑의 열쇠마저 없었겠는가   恋の鍵だになかりし   (14연)

   이 부분은 도코쿠의 「처녀의 순결을 논한다(処女の純潔を論ず)」「연애는
   세상사의 비밀의 열쇠이다(恋愛は人世の秘鑰なり)」를 통해서 「순결은 세
   상에서 황금, 유리, 진주와 같다」고 한 표현들과 유사하다고 할 수 있다.
   神田重幸 전게서 80~81쪽.

11) 「薄き緑」(6연) 「落ちてくやしき青梅」(10연) 「薄き蝉の羽」 (11연)

12) 당시 메이지 학원에서는 성서 다음으로 퓨리타니즘, 즉 청교도주의적 기독
    교 문학인 존 버년의 『천로역정(Pilgrim's Progress)』이 가장 유행하였기 때
    문에 도손도 원서로 접했을 것으로 추정해 볼 때 「천국」과 「지옥」이라는
    이원론적인 기독교 사상과 문화에 대한 수용까지는 아니라 하더라도 이해
    는 했으리라 생각된다.

13) 「지옥편」 제 1곡 (앞에 번역되어 있음 참조)
    Dante Alighieri 『The Divine Comedy』(Oxford London 1970) 1쪽
                                           (CANTO, HELL)

14) 2장으로 나뉘어 1장은 8연, 2장은 14연으로 구성되어 있고 각 연은 4행시
    7·5조 정형시이다. 『여름풀』에 수록.

15) Beatrice: 단테가 9살 때(1274년) 처음으로 만난 첫사랑이며, 단테가 18살이
    되던 해 9년 만에 다시 만나게 되어 베아트리체를 지상의 천사라고 생각하
    고 모든 정열을 기울였으나 베아트리체는 25살의 나이로 요절한다. 베아트
    리체의 죽음 후 육체적 쾌락을 추구하다가 바른 길로 가지 못한 단테를 구

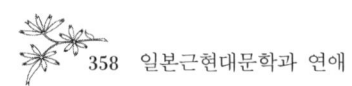

하기 위하여 베아트리체는 연옥에 머문다. 드디어 단테와 베아트리체는 강을 사이에 두고 연옥에서 만나, 단테가 베아트리체의 구원의 안내를 받는 장면이다. 베아트리체는 신학의 상징이다. Dante Alighieri, Ibid. 523쪽.

16) Three nymphs, … 중략 …The one so ruddy, that her form had scarce
세 천사 … (중략) … 하나는 너무 빨개서
Been known within a furnace of clear flame;
선명한 불꽃 속에 있다면 구별도 못할 만큼이고, 또 하나는
The next did look, as if the flesh and bones
그 뼈와 살이 마치 에메랄드로 만들어진 것처럼 녹색이고,
Were emerald; snow new-fallen seem'd the third.
세 번째 천사는 방금내린 눈같이 회었다.

Dante Alighieri, Ibid. 327쪽.

17) 보라색은 동양에서는 귀족의 이미지이다. 신라 백제 시대에도 그랬거니와 특히 일본에서는 성덕태자가 관위 12계급을 정하여 제일 신분이 높은 사람에게 보라색 모자와 띠를 갖추게 한 데에서 더욱 전통적 관습이 되었다.

18) 伊東一夫,『島崎藤村事典』明治書院, 改訂版 1976, 437~438쪽.

19) 구름을 묘사하고 수식하는 형용사로써 사용, 예) 연보라색 구름(薄紫の雲), 보라색 구름(紫雲), 상게서, 437쪽.

20) 백합은 르네상스 회화에 있어서와 마찬가지로 순결을 상징한다. 성모 마리아와 동정성녀들과 관련이 깊다. 수태고지 장면에서는 꽃병에 백합이 꽂혀 있거나 또는 천사가브리엘이 손에 백합을 들고 있는 그림들이 상징적으로 그려졌다. ジエイムス・ホル 著 高階秀爾 監修『西洋美術讀解事典』(河出書房新社 1988). 352쪽.

21) 정형,『일본, 일본인, 일본문화』, 다락원, 2004, 40쪽.

22)『구약성서』「아가(2장 1~2절)」에 나오는「シャロンの野花、谷の百合花」의 이미지이기도 하다. 구약성서의「골짜기의 백합화」는 팔레스타인의 들판에 흔히 피는 들꽃이다. 꺾꽃이를 하여 번식시키므로 어떤 인류학자는 무궁화라고 주장하고 있다.『관주 톰슨성경』, 기독지혜사, 1984, 960쪽.

23) 프랑스 국왕의 문장(紋章)으로 사용된 것은 프랑크 왕 크로비스가 기독교

로 개종했을 때 세례를 받음으로 해서 정결(淨潔)해진 것을 기념으로 순결을 상징하는 백합을 왕 자신이 백합의 문장(紋章)을 선택했다고 한다. 국왕이 백합을 공식적인 문양으로 채택한 것은 12세기 이후부터이다. ジエイムス・ホル著, 전게서, 352~353쪽.

24) 이 곡은 지옥 중에서도 제2옥의 중천에서 일어난 일을 단테가 노래한 것이다. 죄를 규명하는 심판관 미노스(Minos)가 죄상에 따라 영혼을 저마다의 골짜기로 떨어뜨린다. 이 중천에서는 육욕(肉慾)의 죄를 범한 자에게 지옥의 광풍(狂風)이 쉴 새 없이 휘몰아치고 있다. 헬레나, 클레오파트라 등에 잇따라서 사후(死後)에도 둘이 같이 사는 바울과 프란체스카의 영혼이 날아와 있다. 단테의 청을 받아들여 프란체스카는 그 비련(悲戀)의 사연을 이야기한다. 단테는 너무나도 슬픈 나머지 충격을 받고 까무러친다. Dante Alighieri, Ibid. (CANTO Ⅴ, HELL) 21쪽

25) 가장 일반적인 경우는 남녀 두 사람의 동반자살인 경우로 이 세상(この世)에서 이루어질 가능성이 없는 사랑의 전망을 비관하여 함께 자살하는 행위인데, 동반 자살할 정도로 골몰히 생각하게 되는 이유는 사회적 이유로 사랑하는 두 사람의 사회적 배경이 다르다는 점에 있다.
本名信行, Bates Hoffer編, 『日本文化を英語で説明する辞典』, 有斐閣, 1986, 237쪽.

26) As cranes
Chanting their dolorous notes, traverse the sky,
Dante Alighieri, Ibid. (CANTO Ⅴ, HELL) 23쪽

27) As doves
By fond desire invited, on wide wings
And firm, to their nest returning home,
Cleave the air
Dante Alighieri, Ibid. 24쪽

28) They, through the ill air speeding:
Dante Alighieri, Ibid. 24쪽

29) 한국인들은 성에 대한 표현을 자제하도록 엄격히 요구하는 유교의 영향으

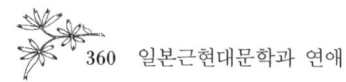

로 폐쇄적인 성의식을 지니게 된 반면, 일본인들은 있는 그대로를 드러내
놓고 자유분방한 성을 중시하는 신도(神道)와 불교의 영향으로 개방적인
성의식을 갖게 되었다고 할 수 있다. (정형, 『일본, 일본인, 일본문화』, 다락
원, 2004)

30) 아름다운 모습이 흐트러지면　　　　　玉山ながく倒れては
　　미덥지는 못해도 손뼉을 치고　　　　おぼつかなくも手をうちて
　　다카사고의 노래 재미있어라　　　　高砂の歌おもしろき
　　이런 자리야말로 축하할 만해　　　　このむしろこそめでたけれ

(2장 14연)

여기서 「高砂」는 제아미 작품의 노(能)를 의미한다. 스미요시(住吉)의 소
나무와 다카사고(高砂)의 소나무가 부부라는 전설을 바탕으로 한 것으로
혼례식 때 축하의 노래로 자주 불리던 신사물(神事物)이다.

「玉山」은 李白의 시 「玉山自ラ倒ル」를 수용한 것이다.

『藤村詩集』(角川書店 1971) 350~351쪽

31) 어떤 식으로 어떻게 사랑의 신의 허락을 받고서
　　By what, and how Love granted, that ye knew
　　당신이 알고 싶은 것을 알게 되었나요?
　　Your yet uncertain wishes?
　　Dante Alighieri, Ibid. 25쪽.

32) Love는 서구문학 속에서 사랑의 신으로, 아모르(Amor), 큐피드(Cupid), 에
　　로스(Eros)를 의미한다.

33) 일본의 전통종교는 크게 신도(神道), 불교로서 신도는 원시시대 이래 일본
　　민족의 생활체험 가운데서 생성되고 형성되어온 애니미즘적 자연종교로서
　　일본인들의 자연관이나 조상숭배의 핵심이라 할 수 있다. 신도는 기본적으
　　로 다신교이며 모든 삼라만상은 신이 낳고 주관하며 모든 자연물에 신이
　　내려 있다고 믿는다. 결혼의식은 신도로 하고 장례는 불교식으로 치른다.
　　정월 초하루에는 하쓰모데(初詣)를 올리고 오본(お盆)에는 절에 가서 참배
　　하며 크리스마스에는 아기예수의 탄생을 축하하며 캐롤송을 부르는 것이

다. 정형, 앞의 책, 47쪽.

34) 도손이 수동태로 해석한 것은 오역일 수도 있고 의도적일 수도 있다.

【 참고문헌 】

[일본어 원서]

劍持武彦(注釈関良一) 『藤村詩集』(日本近代文学大系5) 角川書店 1971

伊東一夫 編 『島崎藤村事典』 明治書院 1972

島崎藤村 『藤村全集 5권』 筑摩書房 1966

島崎藤村 『島崎藤村集(二)』 集英社 1974

伊東一夫 『島崎藤村硏究』 明知書院 1970

_____ 『島崎藤村事典』 明知書院 改訂版 1976

亀井勝一郎 『島崎藤村』 弘文堂 1939

神田重幸 『島崎藤村詩への招待』 双文社出版 2000

実方 清編 『島崎藤村文芸事典』 清水弘文堂 1979

鈴木昭一 『島崎藤村論』 桜楓社 1979

鈴木章代 編著 『百年前の女性のたしなみ』 マール社 1996

瀬沼茂樹 『島崎藤村』(その生涯と作品) 日本圖書センター 1987

James Hall / 高階秀爾 監修 『西洋美術解讀事典』 河出書房新社 1988

Nicole Lemaitre 蔵持不三也 訳 『キリスト教文化事典』 原書房 1998

新村出 編 『広辞苑』(第四版) 岩波書店 1993

日本キリスト敎會九州支部 編 『キリスト教文学』(第二号) 1982

野間 広 外 『群像日本作家 島崎藤村』 小學館 1990

服部誠一 『100年前の東京(一)』 マール社 1996

文芸読本 『島崎藤村』 河出書房新社 1979

本名信行, Bates Hoffer編 『日本文化を英語で説明する辞典』 有斐閣 1986

Marius‐François Guyard 福田陸太郎 訳 『La Littérature Comparée
     Universitaires de France』 白水社 1953

文部省 編 『學術用語集 キリスト教學編』 日本學術振興會 1972

吉田精一 外 編 『近代詩鑑賞辭典』 東京堂出版 1967

_____ 『比較文学研究 島崎藤村』 朝日出版社 1978

_____『浪漫主義研究』吉田精一著作集(9) 桜風社 1980

吉村善夫『藤村の精神』筑摩書房 1979

渡辺広士『島崎藤村を讀み直す』創樹社 1994

[서구문학 원서]

Dante Alighieri, 허인 역『神曲』學園出版公社 1984

Dante Alighieri 『The Divine Comedy』Oxford London 1970

Taine, Hippolyte『History of English literature』Henny Holt and Co. 1871

[한국어 단행본]

구와나미도리, 조재국 역『이미지를 읽는다—르네상스미술 이해』연세대출판
　　부 2005

이광주『내 젊은 날의 마에스트로 편력』한길사 2005

정형『일본 일본인 일본문화』다락원 2004

황익근『정신분석용어 해설집』하나의학사 1988

‖ 찾아보기 ‖